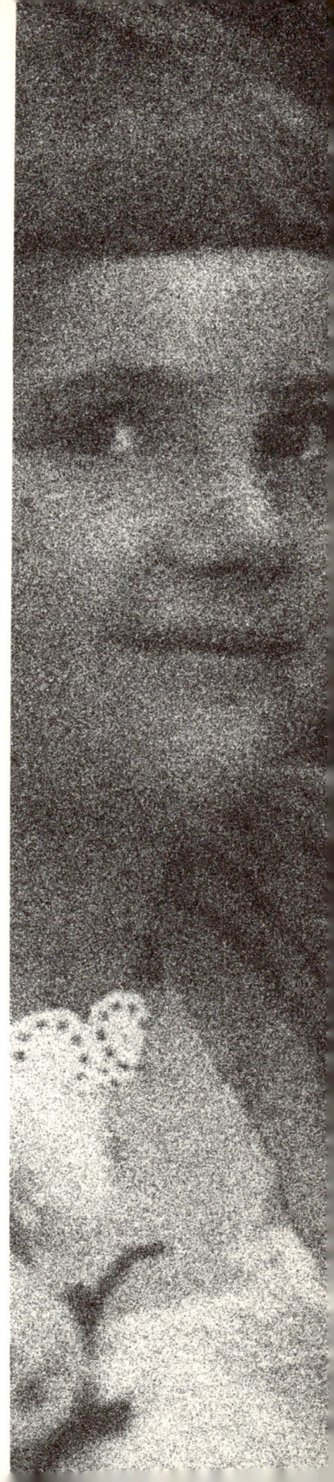

. . . w serii ukazały się . . .

Wojciech Albiński *Achtung! Banditen!, Kalahari, Soweto – my love*
Lidia Amejko *Żywoty świętych osiedlowych*
Andrzej Bart *Rewers, Bezdech*
Joanna Bator *Chmurdalia, Piaskowa Góra, Ciemno, prawie noc*
Szymon Bogacz *Koło kwintowe*
Helena Boguszewska, Jerzy Kornacki *Powieść pod różą*
Jacek Dehnel *Balzakiana, Fotoplastikon, Lala, Rynek w Smyrnie, Saturn, Matka Makryna*
Agnieszka Drotkiewicz *Teraz*
Manuela Gretkowska *Kabaret metafizyczny, My zdies' emigranty, Namiętnik, Podręcznik do ludzi, Tarot paryski*
Henryk Grynberg *Drohobycz, Drohobycz*
Brygida Helbig *Niebko, Inna od siebie*
Maciej Hen *Solfatara*
Jacek Kaczmarski *Plaża dla psów*
Jarosław Kamiński *Rozwiązła, Wiwarium*
Helena Karpińska *Życie Lali przez nią samą opowiedziane*
Hubert Klimko-Dobrzaniecki *Pornogarmażerka*
Radosław Kobierski *Ziemia Nod*
Marek Kochan *Plac zabaw*
Zbigniew Kruszyński *Kurator, Schwedenkräuter*
Wojciech Kuczok *Gnój, Senność, Spiski. Przygody tatrzańskie, Widmokrąg*
Artur Daniel Liskowacki *Murzynek B.*
Tomasz Łubieński *Turnus*
Jarosław Maślanek *Apokalypsis '89*
Jacek Milewski *Chyba za nami nie traficie*
Marcin Nowak Lubecki *Łza i morze*
Stanisław Aleksander Nowak *Galicyanie*
Daniel Odija *Kronika umarłych*
Tomasz Piątek *Miasto Ł., Pałac Ostrogskich, Wąż w kaplicy, Magdalena*
Krystian Piwowarski *Więcej gazu, Kameraden!*
Maciej Płaza *Skoruń*
Monika Rakusa *Cień*
Janusz Rudnicki *Chodźcie, idziemy, Męka kartoflana, Śmierć czeskiego psa, Trzy razy tak!, Życiorysta, Życiorysta dwa*
Sławomir Shuty *Cukier w normie z ekstrabonusem, Zwał*
Sylwia Siedlecka *Szczeniaki, Fosa*
Aleksandra Zielińska *Przypadek Alicji, Bura i szał*

. . . archipelagi . . .

Helena Karpińska

Życie Lali

przez nią samą
opowiedziane

—

Wybór i redakcja
Jacek Dehnel

wydawnictwo ab

Wydanie I
Warszawa MMXVII

Od redaktora

Historię o tym, że babcia ma napisać powieść, słyszałem – podobnie jak całe mnóstwo innych historii – przez całe dzieciństwo. Ta jedna różniła się od pozostałych tym, że miała pozostać na zawsze w trybie niedokonanym. W rozciągającym się na całą ścianę dużego pokoju regale, zajętym głównie przez kolekcję kolorowych szkieł, była i szafeczka, a w szafeczce – specjalnie na to przeznaczona ryza papieru. Traktowano ją szczególnie: nawet jeśli ktoś potrzebował kartki, nigdy do szafki nie sięgał; do tego były notesy, bloki rysunkowe, perforowane karty komputerowe, przynoszone przez ojca z politechniki, skrawki oddarte z brzegu gazet. I pamiętam do dziś ten moment zaskoczenia, kiedy sama babcia bezceremonialnie sięgnęła do ryzy i wyjęła jedną z lekko już pożółkłych kartek, żeby zapisać na niej coś błahego. Ale wówczas wszyscy już wiedzieliśmy, że książki nie będzie.

Miała się nazywać *Klon jest moim drzewem* – tak stoi na maszynopisie jednego z opowiadań – albo *Jestem spod znaku klonowego liścia*. I cóż z tego? Moja miała tytuł *Wszyscy moi obcy ludzie* i bardzo późno, w trzy lata po napisaniu, po złożeniu jej w wydawnictwie, wpadłem na *Lalę* – i tak już zostało. Więc kto wie, jak nazywałaby się powieść babci? Jedno jest pewne: gdyby powstała, nigdy nie napisałbym *Lali*. Stąd dedykacja: *Mojej Babci Helenie z podziękowaniem za ryzę nienapisanych opowiadań* – dedykacja, którą ostatecznie wyrzuciłem, po pierwsze dlatego, że wydawała mi się nieco pretensjonalna, a po drugie dlatego, że całą książką – co mam nadzieję, i tak widać – dziękowałem za sprawy znacznie większe.

*

Biała – acz stopniowo żółknąca – ryza papieru miała swój negatyw: złożone niżej, w dolnej części kredensu, przywiezionego jeszcze z Kielc (część górna, pomalowana olejną na biało, stanowiła kuchenną szafkę), zaczernione kartki: maszynopisy pisanych całymi latami opowiadań i słuchowisk radiowych. To z nich miała kiedyś powstać powieść, zostać z nich *wywołana*, bo głos w radiu to jedno, a tekst na papierze to drugie. Trzeba było wszystko posegregować, pociąć, poprzerabiać, zespolić na nowo.

Kiedyś, już dorosły, przejrzałem na wyrywki parę kartek – i zaskoczyło mnie, że osoba obdarzona takim darem opowiadania pisała znacznie mniej barwnie, za to zachowawczo, sztywno, bez błysku, jaki im nadawał jej głos. Dopiero po latach, kiedy po śmierci babci likwidowaliśmy oliwskie mieszkanie – wyrzucając, między innymi, resztę napoczętej, roztrwonionej ryzy papieru – okazało się, że tekstów było znacznie więcej. Poupychane po półeczkach, zakamarkach, pomieszane, każdy niemal w kilku (na ogół niekompletnych) kopiach na cienkim papierze, razem zapełniły wielką walizę. Historie, których korzenie tkwiły w Lisowie, Kielcach i Kijowie, mieszały się z recenzjami wystaw, tekstami interwencyjnymi, a nawet opowiadaniami science fiction. Wszystko to na czas dłuższy trafiło z innymi rzeczami z Oliwy do nowego domu rodziców.

Powoli zaczęła się zbliżać dziesiąta rocznica publikacji *Lali* i pomyślałem – szczególnie mając na uwadze zagorzałych fanów tej powieści – że warto by może było zrobić jakiś wybór opowiadań, dołożyć go do nowego wydania, dokleić jako kontekst. Zacząłem segregować rękopisy i maszynopisy, dzielić je, scalać na nowo, przebierać. Okazało się, że próbki, które przeczytałem kiedyś na chybił trafił, były zupełnie niereprezentatywne dla całości. Że nie tylko w walizce znajduje się rozproszona książka, ale też że jest to książka mająca wartość większą niż sentymentalna.

Natrafiłem na teksty głęboko poruszające – jasne, napisane językiem nieco staromodnym, bo od ich powstania minęło pół wieku, ale za to żywo pulsujące. Widziałem, jak sama Lala przejawia się w kolejnych opowieściach, jak w różnych opowiadaniach przybiera różne imiona, pozostając równocześnie tą samą fascynującą osobą. Wychwytywałem dawno zapomniane powiedzonka, urywki historii zwykłych ludzi, których nikt nigdy nie opisał, jak Izabella *przez dwa el* czy milicjant od *czapki znacznej na śniegu*; w rozmowie pań przy kawie rozpoznawałem legendarne żarty telefoniczne pani Wandy, w ulicy pięknych ekspedientek – dobrze mi znaną Kwietną.

Zadanie, które przede mną stanęło, okazało się wcale niebłahe; znalazłem zbyt dużo wartościowego materiału, by wybrać trzy czy cztery opowiadanka i dokleić je do nowego wydania *Lali*; trzeba było złożyć nową książkę, wykonać tę pracę, którą swego czasu miała wykonać babcia. Pierwszy wybór, po odsianiu wszystkich tekstów krytyczno-felietonowych i słabszych opowiadań, wypełnił sporą teczkę i po przepisaniu na komputerze miał, jak się przekonałem, objętość niemal równą powieści; druga, nie mniejsza teczka, zawierała ewentualne uzupełnienia, dodatki, konteksty. Do tego doszły ilustracje, bo zdecydowaliśmy z wydawcą, że skoro przez ostatnie lata wypłynęło sporo nieznanych mi wcześniej fotografii rodzinnych, warto podzielić je pomiędzy obie książki – *Lalę* i *Życie Lali przez nią samą opowiedziane* – i pokazać, jak naprawdę wyglądali bohaterowie tej opowieści oraz miejsca, w których się toczyła.

Tak oto znalazłem się w osobliwej sytuacji: jako człowiek dorosły, pisarz nieco już okrzepły w swoim rzemiośle, miałem redagować teksty debiutantki starszej ode mnie o lat sześćdziesiąt jeden, w dodatku mojej babci, która swego czasu wprowadzała mnie w świat literatury. Wycinałem to, co wydawało mi się niezręczne lub przestarzałe (czyli przebrzmiałe, ale bez swoistego staromodnego wdzięku), przenosiłem akapity pomiędzy tekstami, dodawałem celne i pasujące urywki z felietonów, które w całości nie pasowały lub nie dostawały poziomem do reszty książki. Czasami decydowałem się pozostawić tekst urwany (wiedząc, że czytelnicy znają pointę z powieści), czasami jakieś powtórzenie.

W ten sposób do rąk Państwa trafia ponad sześćdziesiąt tekstów, powstałych – z przynajmniej jednym wyjątkiem – w dwóch dekadach, pomiędzy rokiem 1962 a 1980. Są to głównie opowiadania: częściowo wspomnieniowe, częściowo wymyślone (choć nie wiem, czy nie oparte na jakichś prawdziwych zdarzeniach), jest również parę tekstów wyrastających z pracy w radiowych interwencjach, w tym reportaż o wiejskim lutniku amatorze (spisany zapewne pod koniec lat pięćdziesiątych), wreszcie cztery lekkie teksty science fiction, czy może raczej używające konwencji science fiction do krytyki społecznej. Są one zatem dość różnorodne. Jeśli widzę tu jakiś rys wspólny, autorską cechę, to – spójne zresztą z całym życiem Lali i jej życiowymi wyborami – konsekwentne opowiadanie się po stronie słabszych, wykluczonych, pogardzanych. Jest to najcenniejszy życiowy – a pewnie i artystyczny – postulat, jaki mi przekazała, który sprawdzał się czterdzieści, pięćdziesiąt czy sto lat temu i sprawdza się również, jak sądzę, teraz.

Jacek Dehnel

Ostatnie *garden party*

Z dawnej świetności nie zostało już prawie nic. Budynki gospodarskie drzemały pustą jesienią. W obejściu, pomyślanym na stada bydła, leniwie szczypała trawę zdeklasowana para: piękny, choć podstarzały, ogier i łaciata holenderska krowa. Honor wozowni ratował odrapany wolant, w ogromnym pomieszczeniu przeznaczonym na narzędzia rozpierał się stołowy magiel, a gdzieś w kącie czerniała porzucona brona i nadłamana sprężynówka. Skrzynie stały puste. W stodole mieszkały tylko koty w przykładnej zgodzie z myszami, które, z braku ziarna, buszowały w kufrach z książkami.

Ostatnią ostoją broniącą się przed rozkładem była kolatorska ławka w kościele i dom. Wprawdzie wedle słów babki była to tylko *chłopska chałupa,* bo w tych sześciu pokojach *nie można się było obrócić*, a *o oddzielnej bibliotece nie było nawet mowy* (i dlatego lekką ręką dała księgozbiór dziadka, dzieło jego życia, na karmę myszom), ale dom jako symbol, symbol klasy, symbol pewnego stylu życia, trwał jeszcze. Pomagały mu w tym szafy pełne wszelakiego butwiejącego dobra, ułożonej tuzinami cienkiej bielizny, sukien pamiętających czasy Drezna i Abbacji, kredensy naładowane porcelaną, srebrem i pięknie rżniętym szkłem. Było tu na pewno brudniej niż w chłopskich chałupach, bielonych na wszelkie świąteczne okazje, ale przydymione ściany ozdabiał wymyślny fryz, a podłogę, toczoną przez kornika, okrywały puszyste dywany, przywożone ongiś z dalekich podróży.

Póki trwał dom, należało zachować twarz. Zapraszało się więc od wielkiego dzwonu takich samych rozbitków z rozlatujących się gniazd, ludzi, z którymi babki nie łączyło nic prócz sąsiedztwa w kolatorskiej ławce, a dzieliło wszystko: i upodobania, i odległość w kilometrach, i różnica wieku, i chyba wzajemna ukryta niechęć. Ale kilka razy do roku trwały przygotowania jak na sądny dzień, szkoliło się w popłochu jakąś Marysię z sąsiedztwa, przed ganek zajeżdżały odrapane bryczuszki i powozy z połamanymi resorami, by wieczorem babka mogła opłakiwać kolejny stłuczony kielich z weneckiego szkła czy salaterkę z angielskiego fajansu – ofiary, złożone na ołtarzu życia towarzyskiego. Potem wracało wszystko do normy. Kasia serwowała zalewajkę w talerzach z Ćmielowa, stawiając je z rozmachem na cerowanym obrusie.

Dwór w Lisowie, fot. Zygmunt Karpiński (?), ok. 1942.

U schyłku jesieni, kiedy węgierki marszczą się już od pierwszych przymrozków, a wczesnym rankiem babie lato opiera się w mgłach, kiedy kasztany zaczynają pękać, a liście – szeleścić pod stopami, trafiają się piękne, ciepłe popołudnia. W takie to popołudnie, w łagodnych promieniach oglądającego się wstecz słońca, babka urządziła swoje ostatnie *garden party.*

Nakryła stół pod wielką lipą. Na klombach pachniały werbeny, a z pastwisk niósł się daleki dym pieczonych kartofli. Zapóźnione pszczoły w pośpiechu pobrzękiwały nad bukietami astrów i nic nie zapowiadało katastrofy. Panie, postrojone w niemodne kapelusiki i w spięte resztkami rodowej biżuterii żaboty, sączyły cienką kawę z jeszcze cieńszych filiżanek i pogryzały ciasteczka.

Od łąk ciągnął już chłód i reszta przyjęcia miała odbyć się w domu. Babka, gospodyni metodyczna, nie lubiła improwizacji ani pośpiechu. W jadalni wszystko już było przygotowane na rozstawionym stole (pewnie jakiś klejnocik lub stary obraz powędrował do antykwariatu, żeby sprostać kosztom tej uczty). Przeważały dary jesieni: mięsiwa przystrojone rozrzutnie zieleniną i ułożone w misach stosy soczystych gruszek, granatowych śliw, pokrytych niebieskim nalotem; rumieńce jabłek walczyły o lepsze ze złocistą urodą brzoskwiń, winne grona, ułożone z pozorną niedbałością, wieńczyły tę martwą naturę, godną holenderskiego majstra. Na ogromnych, ciężkich kredensach ustawiono kolorowe sałatki z pomidorów, ogórków, jarzyn, w karafkach wino mieniło się złotem i rubinem.

Jeszcze ostatni rzut oka na przygotowane przyjęcie, jeszcze dziesięć minut rozmowy pod lipą, trochę mizdrzenia, kilka okrzyków: *Och tu tak pięknie, że szkoda, doprawdy, iść do domu... na cóż dobrodziejka tak się trudzi, wystarczyłaby ta kawka na świeżym powietrzu!* I można było zacząć wielkie *entrée*.

– Tędy, tędy, łaskawe panie, proszę uprzejmie, korytarz trochę wiejski, mówię przecież, że istna wiejska chałupa, o tutaj. Boże, co to?! Kasia, Marysia, wody! Wody!

Goście nie od razu zorientowali się o co chodzi, bo widok na jadalnię zasłoniła im ogromna bryła; dopiero po chwili zrozumieli, że jest nią zad kasztanka, słynnego ze swoich ekstrawagancji i ludzkiego prawie rozumu. Właśnie kończył degustację sałatek ustawionych na kredensie, pogardliwie omijając płaty mięsa i wędlin, do których nie czuł najmniejszego febliku. Rozmiarów katastrofy dopełniała krowa holenderka wprawdzie, ale z inteligencji zwyczajna krasula, która absolutnie nie umiała zachować się na pokojach: szerokim jęzorem zmiatała z półmisków owoce i pomidory, rozgrzebywała zakąski, roztrącała krzesła i krowim zwyczajem – chwalonym zresztą przez rolników – pozostawiła w kilku miejscach potężne bilety wizytowe. Nie żeby ta para specjalnie wybrała się z wizytą – po prostu, korzystając z nieświadomości którejś z zaproszonych pań, która zapomniała zamknąć na zasuwkę drzwi od drugiego wejścia, najpierw kasztanek postanowił przejść cichcem przez mieszkanie, a za nim [...].

Opisanie świata przez moją babcię

Szafy babci były mroczne, pachnące lawendą i upchane sukniami szytymi *w dawnych dobrych czasach*. Sądząc po gatunku wełen i jedwabi, wymyślnych fasonach, nieposzlakowanym kroju i wytwornych ozdobach, te *czasy*, których ja nie znałam, musiały być dla babci rzeczywiście *dobre*. Dziadka pamiętam mało – był drobniutki, miał piękną twarz i siwą brodę, zawsze siadywał w ukochanym fotelu z książką w ręku. Wszystko, co było pięknego w domu – to dziadek. Dywany przywiezione z Buchary i Persji, japońskie malowidło z gałęzią kwitnącej jabłoni, francuskie i angielskie podkolorowane sztychy, meble łączące wdzięk i wygodę, spatynowane srebra, szkło – to stare, o szlachetnej prostocie, i wymyślne wazony *moderne*, jak nazywało się wtedy secesję, a przede wszystkim książki: tysiące książek, zapełniających półki w gabinecie i we wszystkich innych pokojach. I uparcie z nich wyrzucane przez babcię, bo *to lubi kurz*.

Dziadek w tamtych czasach był profesorem, uczonym wielce, i z racji swych obowiązków i zamiłowań zwiedzał świat. Więc pani profesorowa też zwiedzała. Teraz siedziała w dziadkowym fotelu, kreśląc po podłodze esy-floresy nieodłączną laseczką i snuła opowieści.

– Najpiękniejsze jest Drezno. Dziadek latał po tych swoich uniwersytetach, bibliotekach, nie wiem gdzie go tam jeszcze nosiło... pewno do muzeów, w Dreźnie tego pełno... a ja sobie zwiedzałam miasto. Fiakry były wygodne, na gumowych kołach, nie furkotało, nie trzęsło. Nie to, co we Włoszech, okropność. Kapelusze mieli tam w sklepach piękne, z wielkimi rondami, i woalki do wyboru, więc słońce nie paliło. A jakie parasolki! Skocz no, duszko, do komody, tam w środkowej szufladzie... taka różowa w błękitne różyczki... to jest właśnie z Drezna. Od słońca. Do takiej samej sukni. Od deszczu była inna, popielata, do sukni taftowej popielatej, obszytej czarnymi galonami. W mieście wszyscy nas znali, nie potrzeba było nigdzie płacić. Obsługa znakomita, mówię ci: wchodziłaś do sklepu, natychmiast chłopiec wystawiał krzesło, przynosili całe sztuki materii i od razu do tego dobrane trzewiki, pończochy. Skocz no, duszko, w drugiej szufladzie od dołu są po lewej stronie pończochy czarne w białe prążki, to do tej sukni czarnej w białe prążki, którą kupiłam do żałoby po świętej pamięci ciotce Andzi. Wybierałam sobie, wybierałam, a oni to wszystko pakowali i posłali do hotelu, tam dopiero dziadek płacił rachunek. Jak się coś nie podobało, można było odesłać, bez słowa. W hotelach wygoda! Piernaty takie Niemcy mieli z puchu i kołdry puchowe, nam było za gorąco – tylko powiedziałam pokojowej, natychmiast zmienili na włosiane, a kołdry na koce wełniane. Skocz no, duszko, do skrzyni z pościelą gościnną, o, na samym wierzchu leży liliowy koc, to z Drezna.

W Paryżu to dziadek twój przepadał dosłownie całymi dniami. Niekontenta byłam z tego, nudziłam się, bo i gdzie pójść samej młodej damie? W muzeach wszędzie to samo, tam w tym Luwrze to rzeźb starożytnych tysiące sztuk, a jedna w drugą golasy. Wszystkie jednakowe, nie ma co oglądać. Słynna niby Wenus z Milo poobdrapywana, ręce ma utrącone. I za gruba, niegustowna jakaś. Na piętrach mieli malarstwo, nie pamiętam już co, chyba ta Mona Lisa, też nic nadzwyczajnego. A w sklepach tłok. Mówią szybko, dogadać się nie można, rękami machają. Też piękne rzeczy, ale nie takie jak w Dreźnie. Obsługa nie taka. Magazyny mieli takie ogromne, nieopodal pałacu de Beaux Arts, ale trzeba było płacić gotówką, a ja z sobą pieniędzy dużych nie woziłam, więc z Paryża nic nie przywiozłam. Co innego dziadek, on nawiózł jakichś głupot, starych książek, jakichś obrazów tych nowomodnych cudaków, ale w czasie przeprowadzki wszystko, co było zniszczone, powyrzucałam. Szukał kiedyś, to mu powiedziałam, że jak było, to musi być. Później zapomniał.

Wanda Broklowa (zapewne), fot. Franciszek de Mezer, Kijów, ok. 1880.

Strasznie mi się nie podobała południowa Francja. Wystaw sobie ten upał, ten kurz! Same mury, same mury! Wszystko z białego piaskowca: budynki, drogi, płoty, wszystko murowane, od słońca białe, w oczy gryzie. Śmiesznie, wiesz, chłopi róże hodują. Tych róż tysiące! Róże, owszem, podobały mi się, ale nic poza tym.

Jeszcze gorzej we Włoszech! Słońce pali, nawet parasolka nie pomaga, śpi się tam za dnia, nazywa się to *sjesta*, sklepy zamknięte, wszyscy w domu siedzą, żaluzje zasuwają. Domy mają bardzo zimne. A brudasy! Bieliznę suszą na ulicy, sznury przeciągają od balkonu do balkonu i na tym inekspyrmable nad głowami wiszą. W samym Neapolu to widziałam. I siusiają przy ludziach, takie wnęki w murkach mają, w tych wnękach kran z wodą albo pisuar, niczym nieosłonięty. Takie prostaki! Galerie? Jakieś tam są, ale było za gorąco, żeby tam chodzić. W sklepach uprzejmie, tylko straszny krzyk, harmider. Piękne jedwabie mieli i biżuterię, skocz no, duszko, przynieś tę szkatułkę z komody... o, ten łańcuszek, te broszki, te korale, to z Neapolu i Wenecji. Wenecja? Śmierdzi tam strasznie w tych kanałach i wilgoć taka, że człowieka formalnie łamie w kościach. Ale w Rzymie byłam u papieża. Nie z pielgrzymką, nie z całym tłumem. Na herbatce. Kto wpłacił odpowiednią sumę na kościół, był zapraszany na herbatkę i błogosławieństwo, papieża całowało się w haft na pantoflu. Kobiety musiały mieć nakrytą głowę, skocz no, duszko... o, tu jest szal koronkowy, który specjalnie kupiłam na tę wizytę. A tu w tej szufladzie taki dyplom od papieża, odpust zupełny: w godzinie śmierci wystarczy westchnąć... i już jesteś w niebie. W kancelarii papieskiej takie papiery sprzedawali. To znaczy za darmo dawali, a my dawaliśmy ofiarę na kościół. Dziadek złościł się, że to bzdura, ale ja wolałam wziąć. Poza tym w Rzymie ładnie nawet, tylko ruin za dużo. Powinni to byli dawno uprzątnąć, ale Włosi to leniwy naród...

Pod wieczór, gdy wspomnienia wzbierały i puchły, parapet okna, przy którym siedziała w fotelu babcia, zamieniał się w ladę sklepową. Przeciągałyśmy przez obrączkę cieniutki szal kaszmirowy, oglądałyśmy lakowe chińskie puzderko, głaskałyśmy jedwabie i wełny, przymierzałyśmy cieniutkie skórkowe rękawiczki, przywiezione z ukochanego Drezna. Wreszcie babcia powiedziała ze smutkiem:

Leonard Brokl (w białym kapeluszu) na statku wycieczkowym w Abbazii (dziś Opatija), fot. Atelier Betty, 1907.

– I w ten sposób zjeździliśmy całą Europę. Ale jak jechaliśmy przez kanał La Manche, to o mało nie umarłam. Musieli zawrócić statek, a myśmy wrócili do domu. Doktór powiedział, że nie znoszę morskiej podróży. Nie mogłam już dłużej podróżować z dziadkiem, nie zwiedzałam już żadnych obcych krajów, tylko patrzyłam, jak zwozi te wszystkie niepotrzebne książki, które tylko dom zagracają. Odtąd, jak na złość, miał interesy wyłącznie w Anglii i Ameryce…

Arkadia

Każdy z nas nosi w sobie arkadię, obszar utraconego dzieciństwa, rządzony nierzeczywistymi prawami nieistniejącego już porządku. Moja arkadia miała wymiar i kształt skromny: wieś okolona wzgórzami, łąki nad wąską rzeczką, sosnowy las, pola poprzecinane groblami usypanymi z kamieni, kamienny dom z drewnianym gankiem, sad z czereśniami, lepkimi od soku.

Tak to wyglądało z pozoru, dla obcego przybysza, który – gdyby w ogóle zechciał się tu fatygować z miasta odległego o dwadzieścia kilometrów – dotarłby zamieniony w białą kukiełkę, wszystko bowiem: i szosa, i pola wzdłuż szosy, przesycone było wapiennym pyłem, który wżerał się w oczy, usta, włosy, a ubranie pokrywał białym płaszczem. Drewniane koła furmanek, okute żelaznymi obręczami, klekotały po nierównej drodze, z daleka zapowiadając gościa.

Mój świat był jednak całkowicie od dźwięków dolatujących z szosy niezależny; wszystko, co dawało szczęście, było na miejscu. A więc, przede wszystkim, trawa. W ogrodzie puszysta i przetykana dzikimi kwiatami – na wiosnę szukałam w niej żółtych gwiazdeczek pięcioramiennych, lśniących jak emalia, płożących się nisko, tak że trzeba było rozchylać źdźbła trawy głęboko, do samej ziemi; można też było tam czasem znaleźć dziką truskawkę, maleńką jak poziomka, o smaku pełnym słońca. Na podwórzu trawa była krótsza, gęstsza, uginała się jak dywan. Spacerowały po niej krowy i piękny koń kasztan, który znał różne cyrkowe sztuki.

Ogród dzieliła od podwórza aleja klonów i akacji. Olbrzymia samotna akacja rosła też na rogu, koło wozowni, obsypana na wiosnę białymi gronami. Czy znacie zapach kwitnącego klonu? Jest to niewątpliwie drzewo męskie, poważne, nawet w porze, kiedy obsypane jest skrzydełkami *nosków*, ale wczesną wiosną zamienia się w olbrzymi kwiat, złożony z malutkich, żółto-zielonych bukiecików, lepkich od miodowego zapachu. Taka akacja to drzewo pożyteczne: chłopi przychodzili, aby naciąć jej gałęzi na szprychy koła, nawet świeżo ściętą da się palić w piecu, można jeść jej kwiaty, smaczne jak owoce, jest piękna – ale moim najukochańszym drzewem zawsze pozostanie klon. Więc tyle o drzewach. A nie, przecież były jeszcze kasztany, z których wyłuskiwało się lśniące cielątka i źrebaki, i była ogromna lipa, która kradła słońce z południowego okna, a ocieniała krzewy pąsowego bzu. *To nic* – mówiła babka – *za to jak już wszędzie bzy przekwitną, u mnie bukiet przed oknem stoi.*

Lala w ogrodzie w Kielcach lub Lisowie, ok. 1924.

W upalne dni można się było ukryć pod ogromnymi parasolami jaśminów. Chowałyśmy się tam z wiejskimi dziećmi, głuche na nawoływania dorosłych. Obok nas grzebały kury, a dzieci opowiadały się w dziwnych sprawach, do których nie miałam dostępu: o kąpielach pod kołem młyńskim, o nocnej pasionce, o pieczeniu kartofli, o wyprawach na cudze jabłka. Konie wyganiało się na błonia, siedziało się przy ognisku, słuchało strasznych bajek o diabłach, księżyc świecił, konie chrupały trawę po nocnej rosie, gdzieś w oddali pies zaszczekał; dzieciaki grzały się starymi kożuszkami, dymem z ogniska i własnymi, ciasno przytulonymi ciałami; jeśli przysnęły, za chwilę budziły się nagle, przerażone parskaniem chrap pasącej się kobyły. Jabłka zaś najlepsze były u księdza i na folwarku, bo poza tym na wsi nie było żadnego sadu, tu i ówdzie rosła tylko niebotyczna, zdziczała jabłonka lub polna grusza, ulęgałka. Więc chłopaki zakradały się na plebański ogród, i to nie był żaden wstyd, ani grzech – oczywiście w pojęciu chłopaków, a nie księdza. Trzeba było znaleźć dziurę w płocie, cichutko przez nią przeleźć i wskoczyć na upatrzoną wczesną jabłonkę. W bluzach z gumką na dole można było zmieścić kilka kilo. Jeden musiał zostać na zewnątrz, na czatach, później sprawiedliwie oddawano mu jego dolę. Jeśli tylko coś im zagroziło – na przykład pies już był spuszczony z łańcucha albo gospodyni coś usłyszała – ten stojący na czatach odwracał uwagę. Mógł barabanić kluką po sztachetach lub inaczej drażnić psa – reszta uciekała na bezpieczną odległość, a księżowy burek aż chrypł od furii.

To były jednak sprawy zakazane, nawet myśleć o tym nie było można. Myśmy chodzili do lasu, nad rzekę do *łany*, czyli kładki nad rozlewiskiem wśród łąk, o których sąsiedzi mówili: *tyle tam kwiatów, że herbatę można parzyć z tego siana*. W mieście ludzie nie wiedzą, jak ziemia potrafi pachnieć. Na wiosnę, w czas orania, gdy skiby odwalają się lekko, skruszone przez zimowy mróz, ziemia pachnie jeszcze tym utajonym, głęboko schowanym styczniowym zimnem, świeżym i orzeźwiającym, jak pierwszy śnieg.

Potem zagrzewa się i wydobywa z głębi ukryte zapachy: ciepłych zbutwiałych liści, przegniłego dawno nawozu, ziół. W lecie pachnie albo świeżym deszczem, albo, w czas suszy, prażonym kurzem, przywiędłą miętą lub słodką trucizną żółtego łubinu. Jesienią łętami, mchem, a całe pole owiane jest dymem pieczonych kartofli; czasem z pobliskich sadów nadleci powiew smażonych w kotłach powideł lub kwaśny odór psujących się jabłek. Są jeszcze stawy, gdzie butwieje trzcina i zagajniki, w których rosną podgrzybki – one też mają swój zapach.

I ta ziemia narzucała terminy wszystkim, nawet czupurnym młodym kawalerom. Wieczorne wyprawy do sąsiedniej wsi i nocne stamtąd wracanie, swaty, wesela, chrzciny – wszystko to było zawsze uzgodnione z ziemią, która pozwalała chodzić do dziewczyny, dopiero kiedy skończyło się robotę. Jeśli któryś chciał statecznie, w dzień, to późną jesienią i zimą; ale jeżeli rozmarzyło go słonko wiosenne, to mógł tylko kraść godziny nocne – wymieniać pocałunki w długim cieniu drzewa, gdzie pary chowały się przed ostrym światłem księżyca. Ziemia nie dawała zwolnień, za dnia była robota. I z weselem czekało się do zakończenia żniw, z chrzcinami na wolniejszą, zwolnioną przez ziemię chwilę.

Droga do lasu, jak wszystkie drogi w tej okolicy, usiana była kamieniami, na których widniały odciski muszli, paproci, owadów (dopiero po latach dowiedziałam się po jakich skarbach deptaliśmy codziennie); takie same odciski znajdowałam na *kamionkach* wśród pól, gdzie chodziło się wiosną po fiołki i żółte *kluczyki*, i po gałęzie tarniny, kwitnące różowo, jak u Prousta. Latem nastawał czas owoców: ciężkie czereśnie pryskały sokiem, spadając z drzew wysokich jak topole, od opadków papierówek i śliwek drętwiał język, na podwórzu trawa żółkła od słońca. Kiedy otwieraliśmy furtkę do ogrodu, koń bezszelestnie zjawiał się za naszymi plecami i odsuwając nas od płotu, podstępem wślizgiwał się do sadu. Tu trawa była bardziej zielona, leżało pełno owoców – on też chciał mieć swoją Arkadię; ostrożnie przechodził koło klombów pełnych pachnącej werbeny, omijał pąsowe piwonie i aleję żółtych lilii, i lekkim kłusem podążał w odległy róg ogrodu, udając, że go w ogóle nie ma. Gorzej, kiedy z zamieszania korzystały krowy, chamki, które nie miały w sobie nic z elegancji kasztanka; przełaziły prosto przez klomb, tratując werbeny, pozostawiając placki nawozu, pakowały się na aleję liliową, i rozpoczynały dzieło zniszczenia. Za krowami zresztą natychmiast lazły kaczki i gęsi. Ale o tym lepiej zamilczeć!

Jesienią były oczywiście jabłka, gruszki, ale to nie było najważniejsze – najważniejsze były żółte, czerwone i pomarańczowe liście klonów, szeleszczące pod stopami. Dymy z palonych kartoflowych łęcin niosły się z daleka, wróżyło się z nich pogodę. Ale najlepiej było wejść wieczorem na dach piwnicy, stojącej w cieniu ogromnej akacji; jeśli widać z niej było ruiny zamku królowej Bony, otoczone lekką mgiełką – pogoda murowana; jeśli zamek rysował się ostro – czekał nas wiatr, a jeśli ukrył się za mgłą – deszcz. O zmierzchaniu można było jeszcze ukraść trochę słońca, siedząc w jadalni na dziadkowym fotelu przy oknie. Wielka kula słońca zachodziła za górę i las, i zapalało się lampę naftową, wiszącą nad ogromnym stołem.

*

Kiedy po latach wróciłam do swojej Arkadii, zrozumiałam jak zwodnicze były ścieżki szczęścia, po których chodziłam w dniach dzieciństwa.

Droga do lasu była kamienistym traktem bez odrobiny cienia, na którym kobiety, niosące w upalne południe dwojaki z jedzeniem dla kosiarzy, i gęsiarki, pędzące gęsi na dalekie błonia, obtłukiwały bose nogi. Kamionki, porośnięte różową Proustowską tarniną, nie wyrosły same. Rokrocznie po orce trzeba było wybierać kamienie z pola i układać je w pryzmy, aby na tej jałowej glebie w ogóle cokolwiek wyrosło. Las, wspaniały las mego dzieciństwa, okazał się karłowatym sosnowym zagajnikiem, dusznym i suchym, rzeka – skąpą strugą, na której nigdy nie zbudowano mostka; nadal trzeba było przechodzić po chybocącej kładce, bo ci zza rzeki twierdzą, że to nie ich grunt, a nasi, że to tamtym potrzebny most, bo chodzą tędy w niedzielę do kościoła. Tylko łąka rodziła zioła, z których herbatę można parzyć.

Gdybym była turystką, mogłabym poprzestać na zachwycaniu się drogą, wijącą się malowniczo wśród omszałych chałup, niebieskimi pasami na bielonych ścianach – znak, że w domu jest panna na wydaniu – strumyczkiem obrośniętym krzewami tarniny, suszącymi się na chwaścianych płotach glinianymi garnkami.

Byłam jednak stamtąd. Widziałam więc drugie dno: trzydziestoletnie staruszki, które zdążyły już pochować czworo, pięcioro dzieci – *płakała, płakały, pomarły*; widziałam tragiczne lub zapite oczy mężczyzn bez jutra, rozmawiałam z nauczycielem, który rozkładał bezradnie ręce, mówiąc: *kolejny rok, że wszyscy powinni iść do miasta na dalszą naukę, tacy zdolni, ale cóż, jak jeden pójdzie, to będzie dobrze*; widziałam okienka zasłonięte ściółką, żeby nie zmarznąć w zimie, podwórka z rozlaną gnojówką, w której bawiły się obdarte dzieciaki.

Nic nie zostało z Arkadii. A potem przyszła wojna i zniszczyła nawet klony i akacje.

Studium w czerwieni

Kto choćby część życia spędził wśród wiejskich pór roku, nigdy nie zrozumie kalendarza zaczynającego się od stycznia. To jesień zaczyna i kończy rok, to jesienią dojrzewają jabłka i sprawy ludzkie, także miłość, zrodzona wiosną i w upalne czerwcowe noce; jesienią sprząta się zboże do stodół i schnące badyle z pól, suszy się śliwki, smaży powidła, układa na półkach złote gruszki, żeby nie brakło słońca, kiedy zapadniemy w zimowy sen.

W porze smażenia konfitur i powideł, wrzesień jeszcze łudził popołudniowym słońcem. Najcieplej było na przyzbie koło spichrza; osłonięte murem od północy i wschodu, kradłyśmy ostatnie ciepło lata. Można tam było łuskać fasolę lub groch i słuchać opowiadań folwarcznych dziewuch. Mama denerwowała się bardzo tym moim znikaniem, ale o ileż tam było ciekawiej niż na naszym pięknym ganku, oplecionym dzikim winem, wśród pelargonii i bluszczów, i zawsze tych samych wspomnień babki.

Koło spichrza było przede wszystkim straszno. Mówiło się o strzygach i wilkołakach (ale tym się nie przejmowałam, wiedziałam, że to na niby), mówiło się też o rzeczach prawdziwych, ale strasznych: o utopionym nieślubnym dziecku, o chłopaku z sąsiedniej wsi, co się nie chciał żenić, o pieniądzach na posag, który zeżarły myszy, o wisielcu, o kacie. Kat miał czerwone rękawiczki, czerwone buty i wziął się z piosenki:

Pod szerokim jaworem, jaworem, stała lipka zielona,
A pod tą lipką piękna Krakowianka złote włosy czesała –

Król się o tym dowiedział, dowiedział, w osiem koni przyjechał
Ach witaj, witaj piękna Krakowianko, chcesz mię króla na męża?

Nie pamiętam, co tam było o tym niechceniu, ale czemuś Krakowianka króla nie chciała. Może nie zamierzała opuścić szerokiego jaworu? W każdym razie król się rozgniewał i wezwał kata, kat gdy ujrzał piękną Krakowiankę natychmiast się w niej zakochał i chciał żenić. Krakowianka na to: *Nie chciałam być królewną, królową, a tym bardziej katową, ach, ścinaj, ścinaj moją białą szyję, niech ja już więcej nie żyję*. Dlaczego nie chciała żyć? Czy dlatego, że była zbyt piękna? *Krakowiankę ścinali, ścinali, aniołowie płakali*... Straszno.

– Czy kat zawsze nosi czerwone buty?

– Zawsze.

– I rękawiczki?

– No, nie wiem, ale w butach musowo chodzi. Boć przecie z miasta.

Kiedy słońce przestawało grzać pod spichrzem, przenosiłyśmy się do sadu, gdzie, w miedzianym kotle zawieszonym nad ogniskiem, smażyły się powidła. Honorka mieszała kopyścią, ale powidła się przypalały, bo Honorka nie miała głowy do powideł. Szła za mąż. Szła za niekochanego, ale trudno, co mąż, to mąż. Babka wyprawiała Honorce wesele na całą wieś. Huczne. Honorka służyła u babki pięć lat, należał się jej ten splendor. Wesel na wsi tej jesieni było kilka – zawsze sprawiało się wesele jesienią, po sprzęcie, pierwszej młócce i siewie ozimin, kiedy kury już tłuste, więc można ubić, a i czasu trochę więcej – ale Honorczyne miało być pierwsze z pierwszych, zapamiętane na lata.

Szron już ściął trawę tego ranka, gdy Honorka stała w bieli w naszej jadalni, a baby przypinały na niej, jak na drzewku wigilijnym, gałązeczki mirtu. Mama przyniosła białe niciane rękawiczki – „Włóż to Honorciu, będzie ci ładniej" – welon spiętrzony falbaniasto otulał jej głowę jak czepiec; oczy, zawsze śmiejące i szafirowe, dziś były czerwone i napuchłe od płaczu.

– Płacz, płacz Honorciu – mówiły baby – bez płaczu ślub nieważny, trza płakać na zamęście, to będzie szczęście.

Potem była muzyka, stoły rozstawione pod kloszami, tańce w starej, wielkiej kuchni, od dawna nieużywanej; pod dom zajeżdżały umajone wstążkami bryczki, koniki strzygły uszami utopionymi w kwiatach, po podwórzu zataczali się nieznajomi parobcy, śpiewając ile sił.

I właśnie wtedy zobaczyłam kata. Szedł z piękną Krakowianką, pomału, statecznie – nie był pijany. Sznury korali z odpustu lśniły na jej gorseciku i brzęczały, buciki sznurowane lśniły, a on, on miał czerwone glansowane buty.

Wtedy dopiero zrozumiałam, jak naprawdę może być straszno.

Z krzykiem zaczęłam uciekać do domu, do mamy, a kat w czerwonych butach, porzuciwszy piękną Krakowiankę, pobiegł za mną. Zdążyłam wpaść na ganek, do przedpokoju i zatrzasnąć drzwi.

Przez całą młodość uciekałam w snach przed tymi czerwonymi butami, wpadałam na ganek i ryglowałam drzwi. Nikt mi nie wierzył. Nikt nie pamiętał kata na Honorczynym weselu.

Aż przyszła pora, gdy o kata było łatwiej niż o śpiewkę i bajkę. Pojechaliśmy do tajnego młyna, żeby zemleć zboże na chleb. Klucząc przed Niemcami, dobrnęliśmy do leśnego strumienia, stareńkie młyńskie koło obracało się z wolna, na ganeczek wyszedł młody jeszcze mężczyzna – i nagle go poznałam.

– Czy pan kiedyś… piętnaście lat temu… miał czerwone buty?

– Miałem, ale skąd pani pamięta? Przecież pani była maleńka…

– A był pan na weselu Honorki?

– Byłem. Byłem. W tych czerwonych butach byłem. Tę skórę czerwoną to se z Saksów przywiezłem. Ale też pani pamięta!

*

Jak już posprzątano w polu i w zagrodzie, można się było wziąć za umieranie. Babki były wprawdzie pożyteczne w czas pasionki i rwania chwastu, lecz w zimie zajmowały tylko miejsce za piecem.

Dzieci, owoc czerwcowych, upalnych uniesień, rodziły się zwykle wiosną – wtedy taka babka, najbardziej nawet niedołężna, chwytała świeży powiew marcowego wiatru i zgłaszała się do swego zajęcia: kołysania maluśkiego; ale jesienią, gdy w nudę szarej godziny słońce zaszło za las, a jeszcze nie zapalało się lampy, gdy deszcze zasłoniły okienka chałupy, szargane przez pluchę jesiony stukały w dach, a w kominie pojawiało się ze świstem złe – nic nie zachęcało do dalszego trwania. Babki wyjmowały ze skrzyni świąteczne, alpagowe czarne spódnice, lamowane tasiemką, czarne, przetykane jedwabiem chustki szalinówki, prały koszule, i cerowały pończochy, aby nie dać się zaskoczyć, gdy przyjdzie to, co i tak kiedyś nadejść musi. Przygotowany strój kładły na wierzchu w skrzyni, dawały ostatnie rozporządzenia i czekały, pogodzone z jutrem. I to było zwyczajne. Na pogrzebach trzeba było pozawodzić i popłakać, żeby złożyć hołd odchodzącej duszyczce, ale nikt nie buntował się ani nie dziwił.

Bywało jednak, że jesienią odchodził ktoś młody. Wtedy lament szedł po wsi. A najgorzej, jak zostawały sieroty.

Tamtej jesieni, co Honorka szła za mąż, a kat tańcował na jej weselu, trochę później, może tydzień, może dwa, czekało mnie drugie pożegnanie – smutne i żałobne. W czworakach dopiero co urodził się śliczny chłopczyk, nowa lalka do niańczenia, ale nie zajmowała się nim matka, tylko stara babka. Kąpała go w odlewku z kartofli, a zamiast piersi dawała w szmatkę zawinięty i pogryziony kawałek cukru. Jakoś na tym cukrze i odlewku rósł sobie dobrze, ale w chałupie było coraz smętniej, bo młoda Bronka nie mogła dojść do siebie po tym urodzeniu. Po izbie snuły się umorusane dzieciaki. No i powiedzcie, Bronka zawsze już po dwóch dniach do roboty szła z noworodkiem zawiniętym w chusty, a tu leguje i leguje. Ba, nie tylko leguje, lecz i przedziwnie kaszle, jak dziecko w kokluszu.

Niedługo było tego kaszlu. Z miesiąc minął, i dzwony w kościele ogłosiły, że w czworakach jest nowy wdowiec do wzięcia i nowe sieroty do obrządzania.

Pięknie wyglądała Bronka w trumnie, wyścielanej haftowanymi ręcznikami: warkocze jak u panny po obu stronach twarzy leżały grube, złotawe. Tylko rumieńców brakło i tego leniwego uśmiechu, którym witała odwiedzających w chorobie.

Dzień był rozmazany, kwiaty przekwitły, nawet gałązki mimozy sczerniały od deszczów. Przeszukałyśmy z mamą cały ogród – żadnego kwiatka! Ale na krzaku dzikiej róży – *babicy*, jak mówiło się w tamtych stronach – czerwieniły się wspaniałe jagody.

Nigdy nie zapomnę tego bukietu, leżącego w nogach młodziutkiej matki, tak kolorowego – i tak kłującego, tak gorzkiego jak krótkie życie wiejskiej kobiety. Mąż, pijany z okazji pogrzebu, już się rozglądał za przyszłą gospodynią, dzieci płakały, nie rozumiejąc jeszcze, baby w mroku szarej godziny szeptały zdrowaśki – i tylko ten bukiet zarył się w ostatnim błysku wpadającego przez okienko światła.

Niedziela

Niedziela – sam dźwięk tego słowa dla człowieka pracującego cały tydzień bez chwili wytchnienia ma jakiś urok; wszystkie myśli, wszystkie zamierzenia sumują się wokół tego dnia, w którym każda minuta będzie inna od minut dnia codziennego. W izbie stoją dwie skrzynie: w jednej, starej i nieważnej, walają się parciane serdaki, podszyte pakułami, wypełźnięte zapaski, połatane portki robocze, zgrzebne, pocerowane koszule, bluzy cajgowe i drelichowe. W drugiej, malowanej w kwiaty i kogutki, ułożono starannie wyprasowane spodnie, haftowane koszule, surduty, kwiaciaste chusty z frędzlami: ubranie od niedzieli, od święta.

Już sobotnie popołudnie żyje przedsmakiem dnia jutrzejszego. W stodole gospodarz z synami rżnie podwójną porcję sieczki i ściąga z poddasza ogromne wiązki siana. Dziewczęta przynoszą więcej kartofli, na kominie pyrkoce dwudniowa porcja dla świń. Nad całą wsią unosi się chmura piaszczystego kurzu – to dziewczęta zamiatają brzozowymi witkami podwórka i drogę przed domem.

Zmierzch daleko niesie głos matek, nawołujących dzieci, które zawsze przepadają w głębi cudzych ogrodów i chałup. Czeka już na nie szeroka balia, parująca pod sufit. Potem, kiedy już wszyscy wyszorowani, z czystymi nogami pokładą się do łóżek, gospodyni, obieliwszy wielki, pół izby zajmujący piec i pomywszy podłogi, może na chwilę pomyśleć o sobie. Może siąść w czystej koszuli przy stole, położyć spracowane ręce na podołku i ucieszyć się, że jutro nie pójdzie w pole. Może postawić nadszczerbione lusterko i przyjrzeć się ze zdumieniem mało znajomej twarzy o zmęczonych oczach, spalonej wichrami skórze, i użalić się nad młodością, która niepostrzeżenie odeszła nie wiadomo kiedy.

Lisów, w głębi kościół i droga, po prawej kawałek budynku czworaków, fot. Zygmunt Karpiński (?), ok. 1942.

W niedzielę od rana dziewczęta przebiegają od chałupy do chałupy, pożyczając węgli do żelazka, umawiając się do kościoła, przypominając sobie w ostatniej chwili o jakichś niezmiernie ważnych sprawach, które trzeba natychmiast przekazać przyjaciółce. Jeszcze jedno dotknięcie włosów, rozprostowanie wstążki u warkoczy, przygładzenie spódnicy i ze śmiechami i porozumiewawczym poszturchiwaniem, wybiegają na drogę. Ale tu już trzeba zachować powagę, bo z chałup wysypują się chłopcy. Wypomadowani, w białych koszulach, pobłyskujący cholewami butów, podchodzą do dziewcząt, zastępują im drogę, zaczepiają bardziej lub mniej natarczywie. Wtedy one zbijają się w gromadki, sznurują usta i stąpając z godnością i patrząc prosto przed siebie, udają, że nie widzą gorących spojrzeń, nie słyszą uwag, propozycji, zachwytów. Żadna z nich za nic w świecie nie przyznałaby się nawet przed samą sobą do tego omdlenia, które pęta jej nogi i ciąży w całym ciele, do tego ciepła, które rozlewa się w żyłach od chłopczyńskich zalecanek.

Dzwony biją dopiero po raz pierwszy – to znak dla odległych wsi, by zbierały się do drogi. Jest jeszcze dużo czasu, poranne słońce łagodnie rozprasza mgły, można spacerować po drodze, można też od niechcenia skręcić na cmentarz, gdzie, z dala od spojrzeń dorosłych, chłopcy zachowują się śmielej. Czasem zazdrosnym spojrzeniem złapią parę trzymającą się za ręce – to narzeczeni, już pewno po zapowiedziach.

Ledwo odezwie się jękliwy głos sygnaturki, wychodzą z domów gospodarze. Idą statecznie, odświętnie wygoleni, ciężko stawiając stopy w wyglansowanych butach. Zatrzymują się przed stopniami przed bramą kościelnego muru, witają się wylewnie, skręcają papierosa i rozmawiają o swoich męskich sprawach.

Kobiety nadchodzą ostatnie, już zmęczone porannymi zajęciami, zdyszane.

Kościół żarzy się od migocących świateł, złocone barokowe anioły tańczą u obu boków ołtarza, kwiaty stoją sztywno w glinianych wazonikach. Ze ścian, z sufitu, z witraża patrzą słodkie Matki Boskie, frasobliwi Chrystusi, surowi święci i wleczone za włosy męczennice. Piskliwe głosy zawodzących bab łączą się z pohukiwaniem mężczyzn i unoszą razem wśród dzwonków ministrantów i zapachu kadzidła, aż po strop, gdzie królują sławne na całą okolicę organy. Jak te organy brzmią naprawdę, trudno komukolwiek dziś powiedzieć, bo od lat nikt już nie widział organisty trzeźwego – a jak sobie lepiej popije, to już zupełnie nie wiadomo, co wygrywa, i nawet ksiądz nie bardzo może się w tym połapać.

Arystokraci miejscowi, rzeźnik, sklepikarz, wójt, sołtysi i paru bogatszych gospodarzy z okolicy, nie mieszają się z tłumem głównej nawy. Stoją godnie w zakrystii, a gdy dzwoneczek ministranta rzuca wiernych na klęczki, oni przyklękają tylko na jedno kolano, podkładając pod nie czystą chusteczkę.

[...]

Werble

Babka, zawsze niezwykle dbająca o swój wygląd, w swoich czerniach, piórach i aksamitach, w Dniu Zadusznym wkładała kapelusz z woalką, a zamiast złotego łańcuszka ozdabiała suknię czarnymi dżetami, lub różańcem z hebanu. Bo właśnie w Zaduszki, nie pierwszego, jeździliśmy wszyscy – wolantem, który miał już za sobą długą drogę ze wsi – na wojskowy Cmentarz Zasłużonych.

W tamtych stronach w Zaduszki brał już mróz, nadmarznięte liście chrzęściły pod kołami wolantu, było odświętnie i straszno. Mama, ogromnie zdenerwowana, gubiła to rękawiczki, to torebkę, to parasolkę; wtedy na scenę wkraczał ojciec, spokojny i opiekuńczy i wszystko wracało do ładu.

Przyjeżdżaliśmy na cmentarz po obiedzie. Stali już tam szeregiem żołnierze, jeszcze w pozycji „spocznij", i przytupywali zmarzniętymi nogami, dopóki nie zjawi się kapelan w towarzystwie oficerów.

Orkiestra ustawiała się zawsze niedaleko grobu dziadka. Czekałam w napięciu na marsz żałobny – ale najważniejszy był apel.

– Baczność! Na ramię broń! Prezentuj broń!

No i zaczynało się to najważniejsze: najpierw werble, potem oficer wyczytywał z listy nazwiska, a z grupy występowali kolejno żołnierze i odpowiadali:

– ...poległ na polu chwały pod Rokitną 13 czerwca 1915 roku!

I werble.

– ...poległ na polu chwały pod Krzywopłotami 17 listopada 1914 roku!

I znów sucha, żołnierska partita werbli.

Minęło prawie pół wieku, a ja wciąż pamiętam tę twardą, zmrożoną ciszę, w którą wpadały słowa oficerów i głuche uderzenia, przeznaczone dla tych, którzy nie mogli już przecież nic usłyszeć.

Leonard Brokl, ok. 1880.

Zawsze dopominałam się o nazwisko dziadka: dlaczego nie wyczytują jego nazwiska, przecież i dla niego to granie? Prawda? Przecież leżał tam, przy innych, wywyższony po śmierci przez tę jedną, jedyną decyzję swojego życia. Tłumaczono mi to corocznie i co roku nie mogłam zrozumieć, że nie grają mu werble dlatego, że wtedy, w 1863 nie zginął; że od tamtego czasu przeżył jeszcze ponad sześćdziesiąt lat życia pełnego sukcesów i zaszczytów, że przypadły mu nie tylko miłość, mądrość i sława, ale nawet – wprawdzie przemijające – bogactwo, stanowiska; że było to życie bujne, może nawet odrobinę awanturnicze.

Podobnie jak Niechcic wrócił z powstania z przestrzeloną burką, ale – jeśli nie liczyć przytępionego słuchu – ominęły go wielkie spustoszenia. Był na to chyba zbyt młody; nie miał – prócz licznych talentów – nic, więc nic mu się skonfiskowano. Na wszelki wypadek pojechał *za granicę*; za tą granicą był Kraków, gdzie dokończył zaczętych studiów, by, wspinając się błyskawicznie po stopniach kariery naukowej, dojść do stanowiska profesora uniwersytetu. Wtedy mógł już sobie pozwolić na dekonspirację – Rosja potrzebowała fachowców, w Rosji nawet tacy jak on, austriaccy poddani, robili karierę i zdobywali majątki. Przechodził różne koleje losu, wygrywał i przegrywał, zdobywał i tracił, podróżował do wszystkich krajów starego i nowego świata, korespondował z uczonymi Europy, Ameryki i Azji, by pod koniec życia znów wszystko stracić i wrócić do punktu wyjścia.

Wtedy przypomniano sobie, że był powstańcem. Przestrzelona burka dochowała mu wierności – wkładał ją wieczorami, siadując, w źle opalanym pokoju, w fotelu, który potem odziedziczyłam. Renta powstańca pozwoliła i jemu, i babce na skromne utrzymanie, bez potrzeby wyprzedawania biblioteki, mebli, dywanów.

Kiedy doszedł do kresu, wszystko, co w życiu zdziałał, okazało się nieważne lub mało ważne: majątki przepadły, stanowiska przeminęły, prace naukowe przebrzmiały, urwały się kontakty ze światem – została jedna najważniejsza decyzja: któregoś dnia, w styczniu tysiąc osiemset sześćdziesiątego trzeciego roku młodziutki student zdjął ze ściany krócicę i pociągnął w pole, narzuciwszy na plecy burkę. Zupełnie jeszcze nieprzestrzeloną.

Róże

Dom był wielki, ale mocno wrośnięty w ziemię i z zewnątrz niepozorny. W lecie zapach lip, akacji i kwiatów szedł stąd na całą wieś – ale w zimie nikt nie zazdrościł starszej pani tego pustkowia. Zdarzało się tak, że gdyby Iwański nie przekopał tunelu spod swojej chałupy do *dworu*, jak po dawnemu nazywano dom, to starsza pani mogłaby tam po cichutku umrzeć, bo nie potrafiłaby wyjść przez zaspy, zbyt wiekowa już była, zbyt niedołężna.

Wprawdzie po dawnemu wysoko nosiła głowę, czarne, aksamitne suknie były czyste, białe włosy równo ostrzyżone, wprawdzie nadal chętnie opowiadała odwiedzającym ją babom o zagranicznych wojażach i wizytach u papieża – ale to już nie to co dawniej. Wolant się zepsuł, nie było pieniędzy na reperację i pani starsza parę razy była już w kościele piechotą. Zrywali się, żeby zrobić jej miejsce w stojącej przy ołtarzu kolatorskiej ławce, ale czuli, że z dnia na dzień coś w niej kruszeje.

Mimo to każda dziewczyna po dawnemu marzyła, żeby się dostać do wielkiego domu na służbę. Nie, żeby tam było specjalnie dobrze, jakieś prezenty czy przysmaki, bo staruszki nie stać już było na żadne luksusy – dobrze, że miała tę rentę powstańczą – rzecz w tym, że żadna z dziewczyn nie nabyła się u niej dłużej, niż rok, albo i pół, i już wychodziła za mąż. Mówiono, że pani starsza ma *lekką rękę* – no, ale Stefce to chyba najlżejsza ręka nie pomoże.

Cała wieś chichotała, czy też pani starsza wyczaruje tej brzyduli kawalera – bo też i takiego brzydactwa jak świat światem na wsi nie widziano; wszystko w niej było jakieś krzywe, niewydarzone, ustawione w nieodpowiednim miejscu. Nawet szafirowe oczy, patrzące łagodnie i rzewnie, były jakieś koślawe, przez co nie było w nich widać ani łagodności, ani szafiru.

*

Patrzyły się na siebie obie: stara, piękna kobieta, wysoka i władcza, i mała, zabiedzona dziewczyna; z niepokojem myślały, że przeżyją pod jednym dachem przynajmniej jedno lato i przynajmniej jedną długą zimę, odcięte od świata, zasypane śniegiem, zdane na siebie.

– Proszę cię dalej.

Stefka stanęła na progu i spuściła oczy; blask malowanej podłogi, ściany pokryte obrazami, lustra, dywany – wszystko było zbyt piękne, aby było prawdziwe. Pociągnęła ręką po aksamitnym obiciu fotela, dotknęła lśniącego pudła fortepianu.

– Będę u pani, bo tu jest jak w kościele.

Starsza pani roześmiała się, a potem już wszystko było jak należy: pani siedziała u siebie w fotelu z książką lub szyciem, czasem tylko przychodziła do kuchni, żeby coś zarządzić, a potem znów żyły w dużym domu obok siebie – niby bliskie, a tak samotne w oddzielnych światach.

Najwięcej lubiła Stefka sprzątać. Stawała ze ścierką w ręku na środku pokoju i patrzyła. Żyrandol chwiał się leciuchno w przeciągu, dzwoniąc szklanymi wisiorkami, portrety na ścianach pobłyskiwały bielą koronkowych kołnierzy i mankietów, samowar lśnił w słońcu. Na porcelanowych tacach ktoś namalował tyle różnych owoców, że Stefka co dzień odkrywała nowe ich gatunki. A potem trzeba było wracać do kuchni, która była wielka i pusta. Nic nie było w niej ładnego, prócz rzędu wyszorowanych garnków.

W listopadzie pani starsza zauważyła, że schodzi bardzo dużo nafty.

– Czy ty, Stefka, nie przesiadujesz tu z kim po nocach? – zapytała, sama nie wierząc, że to możliwe.

Dziewczyna zaczerwieniła się po korzonki włosów, ale nic nie odpowiedziała, tylko gorliwiej szatkowała kapustę.

*

Pasjans nie wychodził już po raz czwarty. Zasiedziała się do późna, w noc, i poczuła się nagle bardzo zmęczona. A zresztą, gdyby nawet wyszedł, co by się zmieniło? Cóż można dziś wywróżyć z pasjansa? Król kier odszedł w zapomnienie, damy pik przestały być groźne; co najwyżej sprawdzić, jaka jutro wypadnie pogoda. I z tą Stefką takie niespodziewane kłopoty. *Dziwne* – myślała, składając karty – *czyżby i na tę znalazł się jakiś amator?* Bo jednak coś tam w kuchni po nocach stuka.

Ostrożnie przekradła się korytarzem, podeszła do drzwi, odczekała trochę i otworzyła je cichutko. Naftowa lampa dopalała się już, zaczynała kopcić i mrugać. Jej migotliwy płomień ledwo dochodził do kątów kuchni i pani starsza nie od razu zorientowała się, co się tu właściwie dzieje.

Najpierw zobaczyła stół, na którym piętrzyły się stosy różnokolorowych bibułek i pęki równo pociętej słomy; na półce, na kredensie, na stoliku, w alkówce przy łóżku, wszędzie tkwiły róże: amarantowe i różowe, żółte i niebieskie z wywiniętymi brzeżkami, sztywne i uroczyste. Ich bibułkowa świeżość i żywotność gryzła się z tym, co było duchem tego domu: przemijaniem, kruszeniem się, odchodzeniem i wspomnieniami.

Kolory tak biły po oczach, że aż musiała odwrócić głowę – i wtedy zobaczyła Stefkę, która, nieświadoma, że ktoś na nią patrzy, stała na piramidzie stołków, zaczepiając pod sufitem ogromnego pająka. Z rogów kuchni biegły złociste ramiona ze słomek połączonych w leciutkie, przezroczyste konstrukcje, przetykane drżącymi płatkami bibułkowych gwiazdek; łączyły się na środku, gdzie wykwitał ogromny pęk bajecznych kwiatów, istniejących tylko w głowie Stefki.

W kolorowych zapaskach, w jaskrawej chustce, trzepotała się jak wielki motyl uwieszony pod kielichem kwiatu; ręce zwinne i szybkie chwytały łańcuchy pająka, łączyły je z nieomylną precyzją konstruktora budującego napowietrzny most. Jeszcze jedno dotknięcie, jeszcze jedna poprawka – dziewczyna odchyliła głowę, aby ocenić całość i… zobaczyła starszą panią, która stała nieruchomo w drzwiach, wstrzymując oddech żeby jej nie spłoszyć, bo stołki w każdej chwili groziły runięciem.

Zszarzała i zgasła. Stała, milcząc, mała, niezgrabna, z gapiowatą miną, nie wiedząc, gdzie podziać wzrok i co powiedzieć.

– Idź spać, już późno. I zgaś światło.

Rano nie chciało się palić w piecu, wiadro z wodą przewróciło się na podłogę i wykipiało mleko. Kiedy więc Stefka niespodzianie ujrzała staruszkę na progu kuchni, przygryzła tylko wargę ze zdenerwowania; ale pani starsza nie zauważyła ani swądu spalenizny, ani nieporządku.

– Ładnie tu u ciebie Stefka – powiedziała, siadając przy wysłużonym kuchennym stole – te twoje róże i ten żyrandol, czy, jak się to u was nazywa, pająk. Do śniadania nakryj mi tutaj.

Opowiadania wiosenne

Pamięci Róży Ostrowskiej

Ta ścieżka jest dla mnie po stokroć, po tysiąckroć bardziej realna,
[niż to,
co mnie dziś otacza – ta ścieżka obsadzona nikocjaną (niektórzy
[nazywali
tę roślinę tytoniem) sprzed trzydziestu i więcej lat.

Róża Ostrowska

Ile w tym wmówienia, a ile rzeczywistości – czy można zapamiętać przeżycia z tak wczesnego dzieciństwa? Nie wiem, ale to moje najwcześniejsze wspomnienie: ścieżka idąca od lipy w głąb ogrodu, po obu stronach liście irysów, wyższe ode mnie, przede mną słońce – i jakiś las pod lipą. Cebula siedmiolatka. I właśnie ta cebula datuje wspomnienie, bo skończyła życie, kiedy miałam trzy lata, więc wtedy musiałam mieć dwa.

Przeżycie... Czy można tak nazwać przejście ścieżką wśród irysów? A czym, jak nie przeżyciem, niezwykle ważnym wydarzeniem jest chwila, którą się pamięta do starości? Do dziś, gdy usłyszę dawno niemodne słowo *siedmiolatka* lub gdy stanę na wąskiej obramowanej irysami ogrodowej ścieżce, przed którą rozpościera się murawa sadu, staję się natychmiast dwuletnią dziewczynką w białej sukience, po raz pierwszy wędrującą samodzielnie w świat.

Aha, był tam jeszcze krzak białego bzu, ale tak bardzo, tak niebotycznie wysoko, że umyka pamięci.

*

Następne wiosny były podobne, ale pojawiają się w nich już inni ludzie. Sadzenie wierzb.

Sadzenie wierzb było bardzo dziwne: dużo obcych mężczyzn, hałaśliwych i szorstkich, którzy odpędzali mnie, krzyczeli, żebym się nie pętała, bo mogą mnie skaleczyć. Wielkimi siekierami odcinali gałęzie od stojącej za stodołą wierzby, rąbali je brutalnie na metrowe kołki i wbijali w ziemię od strony drogi, jak słupy w płocie.

– Dlaczego kaleczycie to drzewo? – płakałam – Nie będzie miało kotków!

– Za to za rok będziesz miała kotków, ile zechcesz. Sama do nich sięgniesz.

I stał się cud. Kołki wbite w ziemię puściły listki i niemal wszystkie zamieniły się w wielkie drzewa, w lecie obsypane popielatoróżowymi, nieco wydłużonymi kuleczkami, moimi najukochańszymi kwiatami z tamtych lat. Ciągle biegałam do tych nowych wierzb, oglądałam je z bliska: żyły! Wprawdzie moje doświadczenia z pędami klonów, lipy i gałązkami kwiatów nie przyniosły efektu i w cieniu jabłonki, pod którą założyłam swój prywatny ogród, wegetowała tylko jedna nędzna pelargonia, ale na własne oczy zobaczyłam sprawy opisywane w bajkach. Więc ci chłopi z siekierami to czarodzieje?

Że byli czarodziejami, niejednokrotnie przekonywałam się potem, już jako dorosła. Umieli, idąc wzdłuż zagonów, opasani lnianą płachtą, siać zboże równiutko jak siewnik; umieli spuszczać w lesie drzewa, umieli zastawiać wnyki, kłaść równiutkie pokosy zroszonej trawy; umieli tak pięknie klepać kosy – dźwięki tego klepania, jak stuk dzięcioła, niósł się po całej wsi, od rzeki, po górę. Umieli naładować furę zboża wysoko pod siódme piętro i tak przeprowadzić konie po wyboistej drodze, że ani ziarnko nie spadło. Umieli też wyrównywać porachunki, po cichu, dyskretnie,

nie odwołując się do żadnej władzy: czasem siekierą, czasem tylko kłonicą. I milczeć o tym umieli. Wiele lat uczyłam się tych wszystkich mądrości, ale z marnym skutkiem. Coś mi jednak z tamtych lat zostało. Zapach ziemi. Tajemnica liści, rozwijających się z martwego kołka.

*

To się robi tak: skacze się na jednej nodze, a ręce, założone na piersiach trzeba tak ustawić, żeby z łokcia była ostroga. I już jest walka kogutów.

Znowu byłam do tyłu. Wiejskie dzieciaki biły mnie na głowę, ale skąd miałam mieć kondycję? Mnie nie wolno było ganiać po rżyskach, wdychać oparów, wstających o świcie znad łąk, turlać się po trawie, brodzić w jeziorkach pozostałych po deszczu. Cudowne były te jeziorka w trawie: nagrzane słońcem, odbijające tęcze, przecinające niebo we wszystkie strony, a czasem nagrzane dodatkowo końskim moczem. I właśnie przez tego konia, który siusiał w nie z prawdziwą przyjemnością, nie pozwolono mi w nich brodzić.

– No i co – wołały dzieciaki – przecież kuń to czyste stworzenie, żeby świnia, abo co, to tak, ale kuń? Kuń to brudu nijakiego nie zeżre, tylko owies i wodę z czyściutkiego wiaderka.

Ale czasem udało mi się wymknąć, w cieple zachodu szuraliśmy bosymi nogami po jeziorku – te z koniem były żółte – w towarzystwie kaczek, nic sobie nie robiących ze zgorszenia kur, które przeskakiwały mokre miejsce, strząsając się ze wstrętem. Tak wówczas wyobrażałam sobie urok zakazanego owocu.

*

W czerwcu kwitły akacje. A mieliśmy ich na podwórzu jak w Hiszpanii – całe morze. Czasem przychodzili chłopi i odcinali konary na orczyki, nas interesowały kwiaty.

– Nie jedz tego paskudztwa – denerwowała się mama – pełno tam jakichś robaczków, będziesz chora.

Ale jak mogłam nie jeść, kiedy wszystkie dzieciaki jadły, kiedy takie to było dobre, słodkie, pachnące! Obrywaliśmy całymi naręczami, potem oskubywaliśmy płatki; najsmaczniejszy był sztywny, słodki pręcik ze środka. W trakcie jedzenia wydłubywało się kolce z nóg – najgorsze były te, które wbiły się w pięty: łamały się i nie chciały wyjść. Po akacjowych ucztach wszystkie dzieciaki kulały. *Hale my zwyczajni tego!*

*

Na wiosnę, *zwiesnę*, jak mówiono w tamtych stronach, ludzie się kochali. Potem w grudniu, styczniu, lutym rodziły się dzieci.

Bardzo im tego zazdrościłam, bo ciągle byłam sama i chodziłam z zadartą do góry głową, żeby złapać jakieś dziecko, które upuści bocian.

U babci służyła piękna Kasia, córka komornicy; matka jej mieszkała w najmniejszej chałupie świata: łóżko, stół i piec. To wszystko. Kasia była biała jak mleko, chusteczkę zawiązywała nisko nad brwiami, w daszek, żeby nie opalić tej białości, a nosiła się prosto, dumnie, hardo – bo im panna biedniejsza, tym bardziej musi o swój honor dbać. Dbała już dość długo, zaczęto nawet już o niej mówić, że stara panna – miała już ponad dwadzieścia lat – ale co dziewczynie po urodzie, kiedy morgów i posagu nie ma. Na posag zarabiała u Babci. I głaskała z czułością czarną jałóweczkę, którą miała obiecaną na wiano. Więc zaglądały chłopaki. – *Ale takie ni z pierza ni z mięsa* – mówiła Kasia – *gęby nie opłaci się do nich strzępić. Fatygi szkoda.*

– Kasiu, a jaki ci się spodoba? Czarny, wysoki, śniady czy blondyn? Mądry, czuły? Kogóż byś chciała?

– Po mojemu chłop do żeniaczki to taki, co i dach poszyje, i wóz naprawi, i cieściółkę zna, i kuniowi i krowie poradzi, i buta zreperuje, i posiać, posieje, i kobitę uszanuje i w kościele się zachowa. A czy un czarny czy biały… co mi tam, bez różnice.

Antek był mały, zwarty w sobie, szybki jak czółenko. Gdy zgrzał się w robocie, trzeba go było z daleka obchodzić – taki duch od niego szedł, jak od capa. Ale i dach poszył, i but zreperował… I nie tylko. Bo jakoś tak wesele było po żniwach, a na wiosnę Kasia pokazała mi sporawego chłopaka.

– O, Kasiu – biadoliłam – nie mogłaś tego bociana wyprosić, żeby mnie to dziecko podrzucił? Tak bym chciała mieć braciszka! Ale ty masz szczęście! Ledwie za mąż wyszłaś, a już masz dziecko, a ja ciągle sama i sama.

– Nie garb się – wołała mama, nie wiadomo dlaczego czerwona.

*

Na wiosnę się umierało. Zimą, schowani w chałupie, jakoś się starzy przed Kostuchą pod pierzynami ukryli. Ale gdy pierwsze słoneczko wyciągnęło ich przed próg chaty, gdy spróbowali zajdę chwastów do domu przydźwigać, sieczki narżnąć, pokrzyw z kartoflami kaczętom i gęsiakom naszykować, wychodziło, że już są do niczego, że sił nie mają. Więc siadali w sadku na stołeczku i czekali. Niedługo. Potem jednemu dzwonił dzwon, innemu sygnaturka – po uważaniu, ile kto księdzu na pogrzeb dał – trochę się wódki wypiło, trochę pożałowało, jeśli dobry gospodarz lub dobra gospodyni odeszli, i znów dzień codzienny nastawał, a o starym zapominało się co rychlej. Chyba, że nie było komu dziecka bawić, no to się wzdychało – a bywało i tak, że i to dziecko niebawione, zostawiane w domu z muchami pod pierzyną, szło za babką. Takiemu czasem i sygnaturki pożałowano. Bóg dał, Bóg wziął, będzie drugie, tego nigdy nie zabraknie.

*

Jak to jest, że jak potrzebny deszcz, to sucho, a jak tylko siano trza zwozić – to leje. I lamenty, bo krowie nie będzie co dać, a dzieciom skąd wziąć mleka? Więc raz Franek nie patrząc na święto, za to patrząc na niebo, grożące ciężkimi, czarnymi chmurami, zaprzągł w niedzielę konia i pojechał po siano na łąkę. W całej wsi zgroza, spodziewano się wielkiej kary boskiej, może spalenia, może pioruna? Bo już dawno powiadali, że jak rodak z Maleszowy na świętego Stanisława wyjechał w pole robić, to z czyściutkiego nieba piorun w konia uderzył. Na przestrogę jemu i innym. Od tych pór nikt na świętego Stanisława w pole nie wyjdzie, żeby tam nie wiedzieć co. I nie mówi się już: *fasolę trzeba siać na świętego Stanisława*, tylko *po świętym Stanisławie*.

Więc i teraz czekali. No i doczekali się tylko tego, że innym zgniło, bo deszcz wziął lać i lać przez tydzień – a Franek jak pan w stodole swoje dosuszał. Taka żałość wzięła ludzi na niesprawiedliwość, że aż do księdza poszli. I co ksiądz powiedział? Że w nagłym wypadku można ratować dary Boże nawet w niedzielę, bo przecież sam Pan Jezus chorego w święto uzdrowił. Bardzo to trudne było do zrozumienia. I na wszelki wypadek jednak nikt się w święta nie ruszał: co ma być, to będzie, a piorun zawsze może w bezbożnika uderzyć.

*

Ale tu trzeba wreszcie powiedzieć o gorszej sprawie. Że raz w sianokosy, kiedy kopki na łąkach stały, piękna Kasia znalazła swego chłopa z grubą Zośką. Takie rzeczy to może się zdarzają po dworach u państwa, z bogactwa i lenistwa, może u dworusów z czworaków, bo tacy to nie wiadomo skąd przyszli – ale żeby gospodarski syn, choćby i bidak, i dziewucha od maleńkości znana tak się z drogi sprowadzili! Mówili, żeby Kasia na rozmowę z nimi zabrała widły, ale ona swój honor miała. Wzięła dzieciaka i wróciła do pani starszej na pokoje.

– Chyba mnie pani w tym moim nieszczęściu, w tym powstydzeniu moim nie odtrąci?

I pani starsza strasznie krzyczała na Antka, Zośkę przegnała precz – ale co to dało? Nadeptywali na nich ludzie po parę razy dziennie: w sieniach, w stogach, za opłotkami, w bruzdach na kartoflisku, aż wreszcie ludzi strach wziął. Opętanie jakieś, czy co? Może im kto coś zadał, może jakiegoś lubczyku się najedli? Nic tylko trzeba czary odczynić. Złapali raz Zośkę wieczorem, kiedy biegła na schadzkę jak pijana, nie widząca nic koło siebie, związali ręce i nogi, a stara Ulina, babka znająca, wlała jej w gębę napar z ziela.

– Nie bój się nic dziewczyno, pij, to złe od ciebie odejdzie.

No i pomogło. Chorowała coś ze dwa tygodnie, nawet pani starsza doktora do niej sprowadziła, zżółkła, schudła na szczapę, plamy jakieś na gębę jej wylazły – Ulina mówiła, że to te uroki ze środka na wierzch wyszły – spała ciągiem i spała, a jak już wstała do roboty, to na Antka nie chciała ani patrzeć.

To i on musiał się ustatkować. Mówili, że pić zaczął, ale uroki z niego zeszły. Tylko Kasia jakoś nie cieszyła się tym swoim odzyskanym mężem: usta zacięła, patrzyła zimno, ale trudno, im kobieta biedniejsza, tym bardziej musi się szanować i o honor dbać. Bo jak sama o siebie nie postoi, to nikt się za nią nie ujmie.

Bardzo zła czarownica

Wtedy zauważyli to po raz pierwszy, chyba wtedy. Bo że dziwna była, to dziwna – mało dziwnych ludzi na świecie? Zawsze zachowywała się nie tak jak inni, ale u państwa to nigdy nic nie wiadomo. Ale ten pomysł nie mieścił im się w głowach. Przeżyli niejedno, i niejedno mieli na sumieniu. I bili się, i zabijali, i kradli, i oszukiwali – ludzka rzecz. Ale zawsze była jakaś granica, poza którą nie sposób wyjść, przykazania żelazne, których nie wolno było przekroczyć bezkarnie.

Spróbował kiedyś Iwański – ale już nigdy nie będzie próbował więcej i dzieciom, i wnukom zapowie. Inni też chadzali nocą na cudze pola, wyrywali marchew i wycinali kapustę, ale zawsze było wiadomo do kogo można iść, a do kogo nie. Można było na plebańskie, na dworskie, na organistowe, na nauczycielowe i na bogatych gospodarzy. Nie wolno było na komornicze, na wdowie, na sieroce. A Iwański połaszczył się na kapustę Maryśki zaraz na drugi dzień po pogrzebie jej babki, a w dwa tygodnie po pochówku starszego brata. W chałupie została sierota podwójna, potrójna nawet, bez rodziców już dawno, a teraz bez babki i bez brata. I tyle miała, co chudą krowinę, spłachetek łąki i piaszczystego ugoru pod lasem i trochę kapusty nad rowem. I tę kapustę wyciął. Ale więcej nie wytnie – ze dwa tygodnie musiał wypacać pod pierzyną te cięgi, które od sąsiadów Maryśki dostał.

Wojewodzinie jednak lania raczej nie spuszczą – zresztą to, na co ich namawiała, to coś tak niesłychanego, że muszą się jeszcze między sobą naradzić.

Przygotowała wszystko dokładnie. Liczyła na pomoc Antka – myślała, że ma go w ręku, choć właściwie cała wieś i tak o wszystkim wiedziała. Uważała, że powinien jej się odwdzięczyć za Zośkę. Specjalnie tę Zośkę do domu sprowadziła – trochę na złość matce, a trochę, żeby przepędzić tę ponurą Katarzynę, która snuła się po domu jak duch i patrzyła jej na ręce.

Ewa Broklówna (później Mechowa), atelier N. Uziemskiego, Kijów, ok. 1890.

Na wsi takich spraw nie znali. Przed ślubem różnie bywało, ale żeby żonaty chłop za dziewuchą latał – tego nie było. Trochę bo wstyd i grzech, a trochę dlatego, że jak się człowiek cały dzień narobił, naorał, nagrabił, nadźwigał, to mu i własna baba wystarczyła. Ale Antek u wojewodziny miał lekko. Ona się w całe to gospodarstwo tylko bawiła, to się nie narobił. Tylko mu chętki zaczęły chodzić po głowie.

A chętki zawsze miewał. Przecież udało mu się zwieść kiedyś nawet tę swoją Katarzynę, którą całą wieś z powodu cnoty mniszką nazywała, dziecko urodziło się coś w pół roku po weselu. Co widziała w tym małym, chuderlawym i szpetnym chłopczyku? Zwinny był, zmyślny do roboty, sprytny. Chyba to.

Zośka była szeroka w zadzie, w piersiach bujna, rumiana, roześmiana i chętna do miłości. Można ich było zastać wszędzie – w stodole, w oborze, na strychu, pod wieczór i w samo południe jak się ściskali, nie bojąc się, że nie tylko Katarzyna, ale nawet dzieci na nich wdepną. No i wtedy Wojewodzina zamiast położyć kres zgorszeniu, wzięła w obronę Antka i wygnała z domu precz Katarzynę, gdy ta narobiła jazgotu na całe podwórze. Więc teraz była pewna, że ma Antka w ręku. A jak Antek się zgodzi, to matka pożałuje, pożałuje.

*

Stali wszyscy gromadą w sklepie, ciasno oblegając ladę, i radzili.

– Było nas trzech, tak – mówił Antek – Ja to roz. Ja i mój brat, to dwóch. Ja, mój brat i Józek Tarapatów, to było nas trzech. I wszystkim trzem wojewodzina kazała to zrobić i mówiła, że zapłaci. Ale wszystka trzej my się nie zgodzili. Bo rozumiem, kurę zabić, jak w szkodę wejdzie. Kura może szkodę zrobić. Koń, owca, krowa także samo. Ale drzewina? Niewinna drzewina jej przeszkadza? Nie będema tego robić. A jak wy chłopy myślita?

– Ale o co jej się rozchodzi? – spytał ktoś nowy, kto przyszedł niedawno. Inni rozważali rzecz ze wszystkich stron już od paru godzin.

– Bo to widzisz jest tak – zaczął sklepowy; Antek nie protestował, wiadomo było, że ma ciężką mowę, choć do roboty sprytny, więc niech sklepowy gada – Wojewodzina wzięła od pani starszej cały ten niby folwark, ile tam tego jest? No, ta resztówka. I bawi się w dziedziczkę. Pani starszej nic nie daje, mleko przed nią chowa, gdyby mogła, to by ją zamorzyła. Ale Katarzyna pilnuje. No to ją wysiudała... – chrząknął; wszyscy popatrzyli na Antka ciężko, poważnie, ale milczeli – Nowa pani starsza nie dała jej więc sadu. Bo ona jakiś tam papirek dawała pani starszej do podpisania i o sadzie zapomniała napisać. A Katarzyna była przy tym i starszej pani przypomniała. Więc wojewodzina zaczęła się o ten sad kłócić. Daj i daj. A pani starsza: nie i nie. Jak nie, to i ty nie będziesz miała. No i kazała Antkowi i jego bratu i Józkowi, żeby który podziurawił drzewa i kwasem solnym zalał. Że im zapłaci. No i macie wszystko. A po mojemu to ona chyba wariatka. Albo i czarownica – skończył po chwili.

Tak to musiało być, albo jedno, albo drugie. Bo żeby tyle złości w człowieku siedziało, żeby uśmiercać drzewo, które rodzi jabłka? Jakie jabłka! Zaglądali przez płot, jak sad czerwieniał jesienią i jak gałęzie uginały się pod ciężarem renklod, węgierek, bergamutek, gruszek faworytek, antonówek i renet. I za to rokroczne rodzenie odwdzięczać się drzewom kwasem solnym?

– U nas we wsi nie znajdzie się taki zbój i antychryst, żeby rodzące drzewo zabijał. A jak wojewodzina chce, to niech se do tej katowskiej roboty najmuje obcego przybysza.

Więc już zostało zdecydowane: nikt się na judaszową zapłatę nie skusi. Tak powiedział stary Tarapata, a to miało swą wagę u ludzi.

*

Nikt wówczas nie wiedział, że wszystko się zmieni, że wojewodzina na stare lata wróci tam, skąd kiedyś chciała wyrzucić matkę i ojca: do Bieleckich Młynów, dawnego majątku, *prawdziwego* dawnego majątku, nie tej nędznej resztówki; do pięknego domu w głębi parku, do rozległych pól nad Nidą, do wielkiego gospodarstwa.

Tylko wtedy nikt nie miał roztrząsać, czy jest wariatką, czy czarownicą, bo lekarze nie znają określenia *czarownica*, nawet kiedy widzą przed sobą starą, siwą kobietę o płonących zielonych oczach, pełnych nienawiści do całego świata. Ta nienawiść i wielka rozmaitość pomysłów zaprowadziła ją u schyłku życia do domu swej młodości. Tylko, że dom w Bieleckich Młynach wówczas zmienił właściciela, czwartego z kolei – usunięto w nim klamki i zatrudniono wielu mężczyzn w białych fartuchach.

Ale tego w sklepie nie mogli przewidzieć. Wiedzieli tylko, że przyjechała z innego miasta i że od tego czasu stara pani często zażywa krople na serce i posyła do apteki po lekarstwa. Wiedzieli, że była kiedyś wojewodziną i tak ją dotąd nazywali. Ale dziś ktoś powiedział *głupia Ewa* – i tak już odtąd zostało. Tyle, że głupich się nie boją, z głupich się śmieją. A z niej nikt się nie śmiał. Nie dlatego, że kiedyś tam była wojewodziną. To mieli w nosie. I całe to państwo, jak sobie obejrzeli z bliska, to też mieli za nic. Pani, a matce mleko zabiera i swojemu psu daje. Na wsi też może się zdarzyć, a nawet, prawdę powiedziawszy, zdarza się często, że córka czy synowa matce mleka pożałuje. Ale da dziecku. Albo sprzeda. Ale żeby od matki ująć, a psu dać? Tfu! Prawdziwie głupia. Albo czarownica. Więc trochę się bali, bo wprawdzie można się przeżegnać albo święconą wodą prysnąć i urok zniknie, ale zawsze we wsi z czarownicą żyć nijako.

*

Dureń się nie zgodził, a przecież sama tych dziur wiercić nie będę, nie potrafię, chyba zrezygnuję. Dlaczego tak boli mnie głowa? Stara wiedźma łazi po całym domu. Jak ja jej nienawidzę!

Ewelina szybko przemierza pokój, w drzwiach zderza się z siwą staruszką.

– Uważaj! Najchętniej byś mnie stratowała – krzyczy matka.

I ma rację, jak bardzo ma rację, myśli. Ale wzrusza tylko ramionami i bez słowa przechodzi dalej.

Bieleckie Młyny. Jak tam było pięknie! Park, dom piętrowy z tarasem. I matka, zawsze matka, panosząca się w swoim królestwie, z nieodłączną laseczką i kluczami do spiżarni: *Ewciu, zabierz dzieci, niech nie tykają porcelany, bo stłuką, niech nie zrywają śliwek, bo to na powidła, niech nie biegają tak szybko, niech nie krzyczą, bo mnie głowa boli! Ewciu, dlaczego zbierasz śmietankę z mleka... nie wolno poruszać bańki, bo się zbełcze. Ewciu, niech ten Staś tak nie trąbi. Ewciu, zabierz, schowaj, nie rusz, nie rusz, nie tykaj... nie rusz, nie tykaj.*

Jak ten źrebak był śliczny; podrzucał głową, jak zabawka. Dzieci tak prosiły, żeby go zostawić, ale babka zrobiła po swojemu; po powrocie ze spaceru już go nie zastały. Jak ta głowa boli!

Nie rusz, nie tykaj, pamięta to chyba od urodzenia. Tamto ponure mieszkanie, wielkie i zagracone, i one trzy wśród tych ciężkich mebli, książek i bibelotów. Róża, idiotka, pupilka matki i lizus, Irena, córeczka tatusia, i ona, Ewelina. Najstarsza i niczyja. Róża z mamą cały dzień potrafiła przegadać o kieckach, robótkach, kuchni i kto komu ma się pierwszy kłaniać. Irena z głową w książkach i w rewolucji; córeczka pana profesora, nawet na chemię polazła dla ukochanego tatuśka, choć się jej to tylko do niańczenia dzieci przydało. A jej, Eweliny, nikt nie pytał, czy chce świat przebudować, czy malować obrazy, czy carat obalać; była najstarsza, więc spieszono z wydaniem jej za mąż, żeby młodszym miejsce uprzątnąć.

Przyłazil ten student śmieszny, mały, gruby jak kulka tłuszczu, i o teorii Darwina z Ireną godzinami rozmawiał. Więc dlaczego nie Irenie, a jej się oświadczył? Tak była przyzwyczajona do jego widoku i tak zaskoczona propozycją, że nawet odmówić z sensem nie potrafiła. A potem te wszystkie obrzydliwości, o których jej nikt nie uprzedził, później ciąża, mdłości, poród, okropność! Bo to chyba normalne, że nie znosi tych zasmarkanych, siusiających pod siebie, śliniących się żab, którymi zachwycają się te wszystkie idiotki. Nikt jej nie pytał, czy chce takie coś produkować. Chwała Bogu, że tylko dwoje i że ma to już za sobą.

Ro-dzi-na. Najpierw musiała stosować się do zwyczajów domu. O jednej porze wstawać, o jednej się kłaść, o jednej odmawiać pacierz, jeść to, co smakuje matce lub ojcu, mówić to, co wypada, ustępować jednej idiotce, bo młodsza, drugiej, bo jeszcze młodsza. Potem grubas, którego trzeba słuchać, potem rodzą się żaby, a potem trzeba się ze swoim grubasem wlec do końca swojego lub – oby – jego życia.

Nagle głupi grubas robi karierę! Okazuje się, że jest szalenie mądry. Awansuje, awansuje dalej. Wszyscy go jej zazdroszczą, ale ona go ma w łóżku, spoconego, sapiącego, obrzydliwego – i to jest święta miłość małżeńska. Potem grubasa robią wojewodą i przenoszą, akurat kiedy trochę pogodziła się z życiem, akurat kiedy nareszcie mogła je organizować na własną modłę. Przenoszą się do dziwnego miasta na wschodzie, gdzie ludzie śpiewną mową znakomicie skrywali nienawistne myśli. Nie domyślała się ich nigdy, a los oszczędził jej tego poznania.

Pamięta za to, jaką zawsze wzbudzała sensację, gdy szła środkiem głównej ulicy w towarzystwie stałego swego orszaku zwierząt: były w nim psy i koty, bocian i owca, oswojona świnia i kaczka przywiązana jak pies. Pamięta też uroczyste otwarcie targów w obecności najwyższych dostojników świeckich i kościelnych, na którym wystąpiła w kwiecistym kretonowym szlafroku. Miło było patrzeć na przerażoną twarz grubasa i konsternację biskupa. Niedługo potem wyjechali, podobno ze względu na jej ekstrawagancję. Więc jednak zalała im trochę sadła za skórę.

Kiedy grubas rozstał się z najlepszym ze światów, obdarzając ją pośmiertnie wysoką polisą, straciła grunt pod nogami. Nie była nikomu potrzebna, nawet do wywoływania skandalu. Zostały jednak stare porachunki z matką. O tamten przeputany przez niedołęstwo majątek, o tę śmietankę, o wszystkie *nie rusz, nie tykaj*. Czas, żeby się odrobinkę zrewanżować mamusi, tylko co robić na tej wsi? Możliwości zabawy przeszły wszelkie oczekiwania.

Można było sąsiadom *pani starszej*, jak matkę z szacunkiem nazywali wszyscy, opowiadać różne obrzydliwe drobiazgi o niej i o całej szacownej rodzince. Można było ubierać się inaczej niż wszyscy, kłaść się na murawie pośród wynajętych dziewuch i parobków i spod przymkniętych powiek obserwować zgorszenie na twarzach. Można było urządzać drobne przepierki koło studni w niedzielę, w czasie sumy, albo kiedy wzdłuż ażurowego płotu przechodziła procesja. Można było wiejskim babom urągać od bezwstydnych idiotek, że wciąż rodzą nowe dzieci. A jak było zabawnie, gdy osłaniały głowy niemowląt przed jej wzrokiem, szepcąc po cichu jakieś zaklęcia, które miały bronić od złego spojrzenia! Potem udało jej się wysiudać powiernicę matki, tę chudą Katarzynę i doprowadzić wieś do wrzenia romansem Antka i Zośki. Pomysł z drzewami, taki przecież znakomity, nie wypalił, ale to nic, zorganizuje go jakoś inaczej.

Najgorsze, że grubas zbyt późno zostawił jej te pieniądze, a obecny właściciel Bieleckich Młynów nie ma najmniejszego zamiaru ich sprzedać. Ewelina poczeka. Może mu się znudzi gospodarowanie na tym odludziu, może ktoś podpali mu młyn albo gorzelnię, nie będzie widział sensu upierania się przy okaleczałym majątku i chętnie się go pozbędzie? A Ewelina wreszcie spełni marzenie całego życia i wróci do Bieleckich Młynów, ale już jako właścicielka. Przecież właśnie dlatego tu siedzi, w tej dziurce, żeby być blisko, żeby czuwać, może czymś pokierować. Bo że kiedyś wróci, to wie, wie na pewno. Przecież jest czarownicą.

Ciotka Róża

W szkatułce z czerwonej laki, ozdobionej rzeźbioną chryzantemą, leżą fotografie z czasów mojej babki. Piękne panie, cieniutkie w pasie, z gorsami lśniącymi pasiastym jedwabiem, ze spiętymi kameą koronkami przy szyi. Wszystkie, i czarne, i jasne, i wysokie, i niskie, i młodziutkie, i starsze – mają wspaniałe włosy: loki, spadające na kark, a nad czołem długi warkocz spleciony w koronę.

– Ten warkocz nad czołem był przeważnie sztuczny – mówi babka. – Kupowało się go u fryzjera. Ale moje dziewczynki miały prawdziwe. I twoja matka, i Różyczka.

Włosy mamy pamiętam: olbrzymie warkoczyska koloru roztopionej czekolady, od czoła prawie czarne, przechodzące powoli w gorący odcień świeżo wyłuskanych ze skorupki kasztanów.

– A Różyczka – mówi babka – miała włosy jak kruk, a cerę jak śmietanka z bladoróżowym rumieńcem, prawdziwa róża. Nigdy nie nosiła parasolki. Nie musiała, żadne słońce jej nie opaliło. Ani piegów, ani plamki. Porcelana!

– To przecież paskudnie babciu, w lecie trzeba się opalić.

– Co też opowiadasz! – prycha z oburzenia – Panienka powinna mieć białą płeć!

Na wierzchu leżą dawne fotografie jej ukochanej córki, ciotki Róży. A więc po kolei.

Róża ściśnięta gorsetem: pękata u góry i u dołu, ogromne włosy, ogromne czarne oczy, mały nosek, pełne usta. Ładna? Chyba ładna, jak lalka z odpustu. Opiera się na koronkowej parasolce z długą rączką. Takie same robiłyśmy z mamą z bibułki na choinkę.

Tu Róża w koronkowej sukni i jakieś dwie panienki siedzą na wyściełanej kanapce, a u ich stóp panowie: jeden w środku, ze skrzyżowanymi nogami, a dwaj symetrycznie ułożeni, oparci na łokciach z nogami wyprostowanymi, złożonymi ciasno, jeden w prawo, drugi w lewo; wysoko podpięte kołnierzyki, włosy sfalowane, wypomadowane wąsy, ten z lewa z przyciętą w szpic brodą. Gdyby nie był taki strasznie śmieszny, byłby nawet ładny.

– Ten kochał się w Różyczce i kochał. Wzdychał i wzdychał. A ona nic. Jak kamień. Namawialiśmy, prosiliśmy... a ona głaz.

– No i jak się skończyło?

– Wcale się nie skończyło, co miał robić? Wyjechał w końcu.

Tu ukochana babcina Różyczka w Truskawcu. A tu w Kijowie, na kontraktach, zawsze taka dumna, niedostępna. Boże, jaką durną minę ma na tej fotografii, jakbym ją słyszała: *Wszyscy się za mną oglądają, wszyscy zachwycają – a ja na to gwiżdżę i już.*

A tu już dzieci Róży: chłopczyk i dziewczynka w jednakowych ubrankach z marynarskimi kołnierzykami, starannie uczesane, grzecznie patrzące wytrzeszczonymi oczami w obiektyw.

– A skąd te dzieci, babciu? Przecież nikogo nie chciała?

– Ano nie chciała, nie chciała, aż zechciała. Jak oświadczył się ten pułkownik, to powiedziała: *Mamo, to ja już pójdę.*

Jest i pułkownik: malutki, okrąglutki, siwiejący pencełek.

– To jak, tamtego z bródką nie, a tego tak? Bo pułkownik?

– Co też ty wygadujesz! Po prostu wolała i tyle. Nie garb się!

W domu u babci pełno serwetek, poduszek, haftowanych lambrekinów. To Róża. Haftowała i piekła, smażyła wspaniałe konfitury, robiła marynaty. Kochała dom, nie znosiła szkoły, nauki języków, fortepianu i mężczyzn. Dopiero kiedy dorosłam, zrozumiałam dlaczego wybrała tłuściutkiego, dobrodusznego, podstarzałego już pułkownika: po prostu nie kojarzył się jej z mężczyzną. A za mąż trzeba było wreszcie wyjść, bo wypadało. A poza tym z małżeństwa są dzieci, którym znów można szyć ubranka, haftować, smażyć konfitury.

Róża Szymiczkowa i Irena Karnauchowa, ok. 1920.

Róża nie miała pamięci do słówek francuskich, ale znakomicie pamiętała urazy z dawnych lat.

Gdy przyjeżdżała na letnisko do babci, patrzyła na mnie z nietajoną odrazą:

– Twoja matka zaplamiła mi kiedyś zeszyt atramentem.

– Kiedy, ciociu?

– No, miała wtedy chyba z pięć lat. Ja osiem. A jak powiedziałam naszej mamie, to latała za mną po całym domu i krzyczała: *Skarżypyta, skarżypyta!* Złapałam ją za kudły, bo zawsze miała tych kudłów za dużo, przysięgłam: *Do końca życia będę nienawidzić ciebie i twoich dzieci!* Widzisz? Pamiętam – uśmiechnęła się złośliwie – i słowa dotrzymuję. Powiedz, dlaczego jesteś taka wąsata i spalona jak cyganicha?

– A czemu ciocia jest taka gruba, jak beczka?

Wtedy nie była już Różą z fotografii – tylko cerę zachowała, *białą jak mleko*, i czarne włosy, ostrzyżone króciutko i ułożone w fale; rozlała się jednak, roztyła, w krótkiej – *reformowanej*, jak się wtedy mówiło – sukni, wyglądała jak trójkąt równoboczny oparty na dwóch cienkich nóżkach.

– Jestem taka, jak powinna być przyzwoita kobieta, a nie taka chuda tyka, jak twoja matka!

A więc wojna trwała. Dzieci Róży, prawie dorosłe, strzelały do moich lalek, zmuszały mnie do przyjmowania hańbiących imion pod groźbą sprowadzenia do mojego łóżka wszystkich gąsienic z okolicy, brały mnie do niewoli, przywiązywały do pala męczeństwa. Kiedyś wreszcie, pod koniec października, wykąpały mnie w ubraniu w rzece, oddalonej od domu o parę kilometrów. O mało wtedy nie umarłam. Długo byłam nieprzytomna, a kiedy od czasu do czasu odzyskiwałam świadomość, wydawało mi się, że widzę czuwającą w fotelu koło mego łóżka to mamę, to ciotkę: przybladłą i jakby nawet nieco chudszą. Kiedy wróciłam do zdrowia, Róża pocałowała mnie na pożegnanie i nastało kilkuletnie zawieszenie broni.

Którychś jednak kolejnych wakacji mama omyliła się i zebrała śmietankę z mleka, które Róża przygotowała dla swej córki, a wtedy wojna rozgorzała od nowa.

– Pamiętasz, jak stłukłaś mój ukochany flakonik? – syczała na mamę, która bezradnie usiłowała się bronić:

– Kiedy?

– Jak to kiedy? Po zakończeniu wojny, byłyśmy wtedy obie w Warszawie. To było 15 grudnia 1918 roku. No co, nie pamiętasz, ty niewydarzona artystko!

Nie mogłam zrozumieć, dlaczego Róża nie mogła się nauczyć słówek francuskich i wzorów algebraicznych, przecież zamiast mózgu miała komputer (wtedy oczywiście nie znałam słowa komputer, ale właśnie tak sobie to wyobrażałam).

– Jak ty wyglądasz? – krzyczała na mnie – dlaczego cię tak paskudnie ubierają? Dlaczego masz takie kanciaste ruchy? Dlaczego jesteś taka niezdara? Dlaczego nie biegasz tylko bębnisz na fortepianie? Dlaczego tyle czytasz? Myślisz, że od tego zmądrzejesz? Dużo ci to da, tyle co i twojej matce!

Nienawidziłam jej. Za siebie, za mamę, za mamine warkocze, szarpane kiedy mama miała pięć lat, za kpiny z jej zamiłowania do muzyki. Aż któregoś dnia wracałam z łąki, gdzie pozwolono mi pomagać przy sianokosach; wieczór był ciepły, szłam przez podwórze niespiesznie. Z daleka już usłyszałam fortepian – to grała mama. Zatrzymałam się w cieniu akacji, rosnącej koło domu, nie ruszając się, aby nie spłoszyć chwili. Po drugiej stronie uchylonego okna, tuląc się do ściany, stała Róża. Po jej policzkach – czy mi się zdawało? Nie, widziałam wyraźnie – płynęły powoli łzy: słuchała gry mamy i jej oczy lalki miały wyraz takiej udręki, takiego żalu, zazdrości i podziwu zarazem. Od łąk powiało chłodem; Róża zadrżała, ale nie odeszła. Otuliła się szczelniej szalem i wtulona w ścianę słuchała, słuchała, słuchała.

Gioconda z sąsiedniego powiatu

Ci, którzy znali ją z bliska, nie słyszeli nigdy historii o Tristanie i Izoldzie Złotowłosej, nie widzieli też Mony Lisy, nawet na najmarniejszej reprodukcji, więc nie wiedzieliby, o kim mówię. Ale nie jest tak, że wielkie uczucia są udziałem jedynie księżniczek zamurowanych w basztach, błędnych rycerzy i czytelniczek *Trędowatej*.

Była blondynką, gładko uczesaną, wysmukła szyja wysoko niosła jej małą, dumną głowę. Właśnie oczy, oczy o niespotykanej zielonej barwie, mrużyła tak jakoś, jak Mona Lisa, choć podobieństwa doszukiwaliśmy się i w spokojnym uśmiechu, i w sposobie, jaki składała dłonie, kiedy robiła sobie na chwilę przerwę w pracy. Obowiązki domowe spełniała cicho i sprawnie, nie skarżyła się i nie płakała, nawet kiedy postępująca ciąża zaczęła jej się dawać nieco we znaki.

Ci, którzy znali ją z bliska mówili, że na wsi dwie tylko były takie panny: ona, Rozalka Misztalówna, i druga, czarna Marysia od wójta. Co sobotę, kiedy na wsi było *granie* albo odprawiało się wesele, po ścianach tryskała krew – to kawalerowie wioskowi odprawiali intruzów z innych wsi, zwabionych urodą dziewuch; to o nie tak się bili, to dla nich też się godzili, by następnej soboty zacząć od nowa. Ale wójtówna miała gorącą krew, i *mglała* kiedy chłopiec dotknął jej ręki, a Rozalka – o, ta umiała się znaleźć. Nic ją nie ruszyło. Nie wystawała przed sienią, na nikogo nie spoglądała łaskawie. A jak oni chcą patrzeć, to niech patrzą, wolna wola. Kiedy biegła do studni po wodę, wysokie buciki na obcasach wystukiwały rytm jej lekkich kroków, a koromysła niosła z taką nonszalancją, jakby na smukłe ramiona narzuciła koronkowy szal, a nie twarde, wyślizgane drewno.

Bili się więc o nią chłopcy, ci wioskowi z chłopcami z innych wsi, którzy też chcieli spróbować szczęścia. Ale niech sobie szukają za swoją miedzą, nie dla obcych Rozalki uroda i majątek. Bo i majątek był: niedużo, ale kilka ładnych morgów niezłej ziemi i łąka pod lasem.

Rozalka wójtówny nie rozumiała, podśmiewała się z jej nagłych rumieńców, omdleń i trzepotań serca kiedy miał nadejść ten, którego sobie uwidziała; patrzyła na nią swoimi ironicznymi, lekko zmrużonymi oczami jak na jakiś fenomen, cielę o dwu głowach, czy rzadki gatunek ptaka:

– Co z tobą Maryśka? Czego się tak fyrtasz? Niełądnie tak dziewczynie, niełądnie tak się chłopakowi na ludzkich oczach poddawać.

A jednak i na nią przyszło. Nie wiadomo kiedy, przecież znała go dawno; latali razem za krowami, kiedyś nawet drużbowali na weselu – nic tam w nim nie widziała. Chłopak i tyle. Mało to ich? I nagle go zobaczyła: stał przed nią wysoki, rozrośnięty w barach, ciemny i śniady, z wesołymi śmiejącymi się oczami – chyba tym śmiechem ją omamił, czy co? I już wiedziała, i już oboje to wiedzieli, że są oboje dla siebie.

– No i dobrze – powiedział ojciec – no i dobrze. Bo wydziwiałaś, przebierałaś, a niejedna, co tak przebiera, starą panną zostaje. No, to trzeba będzie wieprzka na wesele uchować, jak będzie dobrze tłusty, to wesele zrobimy.

*

Miło było na nich patrzeć, jak chodzili, trzymając się za ręce, wysocy i silni, ona jasna, on czarny, patrzący sobie w oczy, niewidzący innych. Miło było, ale nie wszystkim. Wioskowa kawalerka, która przedtem mogła mieć chociaż nadzieję, musiała obejść się smakiem. Niechętnie bo niechętnie, ale zrezygnowali z dalszych zalotów, bo i ślepy by widział, że szans nie ma żadnych.

Między *pasierbami*, jak nazywano intruzów z obcych wsi, był jednak jeden szczególnie uparty. Podobno odgrażał się, że „postanowi na swoim" a Rozalka i tak będzie jego. Śmiali mu się w nos, a miejscowe chłopaki nawet mu przygrażali, coby się w cudzą kaszę nie mieszał. Ale chłopak był uparty. Wszelkie pogróżki zbywał pogardliwym milczeniem, bo mruk był, niemowny. W ogóle paskudny jakiś, nieduży, chuderlawy, na twarzy trochę ospowaty i patrzący spode łba – ale gdy próbowali się, czy to żartem, czy na dobre, okazał się nadspodziewanie silny, żylasty, jak źle ociosany, sękaty pniak. Różnie o nim mówiono, podobno i do noża lubił się brać, i brauning z wojska do domu przyniósł, więc chłopcy woleli go nie zaczepiać. Niech ta narzeczony sam swych praw broni.

Narzeczony parł mocno do ślubu, żeby przed wojskiem zdążyć, ale a to prosiak rósł pomału, a to len na wyprawę się nie udał, a to chałupę trzeba było przed weselem na nowo pokryć dachem. Ciągle znajdowały się jakieś wymówki. A prawda była taka, że ukochany za biedny nie był, ale i za bogaty też nie. Niby mu rodzice Rozalki sprzyjali, ale sprawę wlekli, bo dziewczyna swoją cenę miała, młodziutka była, więc się nie spieszyło. Nie szkodzi, że zaręczona, nie szkodziłoby też, gdyby w międzyczasie coś lepszego się jej trafiło. Chłopak błagał o ślub przed wojskiem – a oni właśnie tak wszystko układali, aby przeciągnąć do czasu, aż wojsko odsłuży. I przeciągnęli. Dużo było płaczu i lamentów, ale właściwie najwięcej rozpaczał on, Stach. Bo Rozalka jeśli nawet lamentowała, to nikt nigdy nie widział, zawsze była harda i nie dawała nic po sobie poznać. Tylko jak go przed wojskiem żegnała, przysięgając wierność i miłość, i że czekać będzie choćby do śmierci, to biała była jak chustka z tej wyprawy, co to jej jeszcze nie naszykowali.

Ledwie Stach odjechał, zjawił się tamten. Przychodził co dzień pod wieczór, rodzinę pozdrawiał mrukliwie, siadał w kącie, ćmiąc papierosa, i wpatrywał się w Rozalkę wzrokiem dalekim od tkliwości czy uwielbienia. A Rozalka darzyła go taką bezgraniczną pogardą, że nawet nie zabraniała mu tego przychodzenia, po prostu go nie zauważała. Ale raz prasnęła go w twarz z całej siły, aż mu dzioby zaczerwieniały, i krzyknęła:

– Oddaj list, coś go zabrał, ale już, bo z gardła ci go wyrwę.

Już zdawało się, że ją uderzy, ale podniósł się tylko z ławy i milczkiem wyszedł. Wybiegła za nim, ale wróciła po chwili, błyskając zielonymi oczami jak kotka, i wykrzyczała nie swoim wysokim falsetem:

– Żebyście go, złodzieja, więcej tu nie puszczali, bo albo zabiję, albo z domu pójdę.

Listonosz zaś długo jeszcze opowiadał po wsi, jak go Rozalka napadła z wrzaskiem za ten list, co Grzesiek miał oddać, a nie oddał.

*

Czekał na nią wieczorem na skrzyżowaniu dróg, kiedy wracała z nieszporów. Ciemnawo było, a szła sama, bo po drodze wstąpiła do ciotki, a koleżanki nie chciały na nią czekać.

– Rozalka...

– Odejdź.

– Rozalka...

– Odejdź, bo się brzydzę tobą jak gadem, jak plugastwem.

– A ty mi Rozalka tak nie przymawiaj, bo ile razy mi przymówisz, tyle razy ci oddam, jak już będziesz moja.

– O, widzicie go, jak se to umyślił.

– A umyśliłem se, a jak ja se umyślę, to na swoim postanowię.

– Puszczaj! Puszczaj!

– Krzycz se, krzycz, nikt cię i tak nie usłyszy.

Szarpała się, biła, kopała i drapała, ale prawdziwie chłopaki mówiły, że Grzesiek, choć mały, niezwyczajną ma siłę. Może by się krzykiem uratowała, ale zatkał jej usta, aż się zaczęła na dobre dusić i siły ją zupełnie opuściły. Wreszcie chyba i przytomność straciła, choć pewnie i nieprzytomna jeszcze go nienawidziła, jeszcze się z obrzydzenia trzęsła.

– No, a teraz jesteś już moja.

Ciemno już było mocno, więc nie widziała za dobrze, ale ręce miała zlepione krwią; dobrze mu poorała gębę.

– Jak Stach wróci z wojska, to cię zatłucze jak psa.

– Jak Stach wróci, to się na ciebie ani spojrzy. Po co mu taka, co z innym już sprawę miała? Nie bój się nic, krzywdy ci nie zrobię, jutro już na zapowiedzi dam.

Chciała się z mostu rzucać, w świat uciekać, nigdzie jednak nie widziała ucieczki. Tylko czarność dookoła, tylko czarność. Napisać Stachowi? Nie napisać? Kogo by się poradzić? Ale jak się przyznać, że ona, jedynaczka, najpiękniejsza panna, o którą się bili, jak o królewnę jakąś, została sponiewierana jak ostatnia dziwka?

Grzegorz nie przychodził przez kilka dni, bo nie mógł się ludziom pokazać na oczy z tą podrapaną twarzą, ale podgoił się trochę i przyszedł. Już nie tak chyłkiem, jak dawniej, tylko śmiało: butelkę wódki przyniósł, siadł niezapraszany przy stole i zdębiałym rodzicom sprawę wyłożył. Nim oprzytomnieli i porwali się do bicia, wyszedł, rzucając na odchodnym:

– Ja tam bym się tak nie stawiał. Kilka dni poczekam, a potem opowiem wszystkim co i jak, jak tam z tą waszą panną jest.

No i nie było rady. A niedługo okazało się, co miało się okazać. Że już i spieszyć się trzeba było ze ślubem i za kołyską się rozejrzeć.

Nie ta sama była już Rozalka co dawniej; przyciszona, zszarzała, mniejsza jakaś, przy ślubie mdlała raz po raz, co mocno zadziwiło baby, i tak już tym nagłym niespodziewanym zamęściem zbulwersowane. W weselną noc, kiedy broniła się rozpaczliwie, Grzegorz ją zbił solidnie pasem, dogadując, że to za wszystkie otrzymane od niej zniewagi. Raniutko spakowała manatki i niewidziana przez nikogo, uciekła do miasta. W ten sposób znalazła się u nas. Ja, dziewięcioletnia, czułam, że ma w sobie jakąś fascynującą historię i próbowałam wyciągać ją na zwierzenia, zbywała mnie jednak ze spokojną obojętnością i odchodziła do swych zajęć.

*

Stach, zaniepokojony milczeniem, słał wszędzie listy. Z początku mu nie odpowiadano, ale w końcu ktoś się wysypał. I to on właśnie, nie Grzegorz, pierwszy ją odnalazł. Zjawił się na przepustce, wielki i rozrośnięty jak wyrwidąb z bajki. Biedny wyrwidąb, który nie ustrzegł swej królewny.

– Po coś to zrobiła Rozalko? Po coś ty za niego szła?

– A cóżem ci to miała życie wiązać cudzym dzieckiem? Zapomnij mnie, bom ciebie niewarta, upilnować się nie umiałam, nie dochowałam ci wiary.

– A jakieś się miała, ptaszyno, uchować przed tym antychrystem, tym szakalem, tym zbójem?

– Trzeba mi było zewrzeć, a nie dać się. Poniechaj mnie. Ja już nie twoja, widzisz, co ze mnie zrobił, już mój czas niedługo. Poniechaj.

– Przysięgam tu tobie, przysięgam tu wszystkim, że choćbyś czworo dzieci z nim miała, pięcioro, to jeszcze cię będę chciał, jeszcze cię wezmę.

Takie to wielkie słowa o miłości padały na środku wyszorowanej rękami Rozalki kuchni jak na najpiękniejszej scenie teatru; słuchałam tego z zapartym tchem, nie bardzo rozumiejąc o co chodzi, czułam jednak, że rozstrzygają się tu sprawy ostateczne i piękne, i było mi tak strasznie, tak strasznie, jak za pierwszym wyjściem do teatru, kiedy patrzyłam na śmierć Amelii i Zbigniewa i słuchałam oskarżeń Mazepy.

Mój ojciec, prawnik, widział z tej sytuacji proste wyjście: unieważnienie wymuszonego małżeństwa, proces przeciw Grzegorzowi, szczęśliwe zakończenie z nowym ślubem. Rozalka jednak podlegała innym, niepisanym prawom, surowszym, bardziej bezwzględnym – i żaden, najbieglejszy choćby adwokat nie był w stanie rozwikłać jej życia. Zresztą nie chciała, już nic w tym życiu budować, miała jeszcze do spełnienia jeden obowiązek: urodzić dziecko. I spełniła go spokojnie, bez jęku, po czym równie spokojnie umarła, choć opiekujący się nią lekarze nie widzieli najmniejszej po temu przyczyny. Tylko ja ją rozumiałam. Wiedziałam, że umarła z miłości, ale lekarze nie wierzą diagnozom dziewięciolatek.

Orfeusz

Pod lasem rzeczka, przedzierająca się esami i floresami przez podmokłe łąki, białe od puszystej wełnianki, rozlewała się nagle w płytkie, nagrzane słońcem bajorko pełne żab, kijanek i wielkich końskich pijawek. Tu właśnie, w najszerszym miejscu, wbrew wszelkiej logice, zbudowano kładkę, *ławę*, jak tu mówiono. Ława była krzywa, sękata, zwężająca się niebezpiecznie przy końcu i od lat nie doczekała się poręczy.

Ludzie z Lisowa mówili, że im ława niepotrzebna, bo do lasu mogą chodzić i boso przez wodę; niech se wybudują Obiczanie, bo oni tędy chodzą do kościoła. Ludzie z Obic oburzali się, że kto co takiego kiedy słyszał, żeby na obcym gruncie most budować, a choćby i kładkę.

Więc została koślawa i chybotliwa *ława*, gdzie schodziły się dzieci z całej wsi. Jednej tylko Justynie nie pozwalano tam latać: że się zaziębi, bo od wody ciągnie, że wpadnie (i co z tego, bajoro po kostki...), że ją komary pogryzą, wreszcie: nie, bo nie.

Justyna chodziła do szkoły w mieście, miała piątki od góry do dołu – Felka sprawdziła świadectwo – umiała cały wiersz francuski na pamięć.

– Ale takiej gapy, to mówię wam, dziewczyny, nigdyście na świecie nie widziały – śmiała się do łez Felka, mimo że w tej chwili była w raczej kłopotliwej sytuacji: na ławie wiądł wprawdzie ogromny pęk żółtych lilii wodnych, ale okupiony został czterema czarnymi pijawkami, które dziewczyny usiłowały oderwać od Felczynych nóg.

– Najlepiej posolić, moja babka soli i odpadają same.

Felka przyjrzała się jej krytycznie: ta Stefka ma pięć razy więcej piegów od niej, fajno!

– Skąd ci, piegata, wezmę soli, sklepik tu może założysz? Ciągcie, dziewczyny, bo już mnie mdli od patrzenia na to świństwo.

– Dziury ci się w nogach porobią i do samego wesela się nie zagoją, to trzeba pomaluśku. Niech się najedzą to nie będą się tak trzymać.

– Więc słuchajcie: „Justynko, zaziębisz się, włóż sweterek, bo też od wody ciągnie". Mówię wam, słońce jak cholera, a ona: „Dobrze mamusiu". „I żebyś się nie zamoczyła, bo sukienka świeżo uprasowana", „Dobrze, mamusiu". Z godzinę to gadanie trwało, myślałam, że ze skóry wylezę, no, ale mieszkam u niej, to trzeba ją jakoś wyrobić. Zasapała się, mówię wam, tłuste to takie, ani na drzewo nie wlezie, ani na płot. U ławy mówię: „Włazimy! Jak to gdzie? Do wody!". „Mamusia nie pozwala". O, rany. No, to rzucamy kaczki. „Skąd kaczki?". No nie, nic nie umie. Biorę, rzucam piętnaście…

– Łżesz – zaprotestowały zgodnie – piętnaście to Jędrek ma, a on jest najlepszy.

– Mogę się zaprzysiąc. No, może dwanaście. A Justyna chlup do wody i już. Tłumaczę, pokazuję, kamyki jej wybieram, a ta chlup. I najlepszy kamień zmarnowany. „Justyna!". To patrzy jak cielę i mówi: „Spójrz Felka, jak tu pięknie, widzisz jak słońce odbija się w wodzie? O, jak się rzuci kamyk, to te koła rozchodzą się, takie kolorowe, i ta wierzba taka śliczna…". Aha. „Patrz, łąki są zupełnie białe, co to za kwiaty?". Mówię jej, że takie kotki, nie wiem jak się nazywa, krowy nie chcą tego jeść, bo siano niedobre, kwaśne. „Słyszysz, żaby kumkają…".

Wszystkie się śmieją, wpatrzone w pijawki na nodze. I widzą to, co opowiada, jak na własne oczy:

– Te, Justyna.

– Co?

– Chodź, usiądziemy w majtkach na wodzie.

– Po co?
– Jak to po co? Żeby zobaczyć jak to będzie.
– Ależ to nie ma sensu.
– Usiądź. Jak usiądziesz, to i ja usiądę.
– No, ale po co?
– Dla draki.
– No to siadamy.
– Ale ty, Justyna, pierwsza.
– Dlaczego właśnie ja?
– Bo zlękniesz się, wykiwasz mnie, albo co.
– Ale słowo honoru. No, dobra, siadaj.
– To ty daj słowo honoru.
– Na co?
– Że mnie nie bujniesz.
– No siądź, przecież ja to wymyśliłam. Słowo.

I mówię wam, klapnęła w sam środek w tej swojej wyprasowanej sukience, w majtkach i krzyczy:
– Felka, na co czekasz?
– Jak to na co? Aż wariatka z wody wyjdzie.
– Właź.
– Ani mi się śni. Gdzieżeś ty widziała takiego głupka, żeby w majtkach na wodę siadał? No widziałaś, powiedz?

I wiecie, dziewczyny… o, jedna pijawka spadła. Zabij ją, Róża, zabij ją… I wiecie, dziewczyny, ja pękam, a ta zaczyna beczeć.
– Bała się mamy?
– Nie, pytam ją: „Czego, głupia, ryczysz? Słońce jest, to się wysuszysz". A ona, że jej wcale, ale to wcale na tych majtkach nie zależy, tylko, że jeszcze nigdy nikt jej tak nie oszukał. Głupia, co?

*

Felka Kowalska, córka przyjaciół rodziców Justyny, była przekleństwem jej wakacji, niedziel i ferii, bezlitosną erynią, mszczącą się na niej za nie wiadomo jaką zbrodnię. *Przyjaciół* – to może za dużo powiedziane; bardzo lubili panią Kowalską i przez wzgląd na nią tolerowali jej męża, tatusia Felki: głupiego i złośliwego oficerka, po którym córka odziedziczyła z nadmiarem cechy charakteru i umysłu. W wieku lat dziesięciu – a była starsza od Justyny o dwa lata – przejawiała już wszystkie rysy bohaterów Gogola i Czechowa: podstępność, lizusostwo, bezwzględność i tępotę, połączone ze znakomitą umiejętnością donoszenia i skarżenia, chytrość, chciwość i świetnie opanowaną mimikrę.

Państwo Kowalscy, zaproszeni raz na zawsze, spędzali w Lisowie z dziećmi wszystkie wakacje, a Felka wymyślała najdziksze sposoby dręczenia koleżanki, aż ta tęskniła do roku szkolnego. Dwa lata to jednak duża różnica i nic nie pomagało, że były w jednej klasie i uczyła się gorzej od Justyny: życiowym sprytem przerastała ją o dwie głowy. A poza tym grała zawsze nieczysto.

Latały do lasu, nad rzekę, na łąki, na pieczenie kartofli, na żniwa, na jabłka do cudzych sadów, choć przy dworze był ogromny własny. Felka znakomicie łaziła po płotach – Justyna nie, Felka skakała po drzewach – Justyna, jeśli już wlazła, nie umiała zleźć; Felka była Indianinem, a jej młodsze rodzeństwo i Justyna – bladymi twarzami, branymi podstępem do niewoli i poddawanymi najprawdziwszym torturom: przypiekaniem pokrzywą lub oblewaniem zimną wodą ze studni. Jeśli zakładały się o coś, jeśli grały w klasy – zawsze oszukiwała i wygrywała.

– Felka, zielone. O, nie masz. Wygrałam, dawaj fant.

– Coś ty. Mam schowane w bucie.

– Gdzie?

– W bucie...

Felka podejrzanie długo manipuluje koło brudnej nogi i wyciąga lśniącą, długą trawkę.

– Kłamiesz, urwałaś.

– Nie urwałam, miałam.

– Kłamiesz, bo byłaby zmięta.

– Udowodnij mi. Udowodnij! Dobrze przechowane. Zazdrościsz, bo nigdy nie możesz mnie złapać.

Justyna rzuca pogardliwie swoje zielone pod nogi Felki, a ta błyskawicznie chwyta zmięty listek i krzyczy:

– Zielone! Dawaj fant.

Cisza.

– Justyna, no nie złość się, załóżmy się.

– O co?

– Że zjem ten cały agrest i brzuch mnie nie zaboli.

– Głupia, pękniesz. Tyfusa dostaniesz, cholery.

– Nic mi nie będzie. No, załóżmy się.

– O co?

– O twój scyzoryk, a jak mnie będzie bolało to…

– To będę cały dzień królową, a ty będziesz paziem.

– Pół.

– Nie, cały dzień.

– Dobra, przecinamy.

Agrest był drobny, poplamiony pleśnią i kwaśny jak ocet. Justyna wzięła na próbę jeden, po pierwszym ugryzieniu ścierpły jej szczęki.

Felka żuła z miną męczeńską, wypluwając skórki, bo Justyna zapomniała zaznaczyć, że trzeba wszystko połknąć. Po półgodzinie Felka zażądała słabym głosem, żeby scyzoryk położyć przed nią na ziemi.

– Ooo, to dopiero się okaże.

– Już kończę, patrz, krzak prawie goły.

– Ale miał cię brzuch nie boleć.

– Kto mówi, że boli?

Po chwili zbladła i tak jak stała, pobiegła pędem do budyneczku z dwoma serduszkami, stojącego pod kasztanem. Justyna tymczasem już w myślach oblepiała tekturową koronę złotym papierem. Będzie królową.

Felka wróciła wyraźnie wymęczona, lecz z godnością.

– Daj scyzoryk.

– Nie dam, boli cię brzuch.

– Udowodnij mi. No, udowodnij! – Była zielona, na nosie perliły się kropelki potu. – Ty zdetronizowana królowo! Scyzoryk jest mój.

– Kłamiesz, kłamiesz, zawsze kłamiesz!

– Ja? Patrz – Felka uśmiechnęła się szeroko – podskokami na jednej nodze dolecę do tamtego płotu... Nie wierzysz? Założmy się...

*

Rosnący w rogu podwórza rozłożysty kasztan, pod którym stał budyneczek z dwoma serduszkami, to był *klub*, tam w porze obezwładniającego upału siadywało się na gałęzi (kasztan był wygodny do włażenia, więc Justyna bardzo *klub* lubiła, bo dzieciaki nie dokuczały jej, że spada z drzewa niby kluska do garnka, jak się to przydarzyło z gruszą w ogrodzie) i gadało się *świństwa*.

Świństwa były różne: jak oszczeniła się Żelka, kiedy koń jest ogier, a kiedy nie jest, dlaczego ludzie najpierw biorą ślub, a potem są chrzciny, ale bywa i odwrotnie, dlaczego Zośka ma takie owłosione nogi, a Stefka piegi. Tam też Felka z lubością opowiadała o tureckich okrucieństwach.

Stosunki Justyny z Wysoką Portą były dotychczas przyjazne. Zaczęły się już dawno od nie zawsze legalnych wycieczek do sklepiku, opatrzonego wielkim szyldem, na którym wymalowano Turka w fezie i bufiastych szarawarach, z ogromną fajką w zębach. Nie umiała jeszcze czytać, ale już wiedziała, że napis na szyldzie obiecywał słodycze i inne specjały Wschodu. Za kilka groszy można było kupić u stojącego za ladą wąsatego bruneta mnóstw orzeszków ziemnych, owoców kandyzowanych, rozpływające się w ustach *słomki*, torebkę rodzynków lub, przysmak nad przysmaki, różowe rachatłukum. Jej miłość do wąsatego pana Osmana potęgował fakt, że swoje słodkie szczęście otrzymywała za każdą sumę, czy to była pięćdziesięciogroszówka, czy skromne dwa grosze. W tym wieku wierzy się w dobroć ludzką, toteż do głowy jej nie przyszło, że co sobotę rzeczywiste rachunki regulował jej ojciec, przychodząc po swoją porcję „najprzedniejszego tureckiego tytoniu". O Turkach mówiło się ciągle: o tureckim kazaniu, o tym, że ktoś jest goły jak święty turecki; w ogrodzie kwitł turecki bez*, przez sztachety zaglądały od sąsiadów amarantowe kity tureckiego prosa**, a mama Justyny parzyła kawę po turecku i grywała *Marsza tureckiego* Mozarta. Wszystko to było nieco tajemnicze, słodkie i pachnące – i w jej myślach nieodmiennie przybierało ostateczny kształt różowego, lepkiego rachatłukum. A tu tymczasem wojny, porywanie w jasyr, najazdy strasznych sułtanów i krzywe szable, którymi Turcy ścinali głowy wrogów. A już najchętniej opowiadała Felka o „morzu krwi", w którym niewierni poganie topili katolików. Tak mówiła: „katolików".

– A my jesteśmy co? – spytała przerażona Justyna.

– Głupia – żachnęła się – pewnie, że katoliki.

I nauczyła ją wiersza:

– *A za tego króla Jana, co to po łbach bił pogana, przyszły posły i rozjemce: „Ratuj, królu, giną Niemce!"****.

– Przecież mówisz „Niemce", czyli nie katoliki.

– Głupia – odpowiedziała jak zawsze – po pierwsze to do rymu, a po drugie i Niemce, i Ruskie, i Francuzy, i Angliki to katoliki, a Turcy to poganie.

Gdy już wyczerpały zapas *świństw*, jedna nagle zmieniła temat, wywrzaskując na całe gardło:

---

* Czyli popularnie zwany bzem lilak, wedle tradycji przywieziony do Europy w roku 1562 przez austriackiego posła w Turcji, a zarazem zielarza, Ogiera Ghiselina de Busbecqa.

** Roślina ozdobna, szarłat zwisły.

*** Maria Konopnicka, *Kartka z raptularza*.

– A ja jestem najładniejsza w powiecie!

Na to druga:

– A ja w województwie!

Trzecia:

– A ja Miss Polonia...

Kolejność była ustalona i nie wolno było oszukiwać; coś jakby entliczki-pentliczki, wszystko zależało od tego na kogo wypadnie. Jeszcze tylko „A ja w całym świecie", po czym następował wszechświat i nic już nie zostawało do dodania. Ale Felka znów zastrzeliła wszystkie:

– A jestem Miss Uniwersum.

– Co?

– Miss Uniwersum, najważniejsza.

– Ale wszechświata ważniejsza!

– Nie, uniwersum. Pytałam się: uniwersum... to znaczy... wszystkiego... wszystko... to i wszechświat też, no nie?

No i znowu Felka wygrała.

Justyna myślała, myślała i wymyśliła. O zwykłej godzinie, kiedy już wyczerpująco omówiły zagadnienie przydatności kogutów, Justyna wrzasnęła:

– Ja jestem najbrzydsza w powiecie.

Zrazu zaskoczone, podjęły grę:

– A ja w województwie!

– A ja najbrzydsza Miss Polonia.

Justyna liczyła i kiedy obeszło już wszystkie, wrzasnęła znowu:

– A ja najbrzydsza Miss Uniwersum!

Nareszcie wygrała.

Wtedy Felka zeskoczyła z drzewa i wycedziła przez zęby:

– Też honor... chodźcie, dziewuchy, przecież nie będziemy się z taką pokraką bawić. O Jezu, najbrzydsza w świecie, we wszechświecie i w uniwersum... O Jezu, ropucha.

Już chciała się rozbeczeć, ale zauważyła wspaniałą rzecz: nareszcie będzie mogła zająć miejsce Felki, najlepszą gałąź, szeroką i wygodną jak fotel. Umościła się. Daleko widać było góry i las, i rzeczkę, i ławę, i ogrody, i cały świat, cały wszechświat. Całe uniwersum.

*

Tak czy owak, wszystkie zabawy były dla Justyny pasmem udręczeń i upokorzeń aż do dnia, w którym wracały z Felką do domu, spóźnione, z łąki pod lasem. Zapowiadało się na wiatr i ulewę, zachód słońca był wyjątkowo malowniczy: jaskrawoczerwone niebo, poprzecinane chmurami, jakieś przedziwne zorze, błyski, promienie pokazujące się co chwila zza chmur. Justyna przystanęła, przejęta widokiem, i zaczęła głośno recytować:

– *Już słońce skryło za górami*
Swój promienisty grzbiet,
Niebo pokryło się chmurami...
Niebo pokryło się chmurami... – zaraz, co dalej, aha –
I wieczór będzie wnet.

Bo wtedy właśnie, może na skutek dręczenia przez Felkę, Justyna zaczęła pisać wiersze. Mama, którą poprosiła o ocenę, powiedziała, że to straszna grafomania, więc tępiła ją bezlitośnie. A mama liczyła się ogromnie, bo znała osobiście Leśmiana; mówiła, że był mały, rudy i piegowaty, a w ogóle nazywał się Lesman. Jeśli ktoś może tak bezceremonialnie wyrażać się o takim poecie – to chyba zna się na wszystkim, co nie? Więc dziewczynka pisała i darła, pisała i paliła, żeby tylko nie narazić się na rozbawione spojrzenia i pytanie w stylu: Cóż *tam nasza Konopnicka dziś wymyśliła?*

Tu jednak, na środku drogi, była bezpieczna. Niesłychanie zajęta męką twórczą, zrazu nie zwróciła uwagi na Felkę; usłyszała dopiero cichy szept: *I wieczór będzie wnet...* Felka patrzyła na nią szeroko otwartymi oczami. Patrzyła.... tak, patrzyła z uwielbieniem.

– Ty... słuchaj, ty... ty jesteś poetka?

Nie odpowiedziała, męczyła się dalej – biegły do domu, przeskakując kamienie, a ona, wyciągając nogi ile sił, płodziła dalszą część swego wspaniałego poematu. Minęły jakąś niezmiernie strudzoną kobyłę, wlokącą za sobą szleje i orczyk, potem przechodziły koło straszliwie zachwaszczonego pola Józka Sobczyka i z tego wszystkiego ulepiła następną zwrotkę, w innym nieco metrum:

– *Powracają z pola zmęczone rumaki,*
Pochyliły główki już i senne maki.

Wiedziała od razu, że to *już* jest niedobre, ale to do rytmu; może zresztą poprawi później... ale teraz żeby nie zapomnieć, żeby tylko nie zmarnować tak wspaniałego wiersza! Gnały jak oszalałe, obie przejęte jednakowo, po raz pierwszy w życiu nieskłócone, po raz pierwszy w życiu Justyna jako ta ważniejsza, cenniejsza, depozytariuszka tajemnicy, a Felka pokorna, zaszczycona współuczestniczeniem w misterium tworzenia.

Dom był zamknięty na głucho, pewnie matki poszły ich szukać po wsi, nie przypuszczając, że o tej porze będą biegły od strony lasu.

– *Słońce już skryło za górami swój promienisty grzbiet...* Boże, co dalej? Aha, *niebo pokryło się chmurami...* A może *Promienie złote za chmurami... Po świecie idą het...*

– Ołówek, ołówek i kartka – prawie płakała Felka – zapisać to natychmiast! Patrz, lufcik niedomknięty! Ty się nie ruszaj, ty tylko myśl i powtarzaj, żebyś nie zapomniała. Ja ci wszystko podam.

Już manipulowała przy lufciku, już wślizgiwała się do środka, już wciągała ją przez szeroko otwarte okno.

– Uważaj, złap mnie za rękę. – Żadnego szyderstwa, żadnego: *Ależ się gramolisz, klucho... kluska kładziona! Kluska kładziona!*, tej chwili istniała tylko poezja, doniosłość twórczej misji, nie wolno jej było zdenerwować, bo mogłaby zapomnieć coś, coś uronić z tego cudownego, harfowego poematu. – Masz tu kartkę, pisz!

I trwał czar poezji przez całe pół godziny, dopóki matka nie przypomniała Justynie o prozie życia. Najpierw dała jej w skórę za włóczenie się wieczorami, a później wygłosiła najkrótszą recenzję:

– *Powracają z pola zmęczone rumaki?* Chyba pęknę ze śmiechu, trzeba mi było to wcześniej pokazać, nie miałabym siły spuścić ci lania. Czy ten rumak to była może zdychająca chabeta Wójcika?

Justyna spadła z Parnasu na samo dno niedoli. Ale nie dla Felki. Felka, ten groźny przeciwnik, dzika bestia, mściwe bóstwo i zła moc w jednej osobie, do końca wakacji wodziła za nią oczami pełnymi uwielbienia.

Epitafium dla mistrza

Ależ co ty opowiadasz, Dinu Lipatti jest świetnym pianistą! I właśnie szopenistą. Przeczytaj sobie, gdzie chcesz, jakąkolwiek recenzję; chyba pozujesz na oryginalność, bo nie chce mi się wierzyć, że po prostu nie słyszysz!

– Zgoda, że pianista, zgoda, że szopenista. Ale nie mazurki, coś okropnego. Nic nie zrozumiał, nic, a nic! To w ogóle nie przypominało mazurków!

– Może dlatego, że nie Polak, a to jednak...

– A Zak? A Fou Ts'ong? Po prostu nie potrafi i tyle...

– Pozwólcie, że was pogodzę... – pani Marta już szła z gałązką oliwną, jak zawsze kiedy dyskusja robiła się trochę zaogniona, czyli interesująca.

Ale może i lepiej. Nie powinna była podnosić głosu w tym towarzystwie. Zależało jej, żeby jak najlepiej wypaść, i ze względu na awans Jerzego, i na nią samą. Żona dyrygenta naczelnego musi posiadać takt, nie wolno jej wykrzykiwać wzburzonym głosem sądów niesprawdzonych w encyklopedii.

– ...przede wszystkim przyjrzyjcie się tym kanapeczkom, jaki kształt, kolor, klejnociki! Nie mówiąc już o smaku. Napijesz się czegoś, Anno? A wracając do waszego szopenisty... Myślę, że obie macie rację: Dinu Lipatti jest wspaniały, ale nie ma artystów, którzy wszystko robią jednakowo dobrze. Taki Czajkowski na przykład, chyba się zgodzicie...

Stała smukła, świetnie ubrana, świetnie uczesana; ponętna, ale nie kociak, modna, ale nie banalna. Też mistrzyni w swoim rodzaju. Bo to przecież też artyzm, myślała Anna, ona by tak nie potrafiła. Zawsze ją poniesie, zawsze coś chlapnie, a tam wszystko dokładnie wyważone, proporcje zachowane. Złoty podział odcinka. Wie, jak się znaleźć, wie, co i kiedy powiedzieć. Taka żona dla Jerzego, to Jerzy już by był ministrem, a tak co? Pewnie znów nie zostanie dyrektorem, wszystko przez nią. Nigdy się nie nauczy.

– ...przyznam się, że nie lubię Czajkowskiego. Za dużo tam jęków, szlochów, miejsc pustych, tych wszystkich plum-plumów. Nie chcę, oczywiście, nikomu narzucać swoich sądów, przecież cały cywilizowany świat go uwielbia. Ale ja nie. I raptem, któregoś dnia: koncert fortepianowy zupełnie na nowo odkryty. Ani odrobiny ckliwości, tych wszystkich bebechów; czysta, ludowa liryka. Odczytana jak ty chciałabyś mieć swoje mazurki, Anno. Na wskroś współczesny, ludzki, mądry u tego Horowitza. Zamówiłam sobie płytę, ale jeszcze nie mają. Czekam. Raz na dziesięć lat trafia się taka rewelacja. Od czasów nagrania Bacha i Debussy'ego w wykonaniu Benedettiego nic takiego nie słyszałam. I myślę, że nawet oni, ci najwięksi, przecież nie wszystko mają najlepsze, że tylko czasem uda im się osiągnąć szczyty...

Szczyty... Szczyt góry, szczyt wszystkiego, szczyt doskonałości, ściana szczytowa, szczyt ułożony z desek w kształt słońca, Annie kręci się troszeczkę w głowie, nie za mocno, bo alkohole są starannie dobierane, ale dlaczego ten szczyt i Horowitz układa jej się ciągle w sosnowe, jasne, lśniące słoneczko, przybite na dachu? Kiedy to było, naokoło rosły olbrzymie akacje i klony, pejzaż jak u Corota. Już wtedy wiedziała, że jak u Corota, bo jeden znajomy malarz tak powiedział przy śniadaniu, a ojciec przytaknął: *Tak, tu wszystko chciałoby się malować, te drzewa jak na starych obrazach i chłopi takie mają twarze, oczy białe od słońca, twarze spalone, zęby jak ser, choć nie znają szczoteczki, ale mięsa nie jedzą. To na zęby niezdrowo.*

Ojciec najął takiego majstra, wiejskiego cieślę, który pięknie rzeźbi w drzewie, będzie mu po wiejsku dom zdobił.

– Tak panie radco, to się wyrychtuje jak się patrzy, będzie galeryjka wokoło ganeczku, a w ganeczku na górze zrobi się słoneczko.

– A szczyt?

– Który szczyt, w ganeczku, czy w pobudynku?

– W budynku też zrobicie mi słoneczko?

– Aaaa, to będzie duża robota i będzie dużo kosztowało, z pięćdziesiąt złotych będzie kosztowało, bo desek sam nie ułożę, pomocnika muszę poszukać i na felc robić, no i o deski to się sam pan radca musi postarać w tartaku, żeby były złociutkie jak masło.

Deski były złociutkie jak należy, pachniały mocniej niż rezeda w ogrodzie; Anna chciała popatrzeć, krzyczeli: *A nie łaź tu, bo się przewrócisz, drzazgę se wbijesz, a potem będziesz płakać.* Jak on się nazywał? Stary już był i łysy, wyglądał jak święty Piotr. Pietrzyk, Pietrzyk się nazywał. Nochal miał wielki, opalony, cały był z brązu, z żył i guzów, duży i roześmiany, oczy niebieskie, prawie białe, siwe kępki za uszami, koszula wyłatana w różnokolorowe kwadraty.

– Panie Pietrzyk, jadę do miasta, może wam specjalną piłkę do wycinania tych wzorów przywieźć?

– Dzięki serdeczne, panie radco. Żadnych mi statków nie trza. Piła, siekiera i nóż, to mi wystarczy. Wszystko tym poradzę. Jak kto nie potrafi, to nowych statków szuka. Mnie tam nie trza.

– O czym myślisz, Anno? Masz taki nieobecny wzrok. Może spróbujesz tych oliwek? Bardzo ci radzę, świetne. A może źle się czujesz? Chodź, zaprowadzę cię do najwygodniejszego fotela w tym domu, klapnij sobie.

Fotel ojca był jeszcze wyższy, można było oprzeć głowę. Wdrapywała mu się na kolana i wyglądała oknem na zachodzące słońce. Promienie strzelały zza chmury. Pietrzyk ciosał promienie z żółtej sosnowej deski, pięknie przesuszonej: *Popatrz, jak dźwięczy, jak struna w skrzypcach, twój ojciec gra na skrzypcach, a ja na pile i siekierze, widzisz będzie tu takie słoneczko, będzie ci świeciło całe życie, na szczęście.*

Pietrzyk, Dinu Lipatti, Horowitz i Czajkowski, Pietrzyk… Nie znajdzie się go w encyklopedii; P jak Pietrzyk, nie ma go tam pod P, a przecież być powinien. Sięgnął po słońce, z drzewa to słoneczko zrobił, kto z nich wszystkich, tych eleganckich, mądrych, zrobiłby słońce z drzewa? Czy to był szczyt tego, co umieją jego ręce? Palce miał grube. Pamięta, jak przestraszyła się, że nie wyciągnie ich z maleńkiej ślimacznicy, w której wycinał deski. *Dam se radę, nie bój się, jakby co, to i bez tego palca dałbym se radę* – śmiał się – *Nie wierzysz? Patrz, tu dla ciebie konika ci wytnę, specjalnie dla ciebie, żebyś starego Pietrzyka pamiętała.*

Słoneczko przetrwało młodość i wojnę, i pożar; dom się spalił, ale ogień jakimś cudem nie doszedł do szczytu. Wyjęli ostrożnie deski, ktoś powiedział:

– *Ten szczyt trzeba w całości zachować, będziemy mieli pamiątkę po panu radcy, dobry był gospodarz, choć w mieście siedział, drzewka posadził, ganek kazał pięknie przyozdobić i ten szczyt w słońce wprawić.*

– *A kto ten szczyt budował, kto ciosał, chyba Bryłka?*

– *Nieee, to było dawniej. Bryłka za młody, to będzie albo Tarapata, albo stary Pietrzyk.*

– *Pietrzyk tak pięknie umiał?*

– *Tak, Pietrzyk stary, łysy już był i reumatyzm miał w nogach, po dachach mu już było trudno chodzić, ale majster był z niego jeszcze niezgorszy.*

– *Ano widać.*

– *Który to Pietrzyk, Antoni?*

– *Może i Antoni, a może jednak Bryłka?*

– *Wyjmuj, wyjmuj ten szczyt, a ostrożnie, wstawimy do nowego domu, będę miał pamiątkę po panu radcy, co se na to słoneczko popatrzę, to przypomnę, że był dobry gospodarz, dobrego majstra wynajął.*

Ballada o dobrych złodziejach

Dzwon bił od samego rana, a bił rzetelnie, bo żałoba była prawdziwa. Na całe miasteczko spadła ta śmierć, dzieci plątały się osowiałe, kobiety płakały, a mężczyźni wszczynali kłótnie o byle co, bo wytrąbili już cały zapas wódki. Na stypę trzeba będzie przywieźć z miasta sąsiedniego. Umarł człowiek wprawdzie obcy, bo tylko dwadzieścia lat tu przeżył, wżeniwszy się w tutejszą zasiedziałą rodzinę – ale dziś zrozumieli, że nikt na świecie go nie zastąpi. Leczył ich, pisał podania i listy, zęby rwał, mówił po zagranicznemu i tłumaczył wiadomości ze świata; pieniędzy nie brał, a jeszcze lekarstwa dawał. Taką miał fantazję. Podobno na początku przywiózł worek złota, kupił ziemię i żył z niej i z procentów z banku, a ludziom świadczył darmo. Na kościół też dawał i ofiarował piękny dywan przed główny ołtarz, więc kościelny nie żałował trudu i już godzinę huśtał się na sznurze, aż od tego dzwonienia ludziom serce stawało.

Więc jak? Nie ma rady, wszyscy jak jeden mąż powinni z żonami i dziećmi stawić się na pogrzebie. No, chyba że komuś nieboszczyk był obojętny, przymusu nie ma. Oczywiście ci, którzy muszą pracować, też nie pójdą. Ale kto by w takim dniu pracował i dla kogo?

Rzeźnik na pewno w sklepie nie zostanie, sumienie by mu nie pozwoliło. Kto napisał mu podanie do sądu, kiedy chcieli mu kropnąć karę za niestemplowaną świnię? Zresztą sumienie sumieniem, ale skąd brać klientów, jak wszyscy na cmentarzu? Żydzi, choć starozakonni, też pójdą. Herszowi ze sklepu bławatnego pan doktór wyleczył Salcię jak miała koklusz, i patrz pan, jaka panna, na psa urok, żebym tak jutra nie doczekał! Piękność!

I Frymeta zamknie sklep, bo by jej serce pękło; co wieczór pan doktór przychodził i pytał: „No jak tam, moja śliczna Frymeta, masz dla mnie śledzia królewskiego? Ach Frymeta, Frymeta, gdybym nie był żonaty, a ty mężatka, kochałbym się w tobie na zabój!".

– Ja nie wiem sama – chlipie Frymeta – jak ja w tym interesie wytrzymam, jeżeli pan doktór o piątej do mnie nie zaglądnie. Taki człowiek... taki człowiek! No i co się z takim człowiekiem stało? Z przeproszeniem: był i nie ma. Takie jest nasze życie.

Szmulowi tragarzowi pan doktór wyrobił koncesję na kolej, jeździ sobie teraz wózkiem i paraduje w czapce, jak jaki policjant. Nawet ta głupia Ryfka z przekrzywioną peruką ma przez doktora zajęcie: sprzedaje wodę sodową.

A te wszystkie dzieciaki? Kto im się kazał myć? Kto obejrzał zęby? Kto kupił elementarze? Kto dawał im jabłka albo cukierki? Myślicie, że te dzieci, nawet najmniejsze, nie wiedzą kto to pan doktór? Pani piekarzowej wyleczył córkę z zapalenia płuc, a męża wysłał do sanatorium; dopiero później, gdy już wyzdrowiał, dowiedział się piekarz, że doktór za niego zapłacił. Jeszcze dziś winien mu część tych pieniędzy. A pana aptekarza, można powiedzieć śmiało, że ze stryczka odciął, bo jak się aptekarz pomylił w lekarstwie, to nie tylko tego chorego z zatrucia wyciągnął, ale i aptekarza wybronił, a biedak z tej rozpaczy chciał się już wieszać.

Z panną Różą to już była inna historia. Może nie należy o tym mówić? Panna Róża się truła, bo narzeczony ją rzucił. Pan doktór i z trucia ją wyratował, i ściągnął za łeb narzeczonego, i dziecko przyjął. Wprawdzie ten narzeczony, no, już mąż, i tak zwiał, ale honor panny Róży został uratowany, bo co porzucona mężatka z dzieckiem, to nie porzucona panna z bękartem.

Wychodzi na to, że nie ma człowieka, który by doktora nie żałował – więc pogrzeb powinien być piękny, taki, żeby o nim gazety pisały, a na pogrzebie powinni być wszyscy. Sklepy się zamknie, biura też i całe miasteczko pójdzie na cmentarz. Tylko kwiaciarnia ma być czynna. A kwiaty trzeba sprowadzić z dużego miasta.

Ktoś kaszlnął znacząco. Raz i drugi. Wszyscy się odwrócili:

– O co chodzi?

– Złodzieje.

– Co złodzieje?

– No, jak my będziemy na cmentarzu, domy i sklepy będą puste, to wiadomo. Zaczną pracować złodzieje.

Logiczne. Tak logiczne, że ludziom ręce opadły, a ci najbardziej od rana żałujący otrzeźwieli doszczętnie.

– No więc jak? Przecież nie możemy doktora chować jak byle chudzinę?

– Ja to załatwię – z boku, przed ścianą knajpy stał w cieniu filaru człowiek, o którym się dużo wiedziało, ale mało mówiło. Zawsze tak stał z boku i w cieniu, żeby wszystko widzieć i słyszeć, a zarazem nie być ani widzianym ani słyszanym. Był chyba jedynym w tym miasteczku, który nie korzystał z usług doktora – tak przynajmniej sądzili ludzie. Ale się mylili. Przed wielu laty, kiedy doktór był jeszcze *obcy*, człowiek, stojący dziś w cieniu, uciekał przed policyjną obławą; przy którymś kolejnym skoku przez płot skręcił nogę i nie mając innego wyjścia, zapukał do pierwszych napotkanych drzwi. Otworzył mu doktór i o nic nie pytając, zaprowadził go do gabinetu i nastawił skręconą stopę. Człowiek, o którym nie mówiło się w miasteczku, sam poszedł potem na policję, trochę siedział, a później, zerwawszy kontakt z kumplami, żył samotnie. – Ja to załatwię – powtórzył teraz i wszyscy odetchnęli z ulgą, bo nie był skłonny rzucać obietnic na wiatr.

Przed samym pogrzebem jeszcze raz się odezwał:

– Umowa stoi, wszyscy mogą wyjść spokojnie, jeden grosz nie zginie.

A jednak umowy nie dotrzymano. Jeszcze trwały śpiewy i modły nad otwartą mogiłą, gdy z najbliższej ulicy dobiegło wołanie:

– Złodziej! Ratunku, złodziej! – krzyczał niedołężny staruszek, ojciec właściciela największego sklepu kolonialnego – przed chwilą wpadł do sklepu jakiś młody i zabrał z kasy, popatrzcie, nie wszystko, ale sto, czy dwieście złotych!

Kilku żałobników porozumiało się wzrokiem i wybiegło z cmentarza, żeby przeprowadzić śledztwo na własną rękę. Naruszono ich honor! Kiedy ceremonia się skończyła, rozgorączkowani goście żałobni ledwie pamiętali o złożeniu kondolencji rodzinie zmarłego, drżąc z podniecenia szybko opróżniali kieliszki na stypie i wymykali się chyłkiem do knajpy, by omówić oburzający wypadek.

Człowiek stojący w cieniu, blady z obrazy, przeżywał swoje upokorzenie. Zawiódł zaufanie miasteczka, bo cech złodziei zawiódł jego zaufanie. Ale członków cechu nie było w knajpie, nie można im było rzucić w twarz oskarżenia, obelgi ostrzejszej niż cios sprężynowego noża.

Zbliżała się północ, lecz nikt nie ruszał się z miejsca. Zdążyli już powtórnie wytrzeźwieć, a ciągle czekali na rozwiązanie dramatu: kto pogwałcił zakaz cechu, kto winien jest niedopilnowania jakiegoś chłystka, pewnie początkującego doliniarza, głupiego partacza, który swą samowolą zhańbił całe szacowne stowarzyszenie?

Po północy drzwi do knajpy otworzyły się z hukiem, na salę wpadł, a właściwie został wrzucony, jakiś nieszczęsny człowieczek. Starsi cechu, którzy weszli wraz z nim, zamknęli spokojnie drzwi i w ciszy, w której słychać było brzęczenie muchy, oświadczyli spokojnym, można by powiedzieć *znudzonym* głosem:

– My pracujemy czysto. To nie nasz. Możecie zrobić z nim co chcecie, to mazgaj, cywil…

– Panowie – klęczał i zanosił się płaczem – panowie… ja nie ukradłem. Ja odebrałem swoje. On był mi winien, od kilku miesięcy był mi winien… – zaplątał się nagle, bo w tłumie zobaczył właśnie jego, wszechwładnego szefa. – Ja, ja… Ja jestem ekspedientem… Kiedyś, rok temu…

– No, no mów – warknął szef. – Czego zamilkłeś?

– Ja, rok temu, chciałem pożyczyć, naprawdę *pożyczyć* kilka złotych. Szedłem na randkę i…

– Powiedz z kim? – zapalił się stary. – No powiedz, że z moją córką! Mojej córki mu się zachciało!

– Tak, z pańską córką… no i on powiedział, że albo mnie odda policji, albo mi będzie płacił połowę pensji. I ja dziś chciałem, chciałem…

– Chciałeś ukraść?

– Nie, odebrać. Odebrać. Tu mam te pieniądze, przeliczcie.

– Ej, koleś, a nie przyszło ci do głowy, że przez ciebie, my z branży złamaliśmy słowo? Może u ciebie słowo to *fiuuut*, i tyle, ale nasze złodziejskie słowo znaczy bardzo dużo – zawiesił głos, jakby się nad czymś zastanawiał. – Cóż, panowie, całą tę niemiłą sprawę trzeba chyba opić. Na koszt szefa naszego pechowca. Miasto musi wiedzieć, że to nie my, zawodowcy, sprofanowaliśmy uroczystość, tylko dwóch partaczy cywilów: szef, który okradał ciebie, koleś, i ty, który okradłeś szefa. Może gdyby żył doktór, rozsądziłby nas, ale jego nie ma. Nie ma go. Więc my musimy rozsądzić. To jak, szefie? Ile dajesz posagu swojej córce?

Nieobecny

Pokoje były duże, meble ciężkie, uroczyste. Po domu od dziesiątków lat szybko krzątała się wysoka, szczupła kobieta. Najpierw bardzo czarna – teraz bardzo biała. Nie ona jednak sprawowała tu rządy. Nad wszystkim pieczę miał mąż. Co wieczór wysłuchiwał sprawozdania z wykonanych czynności, skrupulatnie sprawdzał rachunki i marszczył brwi, gdy cena masła albo kury wydała mu się zbyt wysoka. Elżbieta nie miała nic do powiedzenia, była właściwie tylko pośredniczką między panem domu a kucharką.

Dziś, jak co roku, własnoręcznie nakryła do stołu, z daleka oceniła wygląd śnieżnego obrusa, przybranego gałązkami świerku. I jak co roku, po przeliczeniu osób, które miały zasiąść do Wigilii, szybko dostawiła jedno dodatkowe nakrycie. Pan domu bardzo tego nie lubił; uważał to za pogański obyczaj, nielicujący z powagą dnia. Elżbieta w tym jedynym wypadku wykazywała jednak tak niespodziewany upór, że, niechętnie, ustępował.

Popatrzyła jeszcze raz na plecy siedzącego w fotelu męża. Coś załamywało się stopniowo w jego sylwetce, jakby ktoś wyciągnął podpórkę, podtrzymującą konstrukcje z waty. Ramiona opadły, głowa wtuliła się między barki; tłusty, rozlany zad szczelnie i miękko wypełniał siedzisko. Najdziwniejsza jednak była głowa, porośnięta rzadkim jak u niemowlęcia puchem na różowej, zmarszczonej czaszce; uszy jak gdyby nagle wyciągnięte, chwiały się jak mięsiste kwiaty.

Nie, nie był już groźny. Można się będzie go przestać wreszcie bać. Może już dawno należało to robić, tylko, że nigdy nie miała sposobności – czy raczej odwagi – żeby mu się dokładnie przyjrzeć. Wszystko poszło ustalonym trybem. Zapalono świeczki, do pokoju wtargnęła czereda wnucząt. Pan domu wyszarpnął się z fotela i rozpoczął ceremoniał opłatka. I wtedy Elżbieta po raz pierwszy od trzydziestu lat nie ukradkiem, lecz jawnie, prawie ostentacyjnie, odłamała szeleszczący rożek i położyła go na pustym, dodatkowym nakryciu.

– Dla kogo ten kawałek? – spytała z powagą pięciolatka ze sterczącymi warkoczykami. – Mogę go zjeść?

– Nie, kochana, to jest – zawahała się – to jest opłatek dla kogoś, kto jest bardzo daleko.

Co by powiedziała maleńka wnuczka, gdyby wiedziała, co by powiedzieli wszyscy? Głupstwo! Nic nie powiedzą, bo nic nie będą wiedzieli. Ale pragnęła jednej rzeczy: żeby ten udający tyrana tłuścioch w ostatniej chwili swojego życia musiał wszystkiego wysłuchać. I żeby później zaniemówił, oślepł, żeby go sparaliżowało, żeby nic, nic, nie mógł już więcej powiedzieć, żeby dusił się z bezsilnej wściekłości i oburzenia, i po raz pierwszy nie odbyłoby się zwyczajowe kazanie o cnocie, o moralności, o obowiązku.

Ale miał się dobrze. Jadł łapczywie, wybierając najlepsze kąski. Miał prawo, to było jego dobro, przez niego zarobione. I nic nie wskazywało, żeby w najbliższej przyszłości miał zamienić się w kłodę, której można bezkarnie wykrzyczeć żale wszystkich lat.

A ona? Pozmywa z córkami naczynia po kolacji, przygotuje gościom posłanie, a sama długo w noc będzie myślała o kawałku opłatka, leżącym na pustym talerzu.

*

Odkąd pamiętała, w jej życiu panował szatan. Mała dziewczynka z czarnymi warkoczami łaziła z chłopcami po drzewach w poszukiwaniu niedojrzałych malinówek. Jedno nieostrożne stąpnięcie – i trach, sukienka rozerwana od góry do dołu.

– To szatan cię opętał, namówił do kradzieży cudzego mienia. A rozdarta suknia, to kara.

Kradzieży? Cudzego mienia? Lśniące czerwienią jabłko, soczyste, kuszące, to kradzież?

Potem zamieniła trzy irysy i dwie Gwadelupy na obsadkę z głową górala. I w dodatku wygrała zakład: podskoczyła sto dwadzieścia jeden razy na jednej nodze i dostała czerwoną wstążkę do warkocza. Okazało się, że to wszystko jest dziełem szatana: i zamiany, i zakłady, które biorą się z pychy, i czerwona wstążka, która powoduje próżność.

Inne dziewczęta nosiły szerokie białe kołnierze, rozszywane koronką – Elżbieta białą pliskę wysoko zachodzącą pod szyję; inne dziewczęta miały wielkie kokardy z szeleszczącej tafty – ona ciasno spleciony warkocz, upięty żelaznymi spinkami. Marzenia o halce z falbankami, o lakierowanych bucikach, o parasolce, o rękawiczkach były tak silne, że nie mogły się chyba zrodzić w jej sercu bez osobistego wpływu szatana.

Każdą próbę wyłamania się z rygorów domowej moralności natychmiast ucinano. Matka chodziła po domu bezszelestnie jak kot. Okutana od stóp do głów w spłowiałą czerń, zjawiała się przy Elżbiecie, kiedy ta tylko zerknęła do lustra, zapragnęła rozluźnić lok naciągnięty jak struna albo próbowała czymś ożywić surową sukienkę.

– Uczciwa dziewczyna nie myśli o swej urodzie, lecz o wyrobieniu charakteru i utrzymaniu cnoty. Uczciwa dziewczyna nie wabi dekoltami, perfumami i szeleszczącymi halkami. To szatan wymyślił te wszystkie upiększenia, żeby tumanić głupich mężczyzn, a dziewczęta sprowadzać na drogę rozpusty.

Matce pomagał brat Elżbiety, przeznaczony na księdza. Jeśli tylko był w domu, śledził ją bez przerwy i z satysfakcją donosił o wszystkich drobnych przestępstwach. Przez jakiś czas się buntowała, zamykała na strychu, wybuchała płaczem, groziła, że się zabije, aż wreszcie się uspokoiła. Matka i brat odetchnęli: szatan został pokonany!

Żeby umocnić Elżbietę w stanie cnoty, chodzili w trójkę na poranne i wieczorne nabożeństwa. Zgadzała się chętnie. Kościół pachniał kadzidłem i dymem świec, na chórze śpiewano, grały organy i był to jedyny koncert, na który wolno jej było chodzić. Przez ciemne witraże przepływało łagodne światło i kładło się na włosach Madonny. Madonna miała łagodną twarz i Elżbiecie zdawało się, że dogadałaby się z nią dużo prędzej niż z matką i bratem.

W niedzielę przychodziły do kościoła eleganckie panie, rzucające spod woalek zalotne spojrzenia; miały piękne suknie, szerokie kapelusze i ufryzowane włosy. A Elżbieta marzyła. Nie będzie przecież wiecznie pokutować w tym domu. Jest ładna – matka nie zdołała jej ustrzec przed tą świadomością – wyjdzie za mąż i wtedy rozpocznie prawdziwe życie, jak w książkach, czytanych ukradkiem pod ławką, jak w opowiadaniach koleżanek. Karnawał, bal sylwestrowy, panowie we frakach i białych rękawiczkach. Ona w białej – nie, w różowej, albo żółtej, brunetkom jest dobrze w żółtym – sukni, z różami w ręku. I on, klęczący u stóp. „Kocham panią... Pokochałem panią od pierwszego wejrzenia... jest pani piękna jak księżniczka... Panią... Czy mogę prosić o serce i o rękę?". Zaręczyny, cukierki, kwiaty, odwiedziny co dzień o piątej po południu, jazda sankami po iskrzącym śniegu...

– Elżbieta, co ty wyrabiasz, podniesienie, a ty stoisz, cały kościół na ciebie patrzy!

*

On nie klękał u jej stóp. Nie było też ani różowej, ani żółtej sukni balowej, tylko szara, wełniana, zapięta pod szyję. „Skromna i praktyczna".

Powiedział, że szuka takiej panienki jak ona. Na urodzie mu nie zależy, bo tylko prowadzi do zguby, ale, ostatecznie, jemu nie przeszkadza. Chce uczciwej żony, dobrej gospodyni i porządnej matki. Przypuszcza, że pani dobrodzika – tu ukłon w stronę matki – porządnie wychowała córeczkę. Poza tym słyszał, że syn idzie na księdza. To duża gwarancja. Zdrowa jabłoń rodzi zdrowe jabłka.

Tak więc on ma fabryczkę, no, taki tam lepszy warsztacik narzędzi rolniczych, dobre zdrowie, uczciwe nazwisko, dom, prezencję, he, he, niezłą i jak pani dobrodzika widzi, jeszcze całkiem, całkiem młody wiek. Więc co? Posagu nie trzeba, tylko oczywiście, tego, wyprawę. I żeby nie żadne tam fochy, jedwabie i faramuszki, tylko płótno i solidnie... Zresztą sama pani łaskawa wie najlepiej.

Najpierw była jedna dziewczynka, potem druga, na trzeci rok znów dziewczynka. Mąż się chmurzył.

– Durne te chłopy, bo durne – dogadywała w kuchni Marcinowa – nie umieją chłopaka zmajstrować, a do baby mają pretensję.

Słowa Marcinowej niewiele jednak pomagały, nie pomagały także msze opłacane na intencję syna. Czwarta dziewczynka o mało nie zabiła matki, pożyła zresztą parę dni tylko, jakby wiedziała, że nikt tu na nią nie czeka, i umarła. Po kilku latach stało się jasne, że więcej dzieci nie będzie. A do fabryki, do kantoru potrzebny był sukcesor, nie dziewczynka.

Elżbieta wydobrzała po ostatniej chorobie i zaczęła układać sobie życie znośniej. Dziewczynki podrastały, nie trzeba było ich wiecznie piastować na rękach. Lekarze doradzali spacery po parku, dużo świeżego powietrza. Można było ubrać je ładnie i wysłać z nianką, można było dorożką pojechać za miasto do lasu. Pan domu dokładnie pilnował żoninych wydatków, ale lekarzy bał się i ich słuchał. Takie jednak uzupełnienia, jak modny kapelusz z chroniącą przed zbytnim słońcem woalką, czy jedwabna parasolka nie mieściły mu się w głowie.

– Nie pozwolę rozkradać kapitału – krzyczał w najwyższej pasji. – Każdy niecelowy wydatek jest kradzieżą!

Skoro tak, odtąd urządzała się inaczej. Zauważyła dziwną rzecz: ten człowiek, który staczał wojnę o każdy legalnie wydany i zapisany grosz, nie pamiętał nigdy, ile nosi przy sobie w podręcznej portmonetce. Zaczęła systematycznie dbać o jego garderobę: codziennie czyściła i prasowała surdut i spodnie, i codziennie uszczuplała zawartość portfela. Z początku sumy były małe, a potem, kiedy okazało się, że przestępstwo pozostaje niezauważone, wystarczały już na osobiste wydatki. Nie czuła wyrzutów sumienia. Oszukiwała. Ale przede wszystkim to ją oszukano. Nikt jej nie pytał, czy zechce tego sapiącego i wiecznie nachmurzonego grubasa, który traktował ją jak rzecz, jak własność. Więc odpłacała mu tylko pięknym za nadobne.

*

Jesienią przyprowadził do domu małego, wystraszonego chłopaka.

– To twój syn – przedstawił go krótko Elżbiecie. – Myślę, że nie zrobi nam wstydu. Sierota. Miał porządnych, bogobojnych rodziców, znałem ich. Będzie się chował, będzie pracował ze mną, a jak dorośnie, zobaczymy. Może ożeni się z którą z naszych małych. Ktoś musi prowadzić po mojej śmierci interes. Tak zdecydowałem i daj Boże, żeby mój wybór był słuszny.

Chłopak, przerażony nowym otoczeniem, nie mógł wykrztusić słowa. Nigdy nie widział tak błyszczących podłóg, ani dywanów, ani wielkiego lustra w pluszowej ramie. Stał, mnąc czapkę, z opuszczoną głową i tylko ukradkiem strzelał oczami. Kiedy niańka przyprowadziła ze spaceru dziewczynki, pomyślał, że to lalki ze sklepowej wystawy.

Szybko okazało się, że był niezastąpiony. Wycinał dziewczynkom pajace z tektury, zdejmował z drzewa kółeczka od sersa, podawał miękkie pantofle.

– Jurek, podaj mi szklankę wody.

– Jurek, pomóż kucharce przynieść drzewa.

– Jurek, skocz do sklepiku po sól…

Przynosił, skakał, podawał. Ciągle bezgranicznie zdumiony i szczęśliwy, że ma nowe buty i ciepły płaszcz, że nie marzną mu ręce, że nie jest głodny. Wodził zachwyconymi oczami za trzema dziewczynkami, zawsze gotów na każdy ich rozkaz. Załatwiał także tysiące drobnych spraw związanych z fabryką, nosił jakieś rachunki, kwitki; spełniał rolę pośrednią między gońcem a osobistym sekretarzem. W czym nie przeszkadzało, że zaledwie umiał pytać i pisać, bo do szkoły jakoś jeszcze go nie zapisali. Ale, oczywiście, kiedyś miał zacząć na nowo edukację.

Zbliżały się święta Bożego Narodzenia, przez dom od tygodni przetaczało się piekło wielkiego sprzątania, w czym Jurek odgrywał wcale niepoślednią rolę. W wolnych chwilach strugał z drzewa prezenty dla dziewczynek. Interesy w fabryce szły wyjątkowo udanie i Elżbieta spróbowała wykorzystać dobry humor męża, żeby przypomnieć mu o kupieniu nowej sukni.

– Masz przecież, duszko, zeszłoroczną, zupełnie dobra.

– Ale niemodna.

– Moda jest wymysłem głupców. Cała? Cała. Niezniszczona? Niezniszczona. Więc o czym ta dyskusja. Nie mogę przecież pozwolić okradać majątku naszych dzieci, bo byśmy im kiedyś nie mogli spojrzeć w oczy.

Więcej nie próbowała, ale wieczorem przejrzała portfel. Było w nim wyjątkowo dużo pieniędzy – wyjęła potrzebną sumę i pobiegła nazajutrz do sklepu. Gdy wróciła z pakuneczkiem, w którym krył się piękny, srebrzysto-zielony jedwab, przywitała ją w domu grobowa cisza. Spłoszona służba skryła się w kuchni, zabierając do siebie dziewczynki. W gabinecie pana domu stał na środku dywanu blady, przelękniony Jurek, nie mogąc wydusić z gardła ani słowa. Mąż Elżbiety chwytał go co chwilę za kołnierz, potrząsał jak psiaka i ryczał:

– No, mów, prędko. Przyznaj się. I tak przecież wiem wszystko. Po coś brał? Nie masz tu wszystkiego, znajdku przeklęty? Przygarnąłem cię jak swego, jak syna. A tyś dobroczyńcę swego… Dobroczyńcę swego… Jak złodziej…

Chłopak wodził przerażonymi oczami od twarzy pana do twarzy Elżbiety. Nic nie rozumiał, nie wiedział czego od niego chcą. Co ukradł? Kiedy ukradł? Dławił się łzami i przerażeniem, aż wreszcie zebrał się w sobie, wyrwał się jednym szarpnięciem i przypadł do kolan Elżbiety.

– Proszę pani, co ja zrobiłem? Niech mnie pani ratuje. Niech mnie pani nie da bić. Co ja zrobiłem?

Stała jak wrośnięta w podłogę, srebrzysty jedwab palił jej ręce, zdołała tylko wyjąkać:

– Co on zrobił?

– Ukradł, ukradł pieniądze z portfela... Wszystko, co miałem naszykowane na prezenty dla domu. Łajdak! Jakiż łajdak! Won z mego domu! Na ulicę!

– Henryku, wybacz mu... Jutro Wigilia, dzień pojednania... To jeszcze dziecko, proszę cię, wybacz mu... może to nie on!...

Stanął przed nią groźny, wielki, zasłaniając sobą całe drzwi, za którymi zieleniło się już drzewko świąteczne.

– Jeszcze jedno słowo, a wyrzucę cię razem z nim, rozumiesz? Ty, matka moich dzieci, w obronie złodzieja? Ty, siostra księdza i córka najcnotliwszej matki, nie odwracasz się z najgłębszą pogardą od zła? Za co cię wziąłem do swojego domu? Za to, że byłaś młoda i ładna? Takich były tysiące. Wybierałem dziewczę z uczciwego gniazda, żeby strzegło mego dobra i dobra moich przyszłych dzieci. Milcz, nieszczęsna! Nie mów nic! Powiedziane jest: jak cię gorszy ręka twoja, utnij ją. Jak cię gorszy oko twoje, wyłup je. Wyprowadź tego nieszczęśnika, tę kanalię, która zhańbiła mój dom złodziejstwem. Niech wraca tam, skąd wyszedł. Może go wezmą do przytułku z powrotem. I módl się za niego, żeby i ich nie okradł. Jutro przy wigilijnym stole będę wieczerzał w gronie uczciwych ludzi. Złodzieja z nami nie będzie.

*

Wnuczki już śpią. Sprzątnięte, pozmywane. Przez okno jadalni wpada światło latarni z przeciwka. Oświetla postać wysokiej kobiety stojącej bez ruchu, choinkę upstrzoną kolorowymi bombkami i porcelanowy talerz z kawałkiem odłamanego opłatka, stojący na końcu długiego wigilijnego stołu.

Lipiec w Langfuhr

Tamte sprawy minęły, jak mija ból po odciętej stopie czy dłoni. Martwą część ciała można zastąpić protezą – i po co babrać się we wspomnieniach o operacji, narkozie, opatrunkach? A tym bardziej rozpamiętywać dni, poprzedzające kalectwo?

Mnie czas zoperował nie najgorzej. Mam pracę, dom, żonę i dzieci, jestem starszym panem, otoczonym powszechną sympatią; wrosłem w teraźniejszość i jak ognia boję się wracać. A tu ten pomięty zeszyt szkolny o wystrzępionych brzegach, zapisany nerwowym, czasem dojrzałym, a czasem dziecinnym charakterem pisma.

Właściwie już wtedy wiedziałem, że to nie ma najmniejszego sensu. Być dodatkiem do czyjegoś życia, niezauważanym w chwilach radości, a potrzebnym jako rezerwuar łez, wylewanych na mojej najelegantszej leszczkowskiej* marynarce. A, co najnieznośniejsze, wszyscy wiedzieli, że pętam się, ten trzeci, zakochany, i usiłuję roztoczyć opiekę nad dziewczyną, która – ślepa na moje zalety a jego wady – pchała się w tę swoją miłość. Ale i ja, jak każdy rozsądny człowiek, rozumiałem, że nigdy jeszcze rozważne rady i oddanie nie powstrzymały żadnej smarkuli od popełniania głupstw.

Bo ona była sama radość, młodość, coś nieokiełznanie wesołego, spontanicznego; nie jakaś tam gęś, mizdrząca się na rozkoszną. Kobieta, z którą po godzinie znajomości chcesz zostać na zawsze i rozumiesz nagle, że właśnie jej uśmiechu, jej zaskakujących słów,

---

* W majątku Leszczków pod Warężem (dziś Ukraina, raptem parę kilometrów od granicy z Polską) Roman i Karolina Żurowscy w 1926 roku założyli dużą fabrykę sukna i koców, cieszącą się przed wojną dobrą renomą.

ciepła, które od niej promienieje, brakowało ci dotąd w życiu. Wspaniała przyjaciółka – ja znałem ją tylko z tej strony – która mogła być wspaniałą kochanką, gdyby natrafiła na równego sobie partnera.

On był tyleż zimny, co ona serdeczna, tyleż skryty, co ona bezpośrednia. Nie wiem, czy z gruntu zły, bo tego nikt z nas, niestety, nie wiedział – ale z pewnością ponury, uwielbiał wszystko, co ciemne, zagmatwane i tragiczne, bez przerwy stwarzał atmosferę smutku i wyimaginowanych nieszczęść. Pławił się w swoich urojonych depresjach, a ona nabierała się na te mistyfikacje z jakąś bezprzykładną naiwnością człowieka, który sam nie umie oszukiwać i nie potrafi posądzić o to innych. Bezbronna w jego rękach jak szczeniak. A on? Czy on ją kochał? Jak można na to odpowiedzieć.

Moja śmieszna rola, rola pocieszyciela i powiernika, nie zanikła widać w pamięci przyjaciół, jeśli po tylu latach to właśnie mnie przyniesiono pamiętnik z jej ostatnich wakacji. Myśleliśmy wszyscy, że tym razem czegoś się dowiemy. Że to, czego nie napisała w listach do Anny, z czego nie zwierzyła się mnie, znajdzie się może w tym zeszyciku, przypominającym z pozoru, dopóki nie wniknie się w jego treść, notatki pilnej uczennicy.

6. lipca

Dziś nie obchodzi mnie ani kolor morza, ani mewy, ani nawet kwiaty na skwerku. Henryk drugi dzień się nie odzywa. Nie, to nie! Też zaczynam mieć dość.

7. lipca

Idem.

8. lipca

Niemieckie wielbicielki młodego polnischer Dichter *znów demonstrowały swoje wdzięki i kiecki sprzed pięciu lat. Ale cóż, na kieckach on się nie zna, wdzięki też wprawdzie nie nadzwyczajne, ale za to ile uwielbienia, ile pokory, zachwytów! A to pan i władca niezmiernie kocha...*

A, właśnie: bo Krystyna i jej ukochany pojechali na wakacje nad morze. Jakich zabiegów dyplomatycznych użyła, by przekonać dość wprawdzie postępowych, ale tradycyjnych rodziców, by uzyskać zgodę na ten wspólny wyjazd – dziś już dokładnie nie pamiętam. Zresztą mieli mieszkać oddzielnie, oczywiście. Henryk, jako zapalony germanista i germanofil, wybrał Gdańsk. Krystyna wolała Orłowo, ale przekonał ją. Jak zwykle. Zresztą pod Gdańskiem, gdzieś we Wrzeszczu czy Oliwie, dało się pobyć dłużej, bo było taniej niż w Polsce. Pojechali. Z początku pisała dużo listów. Zachwycona – do rodziców i do przyjaciółki, Anny. Mniej zachwycona – do mnie.

Kochana Aniu!

Tu jest cudownie. Henryk jest przemiły i wcale nie przemądrzały. Tak mnie zmęczyło przekonywanie taty i mamy, a zwłaszcza taty, żeby mnie puścili, że nie mam wprost siły cieszyć się z tego wszystkiego, co tu jest.

Henryk znalazł jakąś babę mówiącą po polsku i powiedział jej, że jestem jego kuzynką. Dała nam dwa pokoiki bardzo tanio i ze śniadaniem. Obiady na mieście dość podłe, ale tanie. Ta baba jest antyhitlerówka i strasznie wydziwia na wszystko. Wszędzie pełno swastyk, a nawet na poczcie i na dworcu nie chcą rozmawiać po polsku. Już się wczoraj raz z nimi poprztykałam. Ale Henryk się obraził i powiedział, że jestem mało kulturalna. Byliśmy w muzeum i zwiedzaliśmy miasto. Henryk się na wszystkim świetnie zna i gada jak kustosz. Piękny jest kościół Marii Panny, tylko jakiś ponury. Ale Henryk mówi, że właśnie taki powinien być gotyk, a nie jakieś francuskie cacka z pianki.

Z tą kuzynką to wyszło trochę nie bardzo. Bo on chciał, żeby się baba nie gorszyła, że narzeczeni razem podróżują, ale baba przyprowadziła mu sto panien na wydaniu. Mizdrzą się i szczebiocą, a ja muszę robić dobrą minę, no bo jestem kuzynka. A jak się dowiedziały, że zna prawie całą poezję niemiecką i nawet tłumaczy, to wpadły w taki zachwyt, że mało go nie karmią łyżeczką. Zaraz przyniosły jakieś faszystowskie wierszydła w prezencie, a on puchnie z dumy. Ale to nic, za kilka dni pojedziemy do Wrzeszcza – czy jak się tu mówi, do Langfuhr *– to wielbicielki rozpłyną się w sinej dali.*

Kochana Aniu!

Wrzeszcz – czyli jak mówi Henryk, Langfuhr *– to jeden bukiet. Malutkie domki w ogródkach pełnych hortensji, begonii i róż. I całe ulice wysadzone lipami i pachnące kawą. Nie ma chwilowo żadnych wielbicielek. Niemki na ulicach chodzą poubierane tak, jak u nas stare panny przed pięciu laty. Pan mąż idzie pierwszy, dość elegancki i zadbany, a za nim o pół kroku żona objuczona zakupami i otoczona gromadą dzieciaków. Ja strasznie się o to złoszczę, ale Henryk twierdzi, że tak być powinno. No, już ja mu pokażę, jak być powinno. Niech się tylko wreszcie tatuś zgodzi na ślub. Jutro może pójdziemy do Oliwy – tam jest słynny park i stara katedra ze wspaniałymi organami. Henryk obiecał mi to wszystko pokazać... A w ogóle jest czuły i dobry, i bardzo mi jest tu dobrze.*

Całuję cię,

Krystyna.

PS: *Byłam w Sopotach na molo i jedliśmy wspaniałe lody z rodzynkami. Tutaj już są eleganckie kobiety.*

Listy trafiły do mnie tym samym systemem, co inne pamiątki po Krystynie. Z litości. Znajomi wiedzieli, że jestem kimś, kogo najbliżej to obchodziło, więc znosili mi wszystko, co mogło ją przypominać. Reszta listów do Ani przepadła w śledztwie. Ja jednak swoich nie oddałem sędziemu. Leżały na dnie najniższej szuflady, związane wstążeczką, którą Krystyna owiązała kiedyś ofiarowaną mi książkę.

Kochany, drogi Panie!

A więc przezwyciężyłam wszystkie przeszkody i postawiłam na swoim. Jesteśmy już tutaj razem od kilku dni.

Czy zna Pan to niezwykłe, dławiące wzruszeniem uczucie, gdy człowiek budzi się rano w zupełnie obcym mieście – gdzie domy są inne niż nasze, inne głosy na ulicach, inne twarze, inne powietrze i nawet kwiaty? Mam pokój na czwartym piętrze w wąskim, jednookiennym domu ze spiczastym dachem. W dole dudnią tramwaje, a z kościołów i ratusza co godzinę słychać koncert dzwonów. Niektóre domy mają rynny zakończone paszczami, jak maszkary z Notre Dame. Ale Notre Dame mogłam oglądać tylko na obrazku, a tych rynien mogę dotknąć ręką. I to jest właśnie ważne. W ogóle często łapię się na tym, że muszę dotknąć siebie ręką, żeby przekonać się, że nie śnię. Cudowne są olbrzymie, fioletowe kwiaty rozpięte na spichrzach nad Radunią i Motławą. Nazywają się clematis i świecą wieczorem w mroku zieleni jak czarne gwiazdy.

Teraz siedzę na skwerku niedaleko Dworu Artusa i patrzę na kwiaty, które tutaj hodują z niezwykłym talentem i czułością. Henryk gdzieś poszedł i się spóźnia. Muszę Panu coś wyznać: obawiam się, że już po tych trzech dniach zaczął się mną nudzić. Niech Pan to szybko zapomni. Napisałam to tylko po to, żeby nie zapeszyć naszego szczęścia.

Miły, kochany Panie!

Piękny jest Gdańsk, gdy w nocy po chodniku nad Motławą stukają kroki, a księżyc oświetla sylwetkę Marienkirche. *Właśnie nie kościół Marii Panny, tylko* Marienkirche. *Tak kazał mówić Henryk. Powiedziałam mu, że nie chciałabym tworzyć takiego piękna, które przypomina więzienie i śmierć, że mury* Marienkirche *przygniatają mnie jak grób. A on, że jestem gęś, nic nie rozumiem i że piękne jest tylko to, co jest tragiczne i złe. A reszta to są ciastka dla panienek.*

Coraz częściej myślę, że już nigdy nie mogłabym żyć bez niego – ale z nim jest nie za wesoło, o nie…

On już się w ogóle nie śmieje. Albo się unosi z zachwytu, albo gromi. Tutaj znalazł mnóstwo przyjaciół - Niemców, niezbyt ciekawego zdaje się autoramentu. Piszę „zdaje się", bo jestem z tych sympozjonów wyłączona. Tu stosuje się zasadę drei K, *a ponieważ nie prowadzę kuchni i nie mamy dzieci, zostaje mi zwiedzanie kościołów, coraz częściej samotnie. Henryk znalazł sobie zresztą rój wielbicielek-idiotek, które chłoną każde słowo z jego ust. On im deklamuje niemieckie wiersze i własne polskie tłumaczenia, a one piszczą* Wunderbar! *Ja nie potrafię się tak entuzjazmować, poza tym jestem wrażliwa na ukąszenia komarów, które tną niemiłosiernie w czasie tych uczt duchowych.*

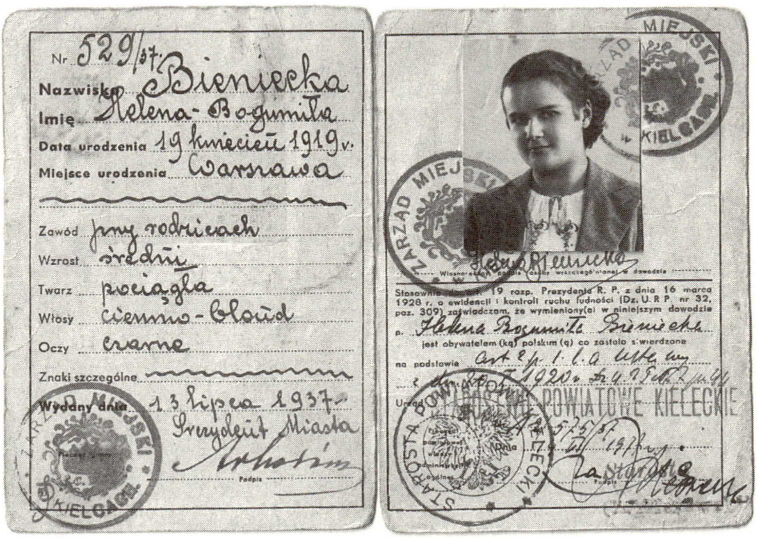
Nr. 529/37
Nazwisko Bieniecka
Imię Helena-Bogumiła
Data urodzenia 19 kwietnia 1919 r.
Miejsce urodzenia Warszawa
Zawód przy rodzicach
Wzrost średni
Twarz pociągła
Włosy ciemno-blond
Oczy czarne
Znaki szczególne
Wydany dnia 13 lipca 1937 r.
Prezydent Miasta
Podpis

Własnoręczny podpis osoby wymienionej w dowodzie
Stosownie do art. 19 rozp. Prezydenta R. P. z dnia 16 marca 1928 r. o ewidencji i kontroli ruchu ludności (Dz. U. R. P. nr 32, poz. 309) zaświadczam, że wymieniony(a) w niniejszym dowodzie p. Helena Bogumiła Bieniecka jest obywatelem(ką) polskim(ą) co zostało stwierdzone na podstawie
Urząd Starostwo Powiatowe Kieleckie
Dnia
Podpis

Dowód osobisty Lali z 1937.

18. lipca

Drogi Panie!

Wczoraj wynikła straszna scena. Pewno wie Pan z prasy, na co sobie Niemcy pozwalają w Gdańsku. Zdarzają się nawet wypadki podburzania niemieckich dzieciaków, tak zwanych Hitlerjugend, *na dzieciaki polskie. Wczoraj komentowaliśmy jedno takie zajście: dziesięcioletni chłopczyk został pobity do krwi. I wtedy jedna z rozmodlonych muz Henryka orzekła, że Polacy mogą się przecież wynieść z niemieckiego Gdańska! Ze skruchą przyznam się, że nie wiem, ile w mojej odpowiedzi było obrażonych uczuć patriotyzmu, a ile zwykłej kobiecej zazdrości. W każdym razie zrobiła się awantura. Wszyscy niemieccy przyjaciele Henryka zwrócili się przeciw mnie. On... też. Proszę prędko odpisać – czy mam się załamać? I znów, już po raz nie wiem który, pierwsza wyciągnąć rękę do zgody? Tym bardziej, że teraz nie chodzi już tylko o zazdrość, ale i o sprawy zasadnicze.*

Odpisałem. Odpisałem od razu. Jak – łatwo się domyśleć. Czy mój list zaważył na losie Krystyny? Chyba nie... Przynajmniej tak się pocieszam bezustannie od dwudziestu pięciu lat. A resztę wszyscy dobrze znają. Już nie wróciła.

Czy to było samobójstwo, czy morderstwo? A jeśli to drugie – to kto? Henryk był wzywany kilkakrotnie na przesłuchanie, ale nie można mu było nic udowodnić. Zaraz potem wybuchła wojna, w samym Gdańsku zginęły tysiące ludzi i nikt nie zaprzątał sobie dłużej głowy losem jednej polskiej dziewczyny, zmarłej w niewiadomy sposób.

Przewracam kartki na chybił trafił.

10. lipca

Powinnam była iść na ogrodnictwo. Gdybym widziała dawniej park w Oliwie, zrobiłabym to na pewno. Te liliowe, różowe i złote trawy pochylające się nad stawem, kępy drzew, z których każde ma inny kolor liści. Nawet Henryk stracił na pięć minut swą naburmuszoną minę i jest prawie *pogodny. Przed chwilą organista grał za jedne pięć guldenów* arię Haendla, co dało Henrykowi znakomitą sposobność do wygłoszenia krótkiego referatu o wyższości kultury*

---

* Od 1923 roku do wybuchu wojny w Wolnym Mieście Gdańsk płacono guldenami, którymi zastąpiono niemiecką markę.

niemieckiej nad polską i francuską. Przyznam się, że wolę słuchać muzyki niż referatów i wierszy Heinego niż ich tłumaczenia. Bo park w Oliwie stał się też terenem popisów poetyckich:

Vor dem Dome stehen zwei Männer...
Stoją przed tłumem dwaj mężowie,
odziani w czerwień szat.
Jeden z tych mężów – król potężny,
a drugi zasię – kat.

I wyrzekł król do kata słowa
– Klechy skończyły już śpiew swój,
więc ślub się pewnie też dokonał –
Miej w pogotowiu topór swój.*

Nie wiem, może doszukuję się jakiejś dziwnej satysfakcji w twarzy Henryka, gdy deklamuje o ścięciu pana Olafa, o kacie, który wdziera się w noc poślubną... Robi mi się zimno – nie od parkowych stawów, nie od słów Heinego, tylko od wyrazu oczu, od zaciśnięcia warg, które skandują: Oni ostatni tańczą tan, kat stoi pode drzwiami.

15. lipca
Dziś była dziwna rozmowa. Henryk powiedział, że znudziło mu się bombardowanie serca mojego ojca. Jeśli nie zgodzi się teraz na ślub, to on rezygnuje. Zastanawiam się o ile wpłynęła na tę jego „męską decyzję" moja zgoda na wspólne zamieszkanie w Langfuhr. *Nie: we Wrzeszczu! Czyżbym się aż tak na nim zawiodła?*

20. lipca
Nie zapomnieć o imieninach Ani. Trzeba będzie napisać.

---

* H. Heine, *Pan Olaf*, tłum. Stanisław Łempicki.

23. lipca

Zwycięstwo, ale niezmiernie żałosne. Wygląda na to, że Henryk skapitulował z dwóch powodów: po raz pierwszy mu nie ustąpiłam – to raz. A dwa, że przyzwyczaił się mieć kobietę. To nie miłość, to już tylko głód. Chociaż mógł przecież w każdej chwili mieć którąś z tych swoich germańskich dziewic… Ale to byłoby zbyt łatwe.

Otrzymałam gorzką lekcję, że aby nie być poniewieraną, muszę być zupełnie obojętna, a nawet sama poniewierać. Lekcję umiem. Ale przedmiot coraz mniej mnie nęci.

26. lipca

Wśród naszych miłych kompanów coraz częściej mówi się o wojnie. Rozważa się te projekty tak spokojnie, jak plan wycieczki w najbliższą niedzielę. Skóra mi cierpnie, gdy widzę, jak Henryk w to się wciąga – tylko czekam kiedy włoży twarzową brunatną koszulę ze swastyką. Wyższość organizacji niemieckiej imponuje mu niesłychanie. I ja z bólem widzę tę wyższość – tylko, że napawa mnie to nie zachwytem, a przerażeniem. Z satysfakcją przypomniałam mu dzisiaj, że jego nowi przyjaciele właściwie powinni go pobić, choćby za to, że deklamuje Heinego, który był Żydem. Zastanowił się. Pewno przerzuci się na Stefana Georgego.

29. lipca, sobota.

Jutro mamy jechać motorówką daleko w morze. Nie bardzo się kwapię, bo znów coś powiem i będzie awantura. Ale Henryk trzymany w cuglach, jest ostatnio dziwnie słodki i namawia mnie z niezwykłą czułością. Może jednak coś zrozumiał? Może źle go osądzałam?

Sobota wieczór

Chciałabym prawie, żeby jutro nie było pogody. Robi mi się za zimno nad tym niemieckim morzem. Znów była awantura. Jedna z dziewic, zazwyczaj wyjątkowo normalna, zaproponowała, żebyśmy od razu ustalili pary. Dla uniknięcia nieporozumień.

I oczywiście wykręcała do Henryka oczy w sacharynie. Ponieważ jestem „kuzynką", musiałam się dławić w milczeniu. Ale coś tam jednak nagadałam. O narzucaniu się i niemieckiej cnocie.

No i mi się dostało. Żebym się nie mieszała, bo one wiedzą lepiej. I jako Niemki, i jako dobre uczennice partii.

Henryk dyplomatycznie milczał. Udało mi się jednak złowić jeden błysk jego spojrzenia. Trzeba będzie się jednak poważnie nad tym wszystkim zastanowić. Może zostawić go na pastwę tych walkirii?

Tyle. Po co mi przynieśli ten zeszyt? I tak nigdy nie będę wiedział, co zdarzyło się na niedzielnej wycieczce Kraft durch Freude na wywrotnej motorówce, daleko w morzu.

Własność

Pokoje były duże, meble uroczyste, a wszystkim rządzili: babka w czarnej sukni, zapiętej wysoko pod szyję, i wiszący na ścianie portret ojca. Dla Krzysztofa było o wiele za dużo miejsca – ale mimo nadmiaru przestrzeni i sprzętów nie miał żadnego własnego kącika, gdzie by mógł się schronić ze swoją samotnością. Godzinami przesiadywał na oknie – tam, za szkłem i za kratą sztachet, był inny świat. Andrusy, z którymi nie wolno mu było się bawić, jeździli na obcasach po zamarzniętych rynsztokach, rzucali sobie za kołnierz śnieżki i ciągnęli za warkocze dziewczyny. W lecie otwierał okno i pluł do celu. Z początku między jakieś kwiaty w zasięgu sztachetek, później udawało mu się już czasem trafiać pod nogi przechodniów. A kiedy to mu się znudziło, wynalazł nową zabawę: na strychu w kurzu leżały stare książki. Tam znalazł niemieckie podręczniki lekarskie, opisujące początek i powstanie życia ludzkiego; tekstu nie rozumiał, ale rysunki w naturalnych kolorach i chytrze nakładające się na siebie tablice były zajmujące. Embrion w łonie matki, tajemnicze wykresy i tabele – o ileż to było ciekawsze niż rozpłaszczenie nosa na szybie i podpatrywanie uliczników.

Babka chodziła po domu w filcowych pantoflach i Krzysztof nabrał czujności sarny, żerującej w pobliżu stada wilków. Trochę peszyły go patrzące z portretu oczy przystojnego pana, ale i na to znalazł sposób – wystarczyło siąść tyłem do ściany. Zresztą tak mało wiedział o swym ojcu. Matka mówiła mu, że był najlepiej wychowanym i najbardziej czarującym mężczyzną, jakiego widziała w życiu. Ale on niewiele z tego rozumiał. Z portretu wyzierała ładna, choć dość banalna twarz o chłodnym spojrzeniu. Najbardziej frapujący był błysk brylantowej szpilki, wpiętej w nienaganny węzeł krawatu; ten sam błękitnawy błysk raził go w oczy, gdy matka przychodziła wieczorem pocałować go na dobranoc i smukłą ręką gładziła go po policzku. Na czwartym palcu jej lewej ręki lśnił brylant z portretu.

Elżbieta – piękna Eliza, jak ją nazywali znajomi panowie – rzadko kiedy była w domu. Smukła i wytworna, o wschodnich, migdałowych oczach, wcale nie przypominała swym wyglądem skromnej urzędniczki z banku. W swoim środowisku stanowiła nieco żenujący wyjątek, nad którym ubolewano, lecz nie gorszono się zbytnio – cóż, biedna wdowa, skoro Pan Bóg tak ją doświadczył, to musi zarabiać na chleb.

A doświadczył, rzeczywiście, dość złośliwie. Błysnął przed skromną panienką splendorami małżeństwa ze świetnym, choć nieco już zużytym arystokratą, bywalcem i *najlepiej wychowanym mężczyzną, jakiego w życiu znała*, po czym szybko zabrał uroczego męża z tego świata i zostawił ją z maleńkim dzieckiem i co gorsza, bez żadnego zabezpieczenia materialnego. Jakieś stylowe meble, chippendale'y i biedermeiery, jakieś sztychy, kilka starych płócien i trochę biżuterii – to wszystko. No i Krzysztof jako pamiątka krótkiego szczęścia.

Babka zniosła cios z godnością i z godnością nakazała znosić go córce.

– Dał ci Bóg dziecko, dla niego będziesz żyła – rozstrzygnęła krótko i kategorycznie.

Ale dni w banku były krótkie, a w życiu Elżbiety zdarzały się noce i czerwcowe, i majowe, miała dwadzieścia pięć, dwadzieścia osiem, trzydzieści lat, przy wyjściu z biura plątali się jacyś klienci, którzy proponowali wspólne spacery, usiłowali odprowadzać do domu... Babka obserwowała ją więc jak jastrząb, z daleka wypatrujący gołębia. Na każde rozmarzone spojrzenie, na każdy ruch ręki, z której leniwie wysuwała się książka, znajdowała lekarstwo. Z początku tarczę zrobiła sobie z Krzysztofa. Zasypywała Elżbietę tysiącem drobnych spraw: jakieś cerowanie czy szycie, niegroźna niedyspozycja, braki w wychowaniu. Monotonnym, pozornie oderwanym od ubocznej myśli głosem omotywała młodą kobietę, ściągała ją z marzeń do codziennych obowiązków. Potem, kiedy Krzysztof przestał wystarczać, trzeba było przejść do ataku wprost: do opowieści o rozwiązłych kobietach, które po krótkim okresie złudy stoczyły się na dno rozpusty i upadku, o młodych matkach, które, zapomniawszy o obowiązkach, poszły na lep powtórnego małżeństwa, unieszczęśliwiając i siebie, i dzieci na całe życie.

Elżbieta odpowiedziała kontratakiem. Wiedziała, że matka nie poniży się do szpiegowania jej w pracy, zaczęła więc przychodzić późno, tłumacząc się nadgodzinami; z wieczornych bilansówek wracała zmęczona, lecz rozmarzona. Teraz już nie miewała czasu dla Krzysztofa. Tylko przed zaśnięciem całowała go z wybuchem gwałtownej miłości, głaszcząc go rękoma, na których jarzyły się wszystkie schowane dawniej pierścionki.

Kiedyś najpiękniejszym dniem w życiu Krzysztofa była niedziela. To w niedzielę chodzili na spacery. Trzymał matkę za rękę, szli powoli, Elżbieta odkłaniała się mijającym ją parom z lekkim uśmiechem migdałowych oczu. W zimie pod stopami chrupał śnieg, a matka poprawiała mu szalik pod brodą; w lecie stawali w parku nad stawem i dawała mu herbatniki, którymi karmił łabędzie. Czasem, w wyjątkowo upalne dni, kupowała mu duże, różowe lody. Krzysztof cały więc tydzień czekał na niedzielę. Na spacer, na łabędzie, na śnieg. Ale najpiękniejsze były godziny ranne, gdy wszystko dopiero miało się wydarzyć. Elżbieta, nie zważając na urażoną minę babki, odpoczywała w łóżku po trudach tygodnia; w pokoju pachniała woda kolońska, puder. A on znajdował tysiące powodów, by wbiegać do matki zanim wstała. Czasem udawało mu się osiągnąć swój cel: pozwalała mu się wślizgnąć na chwilę do łóżka i przytulała go ciepłym ramieniem.

Teraz to wszystko się skończyło. Nie było już mowy o rannych przekomarzaniach się z matką, o lodach ani łabędziach. Przed ósmą, najpóźniej przed dziewiątą, babka, surowa i jak zawsze ubrana na czarno, chwytała Krzysztofa za rękę i prowadziła go na mszę. Kościół falował tłumem rozmodlonych ludzi, którzy chrząkali, kaszleli, śpiewali fałszywie i potrącali go nieuważnie. Trzeba było długo klęczeć na zimnej podłodze i wysłuchiwać przerażających kazań.

I tak niepostrzeżenie Krzysztof dostał się pod władzę groźniejszą jeszcze niż władza babki czy ojca z portretu: pod władzę diabła. Diabeł, jak mówiła babka, czy Szatan, jak go nazywał ksiądz na ambonie, czyhał nań odtąd wszędzie. Zjawiał się niepostrzeżony, jeszcze bardziej niespodziewanie niż babka, kiedy Krzysztof oglądał zakazane obrazki, kiedy pluł przez okno, kiedy obmyślał drobne kłamstwa, które miały go zwolnić z kolejnych lekcji z babką, kiedy marzył o pocałunkach matki, kiedy zaczął poznawać tajemnice własnego ciała. Nie można było przed nim nigdzie uciec, nigdzie się schować. Raz był szyderczy i ironicznie uprzejmy, kiedy indziej wyciągał po Krzysztofa zakrzywione szpony. A jeśli udało się przez kilka dni o nim zapomnieć, przychodziła niedziela, ranna msza, gromiące grzeszników kazanie i bardziej jeszcze przerażające wyjaśnienia babki.

Potem przekonał się, że nie tylko on znajduje się we władaniu diabła. Cały dom i wszyscy w tym domu byli w jego mocy. Bo w domu był grzech. To Elżbieta swoim postępowaniem otwarła drzwi złu. Wieczorne godziny spędzane poza domem, rozmarzony uśmiech zamiast wieczystej żałoby, zapach wody kolońskiej i perfum, pierścionki na smukłych palcach, oczy kryjące w sobie pytania, a być może i odpowiedzi, poranne uściski w pościeli i te niepotrzebne spacery – to wszystko sprowadziło diabła do ich domu. I teraz tylko ona, babka, musi z nim walczyć. Tylko ona. Więc Krzysztof był już teraz zupełnie, zupełnie sam. Matki zaczął się bać, zresztą i tak mało ją widywał. Z babką godził się tak, jak człowiek prosty godzi się z przeważającymi mocami przyrody, którym nie ma jak się przeciwstawić. Tysiąc razy na dzień, kiedy tylko zaczynał myśleć o rzeczach, których myśleć mu nie było wolno, zjawiała się przy nim bezszelestnie, wysoka i czarna, i dotykała jego ramienia. Już prawie nie odróżniał jej od diabła, do którego też zresztą zaczął się przyzwyczajać.

W gimnazjum – dokąd babka go zaprowadziła, zdecydowawszy, że nie może bez końca uczyć się w domu – Krzysztof najadł się upokorzeń i drwin za swą nieporadność, mazgajstwo i brak jakiejkolwiek kondycji sportowej; okazało się jednak, że dużo umie, a i niemiecka książeczka ze strychu zyskała mu nieco szacunku u kolegów.

Jednak najgorsze nawet przeżycia poza domem były lepsze od tego, co działo się w domu. Obie kobiety przeszły do otwartej wojny. Babka wygłaszała głośne kazania, nie licząc się już z obecnością Krzysztofa, a matka wybuchała płaczem lub uciekała z pokoju, trzaskając drzwiami.

I wtedy przyszła tamta noc. Obudził się nagle, przekonany, że w sąsiednim pokoju, pokoju matki ktoś jest. Wyraźnie słyszał jej zdławiony szept i cichy męski głos, dziwnie wzruszony i nieśmiały; nie odróżniał słów, lecz melodia dialogu przypominała mu refreny piosenek, które tak lubiła Elżbieta, a których tak nienawidziła babka. Leżał przyczajony, bez ruchu, bez oddechu, by wychwycić jak najwięcej: znowu szept, znowu cichutka odpowiedź matki, coś jakby lekki śmiech... a teraz... nie, to chyba niemożliwe... cmoknięcia pocałunków... Słowa za ścianą są coraz bardziej bezładne, zmieszane, oddechy coraz szybsze.

– Mamo, mamo – krzyczy nagle – mamo, ja się boję! Ja chcę do ciebie!

Jaka długa chwila ciszy.

Krzysztof znowu chce krzyczeć, ale wąska dłoń, migająca w ciemności błyskiem brylantu, przyciska mu usta.

– Śpij synku, co ci jest?

Elżbieta z rozpuszczonymi włosami stoi koło łóżka i próbuje się uśmiechać.

– Śpij... śpij... Mamusia jest zmęczona. Nie budź ludzi po nocach.

– Tam ktoś jest u ciebie, mamo – odpowiada jej wreszcie.

– Co za głupstwa – matka głaszcze go po głowie, ale Krzysztof czuje, że dłoń drży i staje się nagle lodowata.

– Chcę żebyś została przy mnie – twardo mówi nieodrodny wnuk swojej babki – wtedy ci uwierzę.

Elżbieta bez słowa pochyla głowę, otula się pledem i siada w nogach łóżka. A za drzwiami pokoju trwa przyczajona cisza, przerywana miarowym zapalaniem i gaszeniem zapalniczki. Pstryk. Matka otula się pledem jeszcze szczelniej, pochylając głowę jeszcze niżej. Pstryk. Krzysztof kurczy się, jak w oczekiwaniu uderzenia. Godziny płyną ciężkie, dzwoniące w uszach rozdygotanym tętnem. W pewnej chwili oboje pojmują, że zza drzwi dzwoni cisza niczym niezmącona. Szatan został pokonany.

*

Lata mijają dużo szybciej, niż możemy się spostrzec; we wspomnieniach zostają tylko niektóre momenty, jakieś strzępy wydarzeń czy wzruszeń – nie wiemy dlaczego i w jakiej chwili przeszliśmy z jednego okresu w drugi ani gdzie zostawiliśmy za sobą rogatkę.

W domu za szczelnymi sztachetami było ich tylko dwoje – nie licząc oczywiście jakiejś Marianny czy Katarzyny, dbającej o sprawy doczesne. Oczy Elżbiety zatraciły rozmarzony wyraz, sylwetka ociężała, a starsi panowie, mijając ją na ulicy wzdychali z żalem, tak jak wzdycha się na myśl o utraconej młodości. Krzysztof zaś najpierw był obiecującym maturzystą, potem sensacją uniwersytetu – wytworny, kapryśny, niezwykle uzdolniony, łączący zalety naukowca z błyskotliwą inteligencją konesera. Tylko kolejne Marianny burczały pod nosem, nie mogąc nabrać sympatii do tego młodego: „Co to taki dziwny, jak stary, i niemrawy i nic nie potrafi, z dziewczyną się nie pośmieje i z człowiekiem, jak się należy nie pogada". Ale któż by zwracał uwagę na sądy pomywaczki czy stróżki.

Elżbieta obnosiła się ze swym synem jak ze sztandarem. Był jej dumą, jej dziełem. Dla niego poświęciła swą młodość i urodę, więc syciła się teraz wdzięcznością jak powietrzem, jak chlebem. Prowadzał ją na długie spacery, do parku lub na wzgórza za miasto, towarzyszył do kina, do teatru, kibicował przy stawianiu pasjansa, wysłuchiwał żalów z całego dnia. W miarę przemijania młodości Elżbieta stawała się coraz bardziej zaborcza, a Krzysztof coraz bardziej znużony. Studia, przesiadywanie w mrocznych salach bibliotek, skupiony tłum w auli wykładowej były wytchnieniem – tu był pewny, że czarne oczy nie obserwują go z czujną, natrętną czułością. Miłość Elżbiety dosięgała go jednak i w Warszawie: ciotka, u której go umieściła, posyłała sprawozdania z każdego jego kroku, rozmowy, myśli nieledwie. Pomału osaczały Krzysztofa wspomnienia czarnej postaci babki, a w sennych zmorach zjawiał się dawno przegnany diabeł.

Ratunek przyszedł stąd, skąd się go można było najmniej spodziewać: jakaś grypa, powikłania, decyzja lekarza o konieczności wyjazdu w góry – i pierwszy raz od wielu lat był wolny. Matka wprawdzie nalegała na wspólny wyjazd, ale coś tam pokręcili jej z urlopem i plan się nie udał.

Po wakacjach Krzysztof wrócił pozornie czuły i stęskniony, ale nieuchwytnie zbuntowany: wymykał się od gorących pocałunków i zbyt długich pieszczot, zapominał najbardziej uświęconych czułości, celebrowanych latami jak obrzęd. Wszystkie symptomy ochłodzenia były tak nikłe, tak nieuchwytne, że nie było do czego się przyczepić, nie można było zrobić na ten temat najmniejszej nawet uwagi, ale Elżbieta czuła nadchodzącą katastrofę, jak czuje kobieta, kiedy ma odejść od niej kochany mężczyzna.

Ale wtedy właśnie nadszedł wrzesień. Tragedie wojny niemal nie przeniknęły za sztachetki i szczelnie zamkniętą furtkę ogródka. Miasto pozostało prawie nietknięte, nie zdążyło walczyć, nie zdążyło zginąć. Ale on był daleko, w samym piekle. Wieści przychodziły z Warszawy straszliwe i zgoła nieprzesadzone. Dziesiątki razy odgrzebywała go bezsennymi nocami z gruzów zwalonych kamienic, wyciągała spod stosu rannych, szukała na pobojowiskach. Od kilku tygodni żadnej wiadomości, nie do zniesienia. Na ścianie obok portretu męża wisiała teraz fotografia syna – przenosiła machinalnie wzrok z jednej twarzy na drugą i nagle zapatrzyła się w brylantową szpilkę, spinającą węzeł w krawacie. Szybko ściągnęła pierścionek z palca i pobiegła do znajomego księdza.

– Proszę... proszę to wziąć, ofiarować Matce Boskiej za ocalenie mojego syna...

Staruszek popatrzył na brylant, mieniący się przepięknym, błękitnawym blaskiem, okiem znawcy ocenił szlif, oprawę, pokręcił głową.

– Teraz czasy niepewne, mogą zbombardować kościół, mogą okraść. Weź to, córko, do domu, schowaj, a jak syn wróci i na świecie się trochę uspokoi, to przyniesiesz i ofiarujesz Matce Świętej... Jak się trochę uspokoi... Bo teraz to szkoda, mogą hitlerowcy zabrać. Tylko – uśmiechnął szelmowsko – żebyś później nie zapomniała...!

I wypchnął Elżbietę lekko za drzwi zakrystii.

Krzysztof wrócił. Utykając wprawdzie na nogę, ale żywy i prawie zdrów. Długo modliła się, dziękując Matce Boskiej. Ściągnęła pierścionek z palca i złożyła go głęboko na dnie pudełeczka wysłanego watą. Kiedyś syn zagadnął ją, co zamierza zrobić z brylantem – wprawdzie nie wierzył w skuteczność tego rodzaju zabezpieczeń, ale najwyraźniej ubodło go, że matka, nie dochowując ślubu, naraża go w pewnym sensie na jakieś nowe zagrożenie, o które było przecież tak łatwo. Ale zwyciężyły tysięczne – i bynajmniej niepozbawione logiki – argumenty natury gospodarczej: pomaleńku wyczerpywały się środki, okupacyjna pensja nie starczała na życie; Elżbieta dawno naruszyła cenne pamiątki po mężu, wymieniając je na słoninę i opał.

Wreszcie wszystko minęło, a Matka Boska za samą obietnicę uchroniła głowę Krzysztofa przed niebezpieczeństwem.

*

Na stylowym stole lśnił bielą stary webowy obrus, w kryształowych kieliszkach gorzało wino. Było uroczyście i dziwnie niezręcznie. Elżbieta, wytwornie ubrana na tę okazję, obserwowała synową chłodnym spojrzeniem swych ciągle pięknych oczu.

Mogła być prawie szczęśliwa. Ale Krzysztof wprowadził do domu *tę panią*. Była zmuszona oglądać ruinę swych marzeń o wspólnie spędzonych latach, o synowej, którą sama wybierze, o tkliwej opiece, którą zawsze będzie otaczać syna jak kwoka tuląca zziębnięte pisklę. Zaoszczędził jej przynajmniej najokrutniejszej próby – kiedy spostrzegł niemą wrogość obydwu kobiet, opuścił dom, wyjeżdżając z żoną we wrogi świat. Matkę odwiedzał oczywiście tradycyjnie w dni wielkich świąt i imienin, regularnie wysyłał listy, a nawet, odkąd im się trochę polepszyło, drobne upominki. Tym razem odwiedzili Elżbietę bez specjalnej okazji, Krzysztof miał niby coś do załatwienia w swym rodzinnym mieście, ale odniosła wrażenie, że chodzi o coś innego. Wyczekiwała więc, od czasu do czasu rzucając tylko jakąś uwagę, a w myśli odnotowywała wszystkie potknięcia, wady urody i charakteru synowej. Z goryczą starzejącej się kobiety musiała uznać jedną niewątpliwą jej przewagę – świeżość i wdzięk młodości. Wyszła na chwilę z pokoju. A kiedy po chwili podsuwała synowej uprzejmym ruchem talerzyk z kruchymi ciastkami na palcu błysnął jej błękitny brylant.

– Mamo – ośmielił się wreszcie Krzysztof – może byśmy zrobili Maryli ślubny prezent? – zbliżył się do matki i objął ją dawnym, poufałym gestem, całując w czoło. – Wiesz, o czym myślę, mamo? O tym pierścionku… Zobacz, jak Maryli będzie ładnie…

– Czyżbyś myślał o *tym* pierścionku? – podniosła na niego zimny wzrok, wysuwając dłoń z iskrzącym się kamieniem – Dziwię się. Przecież dobrze wiesz, że nie należy już do mnie. To własność Matki Boskiej.

Dym

Posadziła go na krześle mocno, aż z bólu łzy trysnęły mu z oczu; sama też była bliska płaczu ze zmęczenia i żalu. Żeby choć na parterze, a to trzeba takiego dzieciaka ciągnąć na piętro po tych piekielnych schodach.

– Nie maż się, masz tu cukierka... zaraz ci włożę kapcie.

Przyklęka, jak co dzień, jak sto razy dziennie, i zdejmuje małemu sztywne ortopedyczne buciki: jeden większy, normalny, ze zwykłą podeszwą, i drugi pokraczny, na wysokim koturnie. Plecy i krzyż bolą tępo od wiecznego dźwigania, ręce drżą.

Jędrek ssie, zamyślony, różowego raczka w niebieskie paski. Cmokta go pomału, żeby starczyło na dłużej, i powoli zapomina o bólu i wysiłku, jakim i dla niego był powrót do domu. Miła słodycz rozchodzi się po języku i dochodzi do żołądka.

Drzwi otwierają się z rozpędu i do pokoju wpada mała Staszka.

– O, jużeś przyszła, chodź, pobaw Jędrka.

Mała, może cztero-, może pięcioletnia, ociąga się niechętnie. W co można się z takim bawić? Ani w kręcę, ani w kółko. Krzywi się i szybko wywala język. Matka uważa, że lepiej tego nie widzieć. Też ma los dziewucha, zamiast on – ją, to ona musi go bawić. Nigdy nie dało zająć się nią jak się należy, zawsze robota przy Jędrku – rozżala się nad nią. Ale głośno mówi:

– No, prędzej, prędzej, bo ja muszę obiad... Może mu tam co wytniesz z papieru, albo co?

Staszka jeszcze się boczy, ale już wycina ze starych gazet jakieś zwierzęta-niezwierzęta, kwiaty-niekwiaty, jakieś lalki, pokraki. Jędrek też próbuje. Nic mu z tego nie wychodzi; prawa ręka kiwa się bezwładnie, lewa trochę lepsza, lecz nożyczek nie utrzyma. Ale patrzcie, jaka ta Staszka zmyślna: szybko wystrzygła koronę i wsadziła ją Jędrkowi na głowę. Teraz już zabawa wspaniała. Samo przez się zrozumiałe, że chłopiec nie musi ani skakać, ani biegać, bo król jest od tego, żeby siedział na tronie i rządził. A Staszka bez najmniejszej niechęci robi wszystko, co jej każe: przynosi i odnosi, tańczy i mówi wierszyki, no, bo jakże króla nie słuchać?

Matka obiera w pośpiechu kartofle, brzęczy fajerkami, a myślami ciągle, wbrew sobie, wraca do jednego tematu: żeby kiedyś mieć swój domek z ogródkiem. Niekoniecznie swój nawet. Ale żeby można w nim zamieszkać i odgrodzić się od tych wszystkich sąsiadek, od ich spojrzeń, przycinków, uwag. I od cudzych dzieciaków gorszych niż jadowite osy. Wyprowadzałaby Jędrka co rano na słońce. Siedziałby sobie na piaseczku, i nikt by nie krzyczał za nim: „Kuternoga, zawalidroga, głupi, głupi...!". On głupi? Taki dobry, delikatny, mądry. Już sobie sam przeczyta i obrazki obejrzy, wszystko tak ładnie wytłumaczy. A oni jak zobaczą, że tą uschniętą rączką tak dziwnie rusza, to zaraz myślą, że głupi. Wiadomo, niemądre dzieci i tyle. Ale Jędrek się nagryzie, napłacze. I tak ma ciężko, a jeszcze mu ludzie dodadzą. No, jak ona mogła, jak mogła ta Majewska tak przy nim powiedzieć. Bo za oczy, to wszystkie mówią: „Już by dla pani było stokroć lepiej, pani Wawrzakowa, żeby to dziecko umarło". A on, mądrala, nie rozpłakał się, nie. Tylko popatrzył tak na nią miłosiernie i mówi: „A pani, pani Majewska jest już stara i gruba, i brzydka, i jednak chce pani żyć? Mnie się też chce żyć". Jakby był ogródek, to by łobuzy się nie plątały. I może jaki kasztan by rósł. Jak on się wczoraj tymi kasztanami cieszył. Rozłupywała mu zielone, grube łupiny i wyciągała niedojrzałe jeszcze, aksamitne owocki, jak maleńkie ślepe szczeniaki, albo jak cielątka brązowe w białe łaty. Aż ją zdumiały te zachwyty, jakby nigdy jeszcze nie widział kasztanów. Może i nie, może i nie.

Król wydaje wciąż nowe rozkazy. Staszka musi teraz skakać na jednej nodze, a on spogląda na nią z powagą należną jego godności.

Matka skubie zacierki i rozmyśla nad tym, co jest i co było. Pięć lat temu nie mógł nawet tak siedzieć jak teraz. Skulone, przestraszone, płaczące z bólu zwierzątko. To było jej dziecko. A jej życie? Cały dzień przy Jędrku, noce na praniu i na awanturach z mężem. Nic nie chciał zrozumieć i nic nie chciał pomóc, wreszcie wyniósł się z domu tam, gdzie weselej. Zostały tylko jej ręce na zarobek i na Staszkę, i na Jędrka. Silne były te ręce, tylko ona wie, jak silne. A chłopu też już darowała. Tylko o to jedno taka jest zażarta: bo żeby on pomógł, to by mogła odłożyć trochę i wynająć gdzieś mieszkanie z ogródkiem. A sama? Skądże.

Najgorsze już za nią. I za Jędrkiem. Bo dziś już może sobie pomaleńku w tych nowych bucikach kuśtykać. Tylko jeszcze mu ciężko, jeszcze nie przywykł, ale się nauczy. Tyle się już nauczył. Już ołówek trzyma w lewej rączce i rysuje w zeszycie kółeczka, kwadraciki, kreseczki. Trochę sam, trochę go uczy jedna pani, nauczycielka, do której ona chodzi sprzątać co sobotę. Tam w zakładzie, w Warszawie, najpierw nauczyli go siedzieć. Jak pojechał drugim razem, nauczyli go stawać. Potem – pływać i trzymać coś lekkiego w lewej ręce. A teraz ona sama kupiła mu buciki i aparat, i sama uczy go chodzić. Do września powinien się nauczyć. A we wrześniu…

Do tych marzeń boi się przyznać przed samą sobą. Już dwa razy pierwsze dni września szarpała nią zazdrość, że inne dzieci szły ubrane w najlepsze ubranka z tornistrami na plecach, a jej Jędrek… Zaniosłaby go tam na plecach, jak nosiła po schodach na podwórze, ale po co? Żeby go wyśmiali, a może i poszturchali? Cóż z tego, że wszystko rozumiał, że czytał, że tłumaczył, jeśli pisać nie mógł, jeśli nie potrafił wziąć do ręki obsadki? A teraz… teraz spróbuje. Odwraca się nagle od stolnicy.

– Jędrek, dość tego królowania.

Król w przekrzywionej koronie bierze niezgrabnie do ręki kredę i czarną tabliczkę. Prawą ręką przyciska drewienko do kolan, a lewą krzywo wyciąga. *A, a, ala, m, a, m, a, mama.*

– Mama – czyta głośno – o już bym mógł napisać do ciebie list.

– No, widzisz – umęczona ręka szybkim ruchem odgarnia mu kosmyk wysunięty spod królewskiej korony i natrętnie włażący w oczy – no, widzisz. Spróbuj jeszcze, a jak ci się uda, to... – nie kończy.

– To co, mamo, to co?

– To na pierwszego pójdziesz z dziećmi do szkoły.

Mały król zapomina o swojej godności; lewą ręką, wysmarowaną w kredzie rozmazuje łzy, cieknące jedna za drugą, jedna za drugą.

*

Najprzyjemniej było wieczorem. Upał przełamywał się, od niedalekich łąk ciągnęło lekkim chłodem. Mężczyźni nawoływali na swoje gołębie albo leniwie ćmili machorkę, pogadując o polityce. Kobiety siadały na ławeczce koło okna dozorczyni, gdzie skrzynka z maciejką dawała złudzenie ogrodu.

Matka Jędrka nigdy nie chodziła na podwórze. Gdy dla innych kończyła się całodzienna krzątanina, na nią zawsze czekała jeszcze robota. Ale dziś nałożyła Jędrkowi nowe ortopedyczne buciki i zniosła go na dół między dzieci. Kobiety, milcząc, zrobiły jej miejsce.

– Ładnie tu – powiedziała Wawrzakowa – ta maciejka tak pachnie...

– A pachnie – zgodziły się. Nie paplały już jak przedtem. Krępowała je obecność tych dwojga. Dzieci bawiły się z Jędrkiem grzecznie, wiedząc, że nie warto go zaczepiać w obecności matki. Na nagrzanych kamieniach przeciągał się rudy kot. Niebo wisiało błękitne, zszarzałe nad horyzontem od zastałego kurzu. Trwała niczym niezmącona cisza.

– Znów nie będzie deszczu – westchnęła dozorczyni. – Zachód jak szkło. Aż w gardle sucho, tak cała żywina pragnie.

– A powiadają, że jakieś znaki się pokazują: kometa z ogonem i gwiazdy bardzo czerwone świecą. To niedobrze.

– Niedobrze – podchwyciły teraz wszystkie. – Kometa kometą, ale i w gazetach piszą, i w radiu mówią. Ludzie bardzo o wojnie gadają.

– O, Boże najświętszy, kobiiity... Jakby co, to by nam chłopów brali, zaraz mobilizację robili. W czternastym roku to jeszcze nic u nas nie było, a już wszystkich pobrali. Pamiętam jak mój poszedł...

– Mnie mobilizacja niestraszna – mściwie powiedziała Wawrzakowa – mnie już dawno chłopa diabli wzięli, obeszło się bez wojny. I jakoś żyję z dziećmi, do tego z takim... To i wy se jakoś poradzicie. Po co to zawczasu krakać.

– Prawda, że zawczasu. – Dozorczyni podlewała swoją maciejkę na przekór wszelkim prognozom. – Po co to dziś gadać o jutrze? Poradzimy to? Przyjdą nas się pytać?

Matka Jędrka podniosła głowę znad roboty.

– A, pytać, właśnie, co to ja chciałam... Pani Piotrowska, nie uszyłaby pani przed pierwszym ubranka dla mojego małego? Zdążyłaby pani?

– Zdążyć to bym zdążyła... A co, na wesele go pani szykuje, że już sama pani nie potrafi go obszyć?

– To musi być porządne ubranie. Granatowe. Z wełny.

– Granatowe, z wełny?... O, patrzcie państwo, a gdzież go pani tak chce wystroić?

– Do szkoły.

– No, a jak on do tej szkoły pójdzie, jak on chodzić nie umie?

– Chodź Jędruś do mamusi. Pokaż pani Piotrowskiej, jak ty sam chodzisz...

Jędrek z rozpaczą popatrzył na matkę. Staszka dopiero co przypomniała sobie o dzisiejszej zabawie, przyniosła mu koronę i panował teraz nad gronem poddanych. Musiał go słuchać i Józek, który zawsze go przedrzeźniał, kuśtykając po kocich łbach, i nawet Jadźka, najzłośliwsza dziewczyna na pięciu podwórkach. Ale zrozumiał. Zdjął koronę, złożył ją w ręce Staszki. Wstał, zachwiał się mocno... wyprostował się znowu i opierając się lewą ręką na lasce, chwiejąc się w pasie, poszedł w stronę matki. Kobiety siedziały milcząc. Niejedną aż dreszcz przeszedł, jak patrzyły na te zmagania dziecka.

– Starczy mu tego chodzenia do nauki – powiedziała matka – Tam trzeba głowy, a nie nóg. A głowę to on ma w porządku. Pisać już też potrafi. Lewą ręką, ale nie szkodzi. Niektórzy i za prawą zbierają dwóję.

Od tego dnia w domu Wawrzakowej już nic nie istniało, tylko szkoła. Co dzień Jędrek, zlany potem z nadmiaru wysiłku, musiał chodzić choćby dziesięć minut, potem pół godziny. A jeszcze trzeba było rysować kreseczki i pisać. *A*, *a*, *m*, *a to ala*. Kredą było łatwiej, ołówek był śliski i wypadał z ręki, ale chłopiec zacinał zęby i ściskał palce lewej ręki coraz mocniej, coraz mocniej. Już na dwa dni przed początkiem roku wiadomo było, że zwyciężyli.

Pierwszego września wstała jeszcze wcześniej niż zwykle. Rozpaliła pod kuchnią, nagotowała wody, zagrzała żelazko. Jeszcze raz trzeba go wyszorować, jeszcze raz uprasować zgniecioną w kuferku białą koszulkę i nowe ubranko. Jeśli nie może być najzgrabniejszy, niech przynajmniej będzie najczystszy, niech wiedzą, że matka o niego dba. Zwilżywszy palec, dotknęła dna rozgrzanego żelazka. Zasyczało. Rozprostowała kołnierzyk. Wtem ktoś gwałtownie zastukał do drzwi.

– Pani Wawrzakowa, czy pani już wie?

– Ciiicho, dzieci mi pani pobudzi... Mały musi się wyspać przed szkołą.

– Pani kochana, pani złota… – dozorczyni nie mogła wydobyć głosu – stary już poszedł…

– Gdzie poszedł?

– Wojna.

Spod żelazka, postawionego na białym kołnierzyku uczniowskiej koszulki, szarą smużką unosił się dym, pierwszy dym września 1939 roku.

Ballada o zamokniętym rewolwerze

Dzień nie różnił się niczym od poprzednich, był równie słoneczny, pogodny i jasny. Tylko głos spikera, odczytującego komunikat poranny, miał inną intonację – ale ja akurat tego najwcześniejszego nie słyszałam. Koło ósmej rano wpadł do nas zdyszany chłopak z sąsiedniej osady, i ogłosił tryumfalnie:

– A więc mamy wojnę. Ten idiota do reszty zwariował, cały świat jest przecież przeciw niemu, tym razem będzie to koniec. My nie Czechy! A zresztą jutro wystąpi Anglia, Francja, Ameryka. Za tydzień będziemy w Berlinie…

Mnie wojna nie kojarzyła się z szabelką i harcerskimi podchodami; nie wychowałam się na Kmicicu, tylko na Remarque'u. Chciało mi się płakać. Nie, to nie to. Chciałam natychmiast zasnąć, jak po narkozie, i obudzić się po wszystkim. Czułam, że przez tych pięć minut *exposé* Staszka stałam się starsza o dziesięć lat i o gorycz przeżuwanej klęski.

Nigdy nie bałam się broni palnej. Ojciec zgromadził w domu arsenał – dubeltówki, sztucery, flobert i ukochane brauningi – jeszcze w czasach, w których trzeba było coś zimnego czuć pod ręką, gdy szło się piechotą wzdłuż lasu. Nie byłam wysportowana, ale nauczyłam się celnie strzelać. Ustawiało się na słupku ogrodzenia puszkę po farbie lub konserwach i pac – zlatywała w trawę. Flobert to dziecinna zabawka, ale z rewolweru taka sztuczka na pięćdziesiąt metrów to już było coś. Remarque nauczył mnie jednak, że wojna nie ma nic wspólnego ze strzelaniem do puszek, że wojna to okopy, wszy, głód, rozpruty bagnetem brzuch i zagazowane płuca. I że nie zdobywa się Berlina w ciągu tygodnia. Więc czekaliśmy na najgorsze. Przygotowywaliśmy tampony na wypadek gazu, uszczelnialiśmy okna, szyby wyklejaliśmy paskami papieru, piekliśmy chleb gdyby miało dojść do ewakuacji, szykowaliśmy żelazne porcje i opatrunki. Jakie to było naiwne.

Wszyscy mieli obowiązek wykrywania dywersantów. Wzdłuż szosy chodzili chłopi uzbrojeni w dębowe kije. W dzień po jednym – czas był gorący; wojna nie wojna, trzeba było orać, siać, kopać kartofle – w nocy po dwóch.

Czasem zamiast gospodarza patrolował szosę jedyny we wsi przedstawiciel mniejszości narodowej, Icek.

– Nie boicie się, Icku, tak bez broni, sam?

– Co znaczy, nie boję się? Dlaczego mam się nie bać?

– A co zrobicie, jak zobaczycie dywersanta?

– Co zrobię? Będę krzyczeć, chłopy się zbiegną.

– A w nocy?

– W nocy ja nie dyżuruję, w nocy gospodarze.

Zanim wszystko skłębiło się jak w kiepskiej tragedii, wyglądało to jak operetka. Czwartego dnia wojny znalazł się nawet prawdziwy dywersant: miał aparat fotograficzny, zdjęcia, a na pytanie, co tu robi, plunął ogniem z krytej pod marynarką broni i zapadł się w krzaki wikliny koło Mazurkowego stawku. Krzyk, wrzask, jak spod ziemi wyrosła furmanka pełna uzbrojonych po zęby granatowych policjantów – ale za zbiegiem pognali tylko chłopi ze swoimi dębowymi kijami.

– Uważajcie, on ma broń! – krzyczeli z furmanki policjanci – może kogoś postrzelić!

Po czym zacięli konia i tyle ich było widać. Mrok zapadał błyskawicznie, było coraz ciemniej. I znów, jak w kiepskiej operetce, *deus ex machina* zjawił się młodziutki podchorążak uzbrojony w pistolet i pognał za szpiegiem. Było tak ciemno, że szukał po omacku; nikogo nie znalazł, ale za to o mało się nie utopił w tych szuwarach.

– Psiakrew – lamentował żołnierzyk – rewolwer mi zamókł. I tak był nic nie wart, a teraz to już zupełny szmelc.

Prowadził kolumnę podwód, bo we wrześniu tabor piechoty często polegał na chłopskich furmankach, zaprzężonych w dwa konie, którymi powoził wzięty z poboru nieuzbrojony właściciel konia lub wozu. W kolumnie żołnierzyka było pięćdziesiąt wozów wyładowanych wszelkim dobrem wojskowym, eskortowanych przez jednego szeregowca z karabinem, a dowodzonych przez podchorążaka z zamokniętym pistoletem.

Armia nie może być głodna, więc zaprosiliśmy ją na kolację. Żołnierz musiał stanąć na warcie, więc pan podchorąży pofatygował się osobiście z talerzem zupy *na pozycję*, po czym przyjął zaproszenie do stołu.

Po raz pierwszy zobaczyłam wtedy, jak się zasypia na siedząco, w pół zdania i w pół kęsu.

– Nie budźcie go – powiedział ojciec i zaniósł podchorążaka na łóżko. – Dowiem się od tego żołnierza, kiedy mają wyruszyć.

Ale tamten nie miał pojęcia. Kazano im czekać na oddział wojska, który miał nadejść szosą od miasta. Więc siedzieliśmy w milczeniu, czuwając i zastępując tego śmiertelnie już zmęczonego dowódcę nieistniejącego oddziału w czekaniu na dalsze rozkazy.

Po dwóch godzinach podchorążak zerwał się nagle, przerażony:

– Ile czasu spałem? Nikt nic nie meldował?

– Nic. Dowiadywałem się u pańskiego żołnierza.

– Dziękuję. Będę próbował nawiązać łączność.

Nie spaliśmy nadal. Na dworze już szarzało, gdy ktoś zapukał w szybę. W zamglonym brzasku stał nasz podchorążak. Dygotał. Nie były to jednak dreszcze porannego chłodu. Jego jeszcze dziecinne oczy były pełne łez, bezsilnej rozpaczy i wściekłości.

– Przyszedłem powiedzieć, że odchodzimy. Nie wiem gdzie i nie wiem jak daleko. Stamtąd nie przyjdzie żadne wojsko. Nie ma wojska. Tam są Niemcy.

– Gdzie?

– Tam. – Zatoczył ręką szeroki łuk. „Tam" oznaczało „wszędzie".

– Możemy się tylko wycofać tędy, na wschód. To jedyna droga, ale oni mają samochody, a my... Sam pan widział... Nawet broni nie mamy. Choćby po to, żeby się nie oddać jak baran...

– Niech pan poczeka...

Ojciec odszedł od okna, za chwilę wrócił.

– ...proszę, mnie to już niepotrzebne. Zresztą zostawię sobie sztucer. – Ostatni raz zważył na dłoni wielki, czarny sześciostrzałowy brauning. Elegancka rękojeść, lśniący magazynek. Pięknie wysmarowany, chodził lekko. – Niech pan weźmie. Skoro rząd pana nie uzbroił, to ktoś przecież musi.

Podchorążak zasalutował bez słowa, szybko poszedł w stronę koni, odwrócił się, podniósł do góry rękę z rewolwerem i jeszcze raz zasalutował.

Tak go zapamiętałam, jedynego żołnierza Wojska Polskiego kampanii wrześniowej, którego widziałam z bliska.

Epitafium dla mojego wuja

Na zakręcie schodów napotkałam kobietę o najbardziej niezwykłej urodzie, jaką sobie można wyobrazić: wszystko w niej – włosy, tęczówki, białka oczu, a nawet skóra – promieniowało różnymi odcieniami koloru niebieskiego, od matowej bladości twarzy do granatowego połysku włosów.

Wisia, której się zwierzyłam, nie rozumiała mojej ekscytacji. Owszem, piękna pani mieszka na dole i jest żoną szefa protokołu dyplomatycznego, pana Kupścia. Niezwykle rozśmieszyło mnie to nazwisko, ale ciotka Adi skarciła mnie surowo i wytłumaczyła, że to dobre nazwisko litewskie, bardzo, bardzo *nobliwe*; to określenie w ustach ciotki Adi absolutnie kończyło dyskusję i wyznaczało mi, prowincjonalnej gąsce, na niczym się nieznającej, właściwe miejsce. Wisia jednak zlitowała się i jeszcze tego samego dnia zaprowadziła mnie do pięknej sąsiadki.

Minęło od tego dnia ponad trzydzieści lat, ale nigdy nie zapomnę tamtego uczucia porażenia i obezwładniającego zachwytu: szłyśmy we trzy wzdłuż długiego korytarza o gotyckim sklepieniu, potem amfiladą niskich pokoi – a ze ścian patrzyła na nas zwielokrotniona pani domu, powtórzona, nie wiem już dziś, kilkanaście czy kilkadziesiąt razy: błękitna, niebieska, modra, szafirowa i granatowa. Takie było moje pierwsze w życiu zetknięcie z Witkacym, też widocznie zafascynowanym jej błękitną urodą.

Wuj mieszkał na pierwszym piętrze tego samego skrzydła. Podleńkie to mieszkanie było tak niskie, że z łatwością dotykałam sufitu, okna miało niewielkie, ściany grube, słowem: było niezbyt słoneczne i bardzo niewygodne, bo dwa niewielkie pokoje zastawiono niewiarygodną ilością sprzętów i ciasno zawieszono obrazami. Ale też i stanowisko, które wuj zajmował, było wówczas stanowiskiem bardzo skromnym, niezbyt eksponowanym. Był kustoszem Zamku Królewskiego, dyrektorem zbiorów państwowych, jak brzmiała oficjalna nazwa; dziś trudno sobie nawet wyobrazić, jak małą estymą cieszyli się w czasach przedwojennych ludzie parający się tak nieokreślonymi zawodami, jak historyk sztuki, malarz, muzyk (trudno było wyżyć z czystej sztuki, trudno było też otrzymać pracę związaną z tak podejrzanym wykształceniem – Jasia, córka wuja, skończony historyk sztuki pracowała, na poczcie). Do tego więc dusznego i ciasnego mieszkanka, którego jedynym, acz wątpliwym, plusem był splendor lokalizacji w Zamku Królewskim, przyjęto mnie na prośbę stryjecznej siostry wuja, czyli mojej matki, kiedy przyjechałam do stolicy na studia. Wuj Kazio był najbliższym naszym krewnym, mieszkającym w Warszawie, więc według ówczesnych pojęć powinien był się zaopiekować prowincjuszką, choćby w pierwszych miesiącach jej zetknięcia z wielkim światem.

Prowincjuszka była przyzwyczajona do wielkich przestrzeni, pustawych, ogromnych pokojów, w których poza koniecznymi sprzętami nie było prawie nic oprócz książek i cennych dywanów – jedynego majątku, który ocalał z wojny. Tej pierwszej – oczywiście. U wuja Brokla natomiast ściany od podłogi do sufitu były zawieszone niedokończonymi obrazami jego powinowatego, Wojtka Kossaka, starymi tkaninami, szkicami Noakowskiego; pomiędzy oknami pobłyskiwały mosiężne kinkiety, na półkach obok starodruków stały dzbany z cyny i miedzi, ceramika huculska, weneckie szkło, wazy Bernarda Pallisy, na kobiercach z manufaktury Koniecpolskich krzyżowały się karabele, a pomiędzy tym wszystkim można było odkryć perski kafel lub turecki kindżał – i to wszystko trzeba było odkurzać, czyścić, trzepać, zdejmować ze ścian i wieszać na właściwym miejscu. Jak ciotka przy pomocy łagodnej Anusi potrafiła dokonać tego cudu – nie wiem, fakt jednak, że nikt nie znalazłby w tym mieszkaniu drobinki kurzu. Cóż, dzieło miłości.

Wuj Kazio, wówczas drobny, siwiejący pan o pięknych szarych oczach i ujmującym uśmiechu, w swoim czasie wzbudził w rodzinie ogromną sensację i zgorszenie, przywożąc sobie z któregoś wojażu narzeczoną. Narzeczeństwo uznano za niewątpliwy mezalians: panna po pierwsze była Niemką, a po drugie zarabiała samodzielnie na życie, prowadząc pensjonat, emancypacja zaś nie była wówczas dobrze widziana. Wuj jednak miał charakter. Zawsze nieśmiały i milczący, nie wdawał się w zbędne dyskusje: po prostu się ożenił, stawiając rodzinę wobec faktu dokonanego.

Ciotka Adi była piękną kobietą, nieco wyższą od wuja, o figurze, która mogłaby przyprawić o atak zazdrości każdą modelkę, w posagu zaś wniosła mu – prócz gospodarności i olbrzymiego talentu kulinarnego – miłość o rozmiarach przewyższających wszystko, co na ten temat mówi życie i literatura. Już w pierwszych tygodniach małżeństwa oświadczyła mu, skądinąd straszliwie kalecząc język polski, że pójdzie za nim wszędzie, choćby i na Sybir. Wymówiła to widać w złą godzinę, bo po kilku zaledwie latach przyszedł rok 1914 i rząd carski uznał, że osobnik o nazwisku Brokl, na dobitkę żonaty z Niemką, będzie lepiej czuł się na Syberii niż na Podolu. A ciotka, nie zastanawiając się ani minuty, zabrała dwie maleńkie córeczki i nie zważając na trzaskające mrozy, wsiadła w kibitkę, by towarzyszyć mężowi na zesłaniu. Pannom zresztą Syberia jakoś nie zaszkodziła. Wdały się wzrostem i figurą w matkę, od ojca wzięły świetliste szare oczy i delikatną miękkość ruchów. A teraz marniały: nieszczęsna wiotka Jasia, ze swoim dyplomem historyka sztuki, w okienku na poczcie, a Wisia – w Kasie Chorych. Ciotka dbała o nie, ale obrzędy misteryjne odprawiała wokół Kazia. W domu wszystko kręciło się koło wuja – przy czym nie było to przywiązanie dwojga starzejących się ludzi, których połączyły przeżycia, szacunek i przyjaźń, tylko nieustanne zakochanie, świeżość uczuć młodej dziewczyny, której zamiera serce, kiedy ukochany odwróci głowę w jej stronę. Obrządek smarowania bułeczek, nalewania kawy, poprawiania serwetki, podsuwania krzesła do stołu... jeszcze jeden pieszczotliwy gest ręki w stronę spodeczka z konfiturą, jeszcze spojrzenie, w którym jest wszystko: i miłość kobiety do mężczyzny, i duma, i opiekuńcza tkliwość matki w stosunku do dziecka, i lęk, czy aby wszystko jest takie, jak być powinno. Czasami zdawało mi się, że te objawy kultu trochę go nużą czy może żenują, nigdy jednak nie dał jej tego odczuć. Na uścisk dłoni odpowiadał uściskiem, na pocałunek – muśnięciem policzka, na wzrok pełen uwielbienia – tkliwym uśmiechem. Kiedy wychodził, na odchodnym strzepywała mu jeszcze z kołnierzyka niewidzialny pyłek i wracała do swych codziennych zajęć: obmyślania kulinarnych poematów i słania gniazdka różami.

Wuj pisał monografię Zamku, oprowadzał co godniejszych gości, pilnował remontów, żebrał o fundusze na odnawianie mebli na Zamku i w Łazienkach – bo i te podlegały jego zarządowi – a w wolnych chwilach buszował po antykwariatach, skąd przynosił wciąż nowe starocie. Ciotka zaś z niezmiernym zachwytem przyjmowała skorupy i jakoś upychała je wśród innych domowych skarbów. Dziewczęta podkpiwały sobie dobrodusznie z uwielbienia mamy dla ojca, może i nieco zazdrosne o miłość, bo ciotka Adi niedwuznacznie stwierdzała, że mąż w jej sercu zajmuje absolutnie pierwsze miejsce; zresztą na ten temat dyskutowała niechętnie, twierdząc, że rozmowy o miłości małżeńskiej nie są *nobliwe*.

Mnie i zdumiewała, i nieco nawet gorszyła ta zabiegliwość kobiety wokół mężczyzny, przywykłam bowiem do odwrotnego schematu: to mama, drobna i nieśmiała, bardzo zresztą do Kazia podobna w swoim milkliwym uroku, skupiała na sobie miłość wielkiego i potężnego ojca, którego zasoby uczuć opiekuńczych były wystarczające, by prócz nas mógł obdzielić miasto, ba, wszystkich nieudaczników i kulawe kaczęta z całego powiatu; to ojciec stał jak skała, gotów odgrodzić mamę od wszystkich kłopotów, zasłonić od uderzeń losu.

Żadne z nich jednak, ani ojciec, ani ciotka, nie potrafili odwrócić biegu historii. Adi nie ustrzegła Kazia od swoich rodaków. Od pierwszych dni wrześniowych Królewski Zamek podzielił los swej Rzeczypospolitej: nic nie było w nim przygotowane do oblężenia, nie było żadnych schowków, zabezpieczeń, żadnej możliwości obrony, a nawet sprzętu przeciwpożarowego.

Najpierw, szóstego, wyjechał prezydent z urzędnikami Kancelarii Cywilnej, w kilka dni później wyniesiono część skarbów. Oprócz Brokla w Zamku został tylko kustosz Walicki, malarz Słonecki, kilku pracowników straży pożarnej i trochę służby. Siedemnastego wieża zamkowa stanęła w płomieniach. Drobny, nieśmiały wuj Kazio przedzierzgnął się w dowódcę oblężonej twierdzy: kierował całą akcją ratunkową, sam przenosił najcenniejsze obrazy do schronów i piwnic. Znaleźli go tuż przy Bramie Grodzkiej, obejmującego obraz, na który padł jak na tarczę, przyjąwszy pocisk na siebie.

Po kilku tygodniach znajomi namówili ciotkę Adi, żeby zgłosiła się do nowych władz z podaniem o emeryturę po wuju. Niemcy przyjęli ją z szacunkiem i wyjaśnili, że zaszło nieporozumienie – Adrianna von Purschka, córka niemieckiego admirała*, nie może starać się o emeryturę, jak pierwsza lepsza obywatelka Generalnej Guberni; należą się jej zupełnie inne prawa, jest przecież Niemką, obywatelką Wielkiej Rzeszy, Reichsdeutschką.

Nie bardzo wiadomo, jak wyszła z urzędu cało po tym wszystkim, co nagadała wówczas Niemcom: *Mówiłam im, że jak ja za moje Kazik szła za mąż, to ja już wtedy była Polka. I na Sybir była*

---

* Ferdinand Ritter von Purschka (1870–1940) naprawdę był Austriakiem, urodzonym w Rijece, pod sam koniec wojny, 1 listopada 1918 roku, otrzymał awans na kontradmirała.

Polka. I tu na Zamek ja była Polka, bo Polak był mój mąż. A jak oni bandyci... – tu następowała cała przepiękna litania niemieckich przekleństw – *zabili mi moje Kazik i potem mają odwagę powiedzieć, że ja jest Reichsdeutsch? No ja im dała Reischsdeutsch!* – po czym dodawała z zawstydzeniem: – *Ja przepraszam, ja się wyrażałam bardzo, ale to bardzo nienobliwie.*

Z szufladek babuni

W szufladkach panował wzorowy porządek, babunia była pedantką. A w ogóle nie była babunią, lecz babcią. A z charakteru – babką. *Babunia* brzmi ciepło, łagodnie i trochę nieporadnie. Och, u babki nic z tych rzeczy.

Malusieńka blondynka z zielonymi, skośnymi oczami, żelazną rączką trzymała swój dwór: dzieci, służbę, wnuków i roztargnionego męża-naukowca. Mimo paryskich i drezdeńskich stroików, kokardek, siatek na włosy, mimo warkoczy koloru platyny, które pożyczała co roku kolędnikom na przybranie głowy Anioła, nie miała śladu anielskiej słodyczy. Mogłaby służyć jako modelka dla *Niepokonanych* Faulknera lub Mickiewiczowskiej *Grażyny*, w razie potrzeby na pewno zatrzymałaby hufiec pierzchających przed wrogiem rycerzy; znakomicie nadawała się na żonę powstańca – lepiej zresztą pamiętała przebieg bitwy z 1863 roku niż dziadek – ale ani trochę na *babunię*, do której ucieka się przed gniewem rodziców, która opowiada bajki przed zaśnięciem, która psuje słodyczami.

To mama była łagodna, miękka, niekonsekwentna, zmieniała zdanie, ulegała natarczywym prośbom; to ona, gdyby dożyła, byłaby prawdziwą babunią; babka była twarda jak stal. *Nie rusz, nie tykaj, ale ileż ty robisz subiekcji, odłóż na miejsce, nie zaglądaj.*

Ale jej biureczko kryło tyle zakamarków, tyle tajemnic, tyle szufladek. A w każdej coś. Choćby ta fotografia. Samochód, podobny do wolantu: latarnie, jak w naszym powozie, stojącym w wozowni, wygięty stopień do wsiadania, przednie siedzenie jak kozioł w bryczce, buda – tylko dyszla i konia brak. Babcia na honorowym siedzeniu w sportowym kapeluszu otulonym woalką, dziadek w cyklistówce, ubrany w pepitę, niedbale przykryty obszernym prochowcem. Obok wytworny szofer, wszyscy w ogromnych okularach. Sylwetki z niemego filmu.

Leonard Brokl (z uniesioną dłonią) z nieznanymi osobami w swoim automobilu, ok. 1910.

Był to jeden z pierwszych samochodów na Ukrainie: jechał z zawrotną szybkością czterdziestu kilometrów na godzinę, buczał, furczał, prychał, dymił z rury wydechowej. Na ogół przyjmowano jego zjawienie się z niemą dezaprobatą. Kiedy jednak dziadek zechciał zwiedzić jakiś zapadły kąt, w którym diabeł mówi dobranoc, chłopi tamtejsi uznali, że jest tegoż diabła wysłannikiem. Zebrali kłonice, widły, kosy i pognali za „nieczystą siłą". Skończyłoby się to tragicznie, gdyby nie babka, która wbrew protestom mężczyzn, kazała zatrzymać diabelski wehikuł i wdała się w dyskusję:

– Czego się boicie? Dlaczego się oburzacie?

– Bo jedno furcze, a konia i dyszla nie ma.

– A młockarnie znacie?
– Młockarnia z koniem.
– A kosiarkę?
– Ni.
– Zaraz… jak się nazywa ten wiatraczek od odsiewania plew… a wialnię?
– Wialnię? Jest u popa.
– A konia ma?
– Ni.
– A dyszel.
– Ni.
– A odsiewa i furkocze?
– Ano, furkoce, furkoce. Ale nie jeździ!
– A po co wialnia ma jeździć?
– Ano, po co…

Nie bała się nikogo i niczego. Poradziła sobie z ciemnymi mużykami, nie zlękła się carskiej ochrany, kiedy chciano powiesić dziadka za szpiegostwo, bo korespondował z całym światem w sprawie swoich ukochanych nasion buraczanych. Przeżyła powstanie, rewolucję 1905 roku, wielką wojnę światową, przemarsz trzech armii przez twój dom, śmierć najbliższych i miała prawo oczekiwać spokojnej starości. Nie przeczuwała, że przez ostatnie lata jej życia przetoczy się najbrutalniejszy walec tej epoki.

Kiedy Niemcy zajęli nasz dom – *zajęli* to nieodpowiednie słowo; raczej *zalali*, rozleźli się po pokojach, po ogrodzie, po kuchni, butni, wulgarni, władczy – babcia znikła w swoim pokoju, by wyjść stamtąd na spotkanie z nieproszonym gościem w pełnej gali: czarna suknia do ziemi, na srebrnych włosach srebrna siateczka, złoty łańcuch na szyi i białe rękawiczki. Podpierając się laseczką, wyciągnęła w stronę hitlerowskiego oficera pożółkły papier.

To nie fotografia z szufladki, ale scena, której nie zapomnę do końca życia: oficerek, siedzący w rozkroku na brzegu wielkiego, dębowego stołu, z nieodłączną szpicrutą w ręku – i babka, wrośnięta w ziemię, z wyciągniętą dłonią.

– *Was?* – zarechotał Niemiec.

– Przede wszystkim – babka wyciągnęła laseczkę, dotykając oficera w nogę – proszę wstać ze stołu. I stanąć, gdy rozmawia pan z kobietą.

– *Was?* – powtórzył, zdziwiony, ale zrozumiał i ze stołu zeskoczył.

– To zaświadczenie, podpisane przez arcyksięcia Ferdynanda, że nie wolno kwaterować w moim domu i nic w nim rekwirować.

Przeczytał papierek i wybuchnął śmiechem.

– *O, mein Gott*, tamta wojna, arcyksiążę… No, *madame*, teraz inne czasy, inna wojna.

Ale babka stała nieporuszona:

– Może inna wojna, inne czasy, ale ja się nie zmieniłam. Proszę oddać zaświadczenie.

Oficer podał jej papier, chichotał jeszcze chwilę, lecz w jego zachowaniu zaszły jakieś subtelne zmiany: nie patrzył już na nas jak zwycięzca, nie walił szpicrutą po udach; przycichł, zmalał jakby, i grzecznie żegnając się, opuścił pokój. Tę bitwę wygrała babka.

Taka była – i pewnie inna być nie mogła: historia, która wkroczyła w jej życie, wymagała by była siostrą heroin. Gdzieś, w głębi serca, na pewno była *babunią*, tak jak wcześniej była po prostu Wandeczką pośród tych swoich wstążeczek, jedwabiów i strusich piór. Ale w Polsce tak rzadko można się stroić w jedwabie, ciągle gdzieś grają jakieś werble i zapowiadają czas skubania szarpi.

Drwa na kominku

Gdyby tamci nie nawalili, odpękałoby się już kawał roboty, a tak co? Trzeba tu tkwić i czekać. Dobrze, jeżeli pogoda się utrzyma, bo gdyby zaczęło lać, to koniec.

Było ich trzech, jeśli nie liczyć paniusi, która przyplątała się z jakiegoś pisma i zwaliła im się na głowę nie wiadomo po co. Nie mogli nawet skorzystać z tego niespodziewanego opóźnienia, bo łaziła za nimi krok w krok, zadając zupełnie nieprawdopodobne pytania. Więc musieli udawać, że coś robią, że nie przyjechali tu opalać się, tylko do pracy.

A pogoda była rzeczywiście wczasowa. Smak nagrzanych słońcem poziomek, wrzosy, białe pnie brzóz, drogi porośnięte trawą, wszystko przypominało natrętnie pejzaże Rapackiego albo tanie oleodruki. Znalazł się nawet kręty strumyk, kobiety dźwigające kosz z grzybami; z pobliskiego pola dochodziły smugi ognisk i zapach pieczonych kartofli. Paniusia wzdychała, wąchała, biegała i wydawała okrzyki zachwytu, jakby pierwszy raz w życiu była w lesie. Patrzyli na nią z niezbyt skrywaną ironią, sprawdzali zegarki i co kilka godzin biegli do pobliskiej stacyjki, ciągle na próżno czekając na spóźniających się kolegów.

I wtedy pierwszy raz któryś z nich, chyba Jacek, przypomniał tamten wrzesień. Jerzy milczał. Za dużo przeżył, żeby wracać do tych spraw odłożonych głęboko, schowanych pod dziesięć skorup, spraw nietykalnych. Z zasady nie chodził na wojenne filmy, nie czytał książek o okupacji, o obozach, miał dość. Ale tamci, i oczywiście pani Krystyna, rozgadali się. Że też było tak ciepło i sucho, i to niebo, na którym nie było ani jednej chmurki, tylko stalowe błyski bombowców, i jak się chowali w stogi siana.

Michał najbardziej nie mógł odżałować miski zacierek, którą mu przyniosła dziewucha we wsi pod Warszawą; ledwo zaczął jeść, a tu *buummm, buummm, buummm* lecą! Taki był głodny, że nie zważał na nic, byle jeść, ale dziewczyna narobiła wrzasku, wyrwała miskę i w nogi; nie dała dojeść, cholera!

– Taak… A pamiętacie, jak ciągle wszyscy nabierali się na to, że lecą nasi? Albo, że w czołgach jadą Francuzi, Anglicy. Klituś, bajduś. Dziw, że w ogóle przeżyło się to wszystko, właściwie wbrew logice. Człowiek jednak miał cholerne szczęście. I tylko że nie wszyscy…

Z ciuchci znowu nikt nie wysiadł, ale tym razem w leśniczówce czekała wiadomość. Prosili, żeby poczekać do jutra; po przyjeździe wytłumaczą powody opóźnienia, tymczasem proszą przygotować wszystkie dane: o glebie, o zasoleniu, wyrobach, ilości i gatunkach drewna i tak dalej.

– *Tymczasem przygotować* – rozzłościł się Jerzy – jakby nie wiedzieli, że to dawno zrobione. Cacy, cacy, trzeci dzień marnujemy, a w biurze będzie czekała sterta papiereczków pod sufit.

Ale pod wieczór okazało się, że wyprawa w ogóle na nic, rozpadał się gęściutki, równy deszcz, z gatunku tych najgorszych. Murowane trzy dni. W tych olesach i grądach* po jednym dniu takiej pogody już w teren nie pójdziesz, a dalej bagienka, mokradła… Właściwie należałoby wiać, bo później nawet do stacji nie będzie jak się dostać, ale trzeba czekać na tamtych.

Po kolacji nie wiadomo było, co robić. Z kart też nic nie wyszło, bo pani Krystyna nie umiała, a jakoś nie wypadało zostawiać jej samej. W izbie pachniało żywicą i jabłkami. Mrok zapadał coraz gęstszy, a naftowa lampa świeciła tylko chyba dla zasady.

---

* Oles – las bagienny z dominującą olszą czarną; grąd – wielogatunkowy las liściasty złożony z grabów, dębów i in.

– Patrzcie, państwo – Jacek machnął ręką w kierunku paleniska – jesień, deszcz za oknami, czarna noc, a tu trzaskające drwa na kominku i grono przyjaciół, opowiadających swe dzieje! – rozejrzeli się – Nawet są rogi jelenie i jakaś wyleniała skóra z wilka. Leśniczy trochę się zdziwił, ale po chwili krzesła i skóra znalazły się na właściwym miejscu, a na kominku zaskwierczał i zakopcił prawdziwy ogień. Przypomnieli sobie rozmowy na wrzosowisku i znów zaczęli na wyścigi wysupływać zatarte w pamięci ślady tamtych dni. Bałagan, bezsens, bezbronność, upokorzenie.

– A ja widziałam w akcji polskie lotnictwo – odezwała się Krystyna – tutaj, w Polsce, we wrześniu, nie tam, gdzieś w Anglii.

– No, miała pani szczęście, będzie co wnukom opowiadać – rzucił Jerzy.

– Wiecie, mnie zawsze... najbardziej interesuje... – Michał mocował się z papierosem, który ani rusz nie chciał się zapalić – jacy myśmy wyszli z tego wszystkiego. Bo jak bez ręki, bez nogi, to każdy widzi, ale czasem człowiek gorzej okaleczał... W czasie okupacji robiłem urządzenia w lasach świętokrzyskich, wioska zagubiona, daleka od głównych traktów, od powiatu, dystryktu, a nawet gminy. Ale niedaleko przechodziła dość dobra bita szosa, Niemcy pchnęli tamtędy autobus i sami często jeździli. Siedziałem tam już kilka miesięcy, wlokłem robotę jak tylko się dało, bo i było tam cicho, i z wiktem niezgorzej, i inne jeszcze sprawy mi się ułożyły tak dobrze, że i mnie ciężko było stamtąd odejść. I ktoś by płakał. Chyba też był wrzesień, trzeci wrzesień okupacji. Też słoneczny i ciepły. Niedziela, ludziska wymyci, odświętnie poubierani, dziewczyny rozchichotane, matki odpoczywające na ławkach przed domem. I nagle na to wszystko spada wiadomość, że pod lasem stoi rozbite niemieckie auto, że była strzelanina, że już idzie oddział żandarmerii i będzie sądny dzień. Z młodych kto żył, poleciał do lasu, ale nie można było zostawić dobytku bez dozoru; zresztą trzeba było zabrać krowy, konie, wieś przygotowywała formalną ewakuację. Nie chciałem uciekać. Nie przez zbytek odwagi, raczej przez lenistwo. Albo przez jakieś zupełnie niewytłumaczalne, sprzeczne z logiką, twarde przekonanie, nazwijmy to przeczuciem, że nic się nie stanie. Że alarm jest, mimo pozorów, fałszywy... Trzeba było jednak znaleźć jakiś kąt, gdzie można by bezpiecznie przywarować. Za domem mojej gospodyni, w kępie drzew, stał dziwny budynek, spichrz, nie spichrz, rodzaj piwnicy, połączonej ze stodołą, na pół zrujnowany, częściowo używany przez przygodnych podnajemców. Zabrałem ze sobą mapki i przybory kreślarskie, na wypadek wsypy. Ale okazało się, że nie będę sam: ukryło się już tam kilka starych bab, którym przewodziła zażywna jejmość, nietutejsza, *wysiedlonka*, rzucona tu przez wojnę. Modliła się głośno. Zły, chciałem odejść, ale zainteresowały mnie słowa modlitwy: *Panie Boże, żeby oni poszli gdzie indziej! Jeśli już koniecznie ma coś być, to niech tego nie robią tutaj! Niech pójdą do sąsiednich wsi, niech pójdą do lasu, niech robią co chcą, byle nie u nas...* I zaraz baby zawodziły chórem: *O, mój Boże, Bożiczku, odsuń ich na inne wioski, odsuń ich...* Do wieczora plątałem się nieswój, w opustoszałej, prawie wymarłej wsi. Niemców nie było. O zmierzchu przyszły pierwsze wiadomości. A jakże, byli, przyjrzeli się, stwierdzili, że rozbite auto leżało o pięć metrów od słupa, wyznaczającego granicę powiatu. Poszli ukarać pierwszą wieś w tamtym powiecie, bo *Ordnung muss sein*... Rozwalili młodych mężczyzn, spalili kilka chałup wraz z ludźmi. I wstyd nawet pomyśleć, a co dopiero się przyznać: ile razy to sobie przypominam, zawsze mi się zdaje, że zawdzięczam życie grubej idiotce ze spichrza.

– Wybrać własną śmierć nie jest ani łatwo, ani przyjemnie, ale rządzić cudzą też nielekko... – zaczęła pani Krystyna, poprawiwszy się w fotelu; blask ognia dodał jej ciepła i już nie żałowali, że im przeszkadza. Donieśli polan, zapalili nowego papierosa – ... miałam koleżankę, bardzo zamożną pannę. Ojciec jej posiadał spory majątek i ogromne stawy rybne. A że stary był fachowcem i panna orientowała się nieźle w ichtiologii, Niemcy tymczasem nie wywalili ich z zajętego majątku, tylko przydzielili im funkcje: tata miał zarząd całości, pannie kazali pilnować robotników. W okolicy były obozy, przywieźli stamtąd jeńców radzieckich, Greków, dużo Żydów. Z rodzinami. Przykra to była funkcja, ale z drugiej strony Nina, bo tak miała na imię, orientowała się, że praca przedłuża tym ludziom życie. Fingowała więc zapotrzebowania na coraz to większą liczbę osób, targowała się o żywność. Zresztą, dojadało się rybami. Jakiś czas wszystko grało, ale Niemcy pochwalili się stawami przed jakimś swoim fachowcem, który wpadł w szał. Parę dni później, kiedy drużyny robocze w zwykłym składzie przyszły do roboty, nadjechały auta i jakiś urzędnik czy wojskowy kazał Ninie, siedemnastolatce, wybierać: z bez mała pięciuset ludzi mogła zatrzymać koło osiemdziesięciu, reszta wracała do obozu, a właściwie prosto do wagonów. *Albo do pierwszej sama się pani z tym szajsem upora, albo zrobimy to sami. Ale my nawet pięćdziesięciu nie wybierzemy.* Niemcy pilnowali i popędzali, nie było czasu na zastanowienie się, na wybór; a zresztą, czy to by coś pomogło? Widziała setki błagających o ratunek oczu; młode matki, które niepostrzeżenie opuszczały swoje dzieci i przesuwały się do grupy niezamężnych; starych i chorych, którzy naprężali muskuły, żeby pokazać siłę. Z początku było lżej, zapisywała jedno nazwisko za drugim, ale już po chwili było jasne, że liczą się nie ci, co zostają, tylko ci, których odtrąca, których skazuje na śmierć. A z boku stali Niemcy, czujni, uważni, jeżeli spostrzegą wahanie, rozterkę, to co za problem dopchnąć ją do wagonów z pozostałymi? Ojciec poradził, żeby zostawiała tych z semickim wyglądem, słabszych, z dziećmi, reszcie da się sygnał, żeby uciekali, czy to do lasu, czy to do miasta; młodsi, silni, może sobie poradzą. Dwudziestu, trzydziestu, czterdziestu, Niemcy po prawej stronie zaczynają ustawiać kolumnę do wyjazdu. *Pani, tak, pani... i pan, i pan z tym małym dzieckiem, proszę tu stanąć. I pani, i jeszcze pani, tak, ta starsza pani.* Odtrąceni chwytają ją za ręce, krzyczą, przekonują, tłumaczą, pytają, dlaczego ich nie chce.

Właśnie was zostawiam. Stańcie tu, formujcie brygadę. Teraz ze wszystkich stron wyrywają się ci, którzy byli pewni, że właśnie ich, że są silni, sprawni, że dobrze pracują. Nina wyławia z nich jeszcze dziesięciu, jeszcze dwudziestu, ale oni mnożą się, wielokrotnieją, zalewają ją swą olbrzymią zrozpaczoną masą. *Boże, dlaczego nas pani oddziela? Dlatego że jesteśmy starzy?* Kto inny: *Że mam garb? Ja i z nim mogę pracować! Dlaczego pani nas nie chce?* Jeszcze tylko dziesięciu, Nina wskakuje na kamień, ale co to pomoże? Jeszcze Iwan, Grisza, jeszcze ta śliczna Bara; tam się już biją, nie puszczają... krzyczą: *Ona ma dziecko! Kazali tylko samotnych!* Sara odpycha dziecko od siebie, odrywa rączki od brzegów spódnicy, chce żyć, żyć, żyć; jeszcze dwóch, jeszcze jednego. I już Niemcy pędzą przed sobą buntującą się gromadę, jeszcze kilka uderzeń, okrzyków i na koniec cisza. Wybrani robotnicy, ustawieni czwórkami, stoją w szeregu i patrzą w oczy Niny pokornie, ze zwierzęcym oddaniem. Nareszcie wszystko jest w porządku, postąpiła pięknie, tylu ludziom uratowała życie. Ci, którzy spróbowali ucieczki, prawie wszyscy wpadli. Po tygodniu czy dwóch Niemcy znów przyjechali i wygarnęli niemal wszystkich, których szczególnie chciała zadekować: starych, ciężarne kobiety. Ale kilku ocalało. Spotkała ich po wojnie, wtedy oni jej pomogli, choć to już inna historia. No i niech panowie powiedzą: czy powinna była się zgodzić, czy trzeba było odmówić? Tyle lat minęło, a oni jej się śnią, co noc inni. Proszą, czepiają się, przeklinają. I ciekawe, nigdy nie przyśnili jej się ci, którzy ocaleli, zawsze tamci, zawsze. Ja wiem, że ludzie przeżyli gorsze rzeczy, byli w obozie, w więzieniu, bili ich, męczyli, ale czasem zdaje mi się, że tej Ninie los przydzielił jakąś specjalną, wyjątkowo złośliwą torturę. Bo oni albo zginęli, albo przeżyli i jakoś tam wrócili do normy. A ona niby żyje dziś, a właściwie ciągle jest zamknięta w tamtym dniu, o godzinie pierwszej, i musi wybierać.

– Bo to jest idiotyczne – mruknął Michał – to grzebanie się w tamtych świństwach. Zapomnieć, raz na zawsze zapomnieć.

– A myśmy też raz mieli taką paskudną historię – powiedział po chwili Jacek, dotąd milczący. – Siedziałem z chłopcami w takim opuszczonym domostwie, niedaleko lasu. Robiliśmy szkolenie teoretyczne, ćwiczenia, zupełnie jak w wojsku. Nikogo tam nie było, tylko siedemdziesięcioletnia staruszka i jej wnuczka, już dorosła. Klepały jakoś biedę, nikt tam nie zachodził, a i one nie szukały ludzi, więc było nam u nich jak u Pana Boga za piecem. Najgorzej z żywnością, bo one nie miały nic prócz zatrzęsienia jabłek i jednej krowy, a nie bardzo mogliśmy się pokazywać. Ale jakoś się żyło. Przygotowywałem właśnie większą akcję, za dwa dni mieliśmy się spotkać z drugim oddziałem z sąsiedztwa i obrobić niedaleki posterunek żandarmerii. Wszystko było przygotowane: na posterunku mieliśmy swojego człowieka, kobietę, która tam sprzątała, wiedzieliśmy o godzinach zmiany warty; liczyliśmy na powodzenie. A zależało nam na tym cholernie, bo tam było masę broni. Nasza panna akurat musiała być przedtem w miasteczku, coś załatwić z kontyngentem, czy w gminie. Przy okazji zaopatrzyła nas w nieco żywności. W ostatniej chwili postanowiłem pojechać razem z nią, żeby się jeszcze rozejrzeć w sytuacji. Wiózł nas mrukliwy chłopak z sąsiedniej wioski, zatroskany, czy zdąży wrócić przed wieczorem i narżnąć krowom sieczki. Przed miasteczkiem rozstaliśmy się: panna poszła załatwić swoje, a ja, pomyszkowawszy tu i ówdzie, miałem wracać piechotą. Ale jeszcze nie doszedłem do rogatek, a spotkałem swoją młodą gospodynię, jakąś taką spłoszoną, rozgorączkowaną. Może z pięć kroków za nią szła, ociągając się, mała dziewczynka o miłej buzi. Niby włosy miała jasne, oczy niebieskie, ale coś w ustach, coś w wykroju powiek zdradzało ją od razu. *Zabieram ją do siebie* – mówiła dziewczyna – *niech mi pan pomoże... Co mam powiedzieć Iwaniukowi? A może pan by ją wziął na piechotę? Bo ja już się z nim umówiłam na powrót, to też byłoby podejrzane...* Milczałem. Pojutrze termin ataku, w domu dwunastu chłopa, broń, amunicja, radio, a ta smarkata wymyśliła z tym dzieckiem. Jutro Iwaniuk wygada się przed całą wsią, a nawet gdyby nie widział, to i tak może się wydać. Ktoś przyjdzie. Ktoś już teraz mógł widzieć. *Panno Basiu* – odważyłem się – *za dwa dni, tak, ale dzisiaj pani nie może jej wziąć.* Ona, że umówiła się z matką. *To niech pani odłoży to na dwa dni, tylko na dwa dni, no, niech mi pani zaufa.* Mała przystanęła, jakby rozumiejąc, że jest niepotrzebna; panna Basia porozmawiała z nią chwilę, pogłaskała po twarzy. *Przyjdę do ciebie w czwartek, dobrze?* Akcja nam się udała, nie straciliśmy nikogo, zdobyliśmy broń. I sławę w okolicy. Tylko że w czwartek dziecko już po miasteczku nie chodziło. W środę Niemcy zamknęli getto.

– Z punktu widzenia wojskowego, ze względu na konspirację, byłeś w porządku. – rzekł sucho Jerzy – Zapalimy jeszcze po jednym?

Marsylianka

Będę pamiętać ten dzień, bo jego gorycz zdławiła wiarę, nie tylko naszą, w wielkość *słodkiej Francji*; coś pękło tego dnia w moim własnym, prywatnym życiu – choć prywatne życie wtedy nie liczyło się wcale. Człowiek, którego kochałam i podziwiałam, chciał bronić swoich świętości za wszelką cenę, wbrew rzeczywistości, wbrew jakichkolwiek racjom: *Francja nie mogła się mylić, Francja wie, co robi.* Paryż padł, nie mieściło się to nam w głowie – buty wybijające takt niemieckiego marsza na Champs-Élysées, czapki z trupimi czaszkami wokół Łuku Tryumfalnego? Do tego nie wolno było dopuścić, wszystkich nas zdradzono. Ale nie: *Wiedzieli, co robią, nie mogli przecież tego miasta zniszczyć, nie mieli prawa narażać choćby jednego kamienia. Zresztą, lepiej być żywym tchórzem niż umarłym bohaterem.*

Dziś rozumiem, że mówił tak z rozpaczy, nie mogąc się przyznać przed sobą samym, że nie chce, potępia, nie przyjmuje do wiadomości. Ale wtedy nie umiałam mu wybaczyć tych słów. W parku, w alei szumiących liści – w mieście nie dało się wytrzymać, jubel pijanych zwycięstwem dusił ulice czerwono-biało-czarnymi flagami, *Heili, Heilo* dobijało nas każdą nutą – nie mówiliśmy o miłości; oskarżałam go, jakby to on, osobiście, tą swoją zgodą na zawieszenie broni wydał nagi Paryż barbarzyńcom. Upierał się, zarzucał nam niepotrzebny, słowiański romantyzm, chwalił polityczny rozum tych, którzy chcą i umieją przetrwać.

Nawet tu dognały nas dźwięki *Heili, Heilo* i miarowy stuk butów – ale gdzieś ponad wrzaskiem tylu gardeł wybił się czysty gwizd, zwycięski, choć chwilowo pokonany. Boczną alejką szedł dziesięcioletni może chłopak: ręce w kieszeniach, rozczochrana czupryna i łzy wściekłości, rozmazane na dziecinnej buzi. Łamiąc takt maszerującej kolumny, zbliżał się do nas, stawiając kroki w takt pieśni zupełnie innej, której pewnie nauczono go kiedyś w szkole na lekcji francuskiego: szedł, gwiżdżąc, jakby prowadził niewidzialny oddział do walki z butami łupiącymi o jezdnię: *Allons, enfants de la Patrie-e-e, le jour de gloire est arrivé...*

Kobieta czytająca list

Babka przywiozła z Drezna piękne materiały na suknię i dobrane do nich gustowne dodatki, a dziadek – mnóstwo książek i reprodukcji. Jedna z nich *Kobieta czytająca list*, wisiała nad moim łóżeczkiem kiedy miałam pięć, sześć, siedem lat; uczyłam się z niej kolorów, kompozycji, surowego piękna, prostoty, światła uwięzionego w ołowianych szybkach okna. Kobieta była brzydka, bo i wszystkie kobiety na obrazach Vermeera były brzydkie: rude, o czerwonawej cerze; czepiec opinał zbyt wysokie czoło, bogaty strój gubił kształty ciała. Ale nie o urodę modelek chodziło Vermeerowi – może zresztą nie znał pięknych kobiet? – lecz o urodę świata. Wszystko w tym wnętrzu omiatał drgający promień wpadającego przez okno słońca. Załamywał się na wzorzystej materii otulającej skrzynię, na paterze pełnej jabłek, na ukośnych fałdach draperii. Gdy byłam chora, godzinami liczyłam odcienie tych żółci, zieleni i błękitów, jak przechodziły niepostrzeżenie jedne w drugie, aby zgasnąć w mroku prawego rogu obrazu.

Potem pojechaliśmy do miasta i nie miałam już swojego Vermeera ani jego jabłek, oświetlonych podwieczornym słońcem. Po wielu latach odkryłam go na nowo, w Dreźnie, z takim samym dojmującym uczuciem – jak gdyby bólu, który powstaje z nadmiaru zachwytu. Chodziłam od sali do sali, przebiegając obojętnie koło wspaniałych uczt i pompatycznych portretów, szukając tej kobiety i jej listu. Trwała niezmiennie przy swym oknie, pełna spokoju, niepokalanie poczęta z tysięcznych pociągnięć pędzla, z kompozycji kolorów na palecie, z pigmentów ucieranych w moździerzu, zmieszanych z olejem, białkiem i innymi ingrediencjami, których tajemnicę znał tylko autor: nieurodzona, lecz nieśmiertelna.

Między czasami, kiedy budziłam się pod reprodukcją, wiszącą nad moim łóżeczkiem, a wizytą w galerii drezdeńskiej, minęła jednak cała epoka, nastąpił koniec naszego świata.

Ale jeszcze przed rykiem trąb ostatecznych poznałam starszego, siwego pana, który nie kochał nikogo, i którego nikt nie kochał. Kolejno opuścili go żona, synowie, córka, domownicy, aż został zupełnie sam i zresztą chyba tego właśnie pragnął. Nareszcie mógł się nasycić, jak skąpiec z farsy - workiem złota, swoimi skarbami, których strzegł przed ludzkim okiem. Nie wiem dlaczego dopuścił do tajemnicy akurat mojego ojca - może uznał go za godnego przyjaźni? W każdym razie, któregoś dnia ojciec przyniósł mi niemiecki album ze znakomitymi reprodukcjami Vermeera. Nie, starszy pan niczego mi nie ofiarował. Pożyczył. Ale obiecał pożyczać dalsze albumy.

Nigdy nie zapomnę tego mrocznego, olbrzymiego mieszkania, pełnego starych mebli, wspaniałej porcelany, sreber, obrazów, dywanów i książek. W niebywałym bałaganie i tłoku gniotły się i poniewierały pokryte kurzem zbiory godne najprzedniejszych muzeów. Starszym panem, widziałam to wyraźnie, szarpały sprzeczne uczucia - koniecznie chciał nam pokazać najpiękniejsze eksponaty, do których ponoć po raz pierwszy dopuścił kogoś obcego, a jednocześnie każde nasze dotknięcie grzbietu książki, srebrnego pucharka, czy zbyt długie wpatrywanie się w obraz sprawiało mu fizyczny niemal ból. Pokoje tonęły w ciemnościach - starszy pan bał się wpuścić do domu monterów i nie miał instalacji elektrycznej - a światło naftowej lampy wydobywało z mroku ścian fragmenty płócien, jedwabnych opon, lśnienie sreber i blask chińskiej porcelany.

Na nic zdała się cała jego konspiracja, zaklinanie zduszonym szeptem, żebyśmy nikomu nie mówili o zbiorach: dom, w którym mieszkał, Niemcy włączyli do getta i musiał się stamtąd wyprowadzić w ciągu paru godzin. Zdumieni sąsiedzi, a po kilku godzinach również zwabieni sensacją Niemcy, obserwowali niekończącą się procesję platform konnych, samochodów strażackich i wozów meblowych, wyładowanych pod wierzch dziełami sztuki, kosztownymi sekreterami, szafami, krzesłami i gigantyczną biblioteką. Ku radości kolekcjonera Niemcy nie robili żadnych trudności; przeciwnie, ułatwili mu transport i poszerzyli metraż nowego mieszkania. A po kilku tygodniach, kiedy wszystko już stało na nowym miejscu, po prostu *lege artis* zarekwirowali zbiory jako zdobycz wojenną.

Po odejściu urzędników niemieckich chłopczyk, przynoszący starszemu panu mleko i chleb, znalazł go martwego.

Nim odebrał sobie życie, zrobił coś niezgodnego z dotychczasowymi obyczajami: zaniósł do sąsiadów paczkę z karteczką dla adresata. Przyniesiono mi ją nazajutrz: był to album Vermeera ze znakomitą reprodukcją *Kobiety czytającej list*.

Klub „Pod Machorkowym"

Wojna wojną, ale chłopy musiały się gdzieś spotykać, żeby o ważnych męskich sprawach, a i o głupotach, pogadać. „Mają po świecie panowie swoje kluby", opowiadał Milewski, który bywał w różnych krajach, nie bardzo zresztą dobrowolnie; przejechał kawał świata i choć się w niewolach namarnował, to co widział i przeżył, to jego. Gnali go Japońce, po tym jak go w Mandżurii capnęli, od miasta do miasta, aż się potem po dziwnych losu kolejach w Liverpoolu znalazł i tam o tych klubach słyszał.

– U nas, wiadomo, każdemu wszędzie wolno wejść, choćby i ciemnemu chłopu, byleby był przyzwoicie ogarnięty, białą koszulę i krawat lub muchę posiadał. W Anglii… o, nie, tam stał cerber i nie wpuszczał, pókiś mu się papierkiem nie okazał. W jednym Klubie sami koniarze się zbierają, w drugim tacy, co grają w polo, w innym tacy, co do jednej szkoły chodzili. A podobno i takie bywały, gdzie się odprawiały bezeceństwa, ale te ich bobby też nie miały tam prawa wejść, więc dalej trwała ta Sodoma i Gomora.

Wszystko to Milewskiemu opowiadał, a i pokazywał te kluby z ulicy, jeden żołnierz, razem z nim z niewoli japońskiej ewakuowany do Liverpoolu. Bo po prawdzie, to z bliska Milewski tego nie oglądał i na ewangelię przysiąc by nie mógł.

Słyszał też, że w Mandżurii takie były miejsca, gdzie mężczyźni zbierali się potajemnie i palili opium, bezecną truciznę, po której sny były bardzo piękne. Tego to na upartego mógłby spróbować, ale on wtedy wyglądał nie snów kolorowych, tylko kawałka chleba.

W każdym razie o tym, co przeżył, może opowiadać do końca życia i słuchaczy zawsze znajdzie, bo równego sobie nie ma w całej wsi. Nauczyciel wprawdzie był w młodości w Ameryce i też niejedno przeszedł, ale nauczyciel mruk, gadać nie lubi. A ci, co na saksy do Niemiec jeździli, w ogóle się nie liczą, najwyżej mogą doradzić jak prawidłowo nawóz roztrząsać albo racjonalnie krowy karmić i doić. Ale to już jest zupełnie inna sprawa, to praca, a nie przyjemność. Jeden jedyny człowiek we wsi mógłby odebrać monopol Milewskiemu: Włodarczyk (dla odróżnienia od drugiego Włodarczyka, słusznie przezywanego „z prebendy"*, nazwany Bolszewikiem, bo przeszedł całą kampanię Piłsudskiego przeciw bolszewikom w dwudziestym roku) – ale Bolszewik się zacina, więc woli słuchać niż gadać.

Ale gdzie można się bezpiecznie spotkać, gdy zawsze jakieś Szwaby we wsi siedzą, a za zbieranie się większej grupy ludzi grozi wywózka? Uradzili, że w sklepie. Sklepowy był pewny – zresztą we wsi byli sami swoi, a swoi zawsze są pewni; każdy każdego od maleńkości zna, o wsypie nie ma mowy.

Postanowiono od razu, że o sprawach zasadniczych, związanych z partyzantką, z akcjami, w sklepie się nie mówi; nie żeby ktoś się drugiego bał, ale jednak jakaś konspiracja powinna obowiązywać (tym bardziej, że przyszła nagana z dowództwa, bo chłopaki po ostatniej zabawie spacerowały z biało-czerwonymi opaskami na rękawach, a automaty, wystające im spod kapot, widać było na kilometr). Roztrząsało się sprawy teoretyczne, polityczno-moralne. Czy wolno, na przykład, kupować od Niemców rzeczy po Żydach? Albo czy wolno korzystać z nowych praw i płacić za dzierżawę według przedwojennej taryfy?

Przez pięć dni nie odpowiadał na ani słowem. Przychodził, jak gdyby nigdy nic, do sklepiku, lecz nie jego słuchano. On tylko, ćmiąc machorkowego, wysłuchiwał w milczeniu docinków.

---

* Z plebanii; jeden z licznych w Lisowie synów księdza.

– No to jak Milewski? Będziemy wam rękę podawać przez czapkę? Bo pluskwy będziecie roznosić…

– Pluskwy głupstwo! Ale jak się wam baba z hitlerowcami skumała, to strach będzie przy was gębę otworzyć. Kto wie, co Niemcom przyobiecała…

– A złoto przywiezie? Czy tylko pierzyny?

Lisów, wieś i kościół, fot. Zygmunt Karpiński (?), ok. 1942.

Milewski trzymał się twardo. Ćmił machorkowego, i udawał, że nie słyszy. Ale nie jadł, nie spał, mizerniał.

Szóstego dnia przyjechała baba wynajętym wozem. Cała wieś, nie tylko członkowie Klubu, wyległa, żeby zobaczyć przedstawienie – bo że coś się stanie, wiedzieli wszyscy. I Milewski pokazał klasę. Za furmankę zapłacił, cały nowo nabyty dobytek wywalił na środek podwórza, porąbał i podpalił. Gdy już się dobrze paliło, pomału zaczął odpinać pasek od spodni.

Baba, która już i tak lamentowała, patrząc, jak tyle dobra idzie na zmarnowanie, teraz przeraziła się nie na żarty. Na skraju drogi stali wszyscy, wyjąwszy niedołężnych starców i obłożnie chorych: gospodarze, gospodynie, parobcy, dziewczyny, dzieci. Cisza była jak w kościele podczas kazania. Bo też Milewski wygłaszał rodzaj kazania, każdy argument wspomagając machnięciem pasa, nie mocnym zresztą, ale efektownym; baba najpierw skomlała, potem wrzeszczała, wreszcie ucichła. Wtedy Milewski odprowadził ją do domu, położył do łóżka, przykrył pierzyną, przypilnował resztek pogorzeliska, żeby nie było z tego pożaru, zapiął pas i poszedł spokojnie, z godnością do klubu. Teraz już mógł.

Konfitury

Tym razem jeśli chodzi o przeczucia, Marta nawaliła z kretesem. Wszyscy naokoło przyzwyczaili się, że przewiduje tak nieszczęścia, jak i cudowne ocalenia; pytali ją o zdarzenie jutrzejsze, jakby pytali o godzinę. Ale tego dnia Marta nie przewidziała zupełnie.

Dziesięć po ósmej wpadła Gienia od sąsiadów z krzykiem, że w oficynie jest gestapo, przyjechali po Kaczora, kierownika mleczarni; nie wiadomo, co tam jest, ale ojciec słyszał strzały. Parę minut później przyszedł Józek, zupełnie popielaty. Byli i u niego w pokoju. Spytali, co tu robi, wylegitymował się, że przyjechał na wakacje z Warszawy. Kazali przejść do głównego budynku, wspominając przy okazji, że przed chwilą zastrzelili mleczarza podczas próby ucieczki. Żona mleczarza szlochała i prosiła, żeby ją również zastrzelić; byli uprzejmi, więc kazali jej zanieść dziecko do sąsiadki, po czym życzenie spełnili.

Kto nie znał żony mleczarza, nigdy nie pojmie rozmiaru barbarzyństwa tego, kto pociągnął za cyngiel. We wsi jej nie szanowano, uważano ją za głupią – nie pomyloną czy wariatkę, po prostu durną, niedorastającą do żadnej sytuacji, w której stawiało ją życie. A teraz musiała sprostać tragedii na miarę Ajschylosa, wystawionej w zawilgoconej oficynie. Widzę ją, jak stała: wysoka, trochę zbyt szczupła, z bardzo jasnymi, splecionymi w długie warkocze włosami, z twarzą naiwnej gotyckiej świętej, której rozpacz pociemniła porcelanowe, błękitne oczy; można ją było malować jako Madonnę, można ją było rozebrać pożądliwym spojrzeniem, ale nie można było zabijać. A jednak ją zabili i trzeba było to przyjąć do wiadomości.

Po chwili Marta musiała przyjąć do wiadomości coś jeszcze: przyszli chłopcy z lasu i powiedzieli, że w kieszeni zabitego mleczarza powinny być ich kenkarty. Około dziesięciu. Trzeba je zabrać, nim gestapowcy zabiorą się do rewizji, bo jeśli je znajdą...

Uczesała się starannie, wyjęła z szafy płaski, niewielki koszyczek, ale tuż za progiem domu natknęła się na wycelowaną lufę.

– Dokąd?

– Do ogrodu. Do tamtego ogrodu, koło oficyny.

– Nie wolno!

– Komu nie wolno, mnie?

– Nikomu, bo tam...

– Nic mnie nie obchodzi, co tam. Ja jestem gospodynią tego domu i tego ogrodu...

– ...zastrzeliliśmy jednego bandytę.

– Mnie bandyci nie obchodzą, ja muszę smażyć konfitury.

– Akurat dziś?

– Oczywiście, że dziś. Niedziela, nie ma pracy w polu, jest czas. Musiałabym czekać aż do następnej niedzieli, a śliwki się marnują. Musi być porządek, czy nie?

– Pani, ale ma *fein* charakter, pani może Niemka?

– Nie, Polka, a czemu?

– Pani by się nadawała do nas, pani pomyśli...

– Pomyślę, ale chyba nic z tego, mnie polityka nie interesuje, tylko gospodarstwo. No jak, usmażę ja dziś te konfitury?

Zrywała śliwki pomalutku, były jeszcze niezupełnie dojrzałe – co z nimi zrobić, cukru w domu ani odrobiny – i maleńkimi porcjami nosiła do domu. Tam i z powrotem, tam i z powrotem przez dwie godziny. Może ich zmęczy, może nie wytrzymają tego jej łażenia?

Złamali się koło południa. Zrobiło się gorąco, nie chcieli siedzieć przy zabitych, na ganku, oplecionym dzikim winem, było duszno.

– *Frau*, czy tu we wsi można coś dostać *trinken*?

– Pić? *Bier*, piwo? *Limonade*?

– A, tak – usłużnie wskazała im drogę – panowie pójdą pod górę, za szosą dalej pod górkę, będzie kościół, koło kościoła jest sklep. Teraz otwarty. Trzeba się pospieszyć, bo zamkną.

Oficer patrzył na nią ciężkim wzrokiem.

– Co pani taka dziś pracowita? Konfitur?

– *Ja, ja*, konfitury właśnie smażę.

– Polka?

– Tak.

– I nic to panią nie obchodzi, że oni tu w pani domu leżą?

– Nie znałam ich. Mieszkają dopiero siedem dni. Nie moja sprawa.

– Aha, nie pani sprawa – splunął jej precyzyjnie pod nogi – To niech pani popilnuje, żeby nikt tu nie zaglądał. Pani odpowiada! My idziemy *trinken*.

Leżeli twarzami do podłogi. Krew wsiąkła w deski, rozsypane warkocze jaśniały w smudze słońca. Nie wolno patrzyć, nie wolno myśleć, trzeba wyjąć kenkarty; najpierw odwrócić twarzą do góry, rozpiąć marynarkę, poszukać kieszeni, jaki człowiek jest ciężki, poszukać kieszeni, poszukać kieszeni, są: jedna, dwie, osiem, dziesięć. Teraz odwrócić z powrotem, kenkarty schować pod śliwki i czekać na ganku, kazali czekać.

Jeżeli podejrzliwość gestapowców wystawiona była na jakąkolwiek próbę, to widok Marty, spokojnie opalającej się we wczesnojesiennym słońcu na schodkach ganku, musiał rozproszyć ich obawy.

– Dobrze, że panowie przyszli, bo już wszystko zerwałam, może panowie się poczęstują?

– Bardzo dobre. Można kupić taki jeden koszyczek?

– Pani nam zostawi ten koszyczek, dobrze? Zapłacimy!

Teraz wytrzymać, teraz wytrzymać, idiotko, dlaczego od razu nie poszłaś?

– Bardzo chętnie, tylko to odniosę do kuchni, bo odmierzone, a mam już syrop przygotowany, muszę wrzucić, przy okazji przyniosę panom jakąś torebkę, bo w czym byście wzięli?

– *Gut*, *gut*, poczekamy. Mamy czas.

Chłopcy wsiąkli w las, ale Marta musiała jeszcze raz przemierzyć drogę przez podwórze do ogrodu, jeszcze raz narwać porcję śliwek, podać Niemcom, zainkasować jakieś grosze, jeszcze raz przejść obok wymierzonego w nią automatu, otworzyć jedne drzwi, przejść przez kuchnię, otworzyć drugie drzwi, zamknąć się w swoim pokoju i dopiero tu, w czterech ścianach, mogła wybuchnąć zduszonym, szczekliwym płaczem, który nie przyniósł żadnej ulgi, żadnego ukojenia.

Edukacja sentymentalna

Że w Warszawie było nie tylko niebezpiecznie, ale i głodno, a u nas była krowa i kartofle, zaprosiliśmy Irenę z Jurkiem do siebie. Jurek był tak nieprawdopodobnie jasny, spojrzenie miał tak błękitne i uśmiech tak niewinny, że w sekundę po wygramoleniu się z furmanki podbił serca całej wsi. Po godzinie zapoznał się z kurami, psami, kaczkami i cielęciem, odwiedził krowę, zorientował się do kogo należy zagon prosa za płotem, zainteresował się plantacją tytoniu, obiecał pomoc przy nawlekaniu tytoniowych liści i zakochał się w siedemnastoletniej córce nauczycielki.

Miał cztery lata; w czasie oblężenia Warszawy stracił dziadka, a przed samą wojną – młodziutkiego ojca, po którym odziedziczył urodę i zniewalający wdzięk. Nieszczęście Ireny w czasie wojny straciło swą wyjątkowość i prywatność, zatopiło się w rzece nieszczęścia zbiorowego; teraz, w obliczu istnienia Alei Szucha, wprost nie wypadało myśleć o tamtym komforcie umierania pod opieką najlepszych lekarzy. Obecność Jurka nie pozwalała jej zapomnieć choćby na chwilę; każdy ruch głową, potrząśnięcie niemalże białą grzywą, niebieskość spojrzenia, nawet niedbałe, krzywe zapięcie kurtki, trochę nieporadny chód, każdy gest dłoni – wszystko było zmniejszoną idealną kopią człowieka, którego miała tak rozpaczliwie krótko.

Już po miesiącu pobytu na wsi Irena zaczęła się uspokajać. Pomagała w polu i w domu; opaliła się zabawnie na różowo, jej rudawe włosy zjaśniały w słońcu, troszeczkę chyba przybrała na wadze. Nie przypominała już tego przerażającego zielonkawego szkieleciku, który z trudem zwlókł się z furmanki pierwszego dnia.

Jurka nie można było dowołać się nawet na obiad. Był gościem całej wsi i z powagą twierdził, że zarabia na poczęstunki: temu przygnał prosię, tamtemu zapędził gęsi do chlewika, innemu pomagał zebrać rozsypane ziemniaki. Najczęściej jednak przesiadywał u *narzeczonej*, złotowłosej Zosi, córki nauczycielki, i pomagał nawlekać tytoniowe liście.

– Poczekasz na mnie, aż dorosnę?

– Poczekam.

– Pamiętaj, obiecałaś.

Nim jednak dorósł do ślubu, wieś obiegła sensacyjna wiadomość, o której – jak to zwykle najbardziej zainteresowani – dowiedzieliśmy się ostatni. Irena się zakochała. Pod samym naszym nosem ucięła sobie romans z chłopakiem subtelnym jak kłonica i inteligentnym jak stójkowy. Owszem, przystojny był, urodą ciężką i bezmyślną, duży, mocny i zwalisty – no cóż, chyba tak zwany stuprocentowy mężczyzna. We wsi huczało, ale bez aprobaty. Nie zdawali się dobrani: ta delikatna pani z wielkiego miasta i prostak, na dobitkę obcy, przybłęda nie wiadomo skąd, więc podejrzany w dwójnasób. Przyjechał z powiatu przeprowadzać meliorację, a znalazł żonę.

– Proszę pana – meldowała mi dziewczyna przychodząca co dzień do udoju – proszę pana, proszę powiedzieć, pani Irenie, żeby nie siedzieli po nocy z panem Waldkiem w oborze i nie palili światła. Krowa się denerwuje, nie śpi, i mleko ucina.

„Jurek, powiedz, kto się wpierw ożeni, ty, czy mamusia?". „Jurek, powiedz, czy mamusia spała z tobą w nocy? Czy wychodziła z pokoju?", wszyscy teraz prześcigali się w zapraszaniu i częstowaniu Jurka; już nawet nie musiał zaganiać gęsi, wystarczyło, żeby odpowiadał na pytania: „Jurek, a widziałeś, jak mamusia się całuje?".

W miarę, jak edukacja sentymentalna Jurka czyniła postępy, chłopczyk coraz natarczywiej oświadczał się Zosi, co przyjmowano wybuchami śmiechu, zwłaszcza kiedy zrobił pannie prawdziwie sycylijską scenę zazdrości, zapowiadając, że zastrzeli każdego, kto się przy niej będzie kręcił. Tymczasem zaraz po żniwach, niezależnie od romansu Ireny z panem Waldkiem i zalotów Jurka szykowało się inne huczne, dawno zapowiadane wesele, na którym Zosia miała wystąpić jako druhna.

– Kto będzie drużbą?

– A któżby, jak nie ty, Jureczku? – odpowiedziała lekko Zosia.

Od tego dnia Jurek liczył dni na palcach obu rąk. Pozwalał – choć bardzo tego nie lubił – odszorowywać się do białego, starał się nie obtłukiwać kolan i poprosił o przygotowanie najlepszego ubranka. Żartowaliśmy wszyscy z tego drużbowania i nikomu nie przyszło do głowy, żeby się w to mieszać. W dniu ślubu poprosił o bukiet i, wysztafirowany, powędrował do Zosi. Zaprowadziła go za rączkę do bramy kościelnej i tu przedstawiła mu wysokiego, przystojnego chłopaka:

– Ty, Jureczku, jesteś drużba na niby, a to jest prawdziwy mój drużba, Staszek. Bo widzisz, ty jesteś za maleńki...

– Ale możemy iść we trójkę.

– We trójkę?... – Jurek zakrztusił się; wydawało się, że się rozpłacze, opanował się jednak. – Nie drużbuje się we trójkę. Oszukałaś mnie Zosiu. Oszukałaś. Już nigdy nie uwierzę ani tobie, ani innej dziewczynie. I będę miał mnóstwo narzeczonych: trzy, pięć, sto. Odejdź ode mnie.

– Nie gniewaj się, Jurku. – Staszek chciał go podnieść do góry.

– Ja pana nie znam, proszę mnie zostawić.

Ksiądz związał młodej parze dłonie, zagrali już *Veni Creator*, panu młodemu udało się nastąpić na welon, wszyscy zdążyli się popłakać i osuszyć łzy, kościelny pogasił świece – i tylko w ostatniej ławce siedział ciągle pięcioletni mężczyzna, postarzały dziś o całe wieki.

Wieczorem, kiedy zgasły już światła w całym domu, a Irena przemknęła się cichaczem do pokoju ukochanego, usłyszeliśmy nagle w korytarzu szelest bosych stóp, a potem walenie do drzwi pokoju pana Waldka.

– Mama, ty tam jesteś! Ja wiem, że tam jesteś! Słyszałem cię!

Wybiegliśmy wszyscy; trzeba było ratować sytuację.

– Mamusia jest u nas, Jureczku… chodź tutaj…

Dom był parterowy, rozkład znakomity, do naszego pokoju można było się dostać z drugiej strony. Irena chyba zrozumie, nietrudno przecież wyjść oknem. I Irena zrozumiała. Wbiegła przez kuchnię. Zanim wprowadziliśmy Jurka, już wyciągała do niego ręce z przepaścistego fotela.

A on stał z zaciętymi ustami i patrzył na nią spode łba. Nie, nie z żalem. Z cierpliwą, już teraz zakrojoną na lata nienawiścią.

Wesele

Stała w korytarzu, w mrocznym świetle lampki naftowej, mała lecz groźna. Wszyscy ludzie stąd byli do Andzi podobni: bieda nie dawała im się rozwinąć jak trzeba, karleli jak sosny na piachu; przeciwny wiatr wyginał im stawy i łamał krzyż, lecz pozostali niepokorni i silni, pełni zdławionych pragnień. *Rezerwistka* – tak ją nazywali, jak każdą kobietę, która była mężatką, ale albo męża gdzieś licho zaniosło, albo jakaś krzywda nie do darowania odsunęła ją od mężowskiego chleba.

Mróz był siarczysty, na korytarzu ciągnęło z dworu, nie było na czym siąść i obie z matką, zmęczone już tym jej staniem, co rusz zapraszały Andzię do pokoju lub do kuchni, gdzie można było rozsiąść się wygodnie i napić czegoś gorącego. Ale Andzia odmawiała. Spieszyło się jej, nie miała czasu na rozsiadanie się. Spieszyło się już tak od godziny, lecz nie śmiały przerywać, zresztą słuchały chciwie.

Znały ją od lat. Niską, zwartą w sobie, rudą tym brzydkim pomarańczowym odcieniem rudości, uczesaną gładko, ze sterczącym koczkiem, ciasno upiętymi żelaznymi szpilkami; do tego czerwonawa, upstrzona piegami cera, małe oczy nijakiego koloru, bez oprawy, rysy twarde. Gdyby ją ubrać w kryzę i czepek holenderski, mógłby ją malować Vermeer lub Pieter de Hooch – ale tu, na wsi, nikt nie doceniał egzotyki jej urody: była brzydka i za taką uchodziła.

Miała jednak zalety, które rekompensowały to z nawiązką: schludność, pracowitość i siłę konia. Gdy szła przez wieś, obuta w twarde buciki zrobione *na urząd*, z papierosem ukrytym w zgięciu dłoni, nikt nie ośmieliłby się jej ubliżyć ani za tego papierosa, ani za to odejście od męża, ani za te wszystkie miesiące zimowe, w których podziewała się nie wiadomo gdzie. Najmocniejszego chłopa rozniosłaby chyba w strzępy, gdyby ośmielił się robić jakieś uwagi.

Znikała na miesiące zimowe, to prawda. Co jednak miała robić ze swą siłą tutaj na tych kamieniach i piachu, kiedy najmniejszy spłachetek rżyska został już zaorany, nędzne żytko wymłócone, słoma ułożona w stodole? W mieście, mimo bezrobocia, czekał zarobek; nie potrzebowała nawet świadectw ani rekomendacji, wystarczyło że ktoś spojrzał na tę upostaciowioną milczącą, mroczną siłę, a praca znajdowała się natychmiast. Wracała z pierwszą odwilżą wiosenną, gotowa podjąć każdą, najcięższą pracę przeznaczoną dla mężczyzny; opłacano ją zresztą też jak mężczyzn, bo przecież kosiła, orała, młóciła nie gorzej od chłopa.

Tej zimy została na wsi – bo miasto było groźne, pełne obcej mowy, zasadzek i niebezpieczeństw. Największy atut Andzi, jej widoczna siła, obróciła się przeciwko niej: każdy łapacz Arbeitsamtu mógł ją ocenić od pierwszego rzutu oka. Nie miała ochoty dźwigać worków u bauera albo w fabryce zbrojeniowej, więc została tu, gdzie zdawało się bezpieczniej.

W lampce było mało nafty, knot kopcił; w kącie stała beczka z kapustą, dopiero co przez Andzię uszatkowaną i ubitą mocnym kołkiem dębowym; opowiadanie trwało dalej.

– ...na weselu było chyba ze czterdzieści osób. Pieniądze zarobiłam sobie sama, nie chciałam nic od brata, mamy nie miałam, więc prosiłam ciotkę, żeby wesele było u niej. Pieniądze dawałam. Ale ciotka, jak to ciotka, nie chciała subiekcji, zresztą mieszkanie się niszczy, a ona miała pobudowane nowe, więc uradzilim, że będzie u pana młodego. Tyle że ja, niby moja rodzina, wszystkie ekspensa pokrywamy. No i garnitur czarny, buty i koszulę do ślubu mu kupiłam, bo taka umowa już przed tym stała. Ja miałam suknię własną, długą, niepożyczaną, bo stać mnie było. A szkoda, bo pożyczana podobno szczęście przynosi. No, mnie ta moja własna to już na pewno szczęścia nie przyniosła. Więc miałam suknię i pantofle białe, i wianek z mirtu, i welon długi, bo mi się uczciwie należało. Choć teraz po światach latam i papierosy palę, ale sumiennie mówię, że mi się ten wianek należał. Szanowałam się. Na weselu było tak elegancko, że po dziś dzień ludzie opowiadają. Bo do ciotki przyjechała pomagać jej bratowa z samej Częstochowy, nie taka prosta jak my, lecz trochę już z krzywszych, wiadomo, z wielkiego miasta, więc torty porobiła i galaretki różne, i wypieki, a tam u nas, to tortów nikt nie widział, więc do tej pory o tych tortach ludzie opowiadają. Ale co ja z tych tortów mam? Wstyd i tyle. Lepiej było kapustę z kaszą, jak u nas, ale po Bożemu. Więc co to ja... No więc pojedli sobie goście, popili, poszli spać do stodoły na górę, na siano, gdzie tam kto mógł, a ja, wiadomo, z panem młodym do alkierza. Nawet nie był mocno pijany, a przystojny był! Czarny, na twarzy śniadawy, zęby jak ser... Zdjęłam z niego ten garnitur, co go kupiłam, wyczyściłam, powiesiłam do szafy, sama się oblekłam w nocną koszulę kupowaną specjalnie... a tego nie ma, gdzieś znikł. Gdzieś znikł. No, ale mało wiela czasu minęło, wrócił. Ja do niego: *Franuś, ty mnie chyba nie lubisz. Taki jakiś obojętny jesteś?* To on do mnie: *Co cię mam nie lubić, jakbym cię nie lubiał, to bym się nie żenił. A przecież się ożeniłem, to o co ci chodzi.* No i tak my se gadali, jak to małżeństwo po ślubie, no i wszystko było w porządku, ale budzę się ja nad ranem, a Franusia znowu nie ma. Czekam pół godziny, godzinę... coś mnie tknęło. Rozejrzę się, myślę, a od razu wezmę skopek i krowy wydaję, niech se bratowa Franusiowa dłużej pośpi, bo się napracowała przy weselu. A jakże, pospała se! Wchodzę do stajni z tym skopkiem, a tu oni oboje: mój Franuś i jego bratowa, jak mąż z żoną. Noc poślubną ze sobą odprawiają – Andzia stała ciągle prosto, na lekko rozstawionych nogach i do światła lampki podniosła małą, silną rękę, zaciśniętą w pięść: – Te członki, o tu, na ręku – pokazała wystające kostki, ułożone na nadgarstku jak kastet – te członki – powtórzyła głosem twardym i siekącym – to miałam ze skóry obdarte, takem biła. Jegom biła. Bo do niej, jak się zrobił krzyk, przyleciał z izby jej chłop... niby mojego Franusia brat... za włosy wyciągnął ze stajni i ją to już on sam bił. A ja mojego Franka. Za wstyd, za zmarnowany wianek, za cygaństwo, za moje całe życie, za garnitur, za koszulę, za te buty, które mu jeszcze glancowałam, bo lubię jak buty są wyglancowane na fest. O, dzisiaj jest wojna, ja do pani do roboty przyszłam, a też mam buty wyglancowane, jak się patrzy. Bo ja wszystko jak się patrzy robię. Była umowa, garnitur i wszystko do ślubu, to dotrzymałam. Miałam dać morgę pola, bo brat odpisał mi, to mielim jechać do rejenta zaraz po weselu... szczęście, że jeszcze choć ta morga się przy mnie została. I wesele było, że się do dziś mówi na całą okolicę! A on mi tak... O, niech pani patrzy, tyle lat minęło, a tu jeszcze są takie blizny, takem biła... No i zostałam tak, ni panna, ni wdowa. Chciał się godzić, obiecywał, ale ja swój honor mam. Ubranie chciałam mu porwać na kawałki. Ale jak się trochę ten szał odeszedł, to wyjęłam z szafy, zapakowałam i Żydowi sprzedałam. W domu w pudełeczku mam spinki do koszuli. To sobie schowałam. I tyle mam z tego mojego zamęścia pamiątki. Tyle co te spinki i te blizny na pięści.

Postała jeszcze, postała i poszła w ten zimowy wojenny wieczór. Brzydka ruda dziewczyna, która całe życie rzetelnie pracowała na swoje dniówki, płacone jak mężczyźnie.

Ocalenie

Pod rzadkim, karłowatym laskiem sosnowym leżały piaszczyste poletka, zwane na wsi Dalekim Ugorem. Prawie wszyscy chłopi mieli tam swoje kolonie - więcej z tego było kłopotów i termedyj niż pożytku. Dwa, trzy lata z rzędu łubin, potem nawozu jak pod pszenicę - i mogły wyrosnąć liche kartofelki. Tyle, że smaczne, wiadomo, z piasku: sypkie, białe. No, ale ile było tych kartofli? A podatek trzeba płacić jak za grunt.

Pod samym laskiem stał słup, a na nim tablica z granicą powiatu. Po jednej stronie Stopnica, po drugiej Kielce. Koń by się uśmiał: Kielce dalekośno, całe dwadzieścia wiorst - a tu już granica. No, niech ta będzie, kto by się takimi głupstwami przejmował.

Jednej niedzieli, kiedy wszyscy jak raz szli na mszę, we wsi gruchnęło, że trzeba uciekać. Bo na Dalekim Ugorze, koło lasku, partyzanci napadli na szwabski samochód - nie wiadomo, co z Niemcami, czy ich wytłukli, czy wzięli do niewoli, w każdym razie samochód wywalony do góry kołami, w rowie leży, postrzelany porządnie. Uciekać, nie uciekać? Starzy uradzili, że zostaną, ale młode chłopaki muszą wiać, a jakby co, to i starzy uciekną; do lasów im niedaleko, albo na prawo, albo na lewo, a Niemców z szosy daleko dojrzą.

Ale wszystko się pokręciło. Gdzieś koło dziesiątej czołgi zaczęły nadjeżdżać od strony łąk, przez pola, na przełaj. W czołgach Niemcy, bardzo krzyczeli i strzelali w górę. Więc nikt nie czekał, tylko jak stali starzy, młodzi, baby i dziewuchy, wszystko pognało przez las do Hignizdrowa. A stamtąd to już wszędzie można uciekać - lasy i lasy.

Tylko pani nauczycielka została, tak się długo jakoś wybierała, że nie zdążyła. Najpierw żal jej się zrobiło krowy, cielęcia i kozy, bo jak Niemcy podpalą wieś, to gadzina ma się w oborze żywcem usmażyć? Jak już wypuściła krowę, cielę i kozę, to przypomniała sobie, że kotka ma małe i od nich nie ucieknie, więc wyniosła kociaki w pudełku na środek sadu. Później pomyślała sobie, że jak wróci, to już nic w domu nie zastanie – i zaczęła targać pierzyny, poduszki, koce, utykać to w krzakach porzeczek pod płotem. A buty? Jak się będzie później w zimie bez butów chodzić? Buty swoje, mężowskie kamaszki, buciki dzieci, cisnęła w pomidory: tak obrodziły, że nic nie było znać, czerwieniły się z daleka i wszystko zasłaniały. A kożuch, a paltka, a mężowski półkożuszek!

Jak już skończyła z tym wszystkim, to nie było co uciekać.

Bo powrócili już pierwsi gospodarze i opowiedzieli, co z tymi czołgami. Ano ugrzęzły w błocie, bo Niemcy jakieś ćwiczenia mieli, i darli się na ludzi, żeby im konie dali i pomogli wyciągnąć. O samochodzie i partyzantach nic nie wiedzą, nie ich sprawa; oni są żołnierzami, a od partyzantów jest żandarmeria i gestapo.

Gestapo! No to pewnie przyjedzie tu gestapo! – ludzie znów szykowali się do ucieczki. Ale żołnierze ich uspokoili: jakby mieli być, to by już dawno byli. Widać pojechali gdzie indziej.

– Jak gdzie indziej, skoro to w naszej wsi, na naszych gruntach?

Oni już wiedzą. Znają prawo i porządek.

Gestapo rzeczywiście znało prawo i porządek. O wypadku dowiedzieli się błyskawicznie i równie błyskawicznie zadziałali. Przyjechali, zrobili wizję lokalną, obejrzeli tablicę. Wóz leżał od strony kieleckiej, a więc odpowie najbliższa wieś w powiecie kieleckim.

Najbliższą wsią, ukrytą wśród lasów, były Chałupki, osada zamieszkała prawie w całości przez garncarzy – ziemia tam była licha, tylko glinka zdatna do wyrabiania garnków. Mało kto w polu robił, każdy piec stawiał i garnki lepił. Garncarze, choć nieświęci, ręce mieli przez to papranie się w glinie białe i czyściutkie. Jak święci pańscy. I właśnie od oglądania rąk zaczęli śledztwo gestapowcy:

jak czarne z brudem za paznokciami – to chłop, pracujący na roli, jak białe – partyzant albo miastowy, który się tu ukrywa. Chałupczanie nic nie mogli zrozumieć; o samochodzie nie słyszeli, bo ci, co poszli do kościoła jeszcze nie zdążyli wrócić; nikt nie uciekał, dali się wybrać jak ryby z saka albo kuropatwy na śniegu.

Tym z czarnymi rękami kazali patrzeć, a tych z białymi – wszystkich najlepszych garncarzy – skuli i seriami zagnali do wspólnej mogiły, a jeszcze przedtem męczyli. W naszej wsi o tym męczeniu i rozstrzelaniu dowiedzieliśmy się dopiero na nieszpór. Gwałt i płacz się wziął wielki, bo niektórzy mieli w Chałupkach dzieci pożenione, inni kumotrów, a jeszcze inni znajomków. Więc najpierw popłakało się jak należy, a później kilka bab polatało po wsi i zabrały: to jajka, to osełkę masła, to parę groszy i poszły z tym do młodego wikarego. Żeby mszę odprawił na intencję cudownego ocalenia.

– Ocalenia? – ryknął wikary jak sam archanioł Gabriel. – Ocalenia? Wy wstrętne, podłe babska, wynocha z tym! Chyba, że za duszę tamtych, nieszczęsnych, którzy zginęli za was!

– O, nie – obruszyły się, pochowały jajka i masło – za ich dusze to dadzą ci z Chałupek.

Poszły sobie, stanęły opodal. Nic nie mogły rozumieć. Byli partyzanty? Byli. Rozwalili niemiecki samochód? Rozwalili. Przyjechało gestapo? Przyjechało. Poszło bokiem jak, nie przymierzając, grad w żniwa? Poszło. Więc, jakże to nie ma ocalenia? Przecie jakby gestapo naszych zamęczyło, to ocalenia by nie było, ale jak pojechało do Chałupek, a naszych poniechało, to chyba jest ocalenie? No nie? Ten młody wikary jakiś dziwny. Przyjedzie na żniwa proboszcz, to na pewno się z nim załatwi. Proboszcz tutejszy, lepiej zna życie.

Samotny kopczyk

Jesień była zabawna. Przed pogodnymi dniami poszły ostre przymrozki i wszystkie liście przedwcześnie zżółkły – w pełnym słońcu, przy lipcowych prawie upałach, drzewa wyglądały, jakby ktoś obsypał je jaskrawymi, ogromnymi kwiatami. Mama, zagoniona przez całe lato przy gospodarstwie, nagle się ocknęła: cała wieś była piękna; gdzie tylko rosło jakieś cherlawe drzewko, wykwitał bukiet czerwieni; błoto wyschło, wyginęły komary, słońce mimo gorąca nie było już tak dokuczliwe, babie lato oplątywało znienacka twarz, w kamionkach dojrzewały tarniny. Teraz starała się jak najszybciej posprzątać po obiedzie, bo dzień był krótki i zabierała nas na spacer, żeby, jak mówiła, *powąchać powietrza i nasycić oczy*.

My z bratem wcale nie byliśmy z tego powodu szczęśliwi. Koło domu było co robić. Właśnie spadały kasztany, z których przy pomocy zapałek składało się całe stada krów i koni, w ogrodzie było mnóstwo wspaniałych szeleszczących liści, w których brodziło się, suwając nogami, a na miedzy stała grusza ulęgałka, niezupełnie jeszcze oberwana. Zawsze zresztą można było pognać na pastwisko do pastuchów i piec z nimi kartofle.

Ale brat, od urodzenia mający jakąś wyjątkową wrażliwość, i tym razem wyczuł, że nie należy się wykręcać. Może mama chce pobyć trochę z nami, może jej smutno tak być ciągle samą, odkąd nie ma ojca? I tak byśmy zresztą poszli, bo mama umiała tak dziwnie popatrzeć, że robiło się tak jakoś ciężko w dołku, koło żołądka. Kiedyś powiedziałem Piotrowi, że tak to patrzyła krowa jak jej cielę zabrali, ale on trzasnął mnie w łeb i syknął, że maminych oczu do krowich nie wolno przyrównywać, choćby krowa nie wiem jak patrzyła.

Więc teraz co dzień po obiedzie chodziliśmy z mamą na spacer. Nudno było i tak jakoś rzewnie, bo mama mówiła na przykład:

– Patrzcie, taka cudowna pogoda i zdrowa, a tatuś tego już nie widzi. Jakby się tu świetnie czuł, on tak lubił taką słoneczną jesień.

Albo prowadziła nas na stary, wiejski cmentarzyk, zarośnięty krzewami i zielskiem, i skarżyła się znowu:

– Do każdego ktoś przyjdzie, choćby tylko raz do roku świeczkę na Zaduszki zapalić, a ja nawet nie wiem, gdzie on leży. I czy w ogóle go pochowali.

I wtedy, żeby nie wiem co Piotr mówił, to dałbym głowę, że oczy mamy, czarne i wilgotne były tak samo smutne, jak tamte, kiedy rzeźnik zabierał cielę.

Raz odkryliśmy drugi cmentarz i zupełnie inne grobki. Mama siadła na ławeczce i przymknąwszy oczy, zamyśliła się nad jakimiś swoimi sprawami, a my najpierw zaczęliśmy się wiercić z nudów, a potem szybko zdecydowaliśmy, że pryskamy; przeskoczyliśmy wąziutki murek i wpadliśmy w zarośla. Ale okazało się, że i tu są mogiłki, tylko całkiem już zarośnięte i bez żadnych tabliczek. Tylko krzyże gdzieniegdzie sterczały, pochylone i spróchniałe. A z pięć metrów od muru był ni to rów, ni to nasyp, i między tym rowem a murem też były mogiły.

Poszliśmy tam z mamą parę dni później i wtedy właśnie spotkaliśmy cmentarną Józefkę:

– Tu, proszę pani, leżą te, co nie mogą do nieba trafić. Na niepoświęconym.

– Jak to nie mogą? – zapytał Piotr, dotknięty głęboko taką niesprawiedliwością. – A jeżeli byli dobrzy?

– Tu ni ma dobrych. Tu ino złodzieje, obwiesie, samobójcy albo heretyki. Tu katolików porządnych ni ma.

Mama uśmiechnęła się leciutko:

– O, to gdybym umarła tu na wsi, właśnie tu by mnie pochowali? – Spojrzeliśmy ze zgrozą; mama między złodziejami i heretykami? – Ano tak – wyraźnie była rozbawiona tą straszliwą perspektywą – właśnie tak. Przecież jestem heretyk, czy nie?

Popatrzyliśmy się z Piotrem po sobie i było jasne, że sprawę trzeba gruntownie wyjaśnić jutro rano. Najlepiej wyjaśniało się w kącie między piwnicą a kasztanem – na pewno starsze chłopaki ze wsi będą wiedziały, o co mamie chodzi.

Ale na drugi dzień musieliśmy pomagać przy drylowaniu śliwek, a potem przez kilka dni nie można było z domu nigdzie wychodzić, bo na podwórzu zrobiło się aż zielono od mundurów niemieckich żołnierzy. Nam oni właściwie nic nie przeszkadzali i robili mnóstwo ciekawych rzeczy: w stodole ustawili kuchnię polową, do studni chodzili z takimi śmisznymi wiaderkami, a najwspanialsze było to, że mieli grube, pękate konie w białe łaty, zupełnie jak te nasze z kasztanów. Do tych koni przyprzęgali małe, niezdarne wózki, które robiły niesłychanie dużo hałasu.

Musieliśmy jednak siedzieć w domu, bo z mamą działy się jakieś dziwne rzeczy: wszystko leciało jej z rąk, to była blada jak śmierć, to wybuchała gwałtownym rumieńcem. Czasem jakiś żołnierz wpadał do kuchni i wtedy mama znów bladła; odpowiadała spokojnie swoim nieskazitelnym akcentem, z którego kiedyś była tak dumna, ale my czuliśmy, że jeszcze chwila i jeśli ten żołnierz nie wyjdzie, to coś w niej pęknie. Potem Niemcy odjechali, wzniecając piekielny hałas tymi okutymi wózkami, wszystko wróciło do normy, a my sami zaproponowaliśmy spacer.

Poszliśmy tam. Do złodziei i heretyków.

Pod murem, wśród łopianów i bylicy, żółcił się niedbale usypany nowiutki kopczyk. Nic więcej. Ani krzyżyka, ani nazwiska, ani choćby, wiejskim zwyczajem, wetkniętej w piach butelki z kartką w środku. Kto to był? Tego nie wiedziała nawet cmentarna Józefka. Nie wiedziała też, kiedy go tu pochowali.

– Musi w nocy, za ciemka, żeby Niemcy nie widzieli.

Partyzant? Ale dlaczego tu?

Między kasztanem a piwnicą wyjaśniło się wszystko. I jeszcze o mamie, że nie chodzi do kościoła, bo ślub brała z ojcem w cerkwi, a ojciec przecież Ruski.

– Nie wiedzieliście? – pytali wiejscy chłopcy, zdumieni naszą niewiedzą – Ruski był, wasza mamusia się w nim zakochała, a babcia to włosy z głowy sobie darła, bo dziadek był powstaniec. Ale wyśta ciemniaki, o własnym tacie nie wiedzą!

Nagle Piotr zerwał się i wrzasnął:

– Nie my, tylko wy jesteście ciemniaki. Jaki on tam Ruski, jak w polskim wojsku walczył i zginął. No? Gadaj! Widzisz?

– A co to, Ruski nie może w polskim wojsku się bić? Polski oficer był, a Ruski też był. Wiem, bo kiedyś tata z jednym gadali. A ten grób, to... Ale chodźcie tu bliżej i przysięgnijcie. Na głowę brata i matki... powtarzać, szczeniaki... – Mróz nas przeszedł, że taka przysięga.

– Na głowę brata i matki, i żeby mnie pokręciło i żebym jutra nie doczekał, jeśli komuś pisnę.

– A mamie można? – przerwał Piotr.

– Mamie – Staszek zawahał się – mamie możecie powiedzieć, ale nich się wam zaprzysięgnie, inaczej nie! W tym grobie to Kowal z Tarapatką od Młyna pochowali tu w nocy Ruskiego. Z niewoli uciekł, z obozu. I taki był głodny, że nie szedł tylko się wlókł po ziemi. W nocy do chałupy się dowlókł i nawet zastukać już nie miał siły z zimna i głodu. Ale Franek Kowalów wyszedł do stajni zajrzeć, bo krowa miała się cielić niedługo, i pilnowali jej co noc. Patrzy, a tu cosik pod progiem leży. Rany boskie, człowiek, ledwie dycha. Brudny, zaskorupiały, zmarznięty prawie na śmierć. Noce tera zimne. Zaniósł go do chałupy, to mówił, że lekuchny był taki jak dziecko, taki zgłodniały. Une im tam przez miesiąc nic jeść nie dawały. Trawę jedli, czasem ludzie coś przez płot rzucali, czasem kto strażnika przepłacił. Marli jak muchy. Ten Ruski już tydzień jak uciekł, ale bał się do wsi podchodzić, że na Niemców natrafi.

Ale widzi, że i tak trzeba umierać, to choć raz zje, zagrzeje się i umrze w cieple. Tak im powiedział: „Dajcie raz zjeść i pić i żebym się zagrzał. Kłopotu wam nie zrobię. I tak już umrę". I dali mu jeść. Kurę zabili, choć trochę im żal było tej kury, bo jajka niosła, ale nie mogli patrzeć na tę jego nędzę. Stary Kowal, co w japońskiej niewoli był, mówił, że niedobrze tak od razu dać jeść. „Mleka – mówił – mu dajcie. I nic więcej". Ale mleka nie było. Kowalka spłakała się nad nim, kurę ugotowała, jego obmyła, z tych wszów go ogarnęła, ubranie co miał, spaliła, dała starą koszulę męża i takie ubranie, co na pole miał, i jak raz ten rosół był gotów. To mówili, że nigdy nie widzieli, żeby ktoś tak jadł... Krzyczeli na niego, żeby się nie spieszył, że się poparzy, a o tak rwał to mięso, ten rosół tak jadł, aż się trząsł. I ciągle „spasibo" im mówił, „spasibo". „O, już teraz to będę żył i do swojego Kijowa wrócę. I Germańców – powiada – będę tłukł. Teraz, to mi – powiada – ciepło. I dobrze. Oj, teraz to nie chce się – powiada – umierać". I tak tam im coś jeszcze mówił, a potem złapał się za brzuch i zaczął krzyczeć, że go boli. I za parę minut już był gotów. A stary, co na japońskiej wojnie był, to gadał, że to z tego jedzenia. „Na głód – powiada stary – to tylko mleko. A wyśta go – powiada – kurą nakarmili. Ale nie krzywdujcie sobie – powiada – bo i tak z niego nic by nie było. I tak by umarł, i tak. A to się przynajmniej przed śmiercią tym rosołem – powiada – ucieszył". No i wzięli go i pochowali. Ani nazwiska ani imienia nie wiedzą. Tyle, że z Kijowa. No i Ruski, to znaczy nie katolik. No to tam pod murkiem, w nocy, żeby Szwaby nie widziały, zakopali.

Mama posadziła koło grobu krzak malwy. „Tam pod każdą chatą takie malwy rosły". Wbiliśmy dwa kołki, przynieśliśmy młotek, gwoździe, deskę i była wspaniała ławka. Dnie były coraz krótsze, ale mama co popołudnie choć z godzinę siedziała na tej naszej ławeczce, a my pytaliśmy, prężąc się z dumny, czy jej wygodnie. Chcieliśmy jeszcze zrobić piękne ogrodzenie i tabliczkę, ale nie można było, bo tajemnica. Wprawdzie cała wieś wiedziała, że leży tam, jak go nazywano, ruski partyzant, ale tajemnica obowiązywała nadal.

– Jak ty, synku, musisz tęsknić do swojego pięknego Kijowa – mówiła mama smutno, patrząc na żółty kopczyk – Tak daleko. I taki tu jesteś sam. Wiecie, dzieci, jaki jest Kijów? Leży wysoko na górze, która spada nad rzekę. A wszędzie ogrody, ogrody, ogrodyaniczeskij sad*, Kupieczyskij sad**... Po deszczu nie wolno było chodzić po botanicznym na cienkich obcasach, bo zostawały ślady na żwirze alejki. Tam do Funduklejewskiej gimnazji*** chodziłam w brązowym mundurku, w białym fartuszku, wieczorem szłyśmy na spacer na Kreszczatik... Światła w sklepach żarzyły się jak gwiazdy i przeglądały w Dnieprze. Aż nagle rozdzwaniały się dzwony ze wszystkich cerkwi. Tam, na ślizgawce, poznałam waszego ojca. Upadłam, rozcierałam sobie kolano i nie mogłam wstać. Łyżwiarze jeździli tam i z powrotem, i uśmiechem zachęcali mnie, żebym wstała. Wtedy jakiś pan przeskoczył barierkę, wbiegł na lód w palcie, i, nim ktokolwiek z młodzieży zdążył, już mnie podnosił. A ja mu na to: „Bardzo dziękuję, ale niestety z Rosjanami nie wolno mi się zadawać. Do widzenia panu". No a później się pobraliśmy. Teraz on leży gdzieś daleko, a tu ten żołnierzyk z Kijowa. Co wy, dzieci, możecie o tym wiedzieć... Rewolucja. Boże, jak cieszyliśmy się, Polacy, z tej rewolucji. I jakżeśmy się jej bali... Mieszkaliśmy wtedy z ojcem, zaraz po ślubie, w wielkim pokoju, zagraconym stylowymi meblami. Ja umiałam grać na fortepianie,

---

* Ogród Botaniczny (dawny), mieszczący się przy soborze św. Włodzimierza.

** Ogród Kupiecki, dziś park Kreszczatik.

*** Chodzi zapewne o I Gimnazjum, tak opisywane przez Jerzego Zarubę w *Z pamiętników bywalca*: *Wielki gmach I Gimnazjum kijowskiego znajdował się przy bulwarze Bibikowskim. Do gimnazjum przylegał olbrzymi ogród, zdobiący swymi empirowymi sztachetami i zielenią aż trzy ulice: Gimnazjalną, Funduklejowską i Włodzimierską.* (Dziś gmach Wydziału Filologii Uniwesytetu Kijowskiego i odpowiednio: bulwar Szewczenki oraz ulice Riepina, Chmielnickiego i Włodzimierska).

kończyłam chemię, znałam języki, ale nie umiałam ani gotować, ani szyć, ani sprzątać. Na ulicy była strzelanina, zwyciężali to czerwoni, to biali, łaziły jakieś bandy, byliśmy wystraszeni, głodni, zmarznięci, ale Wala gdzieś wytrzasnął spirytus, paczkę herbaty i chleb i gotowaliśmy na prymusie wspaniałą kolację. Łomotanie do drzwi. „Kto tam?". „Rewizja, otwierać!". Starali się wyglądać groźnie, ale tacy byli młodzi, tacy zmarznięci i obdarci. Weszli, a ojciec mówi: „Chłopcy, rewidować możecie ile chcecie, i tak nic nie mam. Ale może byście wypili trochę wrzątku, co? Bo nosy wam całkiem zsiniały". A oni awanturę zaczynają, że co sobie myślimy, że władza radziecka, że oni na służbie i tak dalej... a patrzą na tę herbatę i oczy im wyłażą. To ojciec na nich jeszcze głośniej: „A cóż wy sobie, basałyki, wyobrażacie, że ja was chcę przekupić szklanką wrzątku? Choćby pod podłogę zaglądajcie, ale rozgrzać się chyba wolno i władzy radzieckiej, nie?". No i wypili. Cukru nie było, ale jakieś konfitury jeszcze wynalazłam. I tego spirytusu naleliśmy im po odrobinie, żeby broń Boże nie było nadużycia. A potem rewizja, prawidłowo, jak trzeba. Czy nie ma broni, ulotek, zapasów żywności na pasek. Potem te chłopaczki wpadali ciągle. Jak byli głodni, to wprost od drzwi wołali: „Nie ma tam co gorącego, może barszcz? Albo choć wrzątku daj, siostro!". Bo „siostro" mi mówili, za młoda byłam na „mamaszę" czy „cioteczkę". Za to jak sami co zdobyli do jedzenia, to taskali do nas. Kiedyś ćwiartkę wieprzka przytaszczyli. A co to było wówczas ćwiartkę wieprza komuś ofiarować! To jakbyś mu całe serce wyjął i oddał. „Za waszą dobroć, mówili, żeście nas wtedy herbatą przywitali, a nie strachem. Czego najbardziej nienawidzimy, to strachu, mówili. Idziemy do ludzi z władzą radziecką, znaczy się legalnie, może trzeba komuś pomóc, czasem dziecko samo w mieszkaniu głodne albo staruszka niedołężna. A oni na nas wilkiem, a w oczach strach. Tfu!".

Kręciliśmy się, chłodno było; mama wstawała z ławeczki:

– Śpij, synku – mówiła, rzucając na żółty piach liść czerwonego klonu – niedługo na mnie przyjdzie kolej, zmęczona już bardzo jestem. Pochowają mnie koło ciebie. Będziemy sobie mówili o naszym Kijowie...

Pochowali ją za tydzień. Nic z tego nie mogliśmy zrozumieć. Płakaliśmy, płakaliśmy, ale nie rozumieliśmy nic. Przychodziliśmy ciągle na naszą ławeczkę i zdziwieni, patrzyliśmy, dlaczego mama na niej nie siedzi. A kiedyś Piotr powiedział, patrząc na żółty kopczyk, koło którego wyrosła druga, nieco staranniej usypana mogiłka:

– Patrz, teraz Ruskiemu nie jest już tak smutno, prawda? Zawsze ma towarzystwo.

Światełka na wietrze

Nie znałam rosyjskiej babki, ale kochałam ją w opowiadaniach ojca. Była smutna i łagodna – mieszkała z dziećmi w starym domu nad brzegiem Dniestru, taka młoda, a już we wdowim welonie. Z drzew rosnących wokół spadały śliwki, z których robiło się *warienie.* Wokół domu polskiej babki też rosły śliwy i wiśnie, ale *warienie* nazywały się *konfitury* lub *powidła.* Polska babka była surowa i zimna, pyszniła się faktem, że mimo czterdziestu lat spędzonych w Rosji nigdy nie nauczyła się dobrze mówić po rosyjsku, i nigdy nie tobie, mamo, nie wybaczyła, że ty, *gordaja Polka*, córka powstańca, wyszłaś za *Moskala*, tak jak nie wybaczyła ci znajomości śpiewnej, rosyjskiej mowy.

W twoich opowiadaniach spacerowałam po Kreszczatiku i po Kupieckim Ogrodzie, po deszczu nie wpuszczano mnie do Parku Botanicznego w bucikach na cienkim obcasie, a ksiądz Olędzki* wichrzył mi włosy i częstował cukierkami.

---

* Ksiądz kanonik Olędzki był prefektem I Gimnazjum w Kijowie i zupełnie inaczej zapisał się w pamięci Jerzego Zaruby: *Ze wszystkich jednak profesorów najgłębiej wrył mi się w pamięć nasz prefekt gimnazjalny, ksiądz kanonik Olędzki. Uczniowie szkół kijowskich owej epoki pamiętają go na pewno dobrze. Był to osiemdziesięcioletni olbrzym, posługujący się srebrną tabakierką jako przyrządem do wpajania cnót chrześcijańskich i uczniowskich. Posiadał bodaj że największe kalosze na świecie (zamawiane specjalnie w firmie „Treugolnik"), które stale z sobą nosił do klasy, żeby mu „nie zamienili w szatni". Uczył niewiele. Czas lekcji schodził na drzemce, na opowiadaniu dykteryjek i na „wyrywaniu" z katechizmu. Zamiast stawiania złych stopni bił po prostu tabakierą po łapach. Na płask – znaczyło źle, kantem – bardzo źle. Właściwie stopnie uczniowie stawiali sobie sami, kiedy ksiądz Olędzki drzemał. Miał on swego stałego dryndziarza, który go woził po Kijowie od jednej szkoły do drugiej. W czasie jazdy ksiądz prefekt trzymał go parasolem za kołnierz, żeby nie wypaść, a za każdy*

Wiesz, mamo, uczeni odkryli, że jeśli się odetnie część liścia, to promieniuje i ta część, która pozostała, i ta, której już nie ma. A jeżeli liść... to co dopiero człowiek – i człowiek, którego już nie ma? Myślisz tam o mnie, prawda? I ja wysyłam jakieś podczerwone – czy inne, nie znam się na tym, ty wiesz lepiej – promienie? Wiesz lepiej, bo studiowałaś chemię i wiesz lepiej, bo oboje wiecie już teraz wszystko.

Odeszłam od was daleko, córka marnotrawna, za siedem gór, siedem lasów, nad pierwsze morze, więc trudno mi będzie tam u was zapalić świeczkę – ale przecież wiecie oboje: można zrobić tak, że sam płomyk pofrunie do was, jak gil z czerwonym brzuszkiem.

Pamiętasz, jak lubiłaś gile? A ty, tato? Powiedz mi, jak tam istniejesz bez skrzypiec, bez palety i farb, bez pracowicie układanych martwych natur. Złote gruszki, zielone jabłka i fioletowe śliwki w wielkiej, miedzianej misie – najdłużej biedziłeś się z tą miedzią, pamiętasz? Skąd tam weźmiesz to wszystko? Nigdy przecież nie malowałeś obłoków ani chmur, lubiłeś jeść i pić, kochałeś ludzi, las i zwierzęta. Może masz tam swojego jednorożca.

A ty, zachowałaś we wspomnieniach stąd ten obraz: stary, czarny fortepian stojący w największym pokoju? Grałaś Szymanowskiego i denerwowałaś się ogromnie, bo jeden klawisz miał taki ostry, metaliczny dźwięk; wezwaliśmy stroiciela i podłożył pod ten klawisz podkładkę, bo poprzednią zjadły mole. Ale to nieważne, nie ma tego fortepianu, nie ma ciebie, nikt w domu nie gra Szymanowskiego.

Więc jeśli ten czerwony brzuszek gila, to światełko na wietrze do was dofrunie, dajcie jakiś znak, będę czekała.

---

zbyt dotkliwy wstrząs dawał mu potężnego szturchańca. Utarło się, że uczniowie, znając dokładnie marszrutę jego wędrówek po szkołach, przypinali mu w czasie lekcji pod pelerynkę sutanny liściki miłosne do znajomych pensjonarek tej pensji, do której się bezpośrednio po naszej lekcji udawał. Kiedyś wszystko się wydało. Awantura! Krzycząc: „A łajdaki, pocztyliona sobie ze mnie zrobili!", puścił w ruch swoją tabakierę... (za: *Z pamiętników bywalca*).

Irena jeszcze jako panna Broklówna lub już jako pani Bieniecka, fot. Franciszek de Mezer, Kijów, ok. 1900.

Mamo, czy wiesz, że mam już tyle lat, ile miałaś ty, kiedy poprosiłaś mnie, żebym nakryła cię szarym, przezroczystym szalem, bo bałaś się, że tam będzie ci zimno? Nie zapomniałam tej prośby, owinęłam się jak mumijkę. Ale ogrzać nie umiałam.

Renety, sanie, ciastka, ołówki

Wbiegła do naszej piwnicy, wnosząc ze sobą zapach mrozu i jeszcze jakiś inny, nieznany. Nasi mówili, że to zapach smarów, którym Ruscy smarują swoje tankietki.

Siedzieliśmy już tam od świtu. Dość wygodnie, bo piwnica była ogromna, z wysokim sklepieniem, z ciągnącymi się po bokach ławami, na których kiedyś suszono sery, a teraz można było doskonale siedzieć. Tylko bardzo duszno, bo okienko zapchaliśmy workami z sieczką, a ludzi było jak w kościele: baby miały po pięć spódnic, po dwie, trzy chustki, bo strach było cokolwiek zostawiać w domu, dzieci, okutane jak kukiełki, ledwie mogły się ruszać, mężczyźni w odświętnych kożuszkach. Ciasno było jak na odpuście. Ale ciepło i cicho. Naokoło wszystko się paliło, to tu, to tam słychać było wybuchy, ale do nas jeszcze nie dotarły.

I wtedy właśnie wpadła ta dziewczyna: pierwszy nie niemiecki żołnierz, jakiego widzieliśmy od pięciu lat – oczywiście nie licząc partyzantów, których mieliśmy na co dzień, na nich nikt już nie zwracał uwagi, nawet Niemcy, jeśli się przypadkowo wpakowali na grupę chłopców w butach z cholewami, w kurtkach ściągniętych pasem, maszerujących równym, rytmicznym krokiem. Ale dziewczyna miała normalny, prawidłowy wojskowy mundur: czapkę-papachę, pepeszkę, na pagonach gwiazdki czy belki. Wszyscyśmy się zerwali z miejsc, chcieliśmy ją jakoś przywitać, ale nie wiedzieliśmy jak – zabrakło słów, starannie przez pięć lat przygotowywanych na tę chwilę. Ktoś chciał ją uścisnąć, ale się zawahał. Całe szczęście, bo dziewczyna zachwiała się, usiadła na beczce pełnej jabłek – do dziś pamiętam te jabłka, szare renety z czerwonym rumieńcem – i zwyczajnie, po dziewczyńskiemu, zemdlała. Po chwili otworzyła oczy, rozejrzała się z zażenowaniem dookoła i powiedziała śpiewnym, miękkim głosem, którego też nie słyszeliśmy od wielu lat: *Niczewo, wsio haraszo, tylko ja niemnożko raniena. No, niczewo.*

– Co? Jak? – zaczęliśmy wołać wszyscy naraz – Gdzie? Jak pomóc?

– Ależ nic takiego – przekonywała – po prostu czołg przewrócił się na mnie, ot i wszystko. I właściwie to nic, tylko parę żeber złamane, głupstwo.

Tak zaczęła się nasza wolność, którą przyniosła nam dziewczyna z jabłkiem, bo daliśmy jej tych jabłek i chleba, ale ona nie mogła jeść, choć mówiła *głupstwo, nic mi nie jest*, i trwała ta wolność trzy godziny. A potem nagle znaleźliśmy się w samym środku tego wszystkiego, pożaru, bomb, wybuchów min, żywych ludzi, wyskakujących, jak pochodnia z palących się czołgów (to, że byli to Niemcy, nic nie zmieniało; widzieliśmy ich później, po kilku dniach: małe zwęglone laleczki, jak prymitywnie wyciosane figurki z czarnego dębu). Kazano nam wyjść i już nigdy nie zobaczyliśmy dziewczyny z kieszenią napełnioną renetami, ani starszyzny, ani tych wszystkich z razwiedki, którzy za wcześnie przynieśli gałązkę oliwną. W ogrodzie, w podwórzu, w sadzie było pełno grobów – na jednych były tylko gwiazdy, na niektórych prawosławne krzyże, na innych tabliczki z nazwiskami. Chodziłam od mogiłki do mogiłki, na którejś tabliczce ktoś nabazgrał niedbale: *Jekataryna Fralowa lat 18*, Katia, Katiusza.

*

Podobno z każdego życia można wykroić materiał przynajmniej na jedną, choćby najbardziej zgrzebną powieść. Każdy z nas nosi ją w sobie, nienapisaną: jedni już o niej zapomnieli, innych uwiera jak zbyt ciasny gorset. Historia postarała się, żebyśmy mieli o czym pamiętać, ale obrazy zacierają się jak w telewizorze, w którym wysiada kineskop. Są coraz mniej ostre, nakładają się na siebie, drgają.

Wszyscy wtedy wędrowaliśmy od jednej miejscowości do drugiej, szli młodzi chłopcy z plecakami, staruszki z jakimiś tobołkami zupełnie nieprawdopodobnymi, matki z dziećmi nie mogły już nieść niczego, oprócz dzieci. Skąd brały siłę na dźwiganie?

My jechaliśmy luksusowo, wielkimi saniami zaprzężonymi w parę koni. Tylko że po kilku kilometrach sanna się skończyła, furman wlazł na konia i poczłapał na oklep do miasta ściągnąć wóz, a nas w nocy zostawił na środku szosy ze smętnie sterczącym dyszlem. W ciemnościach wpadały na nas taczanki i wozy z furażem, o mało nie rozjechał nas czołg. Na niebie zjawił się nieznany samolot, podejrzanie kołując nad szosą. Nasz, czy Szwabów? Było coraz zimniej i coraz straszniej. Wszyscy wymijający obsobaczali nas ile wlazło. Znów zbliżał się jakiś olbrzymi transporter. Zaczepi czy nie zaczepi? Zazgrzytało coś, zacharczało – stanął.

Od razu mnóstwo krzyku, hałasu, jedni klną, drudzy się śmieją. Kraksa tuż koło nas – no, co teraz będzie, którędy przejadą inni? Hamowali, jeden za drugim. Wyskakiwali z wozów, długo coś wrzeszczeli, ale potem brali się do pomocy. I nagle, jak w kiepskiej operetce czy tandetnej komedii muzycznej – śpiew, najpierw solowy, później chóralny. Wyjrzałam spod baranicy. Ten, co leżał na wznak na roztopionym, ale już krzepnącym śniegu, to zapiewajło: przykręcał jakieś śruby kluczem, ściśnięty między szosą a brzuchem transportera, i ciągnął wysokim lirycznym tenorem pieśń: *Oj bieriozy, da sosny, partyzanckije siostry...* I już niósł się chór ponad lasem, na dwa, na trzy, na pięć głosów, śpiewali wszyscy *oj bieriozy, bieriozy...*

Czekaliśmy na nich dużo wcześniej. Pół roku wcześniej. Niemcy uciekali. Od świtu do zmierzchu, a potem i w nocy, jechały kolumny samochodów, czołgów, transporterów, ciężarówek, wozów konnych, śmigały między nimi osobowe auta, przez szybę widać było czapki z dystynkcjami. Niedobrze jednak było się przyglądać. Generałowie nie lubią być przyłapywani na strachu. Walek od Kozaków pędził rowerem krowę, zbyt blisko podszedł do szosy, żeby podpatrzeć wiejących oficerów, i dostał kulę między oczy. Odzwyczailiśmy się na wsi od takich rzeczy; wojna trwała już tak długo, że poznaliśmy już swoich wrogów, oni poznali nas i nie tracili energii na zbędne okrucieństwa, zachowywali minimum pozorów. Ta bezmyślna zbrodnia oburzyła nawet stacjonujących u nas żołnierzy. Oni też szykowali się do odwrotu: czyścili broń, pucowali mundury – nagle wszystko ucichło. Rano stwierdziliśmy ze zdumieniem, że zostali. Dlaczego? Przecież o parę kilometrów stąd są Rosjanie, za chwilę mogą tu być. Co wtedy będzie z nami? Kręciliśmy się koło *naszych* Niemców, ale nie wyniuchaliśmy nic.

Nagle, pod wieczór, w najwyższym popłochu znikli. Więc koniec. Ludzie, nie zważając na godzinę policyjną, wylegli na ulice wsi. Skąd wzięło się tylu chłopców? Nikt nie kładł się spać, przecież niedługo musi się stać coś ważnego. I rzeczywiście, Marynka od Wielgiego przyleciała z krzykiem, że od lasu już jadą. Ruskie. Ruskie czołgi, ciężkie takie, wielgachne, a może amerykańskie? Dudnienie już się niosło. Wiadomo było, że ruskie, lub amerykańskie, ale lepiej sprawdzić.

Położyłam się w rowie wśród liści łopianu. Najpierw przejechało kilka motocykli; żołnierze mieli podłużne hełmy. *Das ist ein grosses Dorf*, usłyszałam tuż nad głową. Zanim nadjechały czołgi, przebiegłam szosę z powrotem. Nie potrzebowałam nic mówić, wiatr dął od szosy i daleko niósł po rowie twardą, szczekliwą mowę. Nazajutrz – to pamiętam dokładnie: dwudziestego szóstego lipca – całą wieś zalały kolumny SS. Zachowywali się poprawnie, jeszcze widać nie ochłonęli po tamtych emocjach. Widać było, że przygotowywali się do wielkiej wyprawy.

– Gdzie idziecie? – spytałam.

Esesman uśmiechnął się ironicznie.

– Pani na pewno wie. Proszę nie udawać.

– Nie wiem.

– Doprawdy? A o Warszawie też pani nie wie?

– O Warszawie? Co o…

– Idziemy na Warszawę, z trzech stron. Wszystkie dywizje SS. Jeszcze pani nie rozumie?

– Nic nie rozumiem.

– Tym gorzej. W Warszawie wybuchnie powstanie. Dalej pani udaje, że nic pani nie wie? My, w każdym razie, wiemy.

*

Pierwsze pensje wydawałam na ciastka. Uciekinierki z Warszawy wypiekały wspaniałe ciastka, a ja przez pięć lat głodowałam. Obiady i kolacje mieliśmy w stołówce, co kilka dni dostawaliśmy to smalec, to cukier, to mąkę – chleb był na kartki – a kupić i tak nic nie było można, oprócz tych ciastek, które kusiły z każdej prawie wystawy. Sprzedawały je panie profesorowe, docenci, muzycy, autorki, poeci, póki ich nie wchłonęły wydziały kultury, gazety, teatry, orkiestry symfoniczne. Wszystko pięknie się składało: ludzie ciastek już się najedli, a teatry już całkiem na serio poszukiwały aktorów, urzędy – urzędników.

Jeździliśmy po wsiach, inwentaryzowaliśmy zabytki, jak kto umiał. Kiedyś ktoś przyniósł same ramy, pięknie złocone. A gdzie obrazy? *Jakieś takie stare, sczerniałe, to wyrzuciłam.* We wsiach zbierało się dzieła sztuki, chińską porcelanę, połamane meble. Wokół pałaców i dworów poniewierały się po śmietnikach stare sztychy i perskie kafle, kaczki piły wodę z wazy z epoki Ming, prosięta jadły z porcelanowych koszyczków korzeckich. Ale i na to znalazł się sposób. Wiejscy nauczyciele ogłosili w klasach: *Jak przyniesiecie do szkoły coś dworskiego, dostaniecie ołówek, albo zeszyt, albo i książkę.* Odtąd nie mogliśmy nadążyć z transportem. Muzeum pękało w szwach, przestaliśmy się martwić o osiemnastowieczne sztychy i renesansowe madonny. Tylko skąd wziąć ołówki?

*

We wsi ocalało dziesięć domów, kilka obór, cztery krowy i prawie wszyscy ludzie. Zginęły dwie osoby. Nigdy nie mogłam tego zrozumieć: w czasie bitwy wyleciała w powietrze cysterna z benzyną i wóz z amunicją, zapaliły się od tego czołgi niemieckie i wszystkie okoliczne domy, zginęło kilka tysięcy Niemców, kilkuset Rosjan, no i tych dwoje: Włodarczykowa, co to chciała ratować krowę, i stary Kowalak, który wyprowadzał ze stajni konia.

Spaliło się zboże, pasza, bydło, domy, nawet drzewa w sadach. Ale wieś żyła. Ludzie budowali najpierw budynki gospodarcze, o sobie myśleli na ostatku. Orali pola, sadzili kartofle pokrajane jak na zalewajkę, gotowali zupę z lebiody – przetrwali. Teraz wybudowali mnóstwo bardzo wygodnych i bardzo brzydkich domów, a w każdym z nich są pokoje, pełne mebli na wysoki połysk, a w pokojach siedzą babki i dziadkowie, którzy nie muszą już gnieździć się w komórce.

A w każdej babce i w każdym dziadku siedzi jakaś nienapisana powieść.

Najszczęśliwszy dzień

Wie pan, tych ankiet teraz takie mnóstwo: *Moja kariera*, *Mój awans*, *Nasze pokolenie* i co tam jeszcze, a pan wyskakuje z tym pytaniem o *Najszczęśliwszy dzień*. Przecież to nie można tak naj, tych szczęśliwych każdy chyba sobie nazbiera, nawet jeżeli poza nimi... Jak się pan pierwszy raz całował z dziewczyną, to chyba był pan szczęśliwy, nie? Zresztą po co aż tak, jak się bardzo czegoś chciało, na przykład marzyło się o łyżwach, czy o nartach, wszyscy mieli a człowiek nie; czekał, kombinował, a tu na gwiazdkę i narty, i śnieg. Że takie zwykłe? Bo prawdziwe szczęście to chyba najmocniej w tym wieku. Albo jak już człowiek miał w kieszeni maturę. Albo dyplom. Pan jest żonaty? Więc to też pan zna, te chwile, kiedy się spełniają marzenia, kiedy spełnia się wszystko. Bo tylko o tym wtedy się myśli. Wszyscy to nazywają szczęściem i poeci, i socjologowie. Nawet lekarze, chociaż oni to mówią bardziej rzeczowo: *rozkosz*, ale jeżeli do tego doplącze się miłość, to nawet oni używają słowa *szczęście*.

Tyle, że to mija. I to jest, wie pan, smutne, że trudno by już po latach odtworzyć tamten dzień, to znaczy pamięta się, ale odtworzyć z tym samym zapachem, z tym zamieraniem serca, z tymi samymi myślami, z zawrotem głowy, tak jakby się nagrało na taśmie filmowej. Jak przyjdzie co do czego, to potem się okazuje, że coś się naplątało, że pozbierało się z kilku momentów. Dobrze, jak się nie pomiesza z kim, bo i tak podobno bywa. Mija. A skoro mija, to może nie najszczęśliwszy. Macierzyństwo, no tak, ten moment, kiedy po wszystkich męczarniach słyszy się pierwszy krzyk. Pisk. Może tak, ale to jest zbyt własne, zbyt intymne. No i chyba zbyt powszechne, biologiczne, żeby pisać o tym w ankiecie. No więc nie wiem. Naprawdę.

Dla wielu z nas dzień, który raptem okazał się dniem bez Szwabów. Ja straciłam wszystko. Dom, pół miasta, w którym mieszkałam przedtem, i cała wieś, w której mieszkałam wtedy, stały w ogniu. Następnego dnia szukaliśmy w gruzach czegoś, co by mogło zastąpić łyżkę i miskę, i jakąś szmatę do wytarcia się po myciu. Pamiętam, znalazłam haftowany srebrem i złotem fartuch bułgarski, pozostałość po babcinych podróżach. Drapał tym złotem, ale to było wszystko, co zostało mi z poprzedniego życia. I wtedy, nie mając nic, goli i głodni – byliśmy pijani szczęściem. Więc może... Ale to znów nie jest indywidualne, moje. To było nasze, nas wszystkich. Myślę, że chyba wszystkich.

Uznanie, ludzka życzliwość, pierwsze odznaczenie? Nagrody za pracę, jakaś walka o sprawę, walka niepopularna, a przecież wreszcie wygrana? Brak snu, dużo zmęczenia, przykrości, chłodu wokół... wie pan, ta pustka, która natychmiast otwiera się koło tego, komu się nie udało – i wreszcie tryumf. Ale chyba wtedy byłam już za bardzo zmęczona, za bardzo rozgoryczona.

Wie pan, zabawne, ale najostrzej, najdokładniej pamiętam rocznicowo: dwadzieścia lat temu. Nie dlatego, że to młodość, bo młodość była i przed tym, i po tym, młodość nie mija w ciągu roku czy dwóch. Tylko że te lata 1944, 1945 wyskakiwały z naszego życia, kipiały, rozsadzały je. I to chyba stamtąd dam panu ten ankietowy dzień.

Ta wieś, mówiłam panu, ta wieś, w której mieszkałam w czasie okupacji? To była tak zwana wieś przyczółkowa, bo była czymś w rodzaju przyczółku za ofensywy. Dalej już tylko zasieki, druty i ziemia niczyja; tu jeszcze zostawiono, nie wysiedlono, tylko trzy linie okopów. Więc tu Szwaby, te okopy i zasieki, po tym pustka – ludzie albo zdołali ujść z dobytkiem, albo zostali wywiezieni do obozów i wymordowani; lasy i sady wycięte, domy spalone, zboża zaorane, żeby nawet trawka nie osłoniła wroga – i dopiero po tym Rosjanie.

Jak się zaczęło, na nic nie było czasu. To szło jak huragan, Niemcy dosłownie oszaleli: grały katiusze, morze ognia, huk, a za parę godzin już wjeżdżali na czołgach i pytali: *Germańców niet?* Germańca nie było, ale wsi też nie było. Nic nie było. Jakiś Gruzin dawał mi bliny z kaszą, i rugał nas, czemu trzymamy książki na wierzchu, czy chcemy, żeby żołnierze wzięli je na opał.

My po kilku dniach już pracowaliśmy. A co oni, ci chłopi, którzy zostali w tej spalonej wsi? Bez bydła, bez zboża, ze stratowaną ziemią, bez dachu nad głową. Odnaleźliśmy przyjaciół, niektórzy zaszli wysoko, mieli zasługi. *Prawdziwe zasługi*, proszę pana. I wierzyli w ludzi. Nie w papierki, nie w przepisy, w ludzi. Bo właśnie w roku 1944, 1945 nie było jeszcze papierków, jeszcze ich na szczęście nie napisano i nie powielono. Dlatego zdarzały się cuda albo, jeśli pan woli, najszczęśliwsze dni.

Były moje imieniny. A na imieniny dostałam prezent. Bardzo drogi. Nie składałam podań, formularzy, zaświadczeń, druczków, po prostu powiedziałam: *Słuchaj, jeślibyś coś mógł zrobić. Tam głodują, małe dzieci umierają, nie mają mleka, cukru...* Więc powiedział: *Masz piękny prezent na imieniny, chyba lepszego nie chcesz. Samochód kaszy, cukru, soli, mydła, dwa samochody mąki. Powinno wystarczyć, więcej nie możemy. Takich wsi jest więcej. O, tu masz papierek. Resztę załatw sama.* Wie pan, jak się z takim papierkiem szwendałam po tych magazynach, to nawet wtedy, w 1945, wytrzeszczali oczy. *Z czyjego ramienia? Jaki komitet?!* No, ale podpis był, pieczątka była, sprawdzili telefonicznie, zgadzało się.

Starszy pan ze „Społem" pogadał od serca i pouczył jak ważyć, jak zbierać pieniądze, jak zorganizować na miejscu komitet. No i kazał wziąć eskortę milicji, bo bandy w lasach. *A kto będzie tych milicjantów pilnować, żeby połowy nie zwędzili?* – gruchnął czyjś śmiech. Transport, konwój, znów niedowierzanie, telefony. Na drugi dzień jechaliśmy poprzedzeni pantoflową pocztą. Wie pan, wszystko było spalone, może dwa, trzy domy ocalały, a baby zamiatały drogę na nasz przyjazd.

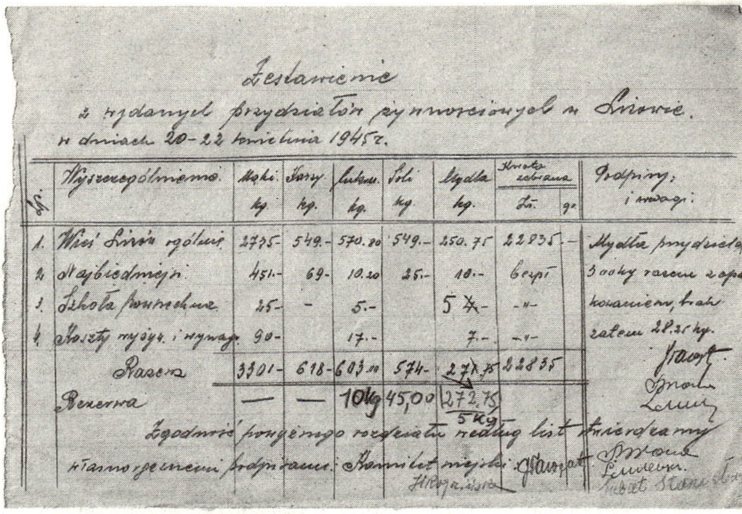

Zestawienie
z wydanych przydziałów żywnościowych w Lisowie.
w dniach 20–22 kwietnia 1945 r.

L.p.	Wyszczególnienie	Mąki kg	Kaszy kg	Cukru kg	Soli kg	Mydła kg	Kwota zebrana zł	gr	Podpisy i uwagi
1.	Wieś Lisów ogólnie	2735.-	549.-	570.80	549.-	250.75	22835	-	Mydła przydziela
2.	Najbiedniejsi	451.-	69.-	10.20	25.-	10.-	bezpł.		3 sztuki razem z opa-
3.	Szkoła powszechna	25.-	-	5.-		5 [illegible]	-"-		kowaniem, brak
4.	Koszty wysył. i wywag.	90.-		17.-		7.-	-"-		zatem 28.25 kg.
	Razem	3301.-	618.-	603.00	574.-	27[illegible].75	22835		
	Rezerwa	—	—	10 kg	45,00	272.75 5 kg			

Zgodność powyższego rozdziału według list stwierdzamy własnoręcznemi podpisami: Komitet miejski

Zestawienie z wydanych przydziałów żywnościowych w Lisowie, 1945.

W mieście uczyli nas, jak utrzymać porządek, żeby ludzie nie dorwali się do tej żywności: *Wiecie, obywatelko, co to jest głód? Mogą rozdrapać w sekundę, ani się kto obejrzy.* No cóż, nie znali chłopów. Wyładowali to do ocalałego domu i czekali w milczeniu. Pracowaliśmy całą noc. Lista, bo wie pan, chorzy, dzieci. Bo cukier. Rano przesuwali się cichutko, w porządku, i odbierali pierwszą od kilku miesięcy białą mąkę, sypką kaszę, sól – pierwsze od miesięcy mydło. I ten cukier, na który całą noc szyli woreczki, z ostatniej koszuli, gęściutkim ściegiem, często pożyczaną igłą.

Przy kolanach matek, przypięte do spódnic, były dzieci. Nie dało się ich zostawić w domu. Onieśmielone tłumem obcych, mundurami milicjantów, widokiem zapisującej nauczycielki i wąsatych chłopów przy wadze, wytrzymały długą, tę potwornie długą chwilę, w której odbywało się sprawdzanie listy, ważenie i zapisywanie, ale zaraz za drzwiami zanosiły się gwałtownym płaczem, który każda matka natychmiast uciszała, rozwiązując najcenniejszy woreczek. Wtedy, z nieobeschłymi jeszcze łzami rzucały się na dobry biały kryształ, wpychały go sobie rączkami do gardła, aby więcej, aby mocniej poczuć jego nadzwyczajną odświętną, dawno zapomnianą słodycz. Cukier rozmazywał się po ubraniach, lepił ręce, rozsypywał na podłodze sieni. Matki im tego nie wzbraniały: wiedziały, że nic, w całym życiu nie zastąpi im tej chwili. A ja, patrząc na upaćkane buzie, słysząc trzeszczenie kryształków pod podeszwami, myślałam sobie: *To nie tylko ich szczęście.*

Pan Ż.

W końcu stycznia, w lutym, lub marcu ludzie wracali na swoje śmieci – jedni, jeśli je zachowali, zdezelowanymi furmankami, inni pieszo, ci prowadzili na postronku krowę, o ile im ocalała, tamci nieśli garść tobołków, podartą pierzynę, worek kartofli. To był ich cały dobytek.

Jak zobaczyli to, co kiedyś było ich domem, polem, stodołą lub sadem, nie mieli nawet czasu, żeby załamać ręce i płakać, musieli natychmiast szukać kamieni, kawałków drewna, gliny i wapna, aby wybudować choćby szałas dla krowy czy konia, w których cieple mogliby ogrzać siebie i dzieci. Ci, którym nie pozostała nawet drzazga drewna, kopali ziemniaki; jeśli zasłoniło się wejście warstwą suchych łętów, można było schować się tam razem ze zwierzętami przed zimnem i deszczem.

Ale małe dzieci, dwuletnie, trzyletnie, czteroletnie, nie umiały żyć pod ziemią, nie chciały jeść otrąb i korzeni perzu, umierały ze wzdętymi brzuszkami, sine, owrzodzone. Starzy też tej zimy nie przetrzymywali. „To i lepiej – mówili młodzi – jedną zagłodzoną krową tylu gęb i tak się nie wyżywi". Wojewoda wpadł na pomysł, żeby wszystkie małe dzieci z głodujących wsi wywieźć do miasta do rodzin zastępczych do czasu, aż na wsiach coś urośnie na polu. My, inteligenci i pedagogowie, zaczęliśmy protestować, że będą albo źle traktowane i wyzyskiwane, albo rozpieszczane, a przecież kiedyś będą musiały wrócić do prymitywnych warunków. I wtedy wojewoda, partyzant spod Iłży, popatrzył na nas jakoś tak, że nam odeszła ochota do dyskusji.

– Naprawdę nic nie rozumiecie? Martwicie się, czy im będzie dostatecznie wygodnie? A one po prostu, zwyczajnie wymrą w tych bunkrach. Wszystkie.

Wieś, w której spędziłam wojnę, nie była w dosłownym sensie ziemią niczyją, choć należała do powiatu przyczółkowego. Jakoś obroniła się szczęśliwie od wszystkich klęsk, wymienionych w suplikacjach, aby potem za jednym zamachem, w dniu wyzwolenia, przepaść w ogniu. Ocalało coś z dziesięć domów; reszta, ponad sto, poszła z dymem. Wtedy właśnie dostałam, akurat w dniu urodzin, najpiękniejszy prezent w moim życiu: trzy samochody ciężarowe żywności dla ludzi, wśród których przeżyłam tych pięć lat. Po kilku dniach w Urzędzie Wojewódzkim poinformowano mnie, jako przedstawicielkę miejscowej gazety, że takie przydziały, a nawet większe, dostaną z ministerstwa wszystkie przyczółkowe powiaty. A że urzędnicy gminni byli wówczas nieco skompromitowani, jedni z powodu konszachtów z Niemcami, inni, bo zbyt zapobiegliwie dbali o swój byt – stanęło na tym, że z Warszawy przyjadą specjalni pełnomocnicy, którzy dopilnują, by wszystko odbyło się jak należy.

Od mojej notki w gazecie minęło już kilka dni, kiedy po powrocie do domu zastałam uroczystą delegację ze wsi. Byli bardzo zażenowani, przestępowali z nogi na nogę i wreszcie wykrztusili, że czytali to, co pisałam, ale to nieprawda. Dostali nie po pięćdziesiąt kilogramów mąki, tylko po kilogramie, nie po dziesięć kilogramów cukru, lecz po parę deko i jeszcze kazano im zapłacić. Nie, nie byli święci: kradli, rąbali się siekierami, oszukiwali i łgali – ale zjadłam z nimi beczkę soli i wiedziałam, kiedy nie można im wierzyć, a kiedy można.

Kierownik Wydziału Aprowizacji w Urzędzie Wojewódzkim ogromnie się zdenerwował. Ale cóż za przypadek:

– Właśnie jest ten pełnomocnik u nas, zaraz go poproszę i wszystko wyjaśnimy.

Pan Ż. (nazwiska, niestety, nie mogę ujawnić; wszyscy prawnicy, których się o to pytałam, uważają, że sprawa uległa przedawnieniu, a zatem: pan Ż.) stał przede mną w nieskazitelnym garniturze – miejscowi urzędnicy wyglądali przy nim jak pracownicy oczyszczalni miasta – i spokojnie, stanowczo wszystkiemu zaprzeczył.

– Nonsens. Chłopi zawsze tacy. Dostaną palec, chcą całą rękę. Sam tam byłem i dopilnowałem. Były wypadki, przez nieświadomość, pobierania opłaty. Ale to się zwróci.

– Pan to sprawdzi?

– Osobiście.

– Dostali po pięćdziesiąt kilogramów?

– Dostali.

Pan Ż. odjechał, kierownik tłumaczył mi, że jestem młoda i naiwna.

– Więc dla pana słowo tego pana znaczy więcej niż zeznanie całej wsi?

– Proszę pani, on jest przecież z ministerstwa!

Na szczęście, a właściwie na nieszczęście pana Ż., tak się złożyło, że i ja miałam kogoś w ministerstwie. I że ten ktoś, po prostu mi uwierzył.

Po dwu chyba latach przeczytałam w gazecie, że rozkręcona przeze mnie sprawa znalazła swój epilog: pana Ż. złapano, gdy przekraczał granicę w Zakopanem. Zanim jednak do tego doszło, jego nadużycia badały aż trzy komisje: pierwsza dostała milion złotych i stwierdziła, że wszystko w porządku. Ale ponieważ znajomy w ministerstwie uwierzył mi, powołał drugą komisję. Ta otrzymała dwa miliony. Znajomy szukał dalej. Przestępstwo pana Ż. wykryła dopiero trzecia komisja – czy była uczciwsza, czy po prostu pan Ż. nie miał już pieniędzy? Chyba miał, bo kradzież obliczono na sześć milionów. Ukradł to ludziom konającym z głodu, odjął im od ust wyliczoną oszczędnie porcję, która pozwoliłaby przetrwać do pory, kiedy można w lesie zbierać jagody albo nająć się do pracy tam, gdzie są zbiory. Bo na ziemi niczyjej nawet na to nie było nadziei, rola nie była przecież obsiana.

Nie znoszę węszenia i donosicielstwa. Hamlet, z jego obsesją gończego psa, jest dla mnie jedną z najmniej sympatycznych postaci, żądanie zaś czyjejś głowy na półmisku zdaje mi się wyjątkowym barbarzyństwem. A jednak nie mogłam się pogodzić, że sąd w majestacie prawa skazał Pana Ż. na piętnaście lat więzienia. I jeszcze dziś protestuję. Skazano go za kradzież, a to przecież nieprawda. Przez pięć lat oglądałam codziennie drobnych złodziei: żaden z nich nie zabrał drugiemu ostatniego kawałka chleba, ostatniego łachmana z grzbietu, ostatniego kołka w płocie. Pan Ż. zabijał. Przeżyłam wojnę, widziałam zbrodniarzy hitlerowskich, ale jeśli chciałabym widzieć na półmisku czyjąś głowę, to właśnie głowę pana Ż., zdjętą z ciała w idealnie skrojonym garniturze z dobrej wełny.

Wdzięczność

Gdzie Kliniczna, to pani wie. Wtedy, zaraz po wojnie, nie było ani jednej latarni, ciemno, że oko wykol. Śniegu po pas, nogi wyciągnąć trudno, a dujawica taka, że ręki przed sobą nie widać. Szło się tak, że co krok, to wpadało się w zaspy. Ja byłem na takie ciemności wyczulony, bo akurat z band wracałem, więc położyłem rękę na kolbie, rewolwer odbezpieczyłem i nasłuchuję, czy kto na mnie nie wlizie.

No i słyszę. Krzyk, jakiś taki zaczęty, a nie skończony, jakby go kto zdusił. Słucham, słucham, dalej jakby głosy męskie, ledwie słychać, ale ton taki grożący, nie uspokajający. Więc rewolwer ścisnąłem i idę w tamtą stronę.

Słowo daję, podszedłem może na metr, jak ich zobaczyłem – może czterech może pięciu, tylko kształty w tej zadymce. Wie pani myśmy się wtedy nie patyczkowali: ten wygrywał, kto był lepszy, szybszy. Więc od razu ostro:

– Co tam się dzieje? – A oni w nogi. No jak w nogi, to coś mają. Krzyknąłem jeszcze: – Stać, bo strzelam! – i strzeliłem. Tylko się zakurzyło i tyle ich było widać.

Co? Nie, wtedy się w górę nie strzelało. Niby w nich, żeby przestraszyć, ale tak, żeby nie trafić. Biegnę ja za nimi, a tu przede mną znów coś majaczy. Coś białego. Dotykam. Ciepłe, ale sztywne. Wyślipiam oczy. Rany Boskie: kobita! Zupełnie goła, sztywniutka, obsypana śniegiem, ale oddycha i zębami szczęka.

Łapię ja ją za ramię. Ona nic. Szczęka zębami i stoi.

– To oni panią napadli?

Ona nic.

– Gdzie pani ubranie?

Szczęka zębami. Żebym miał choć latarkę, a tu ciemno. Ale rozglądam się, macam dookoła rękami. Coś leży. But, torebka. Potem drugi but. O, sukienka. I tak, wie pani, szukałem koło niej, deptałem miejsce w miejsce, aż znalazłem wszystko. Nawet futro. Nie zdążyli nic zabrać. Ale złodzieje przecież nie rozbieraliby jej do naga, chociaż bieliznę by zostawili. Widać czekało ją coś gorszego niż kradzież. Wtykam jej te ciuchy w garść i krzyczę:

– Niech się pani ubiera!

A ona patrzy na mnie i ani drgnie.

– Niech pani wkłada na siebie bieliznę! – krzyczę. Bo i bieliznę znalazłem, każdą sztukę.

Dopiero wtedy zrozumiałem, że kobita jest w głębokim szoku i sama nie da rady. Ale jak ja ją ubiorę w tej ciemności... Trudno, myślę sobie, i pakuję na nią futro. Na gołe ciało.

– Buty niech pani wkłada – wrzasnąłem. I zamierzyłem się na nią, to wtedy drgnęła i włożyła posłusznie. Resztę rzeczy trzymam w ręku i myślę, co z nią zrobić. Pytam, gdzie mieszka – nie odpowiada. Jak się nazywa – też nic. Co to za ludzie? Nic. Gdzie ją zaprowadzić? Nic.

Trzeba przede wszystkim do jakiegoś światła. Blisko była kolejka i budka dróżnika. Gdzie tam, jak usłyszał ten tupot nóg i strzały, to się zabarykadował. Światło zgasił i za nic nie otworzy. Ludzie się wtedy bali. Kto mógł wiedzieć czy to swój, czy bandzior.

Pogotowie? Posterunek milicji? Pani, gdzie był wtedy posterunek milicji? Może gdzieś przy dworcu... drugi w Gdańsku... w Gdyni. A o pogotowiu to się jeszcze nikomu nie śniło. Trzeba było do najbliższych latarni. Pamiętałem, że coś się świeciło na Grunwaldzkiej. I tak ją prowadziłem w tym futrze w butach na gołych nogach. Zawiązałem jej na głowie szalik, może nie zamarznie na śmierć, jak dotąd nie zamarzła, myślę, bo przecież nie wiem, skąd ona jest.

No i znaleźliśmy latarnię. Kocie oko, ale zawsze. Wybebeszyłem torebkę i znalazłem dokumenty, pieniądze, adres.

A przy latarni przyjrzałem się i tej kobiecie. Zgrabna była, wysoka, a ciuchy miała takie, że jeszcze nigdy takich nie widziałem. Było się na co połakomić. Futro wspaniałe. Karakuły czy sobole... wtedy to się jeszcze nie znałem, karakuły chyba, takie czarne, gładkie. Suknia piękna, bielizna wytworna. Fiuuu! Skąd ona to miała – nie moja sprawa. Dość, że przy tym świetle trochę oprzytomniała i zaczęła mówić. Że ją napadli i kazali się rozbierać. Żeby sama. Więc starała się to robić bardzo powoli. A rzeczy rozrzucała, żeby nie znaleźli. Miała nadzieję, że ktoś się zjawi i uratuje ją. No i uratował.

Dom był nadspodziewanie blisko. Otworzył mężczyzna, na zaniepokojonego nie wyglądał. Pytam, czy to jego żona. Jego.

– Niech pan wezwie doktora – mówię – znalazłem ją nago na mrozie... tu są rzeczy. Za kilka dni pewnie będziecie musieli zeznawać, bo sprawę zgłaszam na komendę.

I facet bez słowa zamknął mi drzwi przed nosem. Nawet złamanego „dziękuję" nie powiedział. Ale się nie zdziwiłem, można zgłupieć, jak ktoś w nocy gołą żonę przyprowadzi, nie?

Tydzień nie minął, całą bandę mieliśmy w saku. Znów napadli na jakąś samotną kobietę, ale mieli mniej szczęścia, bo księżyc wylazł zza chmur i natknęli się na patrol. Różne mieli na sumieniu sprawki i kradzieże, i gwałty, i zabójstwa. Wtedy nie patyczkowano się z takimi, pewnie czapę dostali. A ja z początku czekałem na jakiś znak od swojej damy, może, myślę, przyjdą, może podziękują – ale nic. No, to machnąłem ręką.

Aż tu raz, żona właśnie była w przedpokoju – dzwonek. Otwiera i woła:

– Janek, jakiś pan do ciebie.

Wychodzę – stoi mój gość, mąż tej kobiety. Aha, myślę, namyślił się podziękować. Proszę do pokoju, a ten tylko:

– Panie, gdzie czapka?

– Jaka czapka?

– Nie udawaj pan głupiego! Jakeś pan te rzeczy zbierał, tośpan wszystko znalazł. Z przeproszeniem białe majtki żeś pan na śniegu znalazł. A czapki z norek tośpan nie widział? Czapka była czarna, futerkowa, na śniegu znaczna. Ja dzisiejszy nie jestem… Przyszedłem po czapkę.

Cała bida, że drzwi z klatki otwierały się do wewnątrz, więc jak już zrozumiałem, o co facetowi chodzi i złapałem za bary, to tylko odbił się od drzwi, ale po schodach nie dało rady go pogonić. Jakoś go na te schody wypchnąłem, a on na parterze jeszcze wrzeszczał:

– Ty złodzieju! Znamy takich obrońców! Do sądu podam! Czapki mu się zachciało! Nie daruję ci, draniu! Futerkowa była, czarna, na śniegu znaczna!

Sumiennie

...więc przysięgam się, proszę wysokiego sądu, że nigdy w życiu nic takiego nie zrobiłem. Muchy bym nie tknął, a co człowieka. Jeszcze tak paskudnie. Że siedziałem, to siedziałem, sumiennie: za bieliznę ze strychu pół roku, za drugą bieliznę rok, bo recydywa, za trzecią bieliznę dwa lata. Ja chciałem, proszę wysokiego sądu, coś innego, ale najlepiej mnie się ta bielizna udawała, tatuś mnie nauczył. No, proszę wysokiego sądu, ja się nie chcę tu chwalić, co wpadłem trzy razy, to wpadłem, ale ile razy nie wpadłem? W tej branży ryzyko jest. Trudno, to wlicza się w koszty. Ale względem mokrej roboty to nie i nie, brzydzi mnie takie coś. I w ogóle jak krew zobaczę to mgleję, bo ja miękkiego serca jestem. Z tą bielizną to też bym nie wpadł, tylko jak raz kotka miała małe i bardzo chuda była. A ja miałem w teczce serdelową. Tom zamarudził przy tej kotce z tą serdelową i glina, przepraszam, władza mnie capła. A na okoliczność, że jezdem delikatny, to ta panienka, znajoma z Zakopanego może poświadczyć.

– Czy świadek zna tego człowieka?

– Nie wiem, czy „zna" to dobre określenie...

– Toż ja panience torebkie w górach sprzątłem.

– Oskarżony, proszę się nie odzywać. Świadek, proszę jaśniej.

– To było w górach. Byłam studentką. Pieniędzy miałam bardzo mało, ale nocując w schroniskach i jedząc byle co, jakoś przedłużyłam sobie te wakacje. Ostatniego dnia przed powrotem koniecznie chciałam jeszcze raz pójść w góry. Okazało się, że już wszyscy znajomi wyjechali; wiem, że nie wolno chodzić samej, ale pogoda była piękna i zaryzykowałam. Oczywiście taką ceperską ścieżką, żeby nie skręcić nogi. O tym, że może mnie ktoś napaść, ani pomyślałam. I wtedy, kiedy schodziłam już z góry, spotkałam tego człowieka. Nawet się ucieszyłam, w górach samemu jakoś głupio. A on wyrwał mi torebkę i zaczął uciekać...

– Ta pani miała być świadkiem obrony?

– Tak, wysoki sądzie, mój klient właśnie liczy na dowód obrony.

– Proszę kontynuować.

– ...w tej torebce miałam wszystkie pieniądze: na drogę powrotną, na zapłacenie schroniska i kilka złotych na zapas. Aż się rozpłakałam. A złodziej, to znaczy, przepraszam, ten pan, zatrzymał się i krzyknął, czego beczę. Więc mu wytłumaczyłam, że nie mam za co wrócić do domu i tak dalej. Dogonił mnie i zaczął się targować. „Dwadzieścia złotych pani starczy?". „Nie, bo muszę zapłacić schronisko i bilet". „Pięćdziesiąt starczy?". A ja, że starczy. „To masz smarkula, trzymaj...", tak powiedział: *smarkula*, „...a drugi raz sama się nie włócz, bo coś gorszego może cię spotkać. Ale ja też dziś nic nie jadłem, więc te resztę, dziewięć pięćdziesiąt, sobie zatrzymam, bo przecież darmo nie będę za tobą latać. Masz te swoje klamoty i forsę", no i oddał mi wszystko. A potem była taka niewygodna ścieżka, stroma, więc szliśmy oboje powoli i rozmawialiśmy. Pytał mnie co studiuję, czy mam dużą rodzinę, i raz pomógł mi przekroczyć takie trudniejsze przejście. Nie, nie był nachalny, ani natrętny. Nie, nie był brutalny. Był grzeczny. Wziął sobie tylko te dziewięć pięćdziesiąt i tłumaczył się bardzo, że musi, bo nie ma na obiad. Och, to było dawno, jeszcze przed wojną, chyba w 1938 roku. Tak to wszystko.

*

No ma pan szczęście. Ale niech mi pan powie, skąd pan wiedział, że ta dziewczyna pana nie pogrąży? Przestraszył ją pan, trochę ograbił, przecież mogła się zemścić, skłamać, i ładnie byś pan wyglądał z takim świadkiem obrony.

– Psychologia, panie mecenasie, w naszym fachu trzeba znać psychologię. Wie pan, jak ja spojrzę na człowieka, to już wiem, czy można mu zegarek odpiąć, czy z torebki coś wyciągnąć, czy portfelik ze spodenek wyłuskać, czy lepiej nie zaczynać. U mnie, panie mecenasie, nie ma takiego cwaniactwa, że sztuczny tłok, popychanie… wszystko elegancko, sprawnie, bardzo wrażliwy jestem. Biednego nie tknę. Ta panienka na przykład była elegancko ubrana i to mnie zmyliło. No i potrzebowski ogromnie byłem. Ale żeby ostatnie pieniądze wziąć… to nie ja. Podzielić się… tak. Ale nie oskubać. Nasz fach, panie mecenasie, jest już na wymarciu. Chamy teraz panie się pchają, brutalnie, panie. Potrafią pobić, uszkodzić klienta. Hołota, panie. U mnie stara szkoła: delikatnie i inteligentnie. Tylko ginie, panie mecenasie, ta nasza wiara, ginie.

Baron zdemaskowany

I znów wszystko w walizce, w szafie przegrzebane. Czego ta baba u nas szuka? Bomby, brylantów?

Andrzej uważał, że i tak nic się nie zmieni, ale Lidka pobiegła na dół z awanturą. Jeśli sądziła, że *madame* okaże skruchę albo będzie się migać, to się zawiodła.

– Tak, sprawdzałam, to jest moje mieszkanie i mam prawo wiedzieć.

– Ależ... – Lidkę zupełnie zatkało – skoro nam pani wynajęła... to mieszkanie jest nasze. Zresztą wszystko było pozamykane!

– Ja mam klucze. Skąd mogę wiedzieć, czy nie przechowuje pani jakichś żrących substancji, które niszczą politurę? Lub łatwo psującej się żywności? I tak mam z wami kłopot. Zużywa pani za dużo gorącej wody. Poza tym przychodzą goście i chodnik na schodach się brudzi. Właśnie chciałam panią uprzedzić, że muszę, po prostu muszę podnieść czynsz.

Więc trzeba było znów szukać mieszkania.

Koledzy z ambasady i konsulatu uprzedzali, że nie należy liczyć na jakąś radykalną odmianę, wszyscy mają te same kłopoty. Na rue de Florence gospodyni wystawia dodatkowe rachunki za każdą wizytę przyjaciół, bo schody się ścierają. Na rue d'Oultremont w pokoju lokatorów jest wizjer i *madame* co jakiś czas zagląda. Jej mieszkanie, jej prawo. Ale podobno na tejże rue d'Oultremont jest jeszcze jakieś mieszkanie – byłoby wygodnie, blisko do ambasady i w przerwie obiadowej można wpaść do domu, zamiast jeździć na obiad przez całą Brukselę.

Zamieszkali na drugim, *gorszym* piętrze. Schody na pierwsze piętro okrywał perski dywan, sufity ozdobione były sfinksami, okna miały ozdobne ramy, a *madame* codziennie osobiście sprzątała pokoje (nie licząc dużych porządków, do których przychodziła wdowa Françoise), lokatorom z pierwszego piętra podawała rano śniadanie, czyściła im buty (te buty doprowadzały do szewskiej pasji demokratycznie nastrojoną Lidkę, która bezskutecznie usiłowała wzbudzić w *madame* świadomość klasową). Do Andrzejów natomiast prowadził wąski, nieco wytarty chodniczek, a wdowa Françoise raz w tygodniu przejeżdżała przez pokój odkurzaczem i zostawiała ostry zapach środków dezynfekcyjnych. Na pierwszym piętrze mieszkał pan baron z żoną. Żona, młoda i wątła, tonęła w puszystych futrach i skórzanych obiciach krążownika szos; pan baron o wyglądzie rzeźnika z Garwolina zjawiał się nagle i nagle znikał, by załatwiać jakieś interesy, które rodziły wciąż nowe futra i nowe krążowniki.

Nowa *madame* była wielka, ciepła i macierzyńska. Wyprowadzała na spacer starą upasioną wilczycę Mizette, paradując w papilotach i płaszczu zimowym, narzuconym na długą, różową, nocną koszulę. Cały dzień nosiła ranne pantofle na wysokich obcasach, a do nich grube męskie skarpety, opadające na różowe pompony z łabędziego puchu. Uśmiechała się do Andrzeja i Lidki, nazywała ich *les braves Polonais* i ocierała łzy, dopytując się o życie w Polsce podczas okupacji. Wreszcie któregoś dnia wtargnęła do ich pokoju z głośnym szlochem. W jednej ręce trzymała niedzielny dodatek do gazety, poświęcony rocznicy powstania warszawskiego, a w drugiej pęczek drobnolistnej *salade de blé**, narodowego przysmaku Belgów.

– Niech pani to ode mnie weźmie – wciskała Lidce przywiędłe zieloności – takem się spłakała, czytając co te Bosze** z wami wyrabiały, jakeście głodowali i w ogóle… pani to przyrządzi mężowi za moje zdrowie…

---

* Chodzi o roszponkę.

** *Boch*, fr. „Szwab".

Andrzejowie, nieprzywykli do jakiejkolwiek wylewności w tym mieście, w którym nikt nikomu nie dawał bez specjalnej potrzeby prezentu nawet za jednego centima, gotowi byli płakać ze wzruszenia razem z *madame*.

063864

MILITARY ENTRY PERMIT
PERMIS MILITAIRE D'ENTREE
MILITÄRISCHE EINREISEERLAUBNIS

The holder of this Permit is authorised to enter GERMANY as stated.
Le titulaire de ce permis est autorisé à pénétrer en ALLEMAGNE comme indiqué.
Der Besitzer dieser Erlaubnis ist berechtigt, Deutschland wie unten angeführt zu betreten.

WARNING — AVERTISSEMENT — WARNUNG
For conditions of issue see back.
Voir au dos les conditions d'usage.
Die Ausfertigungsbedingungen sind auf der Rückseite zu ersehen.

Imprimerie nationale, Berlin. — J. 960

Uprawnienie do przejazdu przez okupowane Niemcy
(wyłącznie „Orient" Expressem), 1946.

Czasem sadzała sobie Lidkę na kolanach, głaskała ją po głowie i udzielała gospodarskich porad: że nie należy gotować zupy na cały tydzień, lecz na najwyżej trzy dni, że Lidka marnuje mleko i śmietankę, bo ona widziała, że to wszystko się zsiadło i trzeba będzie wyrzucić, i tak dalej. Tłumaczenia, że mleko i śmietankę specjalnie zostawiła na zsiadłe, przyjmowała z absolutną niewiarą, ale więcej się nie wtrącała. Właściwie, jeśli nie liczyć czynszu, miała do nich tylko jedną sprawę.

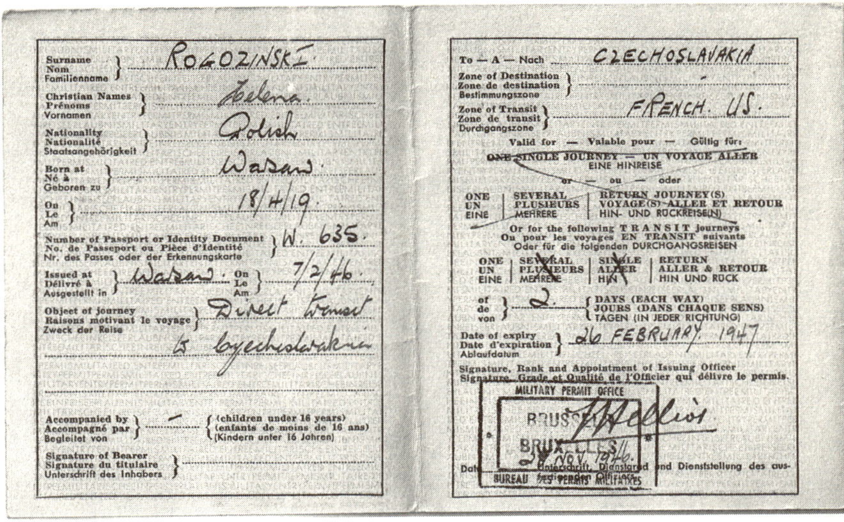

Surname / Nom / Familienname } ROGOZINSKI

Christian Names / Prénoms / Vornamen } Helena

Nationality / Nationalité / Staatsangehörigkeit } Polish

Born at / Né à / Geboren zu } Warsaw

On / Le / Am } 18/4/19.

Number of Passport or Identity Document / No. de Passeport ou Pièce d'Identité / Nr. des Passes oder der Erkennungskarte } W. 635.

Issued at / Délivré à / Ausgestellt in } Warsaw. On / Le / Am } 7/2/46.

Object of journey / Raisons motivant le voyage / Zweck der Reise } Direct transit to Czechoslovakia

Accompanied by / Accompagné par / Begleitet von } – { (children under 16 years) (enfants de moins de 16 ans) (Kindern unter 16 Jahren)

Signature of Bearer / Signature du titulaire / Unterschrift des Inhabers }

To — A — Nach CZECHOSLAVAKIA

Zone of Destination / Zone de destination / Bestimmungszone } -

Zone of Transit / Zone de transit / Durchgangszone } FRENCH. US.

Valid for — Valable pour — Gültig für:

~~ONE SINGLE JOURNEY — UN VOYAGE ALLER~~ EINE HINREISE

or — ou — oder

~~ONE / UN / EINE | SEVERAL / PLUSIEURS / MEHRERE | RETURN JOURNEY(S) / VOYAGE(S) ALLER ET RETOUR / HIN- UND RÜCKREISE(N)~~

Or for the following TRANSIT journeys / Ou pour les voyages EN TRANSIT suivants / Oder für die folgenden DURCHGANGSREISEN

ONE / UN / EINE | ~~SEVERAL / PLUSIEURS / MEHRERE~~ | ~~SINGLE / ALLER / HIN~~ | RETURN / ALLER & RETOUR / HIN UND RÜCK

of / de / von } 2. { DAYS (EACH WAY) / JOURS (DANS CHAQUE SENS) / TAGEN (IN JEDER RICHTUNG)

Date of expiry / Date d'expiration / Ablaufdatum } 26 FEBRUARY 1947

Signature, Rank and Appointment of Issuing Officer / Signature, Grade et Qualité de l'Officier qui délivre le permis.

MILITARY PERMIT OFFICE / BRUSSELS / BRUXELLES / 28 NOV. 1946 / BUREAU DES PERMIS MILITAIRES

Date ... Unterschrift, Dienstgrad und Dienststellung des ausfertigenden Offiziers

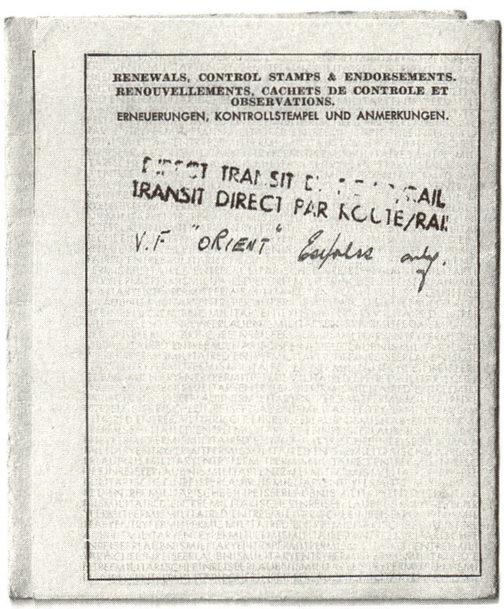

RENEWALS, CONTROL STAMPS & ENDORSEMENTS.
RENOUVELLEMENTS, CACHETS DE CONTROLE ET OBSERVATIONS.
ERNEUERUNGEN, KONTROLLSTEMPEL UND ANMERKUNGEN.

DIRECT TRANSIT BY ROAD/RAIL
TRANSIT DIRECT PAR ROUTE/RAIL
V.F "ORIENT" Express only.

Jako że w czwartki i soboty pod dom przyjeżdżała wielka śmieciarka i połykała zawartość baczków, wystawianych przed dom poprzedniego wieczora, to w środy i piątki *madame* nieodmiennie zjawiała się w pokoju, prosząc Lidkę, żeby pomogła jej wynieść ciężki baczek ze śmieciami z mieszczącej się w suterenie kuchni. A Lidka nigdy nie ruszała się z miejsca, tłumacząc z miłym uśmiechem, że w Polsce ciężkie roboty spełniają mężczyźni, po czym Andrzej z takim samym miłym uśmiechem pomagał taszczyć bak. I choć procedura ta trwała już przy niezmąconej przyjaźni prawie rok, *madame* zawsze zwracała się do Lidki, nigdy do Andrzeja – przyjmowała widać, że co kraj, to obyczaj i może u dziwnych Polaków śmieci wynoszą mężowie, ona jednak takim wykroczeniem przeciwko obyczajom się nie splami i będzie prosić o to żonę.

W którąś środę jednak Andrzeja nie było w domu i Lidka, czy przez te buty wystawiane do czyszczenia, czy przez krążowniki szos, które również nie budziły w niej sympatii, powiedziała:

– Bardzo żałuję, ale męża nie ma. Może poprosi pani o pomoc pana barona?

W *madame* piorun strzelił; patrzyła na Lidkę, zbyt wstrząśnięta, by się oburzyć.

– Czy pani… czy pani zwariowała? – wyjąkała wreszcie – Pan baron ma wynosić śmiecie? Jak się pani w ogóle taki pomysł mógł wyląc w głowie – spytała już dużo ostrzej – to niesłychane!

– Przepraszam bardzo – Lidka też już się nastroszyła – a pracownik ambasady, *attaché*, przedstawiciel obcego państwa może? Korona mu z głowy nie spadnie.

Ale *madame*, głucha na logikę, schodziła już po schodach, posapując:

– Baron! Baron, lokator *pierwszego piętra* ma wynosić śmiecie!

Sprawa jakoś przycichła, aż do kolejnego płacenia czynszu.

– Żona mi mówiła, że pani szalenie emablujesz swojego barona – rozpoczął Andrzej przemowę z najsłodszym ze swoich uśmiechów. A pani wie, kto to taki? Pani myśli, że to jest prawdziwy baron? Te wszystkie tytuły – Andrzej zniżył głos do tajemniczego szeptu – to wszystko jest kupione, proszę pani. A pieniądze miał, proszę pani, z handlu żywym towarem. Najpierw się dorobił w Argentynie, a potem w Turcji.

– Skąd pan wie? – w głosie *madame* pojawiło się dziwne, nieznajome brzmienie.

– Skąd wiem? – Andrzej, mimo rozpaczliwych spojrzeń Lidki, brnął dalej. – Królowa Elżbieta* mi mówiła. Często jadam kolację z kochaną Elżbietą, pytała mnie się, gdzie mieszkam i tak się o nim zgadało. Więc królowa powiedziała, że ten baron to nie baron, że sprzedawał dziewczęta do Turcji, do... hm... haremów, a później dał rządowi dużą pożyczkę i stąd ten tytuł. Co pani jest? Co się stało?

Madame, blada jak papier, z trudem łapała powietrze; patrzyła na Andrzeja tępo, usta wykrzywiały się jej w podkówkę, jak u małego dziecka. Zanim Lidka dobiegła z wodą, z kroplami, powiedziała twardo:

– Już nic, idę do siebie, nie przeszkadzajcie mi dziś, czynsz jutro.

I zeszła do siebie, najpierw po wytartym chodniczku, potem po perskim dywanie.

– Znowu się wygłupiłeś! *Z kochaną Elżbietą jadam często kolację* – przedrzeźniała – przyniósłbyś mi z tej kolacji ananasa albo karczochy. Jak w ogóle wyglądają karczochy?

– Czekaj, przecież nie o Elżbietę chodzi – chodził po pokoju po przekątnej, jak zwykle, kiedy chciał rozwikłać jakąś zagadkę. – Czemu ona tak się zdenerwowała, co? Już ja się dowiem.

Dowiedział się po roku, kiedy wyjeżdżali do Polski i *madame* przyszła udzielić im swoich macierzyńskich rad na podróż. Nagle zaczęła płakać, a jak się już dobrze wypłakała, wytarła nos wielką, męską chustką, poprawiła papiloty na głowie i powiedziała:

---

* Chodzi oczywiście o królową Belgii, matkę ówczesnego króla, Leopolda III, który niebawem abdykował na rzecz syna.

– A ja byłam wywieziona do Turcji przez jednego łajdaka, ale do haremu się nie dostałam, tylko… no już sami wiecie. Co ja przeszłam, Boże, co ja przeszłam. Ale minęło! A teraz siedzę tu z wami i z Mizette, i mam dom, bo ten pan, który mnie wykupił i przywiózł do kraju, kazał mi się tym domem opiekować. On czasem przychodzi – uśmiechnęła się wstydliwie – on się jeszcze we mnie kocha. A pan wtedy tak powiedział o tym niby baronie… To był dobry lokator, ale ja mu wymówiłam. Pytał dlaczego, nie powiedziałam, nie mogłam powiedzieć. Gdybym powiedziała, to musiałabym go chyba zabić.

Po czym zawinęła ciaśniej poły szlafroka i poczłapała do drzwi w swoich rozdeptanych pantoflach z pomponami z różowego puchu.

Zielony Konstanty

Poznaliśmy się w Brukseli w roku tysiąc dziewięćset czterdziestym szóstym, ale czy jesienią, czy wiosną – nie pamiętam; wiem tylko, że było chłodnawo, bo przyszedł do nas w takiej skórzanej kamizeli bez rękawów z angielskiego demobilu, która dziś byłaby może modna, a wtedy wyglądała zabawnie. Dostaliśmy polecenie, żeby go przekonać – to znaczy oczarować, ugłaskać – żeby wrócił do kraju. Bał się, miał tam coś niecoś za skórą, jakieś felietoniki w emigracyjnych pisemkach, nie wiedział, czy nie będzie się z tego musiał rozliczać. Ale na kolację przyszedł.

Mieszkaliśmy wtedy albo w poselstwie, albo tuż obok, przy rue d'Oultremont u bardzo fajnej gospodyni, byłej pensjonariuszki wesołego domku, wyjątkowo sympatycznej i macierzyńskiej. Pamiętam, że przygotowywałam z przejęciem sałatkę z ananasów, jabłek, melona i pomarańczy. Dobre to było. I dziś by się zjadło. Poza tym oczywiście, jakieś zakąski: *anchois*, szynka z przydziału, chrupiące bagietki i zdobyta w ostatniej chwili kongijska kawa.

Gwoździem przyjęcia był jednak sam gość, a właściwie goście, bo Gałczyński przyprowadził ze sobą młodą *akaczkę*, dość dziwacznie wyglądającą dziewczynę, wyższą od niego o dobrą głowę, ubraną w taką samą skórzaną kamizelę z demobilu. Uwolniona przez Amerykanów z babskiego oflagu była belgijskim aniołem stróżem Gałczyńskiego: opiekowała się nim w szpitalu, kiedy był chory, pilnowała żeby się zbytnio nie zawieruszał, w razie potrzeby wyciągała z knajp, gdzie zbyt dokładnie poznawał poetykę celtyckich ballad. A że Konstanty nie tylko wielkim poetą był, lecz i mężczyzną pełnym uroku, biedna *akaczka*, niepomna istnienia srebrnej Natalii, nie spuszczała oczu z mistrza.

Tymczasem jeszcze niedawno Natalia umierała i wszyscy zwątpili w jej wyzdrowienie. Wówczas nie pisałby o śmierci tak poufale: *Były dwie siostry: Noc i Śmierć, Śmierć większa, a Noc mniejsza. Noc była piękna jak sen a Śmierć, Śmierć była jeszcze piękniejsza.* Zresztą nie miał wtedy o tym pojęcia; jeńcom nie posyła się do obozu takich wieści. Lekarze nie znali powodu, nie umieli postawić diagnozy, nie wiedzieli jak pomóc. Chora leżała, bez kropli krwi w woskowej twarzy, gasnąc z dnia na dzień. Opiekowali się nią przyjaciele, między innymi poeta Jerzy Zagórski i jego żona, Maryla. To od niej słyszałam, że ktoś powiedział im o tybetańskim lekarzu Badmajewie i o tym jak Badmajew wyleczył Natalię.

Cóż to za cudotwórca? W dawnych wydaniach poezji Gałczyńskiego było dużo dedykowanych mu wierszy – ale dziś już nie żyje, medyczne tajemnice zabrał ze sobą do grobu, a w nowych wydaniach dedykacja znikła. W czasie I wojny był carskim lotnikiem, który się rozbił nad Tybetem*. Lamowie pozbierali szczątki samolotu i lotnika, samolot, jako niepotrzebny, wyrzucili, a lotnika poskładali, pozszywali, reanimowali i sobie tylko znanym sposobem wyleczyli. Badmajew spędził u swych przyjaciół wiele lat, nauczył się od nich tajemnic medycyny, zatęsknił wszakże za europejską cywilizacją i przysiągłszy, że nigdy nie zdradzi tajemnicy, odzyskał

---

* Inna wersja tej opowieści mówi, że Sultim i Gelong Badmowie, buriaccy mnisi tybetańscy, ocalili życie żony generała gubernatora Murawjowa (czyli słynnego „Wieszatiela") podczas jego podróży po Syberii. Osiadłszy w Petersburgu, zmienili nazwisko na „Badmajew", a wyznanie na prawosławie, po czym zostali słynnymi lekarzami. Faktem jest, że Badmajewowie prowadzili praktykę i aptekę tybetańską, a jeden z nich, Piotr, leczył największe osobistości, w tym członków rodziny carskiej (był też synem chrzestnym Aleksandra II), oraz próbował prowadzić własną politykę podboju dalekiej Azji przez Rosję, przy czym w przekonywaniu do niej Mikołaja II miał mu pomagać Rasputin. Pochodzący z tej rodziny Włodzimierz Badmajew ukończył studia medyczne w Petersburgu, a po rewolucji przybył do Polski. Zmarł w 1961 roku w Krakowie, dokąd przeniósł się z Warszawy.

wolność. W Warszawie leczył już od wielu lat – jedni go uważali za znachora, inni za szarlatana – w końcu trafili do niego przyjaciele Gałczyńskiej.

Diagnoza brzmiała: „Rak osocza krwi, wyrokowanie pomyślne. Wskazania: codziennie przemierzyć około czterech kilometrów".

– Przecież ja nie mam siły stanąć na własnych nogach... – rozpaczała Natalia.

– Siły pani nie ma, ale ma pani przyjaciół. Niech biorą panią pod ręce i wloką, a po dwóch tygodniach będzie już pani mogła poruszać nogami.

Po dwóch tygodniach potwornych męczarni zaczęła stawiać pierwsze kroki, po miesiącu chodziła, po dwóch miesiącach już sama przemierzała te swoje nakazane kilometry. Poznała na pamięć Planty, brzegi Wisły, uliczki Krowodrzy, alejki parku Jordana. Ale to było tam, daleko, a my siedzieliśmy przy stole.

Już przy *anchois* dogadaliśmy się, że nie ma się czego bać, że kraj i laury czekają, trzeba tylko wsiąść na statek i wracać; o resztę postarają się przyjaciele i ich żony. Przy winie Gałczyński rozrzewnił się na dobre, przy sałatce zaczął wielką – acz niezbyt dobrą, bo może wina było za mało – improwizację o tęsknocie, o zapachu ziemi nad Wisłą, o tym jak będzie witał tę ziemię na klęczkach. Potem *akaczka* wyjawiła nam, że również jest poetessą i co gorsza, zaczęła to udowadniać: recytowała swoje utwory, a Konstanty, bidak, wyjaśniał nam szeptem, że ona wprawdzie nie jest Deotymą, ale jest za to bardzo, bardzo szlachetna i dobra. Uwierzyliśmy w to bez trudu, bo przecież jakieś wartości duszy musiała posiadać.

Zaparzyłam kawę i nagle poczuliśmy straszliwy fetor, przypominający raczej roztrząsanie pryzmy obornika niż wonną mokkę. Rozglądaliśmy się po sobie niepewnie, Gałczyński zaskoczył pierwszy:

– Czy kupiliście może tę nową, kongijską mieszankę? Na to jest niestety tylko jedna rada: wylać do zlewu i wykadzić mieszkanie. Niejeden już się nabrał.

Przy herbacie uzgodniliśmy techniczne szczegóły: jutro Gałczyński zgłosi się do Urzędu Repatriacyjnego w konsulacie, tam skierują go na kilka dni do obozu przejściowego, a za tydzień statek odpływa do kraju. W Krakowie czeka już Natalia z Kirą. Czeka praca. Czekają wydawnictwa. Nie będzie musiał chodzić, prosić, molestować. Każdy tekst, każdy wiersz przyjmą z otwartymi rękami.

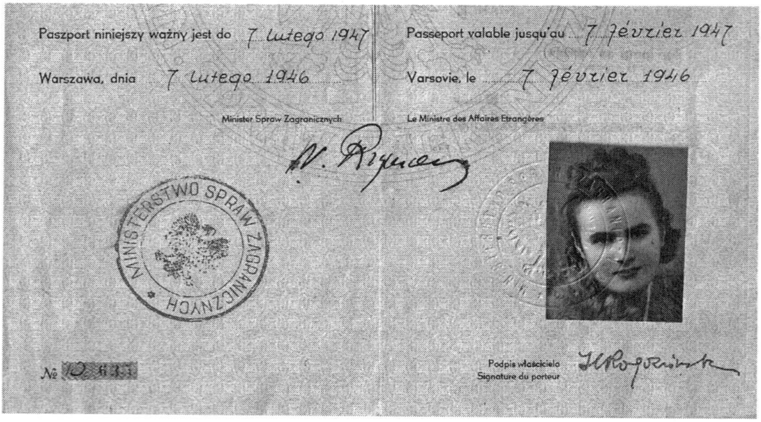

Paszport dyplomatyczny Heleny Rogozińskiej, 1946.

– *„Ziemia i niebo przemijają, lecz słowo Moje nie przeminie?". Kto to powiedział? Kto powiedział? Zapomniałem.*

– Tak, właśnie tak, słowo pana nie przemija. Pamiętają wszystkie pańskie słowa. No a teraz idźcie już do waszych kwater, jest późno a jutro trzeba się zgłosić z samego rana, załatwić formalności.

Gałczyński pożegnał się, wyszedł i zniknął. Nie ma go nigdzie. Ani na kwaterze *Polandów*, ani w znajomych kawiarniach, ani w knajpach, ani na uniwersytecie dla Polaków, ani u przyjaciół. Mija dzień, dwa, trzy – nawet gdyby nie zarządzali tej ustawowej kwarantanny, to przecież statek zaraz odpływa.

Poetessa stanęła na wysokości zadania. Przestała deklamować o wspólnocie dusz, tylko szukała. Dom po domu, jedno za drugim wszystkie znane sobie i diabłu miejsca. Wielka, zamaszysta, nie bała się zaglądać do najgorszych spelunek, marynarskich mordowni, murzyńskich zamtuzów. Dosłownie na parę godzin przed odcumowaniem znalazła go, śpiącego jak niewinne niemowlę, w jakiejś tawernie tuż przy redzie. Reszta już poszła jak z płatka.

– Chce pan wracać do kraju? – pochylił się nad Gałczyńskim urzędnik, którego tam przyprowadziła.

– Oczywiście, przecież ja na to konto już cały dzień piję ze szczęścia.

– Dzień? Człowieku, ty masz miarę!

– No, może i dłużej – zipnął. – Ale jakie to ma znaczenie wobec faktu, że wracam do kraju?

Bruges

W końcu nie dali jej tego ajerkoniaku. Choć wygrała zakład, nawet z nawiązką. Bo nie tylko spróbowała muli, ale zjadła całą porcję, pełną *casserolle*. Mule – nie ślimaki, *escargot*, tylko małże, z wyglądu jak maleńkie ostrygi, ale oczywiście ugotowane – podawali w Brugii w *casserolach*, czyli rondelkach, razem z rosołem. Pachniało to korzeniami i przyprawą, a smakowało jak grzyby; jadło się rękami, otwartą muszelką jednego, jak szczypcami, wydłubując smakowite mięso z drugiej muszli.

Miasto pachniało inaczej niż Bruksela: rybami, wodorostami i kawą. Po kanałach, jak w Wenecji, pływały gondole. No, uczciwie powiedziawszy, zwykłe wielkie łodzie – trzeba się było nachylać pod łukami mostów.

W wodzie odbijały się szacowne budynki oplecione dzikim winem i kwiatami clematisu oraz stareńka katedra gotycka, do której zaplątała się Madonna Michała Anioła. Ratusz, muzeum jedno, drugie i trzecie, a wszędzie Memlingi, Metsysy i Bóg wie jakie jeszcze skarby.

Tu chyba nie można było mieszkać zwyczajnie, na co dzień – bo jak chodzić do sklepów i targować się o cenę butów w mieście, w którym mieszka wieczność? I ta Madonna w błękitach i czerwieniach, których tajemnicy nikt dotychczas nie odkrył? Przerażona, bo dzieciak, którego piastuje na kolanach, jest tak mądry, że chyba się nie uchowa – trzyma w maleńkiej rączce kulę ziemską i patrzy na nią ze zmarszczonymi brwiami: wie, że mimo swego męczeństwa nie zbawi jej od wszelkiego złego, amen. Dziś Metsys malowałby U Thanta*; on chyba ma takie same problemy i też zdaje sobie sprawę z beznadziejności swoich poczynań.

Nad kanałami siedzą na stołeczkach koronczarki.

Na cześć turystów noszą swe białe, haftowane czepce, stare flandryjskie stroje i żeby przynęcić klientów, cały dzień przekładają malutkie klocki, tkając najpiękniejsze koronki świata: to właśnie *brukselskie* koronki, które kosztowały kiedyś tyle, co wieś, a i dziś nielicho.

W muzeum Memlingi: modele ustawieni przez malarza zależnie od rangi, równiutko, według wzrostu: po lewej wielki święty patron, nieco mniejszy fundator i rząd maleńkich synów, uszeregowanych jak w wojsku, wszyscy klęczą z równo złożonymi rękami, twarzami jednakowymi jak odbitymi przez kalkę. Po prawej święta, za nią żona fundatora, nosata, w wysokim czepcu z woalem, za nią dziewczyny, wszystkie nosate, wszystkie w czepcach, małe, maleńkie, coraz mniejsze, jak ruskie drewniane baby, wyjęte jedna z drugiej.

Za miastem *beguinage*, pustelnia panien beginek, świątobliwych emancypantek, które tu uciekały od jarzma mężczyzny, od kuchni i pieluch. Choć kuchnia i tu je dopadła. Ale jaka! Miedziane naczynia, pogrzebacze i łopatki od węgla, zdobione kowalskim kunsztem; stoły z czarnego dębu z kręconymi nogami, zydle o proporcjach godnych królewskiej komnaty.

Marta upomina się o wygraną. Tu, w *beguinage*, podobno częstują piwem z czereśni, przysmakiem flandryjskich wieśniaków. Jeśli już nie chcą jej dać tego *adwokata*... Ale beginki, mimo że nie składają ślubów, nie odpowiadają na pytania. Czyżby im zabraniała klauzula? Są jak obraz prerafaelitów: niestrzyżona trawa sięga kolan, na jej tle bieleją kępy narcyzów i lśnią prześwietlone słońcem błękitne irysy, w koronach drzew śpiewają na wpół oswojone

---

* Chodzi o raport *Problemy ludzkiego środowiska*, przedstawiony w 1969 roku przez sekretarza generalnego ONZ, U Thanta, po raz pierwszy pokazujący katastrofalne skutki nadużywania ekosystemu przez człowieka.

ptaki, a wśród tej scenerii przesuwają się, jak w zwolnionym filmie, wysmukłe panny odziane w czerń habitów, głuche i nieme, niewidzące świata. Ich białe kornety powiewają nad zielenią trawy, jak wielkie, nierzeczywiste kwiaty. A może to nie żywe istoty, tylko dekoracja, poruszana za pomocą ukrytej maszynerii?

Eh, madame, bilecik poproszę, pięć franków pani płaci, to za ogród, zwiedzały pani już wnętrze? Starą kuchnię, cele beginek? Ça va. Jeszcze dziesięć franków, razem piętnaście. Piękno też ma swoje bilanse.

Agłaja dzwonniczka

Mała Ulijanko, klęknij na kolanko, wstążkę w rączkę sobie weź i wybieraj kogo chcesz.

Mysie ogonki sterczą, mała pociąga nosem, rozgląda się niezdecydowanie…

– Te, mała, weź głuchą, weź za rękę do koła, niech i głucha się bawi.

Ale mała nie chce, co to za zabawa z głuchą. Zresztą inne dzieci też nie chcą, głucha nie rozumie, co do niej mówić. I nie śpiewa ze wszystkimi. Gruba kobieta z koszem pełnym zielska daje spokój. A Agłaja stoi pod płotem i uśmiecha się po swojemu, nieśmiało; patrzy na dzieci skaczące na jednej nodze, na dzieci trzymające się za ręce, na dzieci wykrzykujące na całe gardło. Widzi jak szybko poruszają ustami i wydymają policzki; patrzy pilnie, czy zmarszczki koło oczu podnoszą się w górę, czy usta się uśmiechają. Jeśli nogi zaczynają tupać, a na czołach zbierają się pionowe bruzdy, odsuwa się powoli. Bardzo chciałaby się z nimi bawić, więc podchodzi do koła, pokazując na siebie i na nie, stara się koniecznie im powiedzieć: układa gardło i język tak, jak widzi u nich, i wtedy z ust, zazwyczaj milczących, wyrywa się bełkot. Zatykają sobie uszy i uciekają. Więc Agłaja nie próbuje mówić ani podchodzić za blisko; woli patrzeć z odległości paru metrów, niż zostać zupełnie sama.

Ale teraz wymyśliła nowy sposób. W jej ogródku rosną piękne śliwy. Narwała pełne garście fioletowych, lepkich od żywicy śliwek i z wyciągniętymi rękami podeszła do gromadki dzieci. Sterczące warkoczyki i piegowate nosy zastygły w oczekiwaniu. Ręce Agłai, ciężkie od owoców, wysunięte w ich stronę, przemawiały do nich zrozumiałym, kuszącym językiem.

Dzieci szanowały prawidła gry. Trzeba będzie głuchą wziąć do zabawy. Ostatecznie nie musi być zaraz Ulijanką, śpiewać albo zaklepywać berka, powinno jej wystarczyć, że pozwoli jej się trzymać z innymi za ręce i chodzić w takt piosenki czy chować się *w korytko*. Tyle się na nich gapiła spod płotu, że chyba da radę.

Dała radę. Była skończenie szczęśliwa, że biega razem z nimi, że chowa się razem z nimi, że może szukać i kręcić drobną kaszkę. Pilnuje się, żeby nie wyrażać tego po swojemu, bo właśnie wtedy odsuwają się od niej niechętnie.

I tak staje ze śliwkami w wyciągniętych rękach, aż za którymś razem czuje ciężkie uderzenie w kark, odwraca się i widzi nad sobą rozzłoszczoną twarz matki. Śliwki rozsypują się na ziemię, matka zbiera je do podołka i wygrażając pięścią, odchodzi. Dzieci naradzają się w kącie za kasztanem, jak należy postąpić – czy, mimo wszystko, przyjąć głuchą do zabawy, czy wymusić nowy okup. Ale Agłaja sama przesądza sprawę: woli bicie niż samotność. Chyłkiem przemyka się do ogródka i z powrotem, rozglądając bojaźliwie na boki; daje dzieciom tajemnicze znaki i wyprowadza je za stodołę, dopiero tam wytrząsa śliwki zza pazuchy. Śmieje się tryumfalnie – śmiechem chrapliwym i urywanym, ale tym razem dzieci nie uciekają. Są zajęte śliwkami.

*

Trawa robi się szorstka i łamliwa od porannego szronu. Agłaję zaś porywają wkrótce nowe tajemnicze przeżycia: we wsi nastaje czas godów. Prawie co dzień przyjeżdża do drewnianej cerkiewki fura zdobiona kwiatami i wstążkami i wysiadają z niej nowożeńcy; panny młode, zaczerwienione od mrozu i wzruszenia, ciężko zeskakują z wysoko wymoszczonych siedzeń w ramiona chłopaków w granatowych garniturach; druhny w różowych i niebieskich sukienkach z mocno skręconymi fryzurami trzymają w rękach sztywne bukiety. Pełno tu kolorów i gestów, śmiechów i popłakiwań, wszyscy są łagodnie usposobieni, to i nikt nie wyrzuca dzieciaków, przybiegających jak na przedstawienie. W cerkwi unosi się łagodny zapach kadzidła i palących się świeczek, ze ścian patrzą czarne twarze bizantyjskich świętych, złoto łagodnie drży i migoce w blasku setek płomyków. Agłaja, wtulona w najdalszy kąt, czeka na najpiękniejszą chwilę: gdy drużba podnosi nad panną młodą ciężką, wysadzaną klejnotami koronę. Wtedy Agłaja wychodzi cichutko i patrzy, jak na dzwonnicy kołysze się serce dzwonu: w prawo, w lewo, w prawo, w lewo; wie, że jak tylko dzwon rozhuśta się miarowym rytmem, ludzie podnoszą głowy znad roboty w domu, na podwórzu, na polach, że widzą ten dzwon, choćby byli daleko zasłonięci domem, górą lub lasem. Tylko ona musi podejść blisko i patrzeć szeroko rozwartymi oczami.

*

Dawniej matka wstydziła się Agłai, teraz lubi opowiadać o nieszczęściu. O feralnym dniu, w którym przyszła zza lasu czarna chmura i przyniosła ze sobą złe powietrze. Od tej chmury i złego powietrza Agłaja ogłuchła. Zresztą, to nie pierwszy raz we wsi, wszyscy pamiętają, jak od złego powietrza w czasie burzy umarła stara Trochimczukowa, a kowala Arkadiusza sparaliżowało, bo zapomnieli obejść chałupę ze święconym wiankiem i ikoną.

Całe nieszczęście w tym, że na taką chorobę żaden lekarz nie pomoże. Po prawdzie to matka Agłai jeździła z małą do lekarzy i do miasteczka, i do kliniki, do Warszawy nawet, ale przecież z góry wiedziała, że to sprawa beznadziejna, niepotrzebne wyrzucanie pieniędzy. Czasami uda się taką rzecz zamówić. Ale stara Awdokia, która umiała to najlepiej, właśnie umarła, a te inne babki, wstyd powiedzieć – partaczki. Widać nie spodziewała się jeszcze śmierci, bo nikogo swych tajemnic nie zdążyła nauczyć; dawniej z róży, z uroku zaraz Awdokia wyleczyła, a teraz coraz częściej wszystkie te zamawiania i modlitwy tyle pomagają, co umarłemu kadzidło.

Z tego wożenia Agłai do doktorów tylko nowy kłopot wypadł: zaczęły przychodzić jakieś papierki, wezwania jakieś, zupełnie jak do sądu. Matka Agłai o mało się ze wstydu nie spaliła, jak listonosz przy ludziach jej te papiery dawał; cała wieś myślała, że ją ktoś podał do sprawy, albo komornik za podatki ściga. A to chodziło o Agłaję. Żeby zawieźć do miasta, a oni ją dadzą do takiej szkoły, w której nauczą pisać, czytać, nawet rozmawiać i jeszcze jakiegoś fachu. Z prostego człowieka w mieście zawsze chcą dudka zrobić. Widziane to rzeczy, żeby głuchego mówić i słyszeć nauczyli. Żeby wyleczyli, to tak – na to by matka przystała. Ale wyraźnie jej powiedzieli, że nic z tego, więc po co dzieciaka do szkoły chcą brać? Na pośmiewisko? Doświadczenia z nią chcą robić? Zastrzykami kłuć? Nie posłała i koniec. Trzy razy te papierki z ponagleniami przysyłali, ale zapowiedziała listonoszowi, że jakby jeszcze coś takiego miał, to żeby jej w ogóle nie pokazywał i nerwów nie psuł.

Więc została Agłaja we wsi i wszyscy przekonali się, że bardzo słusznie. Nad podziw przydawała się w domu. Robiła w polu i ogrodzie, mogła ugotować i uprać, a już najładniej to haftowała i szyła. Umiała także wyrysować, co tylko chciała: i człowieka, i krowę, i koguta, i kwiaty. Ale to ciekawiło tylko dzieci, bo co dorosłym po rysunkach? Choć jak kiedyś wyrysowała kobiety, jak śpiewają, to wszystkim się zdawało, że za chwilę usłyszą pieśń – i to najbardziej ich zdumiało: jakże to, głucha, a tak dobrze umie to śpiewanie podpatrzeć, jakby słyszała. Wtedy nawet zaczęli trochę gadać po wsi, że może i niedobrze, że matka jej do miasta nie dała, może by jaką malarką została, jak ten pan, co niedawno ikony w cerkwi odnawiał? A taki człowiek szacunek ma ludzi, ksiądz go na plebanii gościł równy miesiąc i jeszcze ile mu musieli zapłacić!

Ale Agłaja się nie skarży. Po dawnemu uśmiecha się cichutko, jakby przepraszała, i szyje po całych dniach i nocach. W polu już nie robi, bo się nie opłaci; już i dach na chałupie pokryli, i stodołę nową stawiają, a ludzie mówią, że to wszystko z szycia Agłai, wszystko Agłajowe pieniądze, ale jej przecież niepotrzebne. Za mąż nie wyjdzie, a ubrać się ma w co, bo sama sobie wyszykuje.

Nie chodzi już prawie nigdzie. Nie biega nawet pod dzwonnicę, żeby patrzeć jak dzwony kołyszą się w prawo i w lewo. Dawniej ganiała tam trzy razy dziennie, aż ją przezwali *Agłaja dzwonniczka*, teraz jest już dorosła. Czasem szyje ślubną suknię. Przychodzi do cerkwi, patrzy jak panna młoda, powiewając welonem, spiętym wysokim wiankiem, staje przed popem z odświętnie ubranym młodym mężczyzną, czeka aż drużba podniesie koronę, a młodych połączy pocałunek. Wtedy Agłaja szybko ociera łzy i wychodzi z cerkiewki.

*

I właśnie w karnawale zaczęło się nowe strapienie. Nanieśli Agłai chyba z pięć białych sukienek, bo z pięć ślubów szykowało się w cerkiewce. Szyła całymi dniami i nieraz noc zarwała nawet, matka podtykała jej to garnuszek śmietany, to bułkę z salcesonem, bo aż z tego szycia przybladła – ale wiadomo, za ślubną można więcej wziąć, a przydałoby się nową krowę kupić, bo stara już mało mleka daje. Więc podchlebiała Agłai, a na wsi coraz to przepytywała, czy nie trzeba jeszcze komu co do szycia, może koszule dla chłopców? Dlaczego nie, też uszyje.

I tak Agłaja poznała Leona.

Czarny był, oczy miał mroczne, włosy spadały mu prawie na brwi, a jak się śmiał, to pokazywał bardzo dużo zębów. Chciał, żeby wzięła mu miarę, bo, mówił, szyję ma szczupłą, a ramiona szerokie i kupne koszule mu nie pasują. Matka przetłumaczyła jej, o co chodzi; Agłaja dotknęła szerokich, chłopięcych barków, delikatnie otoczyła centymetrem opaloną na brąz szyję i odeszła szybko w kąt izby.

Leon nie spieszył się jednak z odejściem; żartował, że dobrze mieć taką żonę, co wszystko potrafi, i że pasowaliby do siebie, on czarniawy, ona bielawa, jak w piosence.

Nie rozumiała, ale czuła, czuła każdym nerwem, każdym kawałkiem skóry, że mowa zarazem o niej, i o tym chłopaku, błyskającym zębami. Po raz pierwszy poczuła się taka zmęczona, jakby od wieków siedziała i migała igłą. Odłożyła robotę i dała po swojemu znać, że na trochę wyjdzie. Mówiła potem matka, że coś ją od razu tknęło, ale zabronić przecież nie mogła.

Dzień był mroźny, słońce stało obojętne, dzieci obrzucały się śniegiem, za suchym na śnieżki, a w świerkowym zagajniku, nad stawkiem, spacerowały pary młodych. Pewnie tych, którym Agłaja szyła suknie. Nic się nie działo. Czasem tylko kogut wskoczył na płot, zatrzepotał skrzydłami i uniósł dziób ku górze. Na nią nikt nie czekał. I czego właściwie mogła szukać na pustej drodze?

Dalej wszystko odbywało się prawidłowo: panny młode mierzyły suknie, czasem któraś pocałowała Agłaję w policzek w podzięce za piękną robotę, matki chłopców przychodziły po koszule i też dziękowały stokrotnie.

Ale Leon zjawił się sam. Obejrzał koszulę, klasnął w ręce, schwycił Agłaję w pół i wykręcił ją po izbie, aż pociemniało jej przed oczami. I wtedy weszła jego dziewczyna, jego narzeczona, po suknię. Śmiali się, trzymając się za ręce, i coś tłuaczyli Agłai. Nie próbowała zrozumieć, nie próbowała myśleć, wiedziała tylko, że ten chłopak do niej się śmiał i ją objął. Objął ją przecież. Przecież i wtedy patrzył na nią i dotykał jej jasnych warkoczy. A więc szyła mu ślubną koszulę.

Podeszła spokojnie do szafy, wyjęła suknię dziewczyny, na której do późna haftowała wzór przerysowany z amerykańskiego żurnala, chłopcu wyjęła koszule z ręki, a potem wzięła wielkie krawieckie nożyce i kawałki sukni zaczęły opadać na ziemię powoli, z lekkim – dla niej i tak niesłyszalnym – szelestem jedwabiu, układając się w miękki, biały kwiat. Potem równie powolnie i dokładnie pocięła koszulę, którą trzeba było szyć na miarę, bo Leon szyję miał szczupłą, a ramiona szerokie.

Przychodzili potem kolejni i kolejne, przed cerkiewkę zajeżdżały sanie, i późno matka spostrzegła, że twarz córki jest coraz bardziej przezroczysta, że wychudły migające igłą ręce, tylko oczy goreją niezdrowym blaskiem. Aż któregoś dnia Agłaja nie wstała z łóżka; uśmiechała się po dawnemu, pokazywała na głowę i serce, ale nie wstała. Matka przyprowadziła starą Katarzynę, która po Awdokii cieszyła się największą sławą. Wysmarowano Agłaję tłuszczem i czosnkiem, postawiono bańki, okadzono ziołami, Katarzyna odmówiła wiele zaklęć – nie można powiedzieć, żeby nie napracowała się sumiennie. Ale przede wszystkim zaleciła chorej leżenie w łóżku przez tydzień i żeby, broń Boże, nie tknęła grzebieniem włosów. I po kilku dniach Agłaja wstała. Trochę słaba i blada jak przedtem, ale wyraźnie wyleczona. Katarzyna mogła tryumfować: kazała zawiązać głowę chustką i przez miesiąc nie używać grzebienia, aż choroba sama wyjdzie do reszty.

Dziewczyna znów wzięła się do szycia. Głowę zawiązano jej kilkoma chustkami, żeby nie złapała złego powietrza, co raz już ją tak srodze skrzywdziło. Po miesiącu czuła się znacznie lepiej. Kiedy jednak zdjęła chustkę, uciekła z chałupy na górę, gdzie znaleziono ją spłakaną do nieprzytomności prawie: piękne jasne warkocze, pielęgnowane przez tyle lat skręciły się w twardy kołtun. Z rozpaczy zaczęła wycinać splątane kudły przy samej skórze. Ale Katarzyna i matka zaczęły wyrywać jej nożyczki – każdy wie, że kołtuna obcinać nie wolno, bo wejdzie do wewnątrz i pokręci ręce i nogi. Za późno. Kilka pasm zbitych włosów leżało już na ziemi; należało się spodziewać wszystkiego najgorszego.

Teraz Agłaja cicho gaśnie, prawie nie wychodząc z pokoju. Doktor, któremu matka niebacznie ją pokazała, naopowiadał głupstw, że jest chora na serce i reumatyzm, że pomogą tylko zastrzyki, kąpiele i szpital. Ale kobiety nie dadzą dziewczyny na zmarnowanie.

Wiedzą dobrze, że nie wolno jej dawać żadnych lekarstw, że to nie żaden reumatyzm, tylko kołtun ścięty przez samą Agłaję: z lewej strony ścięła włosy, to i z lewej pokręciło jej nogę i rękę. A serce boli, bo też po lewej. Katarzyna umie leczyć i takie rzeczy wie. Jedyny ratunek, to czekać, aż kołtun odrośnie, a choroba wyjdzie z włosami na zewnątrz. W szpitalu zetną, a dziewczyna pójdzie do grobu.

Kto wie lepiej, co trzeba dziecku, choćby i głuchemu, niż matka? Ubiera Agłaję ciepło, wyprowadza ją na słońce, chroni przed przeciągiem i czeka, aż przyjdzie termin dojrzewania kołtuna. Może za sześć miesięcy, może prędzej, może za rok. Któregoś dnia poświęci się nożyczki, odmówi modlitwy, a kołtun, już bezsilny, nie będzie mógł dziewczyny skrzywdzić.

Na razie słucha ze strachem nierównego oddechu i czuje ból we własnym sercu, kiedy dziewczyna przyciska dłoń do piersi.

Ale decydować może tylko Katarzyna, ona na wszystko znajdzie wytłumaczenie. Trzeba pilnie wyglądać, jaki będzie nów: jak pogodny i zimny, to wszystko w porządku, kołtun zdąży dojrzeć, nim zmoże Agłaję do reszty. Jeśli jednak na nowiu pokażą się chmury albo deszcz, to wtedy żadne uroki nie pomogą. Wszyscy o tym wiedzą i sama Katarzyna nic na to nie poradzi.

Trzeba czekać.

Jodłowa deseczka

Śnieg sypał równo, gęsto, dużymi płatami. Po paru dniach zatonęły w zaspach drogi i ścieżki leśne, a wsie dawały o sobie znać tylko światłami okien lub dymem z komina – a cały ten świat, odległy od miasta wojewódzkiego o czterdzieści kilometrów, a dwa kilometry od szosy, dawnego traktu królewskiego, stał się światem zabitym deskami. Szosy nikt nie odśnieża, łatwiej ogłosić przerwę w komunikacji samochodowej – czy to takie pilne jechać do Białegostoku z Grzybowca pod Gródkiem? Można i później. Z miasta zaś nikt się tu nie spieszy. Zresztą na wiosnę i jesienią też trzeba tu brnąć przez gliniaste błoto leśnymi ścieżkami, a i w lecie nie ma specjalnych atrakcji.

Zdeklasowany Gródek, ongiś miasteczko; parterowe domki stoją pod strażą dwóch instytucji, sprawujących rząd dusz i spinających miejscowość jak klamrą: kościółek katolicki maleńki, jakby zawstydzony swoim skromnym znaczeniem, okazała cerkiew. Ludzie mówią tu różnie: po polsku, po rosyjsku, po białorusku, a najczęściej mieszanką tych wszystkich języków, a modlą się też różnie. Wielu odmawia pacierz w połowie po polsku, a w połowie po rosyjsku, niepewni, która modlitwa bardziej spodoba się Bogu.

Moje marzenie dokładnie jeszcze nie wykonane z powodu czasu, braku go i biedoty mego życia jako robotnika, rolnika. No człowieka. Za cały swój wiek mnogo uczyłemsia dużo czytałem o różnych naukach i sztukach. I moim zadowoleniem była książka i muzyka. Zrobiłem dla próby kilka skrzypiec pięciostrunnych, które byli zbadane w Ministerstwie Kultury, ale powiedzieli mnie, że do symfonicznej orkiestry pięciostrunna skrzypka niepotrzebna. Więc robię tylko czterostrunne. A każda z początku robota oplanowana jest tak, ażeby była piękna przyjęta forma. Ale najważniejsze, żeby ona miała najlepszy ton, jaki ja chcę po moim muzycznym zdolnościom starego muzyka.

Stary majster, który mieszka w Grzybowcach, wycina w drzewie różności. I szafy, i krzesła, i dom cały sobie zbudował, a jak sąsiadka poprosi, to i dno wprawi do spróchniałej beczki. Ale to nie jest sprawa główna; wszystko, co robił w życiu – dwadzieścia lat na kolei, wojsko, trzydzieści lat na gospodarstwie – to nurt poboczny życia, w którym miał jedno umiłowanie: skrzypce.

Dawno, kiedy jeszcze chodzili po wsiach grajkowie, a na wiejskich weselach chłopcy zadawali pannom zagadkę *Wesołe drzewo wesoło śpiewo, koń nad baranem kiwa ogonem, w lesie ścięte, w domu nagięte, po wsi chodzi, dziewki zwodzi*, zachciało mu się grania. A kto chciał grać na skrzypkach, musiał je sobie zrobić.

Mały był jeszcze, dwunastoletni, krowy pasał. Wyciął kozikiem dwie deseczki, a potem pasował, kleił, wyginał, majstrował jakieś struny, smyczek z końskiego włosia, by wreszcie zaskrzypieć na tych skrzypeczkach komarzym głosem. Sam zbudował, sam się na nich nauczył grać, *z głowy, z fantazji*, potem kolejne, lepsze, kiedy już się naoglądał prawdziwych instrumentów. Ale to mu nie wystarczało, w poszukiwaniu pełniejszego tonu wycinał inne efy, inaczej wyginał spodnią płytę i gryf, szukał najlepszego lakieru, drewna. Pół biedy ze spodnią płytą, klony rosną, ale jodły w okolicy nie ma, trzeba zastępować świerkiem.

Sprzedawał dawniej skrzypki w Białymstoku, bo byli tacy, co woleli ręczną robotę od fabrycznej i kupowali: dzieciom do szkoły, do orkiestry, sobie samym do muzykowania. Ale dziś trudno zarobić. Dobrego lakieru nie ma, trudno o suche drewno, trudno o części do smyczka, o struny.

– Przez miesiąc skrzypiec nie zrobisz, materiał drogi. A w Grzybowcach chcą dawać sto złotych za sztukę, ciężko żyć. Dzieci nie ma.

– Mąż ma osiemdziesiąt pięć lat. On już człowiek starszy, ale ciekawy, ciągle majstruje i gra. A jak ja na niego krzyczę, że nic z tego nie ma, to gniewa się i mówi, że dla ludzi robi, nie dla pieniędzy.

– Żona to już staruszka, siedemdziesiąt osiem lat. Ja jeszcze żwawy, ale ona kobieta, kobiecie ciężej żyć. I tak sobie drepczemy, wiążemy koniec z końcem, ale mi się nie chce dreptać, czasu mi szkoda, każdej chwili, co nie buduję skrzypiec.

– Pisma do urzędów pisał, do kolei, dwadzieścia lat przepracował, pięciu lat brakuje. To kopie kartofle na kolanach, ja nie mogę, bo mam kataraktę. A potem w tych kolanach reumatyzm.

– Bywa, że się reperuje beczki sąsiadkom, dadzą czasem parę groszy, czasem dobre słowo. Świniaczka się zakłuje, słonina jest, co więcej trzeba?

Więc pisze pisma. Do Ministerstwa Kolei, że krzywda, do Warszawy, bo dowiedział się, że jest konkurs lutników, a on tak chciałby zobaczyć skrzypce słynne, piękne. Jaka tam tajemnica, czy lakier inny, czy drzewo, czy dusza inaczej ustawiona? Do Ministerstwa Kultury, że dziękuje za zapomogę, którą niedawno dostał i pyta, czy mógłby te pięćset złotych otrzymywać co miesiąc.

Gdybym ja miał te pieniądze, to jużbym mógł rzucić pracę na roli, bo mi za ciężko staremu. I dopiero bym mógł robić skrzypce. Pojechałbym wszędzie. Wszystkobym zobaczył i w Poznaniu muzeum instrumentów i w Warszawie. I miałbym pieniądz na drzewo, może bym jodłową deskę kupił. I struny bym miał dobre, bo teraz w tych skrzypcach są struny z mandoliny, bo tańsze.

Ściemnia się, mrok pokrywa czyściutki pokoik z wyszorowaną do białości podłogą. Majster stroi skrzypce, ze strunami z mandoliny, zaraz coś zagra. Z fantazji, choć zna nuty, ale woli te piosenki, co o nich już nie wie, czy swoje, czy cudze. Ściany zawieszone skrzypcami: smukłe i szerokie, z różnymi kształtami efów, czterostrunne, pięciostrunne, lśnią lakierem. Nad stołem barwna plama wyciętej z „Przyjaciółki" reprodukcji: Renoir, dziewczyna z gitarą. A wyżej, między rodzinnymi fotografiami, sentymentalna pocztówka: zasłuchana dama i skrzypek.

Muszą w kilku słowach powiedzieć. Ale naprzyd bardzo podziękowac tak, jak mam mocy: za to, co zrobiła dla mnie Pani. Że dzięki mojej roboty polecą w swiat; a ludzi uszłyszą ich j że j ja żyie taka istota, Że umiem to robic. Jest to dla mnie j nigdy niezapomnąna dobrosć. J mam wielka chęć być jeszcze raz u Pani z lepszym mojm instrumentem. J czymś lepszym podziękowac.

A dziś nie mam takich słów, żebyś jimi wyrazić taku szczyreść.

Załóją tylko tego, że jestem wrażliwy, na poczucie, które zrobiło mnie to. Kiedy nieoczekiwano stanoł grać przed mikrofunem, to nie przygotowany, zapomniał co znałem za to mnie styd. Że taki jestem.

Ja myślałem, że był wywołany do was tylko w sprawie moich skrzypiec. A stało poważniejsze. O Muzyce. O Muzyce ja dawno wiem. Że ona najlepsza napiękniejsza, jaki instryment może ją wydac. A instrumenty, które ja widział i słyszał najlepiej podobałas mnie. „Hawajska gitara". Własnie kcą zrobić z takim tonem skrzypce.

*Ale mnie radzo awtorytetny czensto słuszą muzyka po Radzio ruznych. A czytam rosyjska (*БСЭ *Bolszaja Sowetska Encykłapiedzią) widzą fotografja rużnych muzycznych instrumentow. Z czego wiem. Jeżeli będą miał środki i czas spróbóją poszukiwaniem.*

Co znałem, tylko moiego czytania z nauki, a zobaczyłem ten uparat, kiedy grałem w niego, to poznałem ta wielka nauka. Za co bardzo dziękują Pani.

J pozostają z życzeniem najlepszym do Pani.

J. N.

Prowadziła mnie Pani do Urządu Kultury i Sztuki. I ta Pani dużą i przychilnie mówiła mnie o tym w jaki sposób oni będą, w obec mnie, postempowac, abyś mnie byyła przyznana pomoć. Proszę szan. Pani, żeby, przy jakiejść moznosci, napisac mnie tej Pani adres. A mnie będzie potrzebność pisac do niej listy o tej mojej sprawie.

*A nie zadługim czasem ja napiszą do Ministerstwo Kultury i Sztuki, Gabinetu M. K. i Sztuki długie usprawiedliwienie tej mojei sprawy.**

---

* Pointę tego – znacznie skróconego w redakcji – reportażu stanowi list, który znalazłem w papierach po adresatce. Zachowałem oryginalną pisownię.

Madonna

Franka przezywali „dłubakiem". Skąd się o nim ta Cepelia dowiedziała – nie wiadomo, ale przyjechali do niego, kupili trochę tej jego dłubaniny, zaprosili go do miasta, pokazywali różne wzory, wozili na wystawy i namawiali, żeby tylko tak dalej, a oni wszystko kupią.

Wtedy Franek, który nigdy za wiele w polu nie chciał robić, zlisił się całkiem.

Dobrze, że były akurat wakacje i młodszy brat ze szkoły przyjechał, bo Franek ani na żniwa nie zważał, ani na siano, tylko w szopie strugał, piłował, stukał i malował te swoje figurki. Ojciec najpierw zaklinał go na wszystkich świętych, na sumienie, na niewinne krowiny, których nie było komu w porę nakarmić i wydoić, w końcu machnął ręką. A Franek robił swoje i okazało się, że to właśnie on miał rację, bo jak wrócił z Cepelii to położył przed ojcem tyle pieniędzy, że aż się przestraszyli, że ukradł.

– Ale! Za rzeźby mi dali! Po trzysta złotych za figurę. A tam przecież cały odpust, chyba ze dwieście ludzi zrobiłem. I karuzela z konikami jest, i kram. Do muzeum wzięli, powiedzieli, że jestem samorodny artysta i że to jest talent i nie wolno mi przeszkadzać. Tak, tato, powiedzieli. A musi być prawda, bo jeśli nie byłaby prawda, to by nie zapłacili.

I to był argument, bo tylu pieniędzy nikomu by nie podarowali za piękne oczy. No i dali mu spokój. Bliźniaki zresztą podrosły i mogły pomagać, a Franek wyrzynał w drzewie swoje figurki.

Ale choć mu już nikt nie dogadywał, teraz dopiero utracił cały spokój i poczuł, że już nigdy go nie odzyska. Dawniej wiedział.

Nie potrzebował myśleć, martwić się, ręce same, prawie bez świadomości, sięgały po odpowiedni klocek, który po kilku godzinach zamieniał się w starego chłopa, w babę okutaną w chustę, w dziewczynę o tęgich łydkach, w parobka młócącego zboże. Tym ludziom do towarzystwa bez trudu powoływał do życia krętorune barany, krowy o zagiętych rogach, koniki o wypukłej piersi, stada gęsi i kur, gulgocącego indora, psa ujadającego na łańcuchu.

Teraz mu już to nie wystarczało. Zakosztował jabłka z drzewa wiadomości, sprzedał duszę diabłu. A zjawił się diabeł w postaci tak świętej, że każdy by się nabrał, choć Franek wiedział, że to Zły kusi: siedział w ołtarzu mariackim krakowskiego kościoła i paskudnie krzywił gębę, wyglądając zza świętych apostołów: *No i cóż? Ty tak nie potrafisz! A może spróbujesz?* Dobrze, że zabrali mu tę całą menażerię, cały ten odpustowy tłum z krasnalami i kramem, bo dziś nie mógłby patrzeć na te tępe gęby, na te sztywno stojące baby z wybałuszonymi oczami.

Dawniej do szopy co chwilę zaglądały ciekawe dzieci i wybiegały zaraz, krzycząc na całe podwórze: *O, znowu kura! O, jaki pies! O, to stara Iwańska, a ten to zupełnie jak nasz dziadek!* Od przyjazdu z Krakowa Franek nikogo do szopy nie wpuszczał.

Zresztą nie było czego pokazywać. W kącie leżały połamane i porąbane siekierą części postaci, jak po jakiejś rzezi; co wieczór zbierał szczątki pomordowanych i szybko, żeby ich nikt nie zdążył obejrzeć, rzucał do kuchennego pieca.

Od dwóch tygodni nie przybyła ani jedna figura, a Franek zachowywał się coraz dziwniej: przestał jeść, znikał z domu, włóczył się po lesie, szukając odpowiedniego drewna – rodzice z łatwością poznawali, że Franek jest opętany. Aż wreszcie zrobił, to na co czekali od dawna, czego się od dawna najbardziej obawiali: poszedł pić.

Najbliższa gospoda, mordownia z szynkwasem zalanym piwem, huczała brzękiem much, torturowanych tanim, źle trującym lepem: rozpaczliwie walcząc o życie, zostawiały na lepie wyrwane z ciała nóżki i umęczone, spadały w talerze z nakrajanym salcesonem. Wozacy, zaprawieni baterią ciepłego piwa, chrapali z głowami opartymi o stół, a pod ścianą siedziała młodziutka, blada dziewczyna, znana już wszystkim miejscowym. Włosy miała bardzo jasne, opadające na ramiona, podkrążone oczy i pusty wzrok skazańca, nie pasujący do miękkiego, dziewczęcego zarysu podbródka i ust, wykrojonych lekko w podkówkę.

Siedziała sama. Wozacy byli zbyt pijani, by zwracać na nią uwagę; czekała, aż trochę wytrzeźwieją.

Kiedy stanął w drzwiach, ożywiła się na moment, oceniając swoje szanse, ale zobaczyła w jego wzroku coś takiego, że konwencjonalny uśmiech spełzł z jej twarzy jak starty gąbką. Przyjrzała mu się uważnie, z namysłem, i nagle, przez ułamek sekundy poczuła, że ominęła ją w życiu jakaś sprawa, której istnienia nawet dotychczas nie podejrzewała, że coś niesłychanie ważnego dzieje się tuż obok niej, ale bez jej udziału. I to nagle napełniło ją żalem, jakiego nie pamiętała od wczesnego dzieciństwa. *Musiałam za dużo wypić, trzeba będzie golnąć klina!*, pomyślała, usiłując wziąć się w garść.

– Chodź no tu, kochasiu, zafunduj mi kielicha – zawołała do Franka. Ale Franka już nie było. Biegł do domu, przepowiadając sobie w pamięci jasną twarz dziewczyny i jej zrozpaczone oczy.

Z półki wyciągnął klocek i dłutka, zaczął wycinać Madonnę. Znów wiedział. Szybkimi, nieomylnymi ruchami noża zestrugiwał wierzchnią warstwę drewna, wydobywając z klocka zarys kobiecej postaci z lekko nachyloną głową.

Jeszcze trzeba wycyzelować rysy twarzy, złożone w pokorze ręce, miękkie fałdy sukni klęczącej postaci. Jeszcze trzeba usta, usta Madonny, wygiąć w zrozpaczoną dziecinną podkówkę, a oczom, oczom Madonny, które już zaczynają przeczuwać nieszczęście, odebrać blask młodości.

Madonna już jest gotowa na przyjęcie męczeństwa. Ma urodzić dziecko, którego nie będzie umiała ustrzec.

Martwa natura, która czeka

Co kilka tygodni ścierała ze sztalug kurz, solennie przyrzekając sobie, że jutro zabierze się do wykończenia obrazu. Wyblakłe od upływu czasu, zanurzone w czerń tła zielone pałki trzciny – pionowy rytm mocnych krech wyrastających z glinianego garnka. I poziom: owoce, omszałe od kurzu, czerwone kule rozsypane po obrusie. W pojęciu skrzętnej gospodyni rzucone byle jak, a przecież ułożone w porządek narzucony kompozycją. W lewym rogu czerwień najbardziej nasycona, gasnąca w miarę posuwania się ku prawej i dołowi. Po drugiej przekątnej jednak, od lewej do górnego prawego rogu czerwień utrzymana w tej samej gamie, w tej samej intensywności, tyle że jej plamki są coraz mniejsze, coraz lżej położone, u góry ledwo muśnięte, przechodzące w delikatną kreskę.

– Właściwie to już jest skończone – mruczała Irena – tylko tu na dole trzeba coś dodać. Ale co? Błękit? Fiolet? Teraz złe światło. Jutro się zobaczy.

Zajmuje spory kąt w pokoju, zawadza wszystkim. Trzeba go omijać, aby nie potknąć się o wystającą nogę sztalug, uważać, żeby nie uszkodzić płótna. Od dziesięciu przeszło lat nie miała ani chwili czasu, żeby sobie pomalować. I od przeszło dziesięciu lat żyje pod presją nieskończonej pracy: codziennie z wyrzutem spogląda na te raz mniej, raz więcej zakurzone rytmy pałek, coraz bardziej zamazana gliniana bańka i więdnące owoce. Czasem o pierwszej lub drugiej w nocy z determinacją wyciągała z tekturowych pudeł schowane głęboko farby i olej lniany, rozrabiała na palecie kilka plam cynobru, kobaltu, pruskiego błękitu i delikatnym dotknięciem pędzla ożywiała gasnące barwy zielonych łodyg i czerwonych światełek na owocach. Dalej jednak nie wiadomo było jak zapełnić tło. Światło elektryczne zmienia przecież kolory i jutro może się okazać, że wszystko chybione.

Joanna Karpińska, podpis *Słońce pada na bukiet, odbicie w lustrze*; fot. Zygmunt Karpiński, 1979.

A od rana zaczynał się kierat. Mleko dla kotów, śniadanie dla mamy i chorej siostry, jeszcze pędem do sklepiku po bułki i do szkoły. Ile miała lat? Kiedyś pięćdziesiąt, potem sześćdziesiąt, teraz siedemdziesiąt... i zawsze dzień zaczynał się od kotów, od mamy, od siostry, od sklepiku. A potem szkoła. Na pełnym etacie, na półetacie, na ryczałcie, obojętne, przecież i tak nie wyjdzie, dopóki nie załatwi wszystkiego, nie odpowie na wszystkie pytania uczniów, nie rozwiąże wszystkich ich problemów, nie wysłucha ich zmartwień. Ilu dyrektorów przeżyła? Każdy zaczynał od delikatnego przypomnienia, że już nie ten wiek, że tylko na skutek niedopatrzenia pozwolono jej dotychczas pracować, że trudno, bardzo mi przykro, ale pani rozumie... trzeba wreszcie odejść. Po miesiącu zawsze ten sam dyrektor przepraszał, że nieporozumienie, że pani rozumie, przepisy, on nie doceniał, proszę się nie obrażać... jeśli zdrowie pozwoli, to może jednak jeszcze do końca roku szkolnego... więc Irena zostawała. I znów nie mogła wyciągnąć farb, zacząć z powrotem malować. Zacząć żyć dla siebie.

A trzydzieści lat temu? Trzydzieści pięć? Trzydzieści pięć lat temu budowała szkołę malarską. W parku stał piękny, opuszczony, na wpół zrujnowany pałac. Cały rok trwało mozolne zdobywanie materiałów, pieniędzy, zezwoleń, robotników. Do tego ile energii na przekonanie władz, że w ogóle takie przedsięwzięcie, pomaturalna szkoła malarska, jest potrzebna w powiatowym mieście. A przecież cały czas pracowała w liceum i przy okazji zdobywała do swojej uczelni przyszłych uczniów, z którymi tułała się z nimi po poddaszach, po jakichś prowizorycznych pracowniach.

Wreszcie szkoła w pałacu została otwarta. Prawdziwa szkoła, ze studentami, ciałem profesorskim i woźną. Wszyscy z jednakowym wynagrodzeniem. *To i tak jest pensja głodowa, nie mogę dać woźnej mniej niż sobie, bo i tak nie starczy jej na życie* – Irena uważała to za znakomity dowcip. A ponieważ ktoś inny uznał za znakomity dowcip, aby szkołę zaraz po otwarciu odebrać i umieścić tam inną, ważniejszą niż uczelnia artystyczna instytucję, wróciła ze studentami na poddasza zaprzyjaźnionych szkół, do kilku maleńkich pokoików, wygospodarowanych przez rodzime liceum, i dalej pchała *organiczną pracę*, ćwicząc ręce i głowy podopiecznych. Czasem udało jej się machnąć kilka monotypii, bo na płótno i blejtramy nie było pieniędzy, a przecież nie można było palety zawiesić na kołku.

Potem powiększyła jej się rodzina.

Najpierw dziewczyna, która zaczęła łapać dwóje. Ciało pedagogiczne po prostu odebrało jej stypendium i miejsce w internacie, a Irena zbadała sprawę i zaczęła reedukację zbłąkanej owcy od wzięcia jej na swój garnuszek. Odchuchana przez Irenę, jej matkę, siostrę i czwórkę kotów, maturę zdała z sukcesem. Po niej znalazło się drugie kulawe kaczę, zabiedzony chłopak – tym razem opieka przedłużyła się na uniwersytet i karierę naukową. Niebawem nudnawe wakacje starych panien ożywił temperament synka dawnego ucznia, a do opieki nad rodziną doszło przyrządzanie kaszek i leguminek dla małego, opowiadanie i ilustrowanie bajek.

Więc wszystkie zaplanowane w głowie obrazy muszą nieco poczekać. Ten niedokończony na sztalugach na pewno prędzej czy później wykończy. Może w nocy, może wygospodaruje wreszcie kilka godzin za dnia. Bo przecież nie może czekać matka, nie mogą czekać sprawy innych ludzi, nie może czekać życie.

Upadek Eskurialu

Kto?

– Do ciebie.

– Do mnie? Skąd może być do mnie, sypnąłeś mnie?

– Idiota. Po prostu szukają cię wszędzie i znaleźli.

– Kto dzwonił?

– Matka.

– Matka… i co jej powiedziałeś?

– Że byłeś. Że cię nie ma. Że nie wiem, kiedy będziesz. Że dam znać.

– Nic nie dasz znać.

– Słuchaj, może by… matka płakała, denerwuje się…

– Och, ona na pewno dobrze wiedziała. O wszystkim zawsze dobrze wiedziała.

*

Ile trzeba czasu, żeby się coś zawaliło? Rok, pięć lat, jedna chwila? Ferdek właściwie nie wie. Jak zwierzę, jak pies zwietrzył jakiś obcy zapach, zapach czegoś gładkiego, śliskiego, co wymykało mu się z rąk, co nie miało ani kształtu, ani wymiaru, ale przecież istniało.

Ile nacierpiał się przez to idiotyczne imię: Ferdynand. Ojciec demonstrował swoją Hiszpanię jak inni telewizory i samochody; nie żeby ojciec nie miał swojego wozu, a jakże: jeden, drugi, trzeci. Nie musiał, jak inni, wymykać się chyłkiem z domu na wódkę. Miał te swoje spotkania, wspomnienia kombatanckie – szkoda tylko, że nie był u Dąbrowszczaków w brygadzie polskiej, tylko wmieszany w różnojęzyczny tłum. Nie znalazł tutaj nikogo ze swoich, ale wspólna sprawa dostarczyła mu nowych towarzyszy.

Czego nie dowspominał z nimi, tym częstował rodzinę. Ferdynand i matka mieli serdecznie dosyć tych czerwonych piasków, tej rozpaćkanej gliny w odwrocie od Madrytu, tych wszy, tyfusu i opowieści o okrucieństwach Falangistów; na pamięć już znali każdą bitwę o najmniejszy wzgórek, w uszach mieli krzyk ludzi zagrzebywanych przez walące się domy w Madrycie, mogli już sami opowiadać o bezładzie ucieczki, o kobietach objuczonych węzełkami z dobytkiem, o dzieciach skomlących o wodę, czuli w żyłach żar bezlitosnego nieba w pełnym słońcu, znali już błysk noża wyciąganego błyskawicznie zza stanika dziewczyny, maski mordowanych, palonych, bombardowanych, oblewanych benzyną, rozstrzeliwanych i gwałconych.

Ale był to jednocześnie powód do dumy. To w imię tej dumy matka – a może jednak nie wiedziała? – cierpliwie znosiła pliki fotografii różnych wolookich *seniorit* i wspomnienia o podbojach miłosnych bohatera, a Ferdynand dusił w sobie wściekłość na szkolne przezwiska i nie zawsze prał tych, którzy nie dość szybko uciekli, wołając „Perdek, Ferdek, fereferdek!".

W całym mieszkaniu unosił się duch Hiszpanii. Ściany sypialni udekorowano pocztówkami ułożonymi w wachlarze; ojciec, który nie odróżniał Kossaka od jelenia na rykowisku, wynalazł gdzieś reprodukcję Goi i zawiesił ją nad kredensem, wtrącał do rozmów hiszpańskie zwroty. Trudno powiedzieć, ile w tym było snobizmu, a ile prawdziwej nostalgii – ostatecznie każdy z nas tęskni do kraju górnej młodości i szlachetnych uniesień.

Pierwszy cios uderzył, kiedy Ferdynand miał trzynaście lat.

Od dłuższego czasu wyraźnie zanosiło się na kraksę; ojciec gdzieś przepadał, znikał z kolegami częściej niż zwykle, nie sypiał po nocach, schudł, pod oczami zarysowały mu się niebieskawe sińce; w domu było nieznośnie, słowa nie można było powiedzieć, bo od razu rwał się do bicia i ciskał przekleństwami z wszystkich międzynarodowych brygad.

Przyszli po niego późnym wieczorem. Potem było śledztwo, świadkowie, rozprawa, matka chodziła zapuchnięta od płaczu. Skonfiskowano samochód. Tłumaczyła Ferdynandowi, że ojciec coś gdzieś powiedział, że się naraził, że zarzucił coś komuś *u góry*, ale chłopaki w szkole szybko wyprowadzili go z błędu:

– Ferdek, twój stary tylko za manko, czy coś mu udowodnili? Bo jak nic nie znaleźli, to za manko posiedzi i wyjdzie, nie martw się, wyjdzie niedługo. Ja wiem, bo mój stary też. Ale gdyby coś znaleźli, to gorzej.

Później, kiedy zaczął kleić te swoje nieszczęsne modele i szperać po strychu, znalazł gazety z tamtych lat: porządnie poukładane, związane sznureczkiem. Matka była zawsze dokładna.

Wielki proces o wielkie manko. Nazwiska. Fotografie.

I obrońca ojca: *Proszę wysokiego sądu o specjalne względy dla mojego klienta, szczególnie zasłużonego dla sprawy walki o wolność i demokrację. Już jako młody chłopak porzuca spokój, dostatek, rodzinę i wyrusza daleko do obcego kraju, aby walczyć o lud i sprawiedliwość społeczną. Czy można człowieka takiego pokroju posądzać o świadome działanie na szkodę państwa i społeczeństwa?* Uczciwie zapracował na honorarium, przynajmniej połowę kary wytargował. Że naiwność, że brak dozoru.

Po powrocie ojciec przycichł. Urwały się spotkania z towarzyszami. Zresztą i towarzysze wykruszali się powoli – przeżyte trudy wracały przedwczesnymi zawałami, przestrzelone płuca wymagały odjazdu do górskich uzdrowisk, stara kadra topniała. Rzadziej niż dawniej dochodziło z łazienki *Grenada, Grenada Grenada maja!*, ojciec przygasł, osiwiał, zmalał. Ferdynand znalazł w swym sercu jakieś niezagospodarowane jeszcze zakątki, gdzie mieściło się wybaczenie, gdzie można było wpuścić tego odmienionego, postarzałego mężczyznę, który przecież odpokutował za swą lekkomyślność, brak dozoru, czy nawet i co innego. Ale wybaczenie wybaczeniem, a Ferdynand nie mógł dopuścić do jednego: współudziału. Zaraz po tym, jak wzięli ojca, rzucił szkołę. Musiał iść do pracy. Matka wprawdzie tłumaczyła mu, że to nie jest konieczne, ale się uparł. Po powrocie ojca pracował dalej, nie chciał ani kromki jego chleba. Wieczorami uczył się albo majstrował. Jeśli przychodził ktoś obcy, uciekał na strych.

Gdyby wiedział, gdyby wiedział, nigdy nie zacząłby dłubać tej ramki, nigdy nie zacząłby szukać starych, nieużywanych od dawna narzędzi, nie zajrzałby do tej walizki za nic w świecie. Przecież mógł ją ominąć, mógł od razu domyślić się, idiota, że dłuta i pilniki trzyma się w jakiejś skrzynce, w drewnianym kuferku, a nie w skórzanej walizce. Chciałby teraz zasnąć i obudzić się na nowo: nikt nigdy nie zaglądał do walizki, nic się nie zmieniło, matka przygotowuje im śniadanie, ojciec gwiżdże w łazience piosenkę o Grenadzie, a Goyowska *La maja desnuda* spogląda znad kredensu. Ale nie sposób zasnąć, nikomu nie udało się cofnąć czasu i jemu też się nie uda, choćby najgłośniej krzyczał, że nic się nie stało. Bo się stało.

Więc szukał tych dłutek, czy tej piłki, tej laubzegi, przerzucił jedną skrzyneczkę, drugą i otworzył walizkę. Pełno w niej było rupieci, jakichś sztywnych kołnierzyków, damski żabot, podarty koronkowy, czarny szal, książki, listy, i pożółkłe wycinki z gazet. „Ilustrowany Kurier Codzienny", „Gazeta Polska", „Goniec Warszawski". Bierze pierwszy z wierzchu:

Alkazarczycy – młodzi, dzielni chłopcy, bohatersko broniący ojczyzny, Boga i wiary przed czerwoną bandą. I drugi: *Lwy Alkazaru* – znów o nich: pięknych, młodych, szlachetnych powstańcach, walczących z bandami czerwonego reżimu. A tu portret młodego dzielnego przywódcy powstańców: prosty nos, dumne usta, gorejące oczy, furażerka zawadiacko zsunięta na bok, podpis niewyraźny, zamazany. *Generał Ran*… nie, *Ramo*… Przysuwa gazetę bliżej światła, ale jeszcze nie rozumie: *Generał Franco.*

Solidaryzując się z uciskanym ludem hiszpańskim, gnębionym przez bezprzykładny terror bolszewicki, tysiące ochotników z całej Europy spieszą z pomocą młodemu bohaterskiemu dowódcy powstańców, generałowi Franco.

Każdy ochotnik, który zgłosi swą gotowość wyjazdu do Hiszpanii w celu zaciągnięcia się w szeregi międzynarodowej armii pod dowództwem generała Franco, może liczyć na wszelkie ulgi i dalej: *ochotnicy otrzymują paszport, darmowe bilety podróży, ekwipunek, zaopatrzenie, a ich rodziny zostaną odpowiednio zabezpieczone.*

Znów ta twarz, tym razem w grupie oficerów różnych narodowości. Mundury niemieckie, włoskie, o, jest i jeden polski. Wódz nie powinien się fotografować na tle rosłych mężczyzn z północy, widać, że jest mały i dość korpulentny. *Generał Franco dekoruje naszego rodaka, winszując mu szczególnie bojowej postawy* – fotografia w gazecie jest bardzo zniszczona, ale Ferdynanda uderza coś niezwykle znajomego w sylwetce odznaczonego Polaka; jeszcze nic nie rozumie, nie chce zrozumieć.

Układa wszystkie wycinki skrupulatnie. Zawsze mówiono, że pedanterię ma po matce, ale okazało się, że i ojciec lubi porządek w swoich pamiątkach. Ferdynand zamyka walizkę. Po chwili otwiera ją znowu, wyjmuje portret generała Franco odznaczającego *naszego rodaka*, tak bardzo podobnego do ojca. Niedokończona ramka, od której wszystko się zaczęło, akurat pasuje – zbija ją prowizorycznie i oprawia w nią wzniosłą scenę dekoracji.

Nic nie myśli, nie czuje; jak automat schodzi do sypialni, zdejmuje znad łóżka ojca wachlarz pocztówek z kruczowłosymi *senioritami* i wiesza portret bohaterskiego generała i jego oficerów, szlachetnych powstańców, zasłużonych w walce z czerwonym reżimem. Ojca nie ma w domu, pewno poszedł do któregoś z towarzyszy walki, do jakiegoś kombatanta, który nie może odżałować, że nie przypomina sobie ani jednego spotkania z takim fajnym kumplem. Ale cóż w tym dziwnego, Hiszpania nie Grójec, mogli się nie spotkać.

Matka już się położyła.

– Dobranoc, mamo – mówi Ferdynand – wychodzę.

– Tylko nie siedź długo – odpowiada głos zza drzwi.

„Tego obiecać nie mogę – myśli Ferdynand – chyba posiedzę trochę dłużej". Wyciąga walizkę, i ciągle tym samym automatycznym, bezmyślnym ruchem pakuje kilka koszul, garnitur, buty. Wychodzi, nie oglądając się za siebie. I dopiero wtedy, już za drzwiami, w świetle rozżarzonych gwiazd, czuje, że jest jeszcze małym, zagubionym chłopcem, który chce mieć ojca i matkę, że jest straszliwie zmęczony i chciałby usiąść już zaraz na progu i głośno po dziecinnemu się rozpłakać. Ale podnosi walizkę i idzie.

Mroki

Jednak warszawa to dobry wóz – wytrzymała wszystkie wykroty i koleiny, i dowiozła nas do wnętrza lasu. Ale leśniczówkę zastaliśmy zamkniętą na cztery spusty. Ciemno, wystygły komin nie zdradzał śladu niczyjej obecności. Jednak na łańcuchach szarpały się psy, ujadając gwałtownie, więc ktoś musi tu bywać, ktoś musi im przecież dawać jeść.

W sąsiednim domu rozbłysło okienko, zamigotał w nim trwożnie płomyk lampy naftowej. Stara kobieta zarzuciła na plecy zapaskę.

– Czego? Skąd wy?

– Z miasta. Chcielibyśmy rozmawiać z leśniczym.

– Chcieć to można, ale nie zawsze zdrowo.

– Leśniczego nie ma?

– A po co ma być? Widać woli nie być.

– To kiedy będzie?

– Kiedy jego wola, to będzie. Jak nie, to nie będzie.

Zawracamy do wsi. W spółdzielni, oparci o ladę, stoją gospodarze. Luksus domu kultury czy klubokawiarni jeszcze tu nieznany, ale męskie spotkania zawsze były i będą. Trzymają papierosy za koniuszek, oszczędnie, kufle z piwem zawiesili w pół drogi, patrzą. Obcy, nic dobrego z tego nie będzie. Zwłaszcza teraz. Po tym.

Dobra godzina upływa na kołowaniu i oglądaniu się wzajemnym. Kupujemy jakieś giewonty, puszki z rybkami, pożyczamy kozik, żeby je otworzyć. Szukamy zapałek. Zagadujemy o pogodę, o zasiewy. Wszystko na nic. Patrzą na nas uważnie, zastygli, jak na wstrzymanej taśmie filmowej, zamknięci na głucho. Nie otworzysz ani kozikiem, ani najlepszym kluczem do konserw. Więc trzeba walić prosto z mostu.

– Podobno u was znowu postrzelili myśliwego czy leśniczego, jak to było?

Wyraźna ulga. Rozluźnili się. Nareszcie wszystko jasne.

– Aaa, to panowie po to przyjechali. Na prześpiegi.

– Nie na przeszpiegi, tylko na wywiad. Do gazety. Taki zawód.

– Wiadomo, praca, jeden żyje z tego, co zaorze, zasieje i zbierze, a drugi, z przeproszeniem, z ludzkiego nieszczęścia.

– Dlaczego, też można. Ksiądz i kościelni też na pogrzebach zarabiają, a mają i pieniądze, i szacunek.

– Słuchajcie – zawtórowałem – my nie chcemy waszych nazwisk. Nie chcemy żebyście mówili o tych, co ich ma milicja, a tym bardziej o tych, których milicja nie ma. Tu nie będzie żadnego wsypywania. Chcemy wie... nasza gazeta chce wiedzieć, co wieś myśli. Co wieś naprawdę myśli o tych, którzy chodzą kłusować i strzelają do ludzi.

– U nas, panie, nikt nie kłusuje. Nikt. U nas las jest trochę rządowy, a trochę chłopski. I zwierzyna jest trochę rządowa, a trochę nasza. I jak tylko dzieciak się urodzi i z powijaków wyjdzie, to ojciec go ze sobą do lasu wozi. Albo matka na grzyby prowadzi.

– U nas, panie, taki mały chłopak, co gęsi pasie, zna każdego ptaka, każde ziele i każdego koziołka, i każdego lisa, i każdą wiewiórkę. A jak trzeba czasem coś do garnka dołożyć, to się i czasem złapie.

– Jak to złapie?

- No na wnyki czy gołą ręką, czy jak tam... Nasi ojcowie i dziadkowie tak łapali i za cara, i za Piłsudskiego. No bo to jest albo nasze, albo niczyje.

– Ale milicja znalazła u Trzaski obrzyna i nabój do niego pasuje. Jakby się nabój nie odbił od drzewa, to leśniczy by nie żył.

– Ja tam nic nie wiem. Miał Trzaska pamiątkę z wojny, z ojcowej partyzantki, to mu szkoda było wyrzucać. A takich obrzynów dużo, to i nabój pasuje. Kto to wie, kto strzelał i z czego?

– Badali, strzelba było świeżo przestrzelana.

– Mógł się nie pakować, gdzie nie jego rzecz.

– Kto?

– Wiadomo, leśniczy. Miał dom, państwową pracę, co miesiąc pieniądze mu płacili. Mógł pracę szanować, a nie łazić jak Judasz i ludzi szukać.

– Trzaska jak raz żenić się miał. Trzydziestu kolegów z pracy zaprosił, bo do pracy jeździł, i do tego swoich, razem sześćdziesięciu chłopa, to trzeba im było dać jeść. No i wyszło mu wesele przez tego sukin…

– Słuchajcie, leśniczy o mało nie zginął, gajowy do tej pory kuleje, a wy Trzaski bronicie?

– Jedno, że nikt nie wie, czy to Trzaska. Że mu uznali, że z jego obrzyna było strzelane… może i było. Wlazł mu zając pod lufę, to może i pociągnął. A leśniczego rzecz las sadzić i szkółek pilnować, a nie ludzi. Panie, pięćdziesiąt lat żyję i z piętnastu leśniczych tu przeżyłem. Jak był mądry i umiał z ludźmi żyć, to było mu dobrze. A jak był głupi i zanadto ciekawy, to różnie bywało. Przeważnie szukał innej roboty. Ale takiego psa, jak ten, tośmy jeszcze nie widzieli.

– Panie, on krowie nie dał popaść się w lesie.

– Dziecku jagód żałował. Ściągał jakieś panny, co grabkami zbierały, a potem w koszyczki i do spółdzielni.

– Ściółki nie dał grabić, a my tu od łońskiego roku chałupy mieliśmy nieogacone. Ale po sprawie to przycichł. Malutki się zrobił.

– A gdzie jest leśniczy? Wystraszyliście go? Groziliście mu?

– Co to, leśniczy dziecko, żeby się zalękło i zaniemówiło? Chłop uczony, prawo zna, nie musi się bać. Widać las przestał mu się podobać, bo go jakoś nie widujemy ostatnimi czasy. Kogo ma się bać, Trzaski? Trzaska siedzi, przecie go posadził za ten obrzynek. Trzaskowej dziewuchy, co teraz z brzuchem bez ślubu chodzi, bo Trzaskę w nocy bez nijakiej racji milicja zabrała?

– Jeśli bez nijakiej racji, to wróci i porządek z brzuchem zrobi.

– A jak ślub dziewucha weźmie? W wianku, z welonem? Przed sprawą mogła wziąć w wianku. I mąkę już miała, i jaja, i wódkę kupili, i torty były zamówione w mieście, i taksówki, a teraz za co? Pan wie, ile adwokat wziął, a ile jeszcze weźmie? Zmarnowali dziewuchę, zmarnowali chłopaka, dziecko zmarnowali, co będzie najduchem, zmarnowali gospodarkę, bo stary Trzaska ogłupiał ze zgryzoty, a Trzaskowa to już do cna skołowana… i po co? Na co to komu było potrzebne, taki wstyd?

– Tu, panie, każdy coś ma, a to obrzyna, a to wnyki, a to sidła, my tu leśni. Z lasu zawsześmy żyli i żyć będziemy. I nikt nikomu krzywdy nie zrobił, nikt nikogo po sądach nie włóczył. A teraz pan wie, co to jest dla gospodarskiego syna przed sądem stać? Ten drań wiedział, że trza się wynosić. Nikt by mu nic złego nie zrobił. Ale do lasu to on już za nikim nie polezie, więc i nic by mu się nie stało. Tylko wieczory tu w zimie długie. Telewizji nie ma. Są ludzie. A do ludzi to on by już śmiałości nie miał przyjść. Do uczonych nazad pojechał, niech go pochwalą.

Lampa zafilowała, kopeć zasłonił już pół szkiełka, sklep pogrążył się w mroku. Zdawało się nam, że ciemność z pełgającym w głębi płomykiem wypełnia nas po brzegi, zatapia, odsuwa cały świat. Na podwórzu stoi ratunek – poczciwa staromodna warszawa wyciągnie nas z błota, kolein, z ciemności lasu, z ciszy przerywanej poszczekiwaniem psów.

Bukiecik

Żona mnie wysłała po jakiś garnuszek czy szklankę i tam go właśnie zobaczyłem po raz pierwszy: oglądał wózek dziecinny. Nachylił się, potem odrzucił głowę do tyłu, zdjął kapelusz, poprawił dłonią włosy, i wtedy właśnie pomyślałem, że go skądś znam. Oczy o niespotykanej barwie, szafirowe, czupryna gęsta, o popielatym odcieniu, i ten ruch głową: najpierw w dół, a potem gwałtownie do tyłu, jak u młodego konia. Był tak piękny, że wszyscy w sklepie patrzyli na niego z uśmiechem, nawet ekspedientki – ale mnie nie o to chodziło. Ja tę twarz już gdzieś widziałem. Zauważył moje uważne spojrzenie i przez te intensywne, szafirowe oczy przemknęło coś, jakby cień zażenowania.

Wczoraj znowu na niego wpadłem. W kwiaciarni. Miałem zamówić goździki na imieniny sąsiadki, a on stał niezdecydowany, bardzo niezadowolony i nie mógł nic wybrać. W pewnym momencie jasny kosmyk spadł mu na czoło, poprawił go gwałtownym ruchem i już wiedziałem: zamajaczyła mi się przed oczami taka sama twarz, tylko jeszcze młodsza, łagodniejsza. I ręka, poprawiająca kosmyk wysuwający się spod kolorowej wiejskiej chustki. Szybko obliczyłem w pamięci. Tak, to by było możliwe.

– Przepraszam pana, proszę wybaczyć, pańska twarz wydaje mi się znajoma… czy nie nazywa się pan przypadkiem Osman?

Oczy nieznajomego rozszerzyły się zdumieniem; z wolna skinął głową, a potem zapytał:

– Józef Osman, tak. Ale skąd pan… Ja pana chyba nigdy w życiu…

Potem siedzieliśmy w kawiarni, na trzecim krześle leżał malutki bukiecik.

– Nie może mnie pan pamiętać. Nie umiał pan jeszcze wtedy dobrze chodzić... Ale rzadko zdarza się takie podobieństwo w rodzinie, jak pan i pańska matka...

Urwałem. Za godzinę miała tu przyjść jego żona, ale tymczasem mogliśmy porozmawiać swobodnie

– ...nie znałem w życiu piękniejszej kobiety. – po czym dodałem, jakby na usprawiedliwienie: – Takiej twarzy się nie zapomina.

– Przecież moja matka... – bąknął zdziwiony.

– Tak – uśmiechnąłem się, widząc, do czego zmierza – pańska matka była prostą, wiejską kobietą, i cóż z tego?

– Nie pamiętam jej. W domu nie było nigdy żadnej fotografii, nawet ślubnego portretu. Pan ją znał?

– Hm... czy znałem? Byłem lekarzem. Pamiętam, jak nie mógł się pan urodzić, krzyki było słychać na całej ulicy, a ja akurat byłem u chorego po sąsiedzku. I tak, młody człowieku, zaczęła się nasza znajomość. Pomogłem panu przyjść na świat. A kiedy już było po wszystkim, zauważyłem niezwykłą urodę pańskiej matki, choć chwila – speszyłem się nieco – była najmniej ku temu odpowiednia. Jeśli byłem w okolicy, a zdarzało się to rzadko, bo w tej dzielnicy na ogół nie wzywało się lekarza, zaglądałem.

– Moi rodzice byli nie stąd. Trudno im było się tu przyzwyczaić...

– Wiem, z Gór Świętokrzyskich. A rodzina pańskiego ojca to aż z Turcji, prawda? Był czarny, bardzo przystojny, gwałtowny i dość... no... przykry. Czy żyje?

– Tak, pracuje jeszcze. Właśnie przyjechaliśmy z żoną w odwiedziny.

Milczał przez chwilę, zerkając na bukiecik. Po czym zaczął mówić, zacinając się lekko:

– O rodzinie wiem niedużo. Mieszkali w Górach Świętokrzyskich, mieli morgę kamienia i piachu, cztery ręce do roboty i troje dzieci. Nędza tak doskonała, że nie było się nad czym zastanawiać. Jakiś znajomek dał im cynk, że tu można pracować w fabryce, sprzedali co mieli i przyjechali. Ojciec nigdy nie lubił wsi, zresztą co było lubić, jeśli nie było co jeść? Ale matka? Nigdy nie mówił o matce. – Podniósł na mnie wzrok. – Jaka była moja matka?

– Owszem, przyjechali do miasta. Z bliska okazało się wszystko dużo trudniejsze, ani praca nie czekała, ani mieszkanie. Ktoś im pomógł, przyjął do izby, inny wykołatał miejsce w fabryce. Matka poszła do włókna. Dla ojca nie było nic. Jakieś dorywcze zajęcia: przynieść węgiel, pobrukować przez kilka dni ulice, wyładunek na stacji... A ona dostała robotę. Wtedy właśnie szanowny pan raczył przyjść na świat. Matka już za tydzień stała przy krosnach, mimo że ją ostro przestrzegałem. No, ale cóż. Trzeba jeść? Trzeba. A przy krosnach zarobiło się więcej niż wynosił zasiłek. Już za kilka tygodni zaczęła kaszleć. Wie pan, Łódź to nie Góry Świętokrzyskie, a suterena to nie drewniana izba pod lasem. Przestrzegałem, choć rozumiałem: nie mogła usłuchać. – Przez chwilę patrzyłem w przestrzeń, próbując to sobie wszystko ułożyć w głowie, przywołać po tylu latach – Pana chowała po swojemu. Gryzła cukier, wypluwała szmatkę i dawała ssać. Wtedy był święty spokój w domu. Kąpało się pana w odlewach z kartofli, na wsi mówili, że to bardzo zdrowo. Rzeczywiście, mąka kartoflana łagodzi odparzenia. Medycyna ludowa to mądra rzecz! Z gryzionym cukrem próbowałem walczyć, ale dzieciak rósł i tył, więc chyba matka miała rację... Tylko, że akurat wtedy wybuchł wielki strajk, który to był... 1933 rok... Fabryki stanęły, zarobki się skończyły. Płakała dzień i noc, że nie dają jej pracować, ale wiedziała jedno: jeśli wszyscy postanowili, że nie można, to widać tak trzeba. Czworo dzieci krzyczało jeść. Komitet strajkowy pomagał, ale tylu potrzebowało pomocy... Próbowała chodzić do prania, do sprzątania. Ale nie umiała froterować podłóg, nie umiała gotować miejskiego obiadu, wyżymaczkę pierwszy raz widziała na oczy. Cóż był z niej za pożytek? No i kaszlała już coraz więcej. Wtedy ojciec postanowił zarządzić po swojemu. Już i tak co dzień robił awantury, że matka jest głupia, że powinna iść do pracy, że nic ją przecież nie łączy z tymi ludźmi, którzy nie wiedzą, co to jest prawdziwa bieda i wymyślają jakieś strajki. Wreszcie zaryzykował i zgłosił się sam. Przyjęli. I wtedy po raz pierwszy w życiu skoczyła mu do oczu. Szybko dał sobie z nią radę. Wiem, bo pański brat przyszedł po mnie do domu. Była bardzo zbita. Potem już poszło szybko. Krwotok jeden, drugi i koniec.

Otworzył usta, ale zamknął je znowu.

– Dowiedziałem się – ciągnąłem – że pański ojciec ożenił się po raz drugi, a potem straciłem was z oczu. I dopiero dziś… Niech pan wybaczy moją ciekawość: a jak panu ułożyło się życie?

– Dziękuję. Życiorys jak z ankiety: pracuję, uczę się, młoda żona, nowe mieszkanie, małe dziecko…

– Kwiatki pan kupował.

– Bo żona z wybrzeża, tam taki zwyczaj, że z kwiatami się do ludzi przychodzi.

I znów milczeliśmy ponuro, dopóki nie zaczął, urywając co parę słów:

– Ja nic mamy nie pamiętam. Nic a nic. Czy pan wie, że mnie nigdy nikt w domu… nie pogłaskał, nie pocałował? Nigdy… nie miałem komu powiedzieć… mamo. Ale jednak to ojciec. Żona poszła do fryzjera, bo dzisiaj już wracamy, kazała mi kupić jakiś bukiecik, na pożegnanie. A pan mi takie rzeczy mówi… A pan mi takie rzeczy…

Ziamia

Pani Andrzejowa… oj, przepraszam, to ty, Adelka?

Patrzyły po sobie, obie zażenowane: młoda kobieta z miasta i sterana wiejska babina. Zażenowane tym, że ta młoda była o kilkanaście lat starsza od starej. Stały tak więc naprzeciw siebie i nie wiedziały, o czym mówić. Obie wstydziły się swojego wyglądu, tego odwrócenia ról.

– Pani mnie nie poznała – Adelka przełamała się pierwsza – myślała, że to mama. Nie dziwota, nikt by nie poznał. Ile lat minęło, z dziesięć chyba. A to, widzi pani, jak dziesięć lat katorgi. I stara się zrobiłam. Stara, brzydka. Tak widać było pisane.

– Ale co się stało, chorowałaś, czy co? Przecież nawet się nie spaliliście, wy jedni i starościaki, wszyscy musieli się odbudowywać, a wam ocalało, więc co?

– Ziemia, ta ziemia, co to ją mama tak garnęła, tak broniła pazurami, mnie zabiła. Nie tylko mnie. Żeby pani zobaczyła, co się zostało z mamy, z Honorki. Pani wie, że myśmy jedna drugą do pługa przyprzęgali jak gadzinę, bo nie było czym orać? Pani rozumie wieś, ale tego, co my przeszły, to pani nie da rady wyrozumieć.

– A ojciec?

– No, to też o to idzie, że ojciec słabuje. Słabuje od frontu. I to mocno. Suchoty mu doktory przyznali, ale dokładnie leczyli, to i wyżył. Ale do roboty już niezdatny. Nijak niezdatny. Więc my musimy same.

– No a dlaczego za mąż nie poszłaś? Ładna, posażna…

– Kto to dziś weźmie gospodarkę taką dużą a zaniedbaną, bez krowy, bez konia, bez koziego ogona. Tu robić trzeba. Można było trochę sprzedać, ale mama nie dała, tylko *ziamia* i *ziamia. Nie ruszać ziami.* No ziemia jest, a mnie jakby nie było. Ani Honorci. My tak tu skazane, jak na pańszczyźnie.

Gdzie indziej pobudowali nieforemne murowańce, tu trwał dom z dwoma izbami i komorą, przed nim w ogródku rosły bujne georginie, malwy pchały się pod okiennice; sztachetki były nowe, równo wystrugane, okna umyte. Budynki gospodarskie oddzielnie w podwórzu, na pruską modłę w czworobok. Wszędzie znać było rękę gospodarza – choć po prawdzie nie był to gospodarz prawdziwy, bo przyżeniony do żoninej ziemi. Ale tacy byli najlepsi: żon nie bili, bo jak śmiałby taki na kobitę podnieść rękę, jeśli do domu tylko tę rękę wniósł i trochę grosza? Pić też nie pili, bo pić mógł gospodarz na swoim, a nie obcy przybysz w żoninej chałupie. A że byli urodziwi, mocni, bo tylko taki mógł się do posagu wkupić, więc i żony nimi nie poniewierały. W domu był statek i dostatek.

Lala w Lisowie „u ławy”, fot. Zygmunt Karpiński (?), ok. 1942.

Andrzej oprócz rąk własnych wniósł jeszcze dwie drobne ale mocne ręce swojej siostrzenicy, sieroty, którą wzięli do siebie. Nie za swoją, broń Boże, mieli przecież własne dwie dziewuszki, tylko do służby, do pomocy. Najpierw Felka pasała gęsi i krowy, potem już wszystko robiła w domu i jak mówiła wieś, to jej gospodarstwo zawdzięczało jako taki ład. Nie byli dla niej źli, do roboty pędzali, ale dawali jeść, ubierali czysto i cało, buty na zimę miała, a do kościoła nowe, własne sukienki, a nie donaszane po gospodyni. A jak jej krowy wlazły raz w szkodę Mazurkowi i Mazurek za zniszczoną pszenicę ją pobił, mocno, to Andrzej ujął się za krzywdę sierocą, wziął ze sobą żoninego brata i Mazurek przez tydzień sinej gęby nie mógł ludziom pokazać.

Szwagier był sporo młodszy, kawaler, czarnooki, śniadawy, skory do śmiechu. Felka też śniadawa, tylko oczy miała bure, mroczne, figurę gibką i szczupłą, nos prościutki, zęby białe – tylko rzadko je pokazywała, bo na śmiech nie było czasu. Gospodyni lubiła mieć w domu porządek.

Jedną izbę, z wielkim, zasłanym pod sufit poduszkami łóżkiem, pięknie przystrojoną obrazami świętymi i girlandami bibułkowych kwiatów, zamykała szczelnie, żeby muchy nie pstrzyły i nie osiadał kurz z szosy. Wszyscy spali natomiast w kuchni: dziewczynki w nogach gospodarzy, a Felka i brat Andrzejowej gdzie popadnie: na ławie, na kufrze, w lecie na strychu.

We wsi się gorszyli:

– Toć wy ich sami namawiacie do grzechu.

– To jeszcze dzieci – śmiała się gospodyni i nikt nie mógł zmiarkować, co se właściwie myśli.

No i stało się. Jakoś tak podchodziło pod koniec lata, dożynali już proso, roboty było mniej i zaczęli urządzać granie. I na graniu złapał Felkę do walczyka chłop już siwy, stateczny, potrójny wdowiec, znający się na rzeczy, i poczuł, że ciężka. Odwołał na bok Andrzeja – ten nie wierzył własnym uszom, ale Andrzejowa zaraz wiedziała, co się święci.

Od rana z obejścia słychać było na całą okolicę wyzwiska i krzyki. Co ciekawsi pootwierali okna, nie bacząc na muchy, i słuchali pilnie. Najdalej niósł się dyszkant, to piskliwie zawodzący, to znów rozgrzany wściekłością; z rzadka odzywały się pojednawcze raczej tony stłumionego basu; odpowiedzi dwojga winowajców sąsiedzi ani rusz nie mogli ułowić.

W poniedziałek brat Andrzejowej w odświętnym garniturze, z walizką wyładowaną serem, masłem i jajkami, wywianowany na drogę stuzłotówką, ruszał w daleką drogę do miasta Łodzi, do fabryki, gdzie kuzyn Andrzejowej był majstrem. Aby z oczu, aby dalej od pokusy.

Wieś wrzała.

– Samiście tego chcieli!

– Już nie pamiętacie, jakeście wypędzali ich spać na siano? A mówiliście, że to jeszcze dzieci!

– Jest jeszcze Pan Bóg nad sierotą! Co to on, nie ma swoich lat, ożenić się nie może?

Andrzej umykał ludziom z oczu, ale Andrzejowa stawała hardo:

– Z dziadówą będzie się żenił, ze służącą? A ja będę oddawać jego część ziami, co na niej piętnaście lat robię! Nigdy! Z ziamią się ożeni, spłacę go, co mu się należy, a z dziadówą nie puszczę. Co to, on tylko winien? A ona swego rozumu nie miała? Ubierałam, karmiłam, a tak mi oddała?

I Felkę pognała do roboty. Za nią i za niego, za cały dom: widłami do góry snopy ze ścierniska na wóz, z wozu na powałę stodoły, na stóg.

– Kobito, sumienia nie masz, toć to robota dla chłopa, a nie dla dziewuchy, jeszcze takiej!

– A co, ja jej kazałam? Idź w tej chwili do koni, nie mitręż mi tu, nie adwokatuj.

Pod wieczór Felka upadła i zaczęła krzyczeć. Andrzej, nie zważając na wyzwiska żony, zaniósł ją do domu i położył na ławie. A nim wrócił ze starą babką *znającą*, koło Felki, owinięta w stary fartuch, darła się wniebogłosy czerwona, zdrowa dziewuszka.

Miała już rok, kiedy panna Mela dostała w Boskowie swoją pierwszą posadę i przyjechała pełna entuzjazmu, nafaszerowana mądrościami, które po tygodniu okazały się zupełnie bezradne wobec nieprzystającej do nich rzeczywistości. To nie Mela ich, ale oni ją mieli uczyć elementarza, zacząć od jakiejś życiowej Ali i życiowego kota, których musiała poznać, jeśli nie zamierzała stąd uciec, tylko zostać i nie zginąć. Uratowało ją to, że od razu zorientowała się, co jest przyczyną, a co skutkiem. Że brud, ciemnota, nieufność, wódka i złodziejstwo, kłamstwo i okrucieństwo, wszystko to wynika z jednego: wszechogarniającej, beznadziejnej biedy. Że w tej wsi, w której kamienista ziemia i żywiła, i budowała, całe życie było podporządkowane jednemu: walce z głodem.

Jak można rozwiązywać równania z dwiema niewiadomymi, kiedy na troje dzieci jedna para butów? Jak opowiadać o podróży dyliżansem, jeśli prawie żadne z nich furmanką w Kielcach nie było, zaś ani jedno nie jechało koleją? Jak wzruszać losem dzieci z nowelek Konopnickiej, kiedy – jeśli nie liczyć świeżego powietrza – los tutejszych był cięższy? To dzięki temu świeżemu powietrzu zresztą, dzięki sosnowym lasom i wodzie pełnej wapnia i żelaza trzymali się jakoś na kartoflach i postnym żurze albo zalewajce. Tylko niemowlęta marły jak muchy, ale do tego wszyscy nawykli.

Władzia jednak wytrzymała wszystko. I skwaśniałe mleko, i zimno, i brak opieki, kiedy matka od świtu do nocy pracowała w polu i w obejściu. Natura, jakby wiedząc, że *najduszkowi* trudno będzie zdobyć serce ludzi, wyposażyła ją we wszelkie atuty, łącząc mroczną urodę burookiej matki z kocim wdziękiem ojca. Ledwie stanęła na tłustych nóżkach, już starała się czymś przysłużyć: to podniesie z podłogi upuszczony grzebień, to złapie za miotłę pięć razy cięższą od niej samej. Andrzejowa ani się spostrzegła, kiedy – nie wybaczywszy wprawdzie Felce – pokochała małą jak własne dziecko. I choć to na utrapienie boskie trzecia dziewucha w chałupie, chciała ją wziąć zupełnie za swoje.

Ten i ów jak się o tym dowiedział, uderzył do Felki w konkury – dobrze przecież wiedzieli, że dziewczyna nie polatucha. Ot, nieszczęście się zdarzyło. A jeśli dzieciaka zabiorą Andrzeje... Ale ona nie i nie. Durna i tyle. Co, na tamtego czekała? Tłumaczyli jej różni, i starzy, i młodzi, a ona swoje. Ani dziecka nie odda, ani za nikogo nie pójdzie.

A *najduszek* jak z przekory wyrósł na najładniejszą dziewuszkę w całej wsi, szczególnie lubianą przez pannę Melę, która co raz ściągała ją do siebie, wabiąc to cukierkiem, to kompocikiem. Ale Władzia też miała swój honor i nigdy nie przychodziła z pustymi rękami, w tłustej łapce zawsze zaciskała kolorowy kamyczek, muszelkę albo stokrotkę.

Kiedy skończyła dwa lata, wybuchła wojna, a po kilku miesiącach zjawił się w Boskowie, w garniturze skrojonym po miejsku, czarniawy kawaler, uciekinier z miasta Łodzi. Już nie śmiał się tyle, co dawniej, opowiadał straszne rzeczy o tym, co Niemcy wyprawiają. Tu też ich zdążyli poznać. Choć niejeden, znękany nędzą, marzył, żeby coś się wreszcie zmieniło, choć niejeden z tych, co jeździli *na saksy*, chwalił sobie niemieckie porządki, nie takich przecież zmian wyglądali. Bieda zrobiła się jeszcze większa, bo Niemcy, nie bacząc na stan lichych gospodarstw, ciągnęli kontyngenty, a opornych bili. Tak, gospodarzy szanowanych rozciągali na ławie i bili na oczach dzieci i sąsiadów. Po którymś takim sobotnim biciu połowa młodych poszła do lasu. Namawiali i brata Andrzejowej, ale po tej Łodzi był jakiś przestraszony.

Nie chciał, to nie chciał. Ludzie szybko jednak wyrozumieli, że wolał zostać przy Felce.

Tym razem prawda wyszła na jaw trochę wcześniej, nie w ostatnich dniach, choć i teraz Felka pięknie chodziła i robiła do ostatniej chwili. Andrzejowa, jak tylko pomiarkowała co i jak, znów przyszykowała walizkę, garnitur odprasowała i wysłała brata do Prus, na roboty na ochotnika.

– To już nie chłop, a baba – sarkali – żeby tak sobą pozwolić kręcić!

– A cóż to on, własnego rozumu nie ma? Do Niemca po dobrej woli iść i robić dla nich?

Leśni mało się do bicia nie wzięli, ale nic się nie dało zrobić, pojechał, już nie wróci.

Felka zrobiła się mroczniejsza jeszcze niż zawsze, ale głowę nosiła wysoko – nikt jej nie ma prawa ubliżyć, z nikim nie chodziła, z nikim przed sienią nie wystawała, a to jest ojciec jej dziecka, przed Bogiem mąż, a że mu siostra żenić się nie daje, to już taka sieroca dola. I wieś, widząc tę hardo podniesioną głowę, przyznawała jej rację.

Andrzejowa zamknęła ją w izbie na kłódkę, pootwierała okna na przestrzał i poszła w pole. Stara babka, wezwana przez sąsiadów, którzy usłyszeli krzyki, nie dała rady wejść oknem, a jak ją wreszcie ludzie wciągnęli, było już po wszystkim. Wystygłe palenisko, ani kropli wody – Andrzejowa wylała wiadra przed odejściem – trzeba było podawać wodę oknem, żeby dziecko wykąpać. I znów było śliczne i burookie. I znów dziewczynka.

Tym razem wdała się w sprawę panna Mela. Paruletnie doświadczenie nauczyło ją sztuki dyplomacji, ale nie zahartowało na takie aż okrucieństwa – wygarnęła gospodyni w pasji, sama krzycząc jak wiejska baba, oskarżając o zbrodnię, grożąc policją i sądem, aż zreflektowała się, że przecież ani sądu, ani policji nie ma, są tylko z jednej strony Niemcy, a z drugiej ci ludzie i ich niepisane, twarde prawa.

Ale Andrzejowa też już nie miała tej siły co dawniej i ten krzyk coś w niej przełamał, aż po raz pierwszy bodaj spokorniała:

– Pani jest nauczycielką, pani jest kształcona, ale życia naszego to pani nijak wyrozumieć nie potrafi. Co pani wie? Przejdzie pani ulicą, każdy się pani pokłoni, dziecko czy stary, bo uczona, z miasta. A my? Kto da uszanowanie komu bez majątku? Pani myśli, że ja gospodyni z gospodarzy? Dziad jeszcze fornalił we dworze. Nie powiem, ordynarię dawali, ale człowiek był śmieć. Franciszek tu, Franciszek tam, święto nie święto, dzień czy noc, jak się panu zachciało. Że zapłacił, to też prawda, ale może się dziadkowi co innego akurat widziało niż wolantem do miasta? Nikt nie pytał. Dzieci zagłodził, ale kupił ziami, żeby być na swoim. Akurat wtedy sprzedawali plebańskie, no i ojciec już był gospodarskim synem. Parę razy próbowali mu tam od pańskich parobków przygadać, ale wziął siekierę i był spokój. A wy teraz chcecie, pani, wieś, żebym ja tę ziamię dzieliła, bo tej suce zachciało się mieć bękarta. Za co, za co? A mój Jezu Przenajświętszy, Maryjo Częstochowska, za co mnie i moje dzieci tak pokarać chcecie? Przecie jeśliby się on z nią miał żenić, muszę mu jego ziamię odpisać, a jak pójdzie na gotowe, to tylko spłacę. A co ja dam dwóm chudzinom jak za mąż będą szły, kto je bez morgów weźmie? Pierwszy raz, nie powiem, nic nie mówiłam. Com uklina, tom uklina, com się udarła, tom się udarła, po pyskum naprała, ale jej nic nie mówiłam. Młoda, głupia. Ale teraz drugie bez ślubu, gdzie to kto słyszał na świecie, żeby mieć dwoje bękartów? Niech zdycha, ona i jej pomiot. Żenić się nie dam i ziami nie dam! Nie dam!

Panna Mela za długo patrzyła na tę jałową glebę, na las, z którego wygrabiono ostatnie źdźbło ściółki żeby posłać pod krowę albo ogacić chałupę, na łąki wygryzione głodnymi pyskami krów do samego korzenia trawy, na miedze, o które co rusz szły w ruch siekiery i widły, na czteroletnie pastuszki, trzęsące się z zimna pod starą zapaską. Nic tu nie można było tłumaczyć, nic perswadować.

– To ja zabiorę tę małą. Ochrzczę na siebie, jakoś spróbuję wychować…

– Będzie mi tu – takiej furii nie przewidziała – dzieckiem handlować? Dziecko nie pies, tu się urodziło i tu będzie. Skapieje to skapieje, razem z tą matką, dziwką. Wychowa się, to się wychowa.

Tego kartofla i zalewajki jakoś i dla niej starczy. Sługiwała matka, będą sługiwać i córki. Chyba że – dodała urągliwie – za wielkich panów pójdą, to się im w pas pokłonimy. A pani niech mi tu nosa nie wtyka, pani mądra dla siebie, my tu głupie dla siebie. Ale dla nas nasz rozum starczy.

I teraz spotkały się po latach: stara, zniszczona kobieta to Andrzejowa córka, Adelka, jej dawna uczennica, bystra dziewczynka z blond warkoczykami.

– A co z Władzią i tą drugą, jak jej było? Bogusią? I z ich matką?

– Felka pojechała do Niemiec, za nim. Szukała go po całej Rzeszy, bo nic nie pisał. Do lagru wzięli, bo uciekła od jakiegoś bauera bez pozwolenia i zameldował ją na gestapo. Co się naponiewierała, zaczem go znalazła. Ale też na próżno. Z jakąś panną z Odzyskanych się ożenił. Ano, szybsza była od Felki i twardsza. A dzieci były u nas. Nasz nauczyciel, co nastał jak pani wyjechała, mówił, że Władzia najzdolniejsza z całej wsi. Do matematyki. Stypendium jej dali, pojechała do szkół do Wrocławia, Felka za nią, z Bogusią. Wie pani, od nas wszyscy, co nie mieli ziemi, poszli na zachód, gospodarki tam podostawali, domy piękne. Tylko my tak tu dziadujemy. Felka ma w domu elektryczność, gaz, pod kuchenką pstryknie zapałką i już się pali. Byłam raz u niej, ze dwa lata minęło jak byłam, Władzia uczy się na inżyniera, Bogusia w technikum, a jaka ładna, chyba jeszcze od siostry ładniejsza. Tylko Felka bardzo się zniszczyła, bo ją lager zjadł. No i chłop jest, taki zmiennik.

– A wy nie próbowaliście do miasta, czy jak? Gospodarkę puścić w dzierżawę... jakoś w mieście dorobić, czy na ten zachód pójść, jak wszyscy szli?

– Nieee, proszę pani, ja tu urodzona, tu pomrę, nigdzie nie pójdę. Po malusku może się poprawi, może Honorcia za mąż pójdzie. Bo ja to już nadziei nie mam. Ale tu przecież nasza ziemia. Pani patrzy, jakie ja mam ręce, czarne twarde, jak chłop, nie jak kobita.

Ja tu każdy kamień, każdą bryłę ziemi tymi rękami przewaliłam, już sama w tę ziemię po pas wrosłam. Matkę to przeklinałam nieraz, że tak nami pokierowała, a co się upłakałam! Płakałam całe noce. A teraz, kiedy to wszystko moje, praca…. Nie, nikomu, nigdy tego nie oddam.

Wagary

Ma pomysły ten twój syn, urywać się z klasy na sanki. Nic dziwnego, że go nakryli. Ale niech tam, początkujący jest. Pamiętasz, jak myśmy wagarowali kiedyś? Jasne, ty akurat nie. Ejże. Może zresztą byłeś wyjątkiem, nie wiem. Ja tam swoich wagarów nie zapomnę do końca życia. Z początku nic mi nie wychodziło, ojciec miał oczy dookoła głowy. Przychodzę do domu z nieczystym sumieniem, a on zaraz: „Pokaż ręce", albo: „Pokaż spodnie… gdzie chodziłeś po płocie?", albo: „Skąd masz żywicę na ubraniu, gdzie byłeś?", „Skąd masz ten piórnik? To nie twój. Jutro go oddasz". Nigdy nic się nie dało przeskrobać, żeby nie było wsypy.

Raz pojechaliśmy z kolegą w czasie lekcji nad rzekę. Pociągiem. Mieliśmy pieniądze zaoszczędzone na lodach, kupiliśmy bilety do niedalekiej stacji. Las, woda, łąka, piach – raj! Wróciliśmy do domu w południe, nikt nas nie widział, w szkole też się upiekło, ale za kilka dni wracam do domu, a ojciec czeka u siebie w pokoju z groźną miną: „Skąd masz ten bilet kolejowy? Gdzie jeździłeś? Po co?".

Więc na drugi raz pożyczyliśmy rowery. Wszystko było wspaniale zorganizowane, mieliśmy wędki, robaki, drugie śniadanie, w szkole chłopaki wyuczyli się wzruszającej historii o zwichniętej nodze Władka i o tym jak ja holowałem go do lekarza. Pogoda piękna, chmurki spacerowały po niebie od niechcenia. Ryby wprawdzie nie brały, ale upał i rzeka w porównaniu z łaciną i geografią… poemat, nie życie.

Nagle usłyszeliśmy z zarośli jakieś głosy. Jeden męski, miękki, pieszczotliwy, drugi kobiecy, lekki, pełen uśmiechów i przekomarzań. Nasłuchiwaliśmy z niepokojem, nikt nie miał ochoty na spotkanie z dorosłymi. Nagle zjeżyły mi się włosy na karku. Głos męski był łudząco podobny do głosu ojca, ale kobiecy na pewno nie należał do mojej matki. Teraz, o tej porze? W godzinach pracy? Podpełzliśmy jak Indianie, podpatrujący blade twarze.

Ojciec, promienny, uśmiechnięty, leżał na trawie. Obok siedziała młodziutka kobieta i puszystym źdźbłem łechtała go po nosie. Udawał, że się gniewa i prychał na nią jak kot, a ona śmiała się wtedy perliście…

Mimo całego wstrząsu, zdumienia, mimo złośliwej satysfakcji smarkacza, któremu uda się wykryć słabostkę u starszych, poczułem wstyd wobec Władka. On nie powinien na to patrzeć. „Wiejmy – zadecydowałem – bo jakby stary się połapał, to Jezus Maria, wszyscy święci, co by się działo". Uciekliśmy w popłochu, klucząc i nakładając drogi, żeby nie pokazać się na ścieżce do stacji.

Wyobraź sobie moje zdumienie, kiedy w domu zastałem ojca, spokojnie czytającego gazetę. Patrzyłem na niego jak na zjawę z innego świata. Zacząłem go obserwować, zapominając o środkach ostrożności, a przecież i my mieliśmy coś niecoś na sumieniu. Był świeżo opalony, to na pewno… ale poza tym nic, żadnych poszlak. Może wszystko nam się przywidziało?

„Dlaczego tak późno wracasz ze szkoły?", spytał. A ja zupełnie zapomniałem przygotować się na to pytanie. To przecież ja miałem być sędzią, nie on. Zacząłem się plątać, idiotycznie kręcić… dziecko by się na tym poznało. W końcu, ku zdumieniu wszystkich, wybuchnąłem płaczem i wybiegłem do przedpokoju. Ojciec nie poszedł za mną. A ja wtulałem się w płaszcze wiszące na wieszaku i płakałem, płakałem z upokorzenia, z bezsilnej złości, że zawsze, zawsze przegrywam. I wtedy przypomniał mi się bilet. Sięgnąłem do kieszeni płaszcza ojca… Był. Ostemplowany rano i w południe bilet powrotny ze stacyjki, przy której leży nasza plaża i rzeka, i łąka, i las. Gniotłem bilet w ręku i płakałem coraz ciszej i ciszej, a w pokoju siedział ojciec czytając ciągle tę samą stronę gazety i nie przychodził po mnie.

Ulica pięknych ekspedientek

Od młyna do tego lasu, w którym są ścieżki zdrowia i postawiono niedawno śmietniki, prowadzi ulica, na której mieszkają same ekspedientki.

Są wśród nich już starsze, grube, z nogami całymi w żylakach; po pracy pędzą do domu obładowane siatami, szczęśliwe, że spod lady koleżanek zdobyły dla męża, dzieci i wnuków towary na próżno poszukiwane przez innych. Spieszą się, bo już prawie noc. Trzeba dać kolację, przygotować coś do obiadu na jutro, przepytać dzieci o szkołę i stopnie, może odpocząć nawet. Zapomniały, że kiedyś co sobotę latały do fryzjera, nosiły do krawcowej atrakcyjne resztki za pół ceny – *Złociutka, zrobi to pani na niedzielę?* Im nie odmówiła nigdy, krawcowej też przydadzą się atrakcyjne resztki za pół ceny. Boże mój! Był taki czas, że latały do manikiurzystki, robiły sobie rzęsy długie na centymetr, tapiry, kolorek. Teraz myślą, czy zdążą jutro przed jedenastą wyprasować mężowi koszule. *Bo, wie pani, mój chłop to niewyprasowanej nie założy, taki dbały, czasem mnie to i złości, ale wolę takiego niż flejtucha.* W niedzielę, po obiedzie, po zmywaniu, po sprzątaniu idą czasem na spacer z mężem, dziećmi, wnukami. Bo trzeba trochę zaczerpnąć świeżego powietrza, no i gdzieś to futro czy jesionkę najnowszą z odrzutu pokazać. Tak naprawdę, to położyłyby się na narożnikowej kanapie (nowej, też spod lady), ułożyłyby bolące nogi wysoko na poduszce, i niechby sobie inni wyszli, a im wystarczyłoby świeże powietrze z lufcika. *Złociutka, taka jestem zmęczona, że mnie już nic a nic nie obchodzi.* A gdzie tam, jeśli zostaną w domu same to zaraz zobaczą: o tu pajęczyna, tam trzeba by przetrzeć kurz. To już lepiej ubrać się i wyjść.

Ale na tej ulicy mieszkają również ekspedientki młode, podobne do wiosennych kwiatów, pełne pytań, co im przyniesie życie. E tam życie! Co im przyniesie nadchodząca wiosna, ten tydzień, ten dzień. Stukają po kamieniach chodnika wysokimi obcasikami austriackich bucików – koleżanka z obuwniczego schowała; ona się odwdzięczy masłem albo pastą pomidorową – na wąziutkich bioderkach sztruksy, kurteczka króciutka, gawroszka, głowa goła, za to prosto od fryzjera. Mama gdera, że nerki, że zatoki, potem będę się martwić, grunt, że wyglądam jak z żurnala. Jest wiosna zresztą – śnieg jeszcze nie stopniał, leży w pryzmach, w nocy przymrozki, ale ten facet, który kupuje codziennie to chleb, to kefir, byle przyjść, to znów przyniósł bukiecik przylaszczek.

– Irka mówiła, no ta z rybnego Irka, że do niej łazi co dzień po puszkę szprotów taki fajny gość, podjeżdża maluchem: skóra, dżins, no mówię ci, klasa! No i kupuje te szprotki, gapi się na nią i nawet do kina jej nie zaprosi.

– Iić... Niemrawy jakiś.

– Mama Irki mówi, że taki nieśmialuch najlepszy, że jak się weźmie w sobie, to jak już, to już. Że z tego ślub może być.

– A wie coś o nim?

– Najgorsze, że nie ma kogo wypytać. Maluch ma rejestrację gdyńską.

– I tu po szprotki uderza?

– No właśnie. Chyba z tego coś będzie.

– Szczęściara.

Iwona nie jest szczęściara. Ma najpiękniejsze włosy na całej ulicy – jak rozpuści, to peleryna na pół pleców. I błyszczące, faliste. No i nosek, i oczy – wszystko jak z żurnala. A figura! A szyk! No, to nawet latem zwolniła się z pracy, bo przy festiwalu na modelkę ją wzięli. Fotografowali, fotografowali, bajerowali, rzuciła robotę – i tyle z tego miała, po festiwalu zabrali się i pojechali, a ona została ludziom na śmiech. Taki wstyd, że do innego sklepu poszła. Bo nie można sobie za wiele pozwolić. Na randkę owszem – do lokalu już ostrożnie i niezbyt późno, i najlepiej z koleżanką. Do kina jak najbardziej – a w ogóle to jak najprędzej do domu gościa ściągnąć. Żeby rodzina obejrzała. I taki wtedy się liczy.

Szczęściary, panny mądre nie czekają na ordynata Michorowskiego, a tym bardziej na filmowego operatora. Wiedzą, że każdy kwiat musi mieć kolor, kształt, zapach i urodę, by przyciągnąć motyla, więc zdobywają za pół pensji parę dżinsów w najmodniejszym kolorze, najlepsze pantofle, kolorowe kurteczki, robią oczy, myją co dzień włosy w palmoliwach z Pewexu. Motyl wcale nie musi być motylem, najlepiej schwytać zwykłą pszczołę: mały fiat może być używany, chłopak ze smykałką wyremontuje; łapki pszczoły mogą być spracowane, taki o przyszłość zadba. A potem w którymś domku z ogródkiem rżnie muzyka do białego rana, na podwórzu czekają taksówki umajone wstążeczkami, czasem i milicja musi interweniować – trudno, życie! Jeszcze przez kilka miesięcy piękna ekspedientka stuka lekko obcasikami po trotuarze, pobłyskując grubą złotą obrączką na palcu. Potem chód ma coraz cięższy, w sklepie sadzają ją w kasie. Jeszcze walczy, jeszcze maluje oczy, jeszcze szczotkuje i układa włosy, jeszcze sprawia sobie szykowne luźne wdzianka. Potem na ulicy trwa konkurs wózków: – *Ten się wyjmuje, ten ma okienko z boku, a mój, patrzcie, ma obicie welurowe w kwiatki*. Szczęściary uśmiechają się do siebie, a te, które jeszcze czekają, kryją coś głęboko w sercu, szczebioczą słodko do kukiełek, okutanych haftowanymi kołderkami i leciutko jak szczygiełki, biegną na kolejne randki. A szczęściary do kolejki. Po mleko w proszku, po bebiko, po soczki, po *Bobo*, po marchew, po chleb, po mięso, z bielizną do pralni. Czasem uda się obejść kolejkę. Bo z dzieckiem na ręku, bo znajoma, ale ludzie się krzywią, wymyślają, krzyczą. Więc szczęściary pokornieją. I stoją, stoją, uciszają płaczące dzieci. Czekają.

Znów wiosna. Jest urlop, można by pojechać z wózkiem do lasu, na słońce, ale nie, trzeba zaraz karmić, dać mężowi obiad, podobno na Przymorzu rzucili kartoflaną mąkę, mama prosiła, żeby kupić marchwi, a z mamą trzeba żyć dobrze, bo jak się kończy urlop, to kto przypilnuje dzieciaka?

– To twoje? Jakie duże, jakie śliczne. – Koleżanka ze sklepu nachyla się nad wózkiem. – Szczęściara jesteś. Już masz swoje własne, a ja co? Tylko praca i praca, w domu starzy krzyczą, kiedy pójdę na swoje... No, cześć, lecę, randkę mam. Taki jeden żyć beze mnie nie może, z tego ślub może być.

Turnus

Wszystkie sąsiadki były zgodne, że co jak co, ale szczęścia Cesia nie ma. Życie się jej nie układa jak powinno, choć dobra i porządna z niej córka, bo wszyscy wiedzą, że jak mama z fabryki wraca, to obiad na nią czeka, choć przecież i Cesia po pracy. A jeszcze i w ogródku kwiatków nasadziła, i dywan przetrzepała. Najlepsza. Zawsze: *Mamusiu, może ci pomóc?* Siostry, choć młodsze, dawno własne dzieci niańczą, a Cesia jak nic, tak nic. Z początku nie zauważała litościwych spojrzeń, ale z czasem ciągle musiała się dowiadywać, jak to się ludziom powiodło: ten ma fiata, tamten ze szklarni za same goździki zgarnia pół miliona, inny znowu docentem został, a ona ciągle między mamą, ogrodem a księgowością, z kiepską pensyjką i nie lepszą urodą.

Myślała, myślała aż wymyśliła. Samochodem nikomu oczu nie zamydli, bo samochód nie brylant, podrobić się go nie da. O awansach nie opowie, bo wiedzą sąsiedzi, jak kto siedzi. Futra z norek nie kupi, bo i za co, a nutriami nikomu nie zaimponuje. Podróże zagraniczne!

Już w podstawówce pamięć miała świetną; nie uczyła się zbyt dobrze, bo nauka ją nudziła, ale co raz przeczytała, to pamiętała na długo. Żeby wyjechać, trzeba pieniędzy – sama zarabiała skromniutko, matka jeszcze mniej, chorowała, teraz częściej, trzeba by się starać o rentę. Ale Cesia obliczyła, że za dwa-trzy lata odłoży odpowiednią sumkę, żeby skoczyć po sezonie do Bułgarii lub na Węgry. Razem z mamusią, wiadomo, bo dobra córka. Tymczasem znikała na dwutygodniowe urlopy do krewnych na wieś, pomagać im w gospodarstwie, a wieczorami wkuwała przewodniki: tak zwiedziła Złote Piaski, Mamaję, Egipt i Wyspy Kanaryjskie, Soczi i Leningrad, złotą Pragę i Budapeszt. Przejętym koleżankom opowiadała o białych nocach, o sztormie podczas podróży Batorym, o winie, które kelner serwował gościom w Warnie, o granatach, kupowanych na targu w Kairze. Już nie patrzono na nią z politowaniem. Koleżanki i sąsiadki plotkowały za jej plecami, skąd bierze pieniądze na te wszystkie wojaże i jakim sposobem udaje jej się dwa razy do roku zdobywać dewizy, Cesia zaś uśmiechała się tajemniczo, dając do zrozumienia, że ma się te sposoby i znajomości.

Aż nadszedł ten rok, kiedy wreszcie zabrała Mamę do Bułgarii. W grupie wycieczkowiczów, czekających na warszawskim dworcu, obie zwracały uwagę prowincjonalnym, tandetnym strojem – a jednak było coś ujmującego w tej dziewczynie z ogromnym tapirem nad nieładną, szeroką twarzą; czułość, z jaką zwracała się do zniszczonej kobieciny, czyniła ją sympatyczniejszą od niejednej podróżniczki wyjadaczki w eleganckim kostiumie.

Na miejscu okazała się prawdziwym skarbem: wiedziała wszystko, zastępowała najlepsze bedekery; z jednakową precyzją informowała nas o obyczajach kelnerów, sklepowych cenach czy markach szampanów i innych win, co o kulturze i sztuce. Kiedy trafiała na rozmówców zagubionych, stawiających pierwsze kroki na obcej ziemi, ograniczała się do drobiazgów; ale gdy zjawiał się bywalec, wymieniający jednym tchem liczne odwiedzone stolice, Cesia sprężała się wewnętrznie i przypuszczała kontratak – ach, była nie do pokonania!

A jednak nie ma zbrodni doskonałej. Czwartego dnia pobytu, kiedy zaczęła snuć opowieść o ostatnim pobycie w Wenecji, poczułam się jak porucznik Columbo na tropie. Pałac Dożów, dobrze, ale bazylika świętego Piotra, Koloseum, galeria Uffizi? Czy pamięć zawiodła, czy źródła były niekompletne, w każdym razie wszystko się biedaczce poplątało. A potem już poszło jak po sznurku: Častá była na Krymie, Mona Lisa we Florencji. I nagle Cesia nad deserem, z twarzą zaróżowioną jednym kieliszkiem wina, zrozumiała, że została zdemaskowana. Zszarzała, skurczyła się, otuliła się szczelniej wełnianą chusteczką.

– Chodźmy, mamusiu, już chłodno, może ci pomóc? Wieczory – powiedziała twardym, nienaturalnym głosem, patrząc mi prosto w oczy – takie tu zimne, jak w tropiku. W Afryce też mrok tak nagle zapada, ewentualnie nawet prędzej. Dobranoc.

Chciałam wstać od stolika, pobiec za nią i powiedzieć: *Nie bój się, Cesiu, śpij spokojnie do końca turnusu i dalej. Twój sekret jest bezpieczny, i tak zapamiętam cię jako dobrą „Cesia pomóż", wielką* ewentualnie *podróżniczkę, nieważne, że na niby.* Ale cóż z tego, skoro nie wstałam, nie pobiegłam. Zostałam przy stoliku z tym swoim nie wiadomo po co odniesionym tryumfem.

Posady

Zawekowałam cztery gęsi i pięć kurczaków. A niedawno trafił mi się schab, też zawekowałam. A jak dobrze, że kupiłam te jagody, po dwadzieścia złotych za kilo płaciłam, dziś są po czterdzieści. Mam dwadzieścia kompotów. Kupiłam wiśnie i te śliwki od pani, i czereśnie, to starczy, nie? Tylko żeby napisali kiedy przyjadą, bo chciałabym brata odwiedzić, pomóc mu przy kopaniu kartofli, więc dobrze by było, żeby napisali. Ale oni to pisać nie lubią. Już trzeci rok jak siedzę całe lato i czekam. Tamto lato zmarnowałam, zeszłe też. Trzy lata temu też miałam i schab, i gęsi przygotowane, czekałam, czekałam, aż się weki zaczęły otwierać, to sprosiłam gości z pracy i przyjęcie zrobiłam. A oni wtedy bez żadnego uprzedzenia przyjechali. To zła byłam. Nie, że przyjechali, tylko że nie uprzedzili: tak nie powinni byli zrobić, no nie? Pani Schmidt mi przywiozła dużo. Ona trochę przytyła, a potem schudła i te sukienki zupełnie na mnie pasują. To dała mi dwie sukienki i płaszcz, pani zobaczy, elegancki, prawda? Ja elegancka kobietka jeszcze jestem. Hi, hi, co tam starej babie po elegancji. Ale już trochę mnie to złości. Pani Schmidt wyraźnie pisała, że przyjadą, więc zawekowałam te gęsi, bo może nie być w sklepie, i co im dam. Przecie dużo pieniędzy to kosztowało, ale nie żal mi na nich, tylko że nie przyjechali. Ale co tam, nie chcą, to nie... Mam rozpaczać? Tylko, swoją drogą, mogliby choć wytłumaczyć, przeprosić... Elżunia wyraźnie napisała: w lipcu, najpóźniej w sierpniu, bo przecież ma wakacje. A Gustaw? A Helmut? Też nie mogli? Nie dostali urlopu? To w końcu jest poczta, czy nie ma? Najgorzej jeśli się te kompoty zaczną otwierać. Bo takie gęsi to się zmarnowały... Jak nastałam u pani Schmidt, Helmut miał roczek. Elżunia i Gustaw to się już przy mnie urodzili. Pewnie, że mieli matkę, pani Schmidt nie pracowała, ale kto ich wychowywał? Ciocia Lodzia. Ja tam jestem prosta kobieta i mogę się poniżyć, ja tam jestem głupia, nieuczona, ale swoje też wiem. Wie pani, gdybym była u nich ubezpieczona to bym dzisiaj miała o dwieście czterdzieści pięć złotych więcej. Obliczyłam sobie, poprosiłam jednego pana w ZUS-ie. A dwieście czterdzieści pięć złotych to czyni dwa tysiące dziewięćset czterdzieści rocznie. To jest dużo, nie? Jakie to szczęście, że poszłam do tej państwowej pracy, nie? Chociaż pani Schmidt się tak złościła wtedy. Ale ja mogę być głupia prosta kobieta, a swoje wiem. Pan Schmidt powiedział, że jak będę stara, to przecież mogę praniem zarabiać. Złego słowa na niego nie powiem, ale tego to mu nigdy nie zapomnę. Praniem zarabiać! Na starość! On głupi, nie? On mi tak powiedział, jak się dopominałam, żeby mnie ubezpieczyli. Ale do dzieci byłam bardzo przywiązana. I dzieci mnie szanowały, słuchały i mówiły do mnie *ciocia*, bo pani Schmidt kazała, żeby mówiły do mnie *ciocia*, to ładnie z jej strony, prawda? Zresztą jak już byłam na tej państwowej pracy, to dalej im pomagałam. I prałam i gotowałam, i siedziałam z dziećmi. Wie pani, ja się pani przyznam. Ja te dzieci kochałam jak swoje. Tam paru chciało się ze mną żenić. Nie żeby mi się podobali za bardzo, ale zawsze co mężatka, to mężatka. Tyle że, myślę sobie, po co mi mąż? Dom mam, państwową pracę mam, a dzieci też mam, aż troje. To jak wyjeżdżali, to mi mało serce nie pękło. Wyjechać z nimi? Ja tu jestem Polka Kaszubka od dziada pradziada. Mnie tam nie ciągnie. Odwiedzić na miesiąc, dwa, owszem. Pani Schmidt ciągle mi mówił, że mnie zaprosi, ale jakoś jej schodzi. Co tam, mnie nie zależy, nie pcham się. Tyle, co mi dali, tam trochę mebli, ubranie, sukienki, to byli mi winni, bo przecież ciągle im brakowało, ja im pożyczałam, jak już byłam na państwowej posadzie. Płacili? A skąd, proszę pani, jeszcze im pomagałam, za ostatnie pieniądze Elżuni czekolady z orzechami kupiłam na drogę, przed pierwszym, że przez trzy dni nie miałam ani grosza. Ale głupstwo, w domu była kasza i słonina. Tylko że tak naobiecywali, że przyjadą, odwiedzą, a na święta to tylko Elżunia przysłała kartkę, Liza się podpisała, ona teraz Liza, i nic o przyjeździe nie pisze. Teraz sobie odkładam cukier. Kupię jagód i wiśni. Elżunia, a szczególnie Helmut przepada za kompotem z jagód, zawekuję i będę czekać. To nawet lepiej, że nie przyjechali w zeszłym roku. Miałam remont, meblościankę mi budowali, a w tym roku wszystko już elegancko przygotowane. Jak ja na to mieszkanie wpłacałam, to się pani Schmidt ze mnie śmiała! „Po co ci to. Lodziu? Przecież możesz u nas w służbówce być zawsze, nikt cię nie wyrzuci". W służbówce. A teraz mam eleganckie M-2 z łazienką. Zrobili mi tę meblościankę, uchwyty kupowałam po pięćdziesiąt złotych. Z bursztynu i złota, takiego rzeźbionego. No, to nie jest prawdziwe złoto, ale piękne. Całe życie na tych prywatnych posadach. Osiem lat miałam, a już pracowałam. Jedna mi mówi: „Pani Lodziu, jest takie miejsce, proszą, żeby pani obiady gotowała...". „Proszę nie kończyć – mówię – nigdzie nie pójdę. Żadnych obiadów. Jestem teraz sama dla siebie. Nareszcie". Może jeszcze pożyję, nie? Wie pani, tak sobie myślę i myślę, że jeszcze zawekuję malin. Za malinami strasznie Gustaw przepada. Elżunia też lubi. Liza. No, niech będzie i Liza. Jak była malutka, to ciągle pytała, czy ja jestem jej druga mama. Potem mówiła ciocia, ale na początku to mama. Mogłaby napisać, wytłumaczyć dlaczego nie przyjechali, powiedzieć na kiedy mnie zaproszą. Ale niech tam, nie zależy mi, ja się nie pcham, mnie tu dobrze. Liza. Śmiesznie, nie? Elżunia ładniej? Nie?

Jedyny

Agata ze złością odsunęła śmietniczkę na obierki, trąciła nogą koszyk, rozchlapała wodę w garnku i z impetem opadła na stołeczek. Nóż w jej ręku połyskiwał groźnie, jakby dobierała się nie do kartofli, lecz do skóry... no, czyjej?

Ciotka już dawno zwróciła uwagę, że z Agatą coś nie tak. Przyzwyczaili się wszyscy, że będzie starą panną, bo i brzydka, i ślepowata, i dwie lewe nogi trochę na zakosy jej chadzają, więc skąd nagle te wszystkie termedie? Wzdychy i złoście jakieś, i przepadanie wieczorami, i zakupy inne niż zawsze; kołnierzyki pokupowała z koroneczkami i cieniutkie pończochy, pantofle na obcasach, włosy skręciła. A jak ciotka zobaczyła w jej torebce szminkę...

– A ciebie, Agata, co znów ugryzło?

– Co by mnie miało ugryźć? A jeżeli i ugryzło, to moja rzecz. Dorosła jestem.

– Ano, dorosła. Dobrze już nawet przerosła, żeby powiedzieć prawdę – dodała ciszej ciotka, która w jej wieku już urządzała dzieciom przyjęcia komunijne – Agata, ja tak z serca, bo może masz kogoś i nie śmiesz go do domu przyprowadzić? No to przecież i twój dom. Dajesz na życie, na lokatorne...

– No już dobrze, dobrze... Jak będzie kogo przyprowadzić, to przyprowadzę. Skóry na niedźwiedziu sprzedawać nie będę...

Ale obierzyny skręcały się już jakoś weselej i szybciej, woda zabulgotała na ogniu i Agata zaczęła fruwać koło kuchni tak jakoś lekko, że wcale nie było widać, żeby te nogi były lewe. A może tylko takie ludzkie gadanie, że brzydka? Zazdrość i tyle! Tylko że o co zazdrościć? Że pracuje, zarabia, grosz do domu i do PKO zanosi?

Też ważne, pewnie, ale dla kogo to wszystko? Ani chłopa, ani własnego domu, ani dzieci.

*

Ciotka, to jest pan Antoś! A to pani Kwiatkowska, no, moja ciotka.

Żeby pan Antoś był nadto urodziwy, nie można powiedzieć. Jakiś taki białawy, wyleniały. „O – przypomniała sobie ciotka – jak mój Franio hodował białe myszy, to do tego Agacinego kawalera były podobne". Ale przecież Franio tak je lubił, tulił, głaskał. Pan Antoś miał kapelusz, mrugał białymi rzęsami. Agata trącała go w łokieć, żeby coś powiedział, ale pan Antoś tylko zrobił się czerwony jak burak pod ciotczynym wzrokiem i dalej milczał.

– Rozmowny to pan nie jesteś – roześmiała się ciotka – A gdzie pan robi?

– Na kolei… znaczy się…

– A! Kolejarz, to pięknie – ciotka prasnęła rękami – a dlaczego munduru pan nie nosi…

– Bo ja, znaczy się, na kolei, ale u ogrodnika… Znaczy się kolejowego… Pan Krzązkiewicz… Zna pani!

– A – ciotka straciła entuzjazm – to pan nie kolejarz…

– Klomby robię… Na stacji, na peronach. Na skwerze koło stacji, w mieście i w terenie też.

– Aha…

– Ale bilety kolejarskie mam!

– No, to już coś…

– A pan Krzązkiewicz dostał nagrodę za swoje klomby, a to przecież i ja…

– No to co pan tam robi? Trawę sieje?

– Na wiosnę to się wysadza parę tysięcy bratków – zaczął recytować, jak lekcję – i niezapominajki. Potem szałwię, a na peronie skalniaki. I to wszystko musi być w gwiazdy, albo trójkąty, albo w kwadraty… Pan Krzązkiewicz rysuje, a ja…

– Coś się pan tak rozgadał? – Agata patrzyła zaczepnie – Trzech słów żeś pan do mnie w cały dzień nie powiedział, a teraz trzepie pan, jak swat na weselu! Bratki, kwiatki, kogo to obchodzi? Kto to tyle gada o swojej robocie? Niech ciotka poda nalewkę, ja nakryję. Pogadamy jak ludzie o ciekawych sprawach, a nie o jakiejś trawie.

Pan Antoś speszył się, zamilkł i znów przypominał białą myszkę.

– No to siup! Za młodych – ciotka podniosła kieliszek, ale Agacie znów nie przypadło to do smaku.

– Co też ciotka, gdzie się ciotka spieszy? A bo to jakichś młodych ciotka tu widzi? Zwyczajnie, znajomy. Na wizytę przyszedł, a ciotka zaraz... Panie Antosiu, pozwoli pan tej szynki. Stałam wczoraj w delikatesach, to na wszelki wypadek kupiłam. No i dobrze się złożyło... Zawsze dobrze mieć coś w domu, gdyby przypadkiem ktoś zaszedł. U nas zawsze ktoś wpadnie. Nie żeby, broń Boże, co, tylko tak. Inteligentnie porozmawiać, przejść się po powietrzu... – Koroneczki przy kołnierzyku pięknie odbijały od chabrowej sukienki, mały palec odstawiała z wdziękiem, szynkę krajała cieniutko, jak się należy. „Skąd to u niej? – myślała ciotka – patrzcie, jak to chłop, choćby i taki, potrafi babę odmienić". – Może byśmy poszli do kina? Podobnież bardzo pięknie grają w „Europie". A może pan już był?

– A, nie wiem... Znaczy się ja... nie chodzę... Ale jeżeli...

– Ja chodzę na każdy seans. Wie pan, człowiek musi kulturalnie żyć.

– A tak, na pewno... To może pójdziemy?

– Teraz? Biletów nie będzie. Jakbyś pan skoczył, to na ósmą. A ja się za ten czas podszykuję trochę.

– A... na ósmą to może późno, bo ja...

– Mama panu nie pozwala? – ciotka chciała być dowcipna.

– A tak, znaczy się mama właściwie nic nie mówi. Tylko że ja na piątą rano do pracy... Więc o dziewiątej kładę się spać...

– No to bierz pan palto i kapelusz i szoruj do mamy – Agata zapomniała o małym palcu; miotała się na dwóch lewych nogach, kołnierzyk powiewał groźnie – a nie zapomnij pan o paciorku i żeby mama myła panu uszy! Kawaler się, cholera, znalazł, do panny przychodzi.

– Panno Agato, ja mogę iść, nie szkodzi. Nie wyśpię się raz, trudno, ale nie szkodzi. Już idę po te bilety, znaczy się, jeśli pani pozwoli.

– Weź se pan te bilety dla mamusi, na poranek.

Pan Antoś postał jeszcze chwilę, mrugał rzęsami i patrzył na ciotkę z pytaniem.

– Przyjdź pan innego dnia, może jej przejdzie – mruknęła ciotka.

A nazajutrz:

– …o, Mario Przenajświętsza, o ja nieszczęśliwa, o mój Antoni kochany, co ja z tobą mam, czegoż ty taki głupi cep, a gdzieś ty się uchował, mój ty kochany jedyny… – Agata zawodziła po wiejsku, jak kiedyś jej matka, gdy spotkało ją nieszczęście – no powiedz, ciotka, gdzie taki drugi, taki porządny, taki pracowity, taki dla matki uczuciowy. O, żeby on przyszedł do mnie jeszcze, to mu wszystko daruję, o mój jedyny…

*

A to pan, panie Antoni. Prosimy. Tylko od razu powiedz pan, do której mamusia pana puściła, bo ja nie mam przyjemności wolnego wieczora sobie marnować. Ciotka, przynieś trochę nalewki! Ale czy panu tu kieliszek nie zaszkodzi? Bo to jutro trzeba wstać…

– Panno Agato, ja przepraszam, znaczy się, czy można? – Biała myszka mruga rzęsami. – Panno Agato, niech się pani ze mnie nie śmieje, bo sobie pójdę…

– A czy ja tu pana zatrzymuję? Wolna wola, drzwi otwarte… Antoś, Antoś nie odchodź.

– Och, Agata, jak ja cię, znaczy się, czy chcesz, czy ty byś w ogóle chciała…

Narzeczony z paczki

Kiedy tak stał w ostrym świetle przedpokoju, siny z zimna, z gołą głową oprószoną śniegiem i w cienkim paletku, ociekającym w małe kałużki, bardziej przypominał świeżo rozmrożonego kurczaka niż blond młodzieńca, którego fotografie leżały w szufladzie biurka.

– Sorry, sorry, nabłociłem, dzień dobry państwu... Ty jesteś Aldona? Czy możesz za mnie zapłacić taxi, nie wiem, ile płaci się u was napiwku, a boję się, że mogą mnie oszukać. Oczywiście zaraz zwrócę.

Takie to były pierwsze, historyczne słowa, które na progu ojczyzny i mieszkania oblubienicy wypowiedział mój przyszły mąż, aktualnie rozmarzający kurczak (zresztą niech będzie indyk, bo wymiar jednak był spory).

– Taksówkę...? – Nie zaskoczyłam od razu; przed chwilą, zapominając o wszystkich radach i przestrogach, poleciałam do drzwi i otworzyłam je tak szybko, że nie zdążył jeszcze odsunąć ręki od guziczka dzwonka; a teraz staliśmy naprzeciwko siebie: on, korespondencyjny narzeczony, oczywiście zupełnie inny, niż go sobie wyobrażałam, i ja, w wypiekach i z płonącymi uszami jak czternastolatka, za mną w komplecie cała famuła, matka, siostra, ciotki, Joanna i kot. – ...ależ tak, Joasiu, biegnij, zapłać. Antoni, jak mogłeś przyjechać tak lekko ubrany, przecież uprzedzałam, że w Polsce zimy wcale nie lżejsze niż u was. I bez kapelusza! Natychmiast musisz kupić kapelusz albo czapkę.

– Aldona, ja mam w domu pięć nowych, porządnych kapeluszy, nie będę na dwa tygodnie wyrzucał pieniędzy. Ale pokaż się, pokaż, nareszcie ci się przyjrzę z bliska. W porządku, podobasz mi się, a najwięcej imię, Aldona, bardzo polskie i bardzo takie wiesz, serio. Będzie się tam podobało. No, to cieszę się, że wszystko jest już w porządku. Może jesteś trochę za bardzo elegancka, ale to nic, tam się odzwyczai, nie będzie dokąd tak się stroić. To małe miasteczko, w lesie... Mogę umyć ręce?

Przemówienie, które wygłosił, powinnam chyba uznać za potwierdzenie oświadczyn; a więc nic się nie zmieniło, wychodzę za mąż, wyjeżdżam do Kanady, będę miała bogatego męża, Joasia – ojczyma, wszyscy będziemy wiedli dostatnie, wygodne życie bez trosk. Wprawdzie Antoni jest... trochę inny niż mężczyźni, których dotychczas znałam, ale wiadomo, środowisko, inna kultura, obyczaje. Byleby spodobał się Joannie.

Ale jej się spodobał, bo właśnie wyciągał z walizki mały magnetofon i kasety.

– To dla was. Dla Joanny magnetofon, a dla ciebie kasety, które specjalnie kazałem nagrać: przedwojenne piosenki z Polski. Przyjeżdżała do nas jedna pani, śpiewała to u mnie w motelu i wszyscy Polacy płakali. Specjalnie dla ciebie.

Nie bardzo wiedziałam, po co przywozić do Polski piosenki nagrane przez jakąś paniusię w motelu, ale jeśli tak mu się podobały...

Za to ani kasety, ani magnetofon, ani Antoni nie spodobali się kotu. Od pierwszego popołudnia prychał na walizkę, prychał na Antoniego, syczał i jeżył się, kiedy dotknęła go ręka, pojednawczo wyciągnięta do głaskania. Za którymś razem, po tygodniu może, zrobił gwałtowny unik, jednym susem skoczył na najwyższą półkę regału i – brzdęk – paskudny flakonik, jakiś prezent z kolejnych imienin, rozbił się w drobny mak, ku radości nas wszystkich zresztą. Za to Antoni zmartwiał, nie wiadomo czym bardziej oburzony, czy szkodą, czy naszą reakcją.

– U nas nie będzie kotów – obwieścił bezapelacyjnie. – Spójrz, co za straty! Potłuczone wazoniki, zniszczone fotele, krzesła...

Po raz pierwszy od dekady spojrzałam na nasze meble trzeźwym okiem; rzeczywiście były trochę dziwne, oparcia miały wystrzępione, tapicerka zmieniła się w pięknie zgręplowane owcze runo, ale komu to szkodzi? Przecież Puchosław musi o coś ostrzyć pazury.

– Puszek, zachowuj się przyzwoicie – drapałam go za uszami – ten pan to mój przyszły mąż. Za tydzień bierzemy ślub i jedziemy do Kanady. Rozumiesz, Puchosławie? Do Kanady.

Ale on tylko patrzył na mnie z pogardą zielonymi kreskami oczu, jakby mówił – a koty przecież nie lubią się wtrącać: – *Jeśli chcesz wiedzieć, co myślę, to raczej za tego tam nie wyjdziemy i z Kanady nici, ale rób jak chcesz, tylko się lepiej zastanów.* Postanowiłam przynajmniej w tym momencie zabrać Antoniego z domu, spod zielonego spojrzenia.

– Chodź, pójdziemy do teatru na siódmą, mam znajomą w kasie i możemy dostać ulgowe.

– Teraz? Nie zdążymy. Mowy nie ma.

– Taksówką zdążymy tysiąc razy.

– Słuchaj, ile ty zarabiasz, dwa tysiące? A ile taksówka kosztuje? Jakbym tak w Kanadzie gospodarzył, to do niczego by nie doszedł, nie miałbym domu, ogródka, motelu, stacji benzynowej ani fermy. Do teatru zresztą też nie chodziłem, nas na to nie stać.

– Bo nie macie tam teatru.

– Jak to nie mamy?

– Ano tak – ciągnęłam w najlepsze – w całej Kanadzie nie ma ani jednego teatru, nie wiedziałeś? Przez dwadzieścia lat nie pomyślałeś, że ci tego brak?

– Żeby żadnego, to chyba coś ci się zdaje. Ale tak, nie interesowałem się. Nie było czasu.

– A my tu mamy teatr, pieniądze i czas. Idziemy?

– Dobrze, ale obiecaj mi, że tak na łapu-capu ostatni raz. Pomyśl, ile za te pieniądze można by kupić przydatnych, pożytecznych dzieci.

– Tak, na przykład dwadzieścia kilo kartofli. No, wkładaj płaszcz.

Można się z nim pokazać w foyer. Przystojny, bardzo wysoki blondyn, lekko już siwiejący, w ubraniu dobrze skrojonym, acz bez ekstrawagancji. Obliczywszy coś skrzętnie w głowie, zaprosił mnie do bufetu na pralinki i szklankę oranżady. Tak, na pewno przystojny, a do tego to bezsprzecznie porządny, przyzwoity człowiek, który na ogół ma rację. Człowiek, z którym wkrótce mam wziąć ślub i jechać do Kanady (miej się na baczności, Aldono, jeszcze tydzień temu mówiłaś „wezmę ślub" i „pojadę"; co powiesz za tydzień?).

Kiedy odszedł Marek, nadrabiałam miną, szybko zaprzyjaźniłam się z jego nową i bardzo młodą drugą żoną, ale puste miejsce gniotło. Pusta połówka tapczanu, puste krzesło, rano pusta umywalka w łazience. Za dużo miejsca, aby mogło dać spokój. I jeszcze popłakująca po kątach Joasia z wiecznym *Dlaczego nie ma tatusia?* I wtedy koleżanki znalazły mi tego narzeczonego z paczki, pana, który – rzucony przez wojnę do Kanady – przysyłał rodzinie przez nasz bank jakieś dolary, a w podziękowaniu za szybko załatwioną transakcję zapytał, czy nie mają dla niego jakiejś odpowiedniej kandydatki na żonę. Motel, ferma, samochód, pieniądze, wszystko jest. Nie zgodziłabym się, gdyby nie listy. Tego właśnie nie mogłam zrozumieć, skąd one mu się brały?

Przyjeżdżałem tu na letnisko. Czy teraz też są u was takie letniska? Pamiętam altanę uformowaną z bzu, leszczyny i jakichś bujnych, splątanych pnączy – słońce, przeświecając przez liście, tworzyło z nich drżące blanki, plamki i wycinanki. W altanie stół jak młyński kamień, powycinany w inicjały, w serca przebite strzałą: tu Kuba kocha Zosię, *a tam* Staś jest świnia. *Gdy kiedyś jakiś nowy Cham-pollion odczyta nam ów głaz-hieroglif, cóż powie o naszych dziejach, codziennych sprawach i troskach? Na tym kamieniu scyzorykiem wydrapałem też swoje serce przebite strzałą i inicjały dwóch imion. Wyrzeźbiłem w granicie nową miłość i nową tragedię. Ale to było tak dawno. A dziś jestem daleko i nie wiem, czy kiedykolwiek tamtą altanę i tamten sad, i tamte kwiaty jeszcze zobaczę.*

Albo:

To jest las, las i las.

Gdy mam trochę czasu, biorę strzelbę lub nie biorę strzelby i idę do lasu. Kiedyś obudziłem się przed świtem, wyszedłem bez śniadania, sam. Miałem tylko kompas i kij na węże. Przeszedłem po ciemku prawie milę, zanim zatrzymała mnie konieczność posłużenia się kompasem. Usiadłem na pieńku z kompasem niewidocznym w ręku i czekałem. Tajemnicze, nocne szmery, które ustały przedtem na odgłos moich kroków, przesuwały się znów, aż wreszcie ucichły na dobre i sowy przestały hukać, i rozjaśniło się w naszym mokrym lesie, i już widać było kompas. Ruszyłem dalej. Szedłem szybko, a przecież spokojnie, czując się w głuszy coraz bardziej swojsko. Wystraszyłem łanię i jelonka, wypłoszyłem je z legowiska, przechodząc w tak niewielkiej od nich odległości, że zobaczyłem, jak uciekają. Jak bieleje kusy ogon tego jelonka.

– Aldona. Aldona, co tak się zadumałaś, nie słyszysz mnie?

– Tak, tak, słucham.

– Załatwiłaś już w biurze wszystko, co trzeba?

– Załatwiłam.

– Złożyłaś wymówieni, uprzedziłaś, że wyjeżdżasz?

– Uprzedziłam.

– Chciałbym, żeby już było po wszystkim. Boję się, że coś się psuje. Nie umiem tego wytłumaczyć, ale zdaje mi się, że ty mnie nie kochasz. Że właściwie więcej kochasz tego swojego kota, niż mnie.

Popatrzyłam na niego uważniej. Czy naprawdę wierzył, że go *kocham*? Że do tego wystarczy motel, ferma i konto w banku? Czterdziestoparoletni mężczyzna, który przeszedł wojenną tułaczkę, nędzę, potrafił sobie wybrać nowy kraj, zbudować w nim nowe życie, nowy dobrobyt, zawsze zostanie tym, chłopcem, który w altanie wycinał scyzorykiem serce przebite strzałą? Kto tu mówił o miłości? Mnie jest potrzebny mężczyzna i bezpieczeństwo, jemu – kobieta, która będzie siedziała w kasie na stacji benzynowej, prowadziła motel, dbała o fermę, spełniała obowiązki gastronomiczne, towarzyskie, seksualne, a na dobitkę jeszcze przypominała starą ojczyznę. Dwudziestoczterogodzinny etat za konto w banku. Bez możliwości korzystania z tego konta, bo nie ma gdzie, nie ma kiedy, nie ma z kim.

Na żywo pięciu słów nie powie, żeby nie obliczyć, ile procent traci jego kapitał w czasie pół godziny spoczynku, a pisał takie listy...

Kochana, gdybyś mogła zobaczyć, jak mieszkam. Wielkie dęby, rosnące wokół garażu i domu stanowią wyraźny, widoczny wśród uprawnych pól znak, że tu właśnie znajduje się motel Antoniego. Wyniosłe i pełne gracji, o czarnych pniach i konarach, jasnozielone latem, czarne i zamyślone zimą, są te drzewa jakby sygnałem stojącym wśród doliny. Dalej jest zwarty las. Nikt nie wie, czy zasadzili je poprzedni właściciele, czy po prostu przy tych drzewach się pobudowali. Chyba to drugie, bo dęby mają ponad osiemdziesiąt lat.

Latem te drzewa osłaniają stację benzynową i często podróżni zatrzymują się, by posilić się w ich cieniu i ochłodzić ogrzane motory. Stacja jest pomalowana zieloną i czerwoną farbą, motel jest nowoczesny, z plastiku i szkła, koło motelu czerwone geranium i liście zielone, gęste jak żywopłot. Biały żwir codziennie grabimy i spryskujemy wodą. Za motelem jest ogród, a w ogrodzie mały basen, w którym w czasie upałów można się kąpać. Chciałbym, abyś tu królowała – a motel nazywałby się motelem Aldony.

– Aldona, ile razy prosiłem, zabierz tego kota, znowu coś stłucze, a poza tym działa mi na nerwy. Mówiłem już: u nas kotów nie będzie. I naprawdę, nie krępuj się mną i przebieraj się w domu w stare sukienki, zupełnie zniszczysz ten nowy kostium i tę beżową, a przecież jeżeli nigdzie nie wychodzimy... Ja w ogóle nie rozumiem, jak wy tu gospodarzycie, jeśli wydajesz dziennie sto złotych, a zarabiasz, prawda... U nas będziesz się musiała nauczyć oszczędzać. Chciałbym jeszcze wybudować bar, a poza tym Joanna to koszty...

– Antoni, chciałabym ci coś zaproponować. Żeby nie było żadnego „nas"...

– ...no i musisz się przestawić na zupełnie inny tryb życia, najlepiej już teraz – ciągnął niezrażony. – Przed południem zastąpisz mnie w motelu, po dwunastej przejdziesz do kasy stacji benzynowej, co da nam oszczędność dwóch pracowników i opłat ubezpieczeniowych, a jeszcze zatrudniając własną żonę będę płacił niższy podatek. Jak się wciągniesz...

– Żebyśmy w ogóle zapomnieli, nie gniewaj się...

– ...to może i w domu dasz sobie radę, Joanna ci pomoże, ja nie jestem wymagający. A gości nie będziemy zapraszać, więc można gotować byle co. Słuchasz mnie?

– Ja? Słucham. A ty mnie? Jeszcze raz: chciałabym, żebyśmy o tym zapomnieli. Nie gniewaj się, że naraziłam cię na koszty przyjazdu, ale ostatecznie może dobrze się stało, że odwiedziłeś matkę i siostry, może gdyby nie ja...

– Ależ Aldona, ja nie rozumiem, o co ci chodzi? Pomyśl, co tracisz. Przecież ja nie jestem taki wstrętny, prawda?

– Skądże, Antoni, jesteś miły, przystojny chłopak.

– Posłuchaj, miałabyś stację, motel, dom, własny, a nie spółdzielcze mieszkanie, ogród, konto w banku... naprawdę nie rozumiem.

– Właśnie o to chodzi, że nie rozumiesz. Jesteśmy ludźmi z innych planet. Proszę, to twoje prezenty: pierścionek...

– Bardzo mi jest przykro, chciałem jak najlepiej...

– ...magnetofon, zaraz zdejmę kostium, listy... a nie, listy mi zostaw. Lubiłam je.

W biurze chichoczą, nikt nie wierzy, że to ja mogłam zerwać. Taka szansa, takie szczęście, to na pewno jemu coś nie odpowiadało – wiadomo, za stara to raz, charakterek to dwa, a trzy, że nie taka znowu Lollobrigida. Najpierw nie wytrzymał mąż, teraz ten drapnął. Koleżanki cisną się z radami, dopytują o szczegóły – mają do tego prawo, w końcu to one mnie swatały. I w dodatku wyszłam na idiotkę tym paleniem za sobą mostów, zwalnianiem się z pracy, teraz trzeba wszystko odkręcać.

Matka, siostra i ciotki nic nie mówią, ale czuję, że niezadowolone. Najbardziej Joanna, bo chciała pojechać w dal, przeżyć przygodę. Tylko Puchosław szczęśliwy, rozrywa pazurami resztki obić na fotelach. A mnie znów zostały samotne wieczory, puste krzesło przy stole, książki. I to książka domknęła historię Antoniego:

Wielkie dęby rosnące wokół garażu i restauracji stanowiły wyraźny, widoczny wśród uprawnych pól z odległości wielu mil znak, że tu właśnie znajduje się Rebel Corners. – Czytałam, zastanawiając się, skąd ja to znam. – *Wyniosłe i pełne gracji, o czarnych pniach i konarach, jasnozielone latem, czarne i zamyślone zimą – były te drzewa jakby sygnałem stojącym wśród długiej, płaskiej doliny. Nikt nie wie, czy zasadzili je Blankenowie, czy po prostu przy tych drzewach się pobudowali…* *

Stara idiotko, a ty się nabierałaś na tę poetyczność! Mamy już Steinbecka, trzeba się podciągnąć w literaturze światowej, to znajdę resztę źródeł natchnienia narzeczonego z pekaowskiej paczki.

– Chodź, Puchosławie, ty jeden się poznałeś na naszym romantyku, od razu wyczułeś. A może nie wyczułeś, Puszku, może po prostu tak świetnie znasz amerykańskich pisarzy?

---

* John Steinbeck, *Zagubiony autobus*, tłum. Andrzej Nowicki.

Stara

Panno Haneczko, pani wyprowadzi panią Stasiak. Przynajmniej ze schodów, niech pani będzie tak dobra.

– Ostrożnie, pani Stasiak, tu schodek, o, już…

– Dziękuję wam, moje złociutkie, kochane moje, co ja bym bez was… pani Haneczko, pani przyciśnie tam panią Celinę, żeby prędzej, bo już chyba życie sobie odbiorę…

Rytuał prawie codzienny: najpierw coraz głośniejszy stuk laski, po czym przez drzwi pokornie wysuwa się rozczochrana głowa w chusteczce i grubych okularach. Sadzanie, niańczenie, częstowanie herbatą. Wszystkim to już, prawdę mówiąc, bokiem wyłazi. Pewnie, że stara, chora, może i nieszczęśliwa, ale czy ona jedna? A czasu brak, przysypują je już te hałdy papierów, stempelków, odwołań, szkoleń, posiedzeń, a najbardziej wkurza, że… no bo jak powiedzieć młodym, zakochanym, że muszą czekać dziesięć lat? Albo starszym, już odchodzącym od życia?

– Bomby atomowej na takich nie ma – sprzątaczka Banasiowa najlepiej by te sprawy załatwiła – bo, moja pani, pigułków różnych nafabrykowali, każdy chce żyć sto lat, dzieci na tych sztucznych proszkach chowają się jak kluchy, to i ciasno – machała ścierką tak energicznie, że mało nie wymiotła kierowniczki. – Za moich czasów, to tam tych sposobów nikt nie znał, rodziło się po sześcioro, ale i tak wychowało się dwoje, jak troje to dobrze. Same umierały, bez choroby… wiedziały, że nie mają się co pchać, jak miejsca nie ma. A teraz doktór, szpital, pastylki, sztuczne serce wstawiają, to pchają się do spółdzielni, a miejsca nie ma. Gdzie tam się tyle narodu zmieści?

Więc naród się pchał lub czekał w kolejce; wszystko zależało od charakteru i od tego, czy *szło wytrzymać*, czy *nie szło*.

Stasiakowa nie czekała; gdyby zsumować te jej wędrówki w tę i nazad, to chyba zaliczyłaby pielgrzymkę do Ziemi Świętej. A już do Częstochowy to na pewno. Siadała na ławeczce interesantów i snuła od nowa historię, którą wszyscy znali już na pamięć, że jak coś pokręciła, to nawet ją poprawiali.

– ...no, złociutka, jak ja to mogę znieść? On mi tę małpę do mojego domu przyprowadził, a sam jeszcze do innej szmyrgnął. No, patrz pani, czy kogoś jeszcze na świecie Pan Bóg takim synem pokarał? Nie dość, że *taką* do domu wprowadza, to jeszcze mu się odmienia i do innej leci. A ta mi tu dzieciaka rodzi! Tego już nie zniosę. To ma być wnuczek!? Pani! A kto mi to zaświadczy, że to mój wnuczek? Taka co za chłopem przyleciała, to pewno innych miała ze stu, a ja mam cierpieć i dzielić się z nią mieszkaniem? No tak – wzdycha z niechęcią – mieszkanie jest na syna i jej zostawił, ale ja razem nie będę. Nie mogę i już! Jak ja gotuję, to ona przyjdzie z pracy i też akurat wtedy musi gotować, żadnego uszanowania dla siwych włosów nie ma. Jak jestem chora, to szklanki wody nie poda. A zresztą bałabym się, bo by mnie czym otruła. Pani wie, że my nie mamy już od trzech miesięcy elektryki? Dziecku na maszynce gotowała, żelazka używa, telewizor ma, a potem chce, żeby na spółkę płacić. O nie, ja jestem stara, ale swój rozum mam. I z czego mam płacić, z tej renty co ją ledwie wyprocesowałam? Z tych ochłapów, co mi ten syn czasem kapnie? Nie i nie. No to nam odcięli. Ja tam mogę żyć bez światła, i tak prawie nie widzę, wieczorami nie czytam, wcześnie idę spać. A jak ona taka wielka pani, to niech płaci wszystko. Ja mam u siebie toczkę, to i tak mi gra, a ona z telewizora ma nici. Taka się od tego wściekła zrobiła, że mnie o mało nie pobije. Chłopów sprowadza, po nocach boję się spać, żeby mnie nie napadli. A ten bękart to inaczej nie powie, tylko „ta stara". Ładne wychowanie, co? Ale, czy to można się czego innego po takiej spodziewać? Złociutka, to ja już sobie pójdę, tylko tak myślałam, przypomnę pani, bo pani ma tyle tego na głowie, że o mnie starej może zapomnieć, więc żeby z tych pięciu procent przyspieszenia. Koniecznie niech pani pamięta, bo sobie chyba życie odbiorę.

Pani Haneczka wyprowadza panią Stasiak za próg:

– Ostrożnie, tu stopień, niech się pani trzyma.

– Dziękuję, kochanie, a niech pani tam dopilnuje szefową, już ja się pani odwdzięczę…

A tymczasem na piętrze:

– Pani Celino, czemu my ją tak niańczymy, przecież ona jest zgaga od jasnego groma! Pani tylko pomyśli, jakie życie ma z nią ta babka, ta jej niby synowa na kocią łapę!

– Czy ja wiem, czemu ją niańczę. Może dlatego, że nie wiem jaka ja będę, jak będę stara, samotna, chora.

– Ja to mam nadzieję, że przynajmniej siły będę miała więcej, bo ona taka pokręcona, widziała pani, jak wykarczowany pień.

*

Oj, dogodziłyśmy pani Stasiak mieszkankiem. A chwaliła, a cmokała, „miód z masłem pani kierowniczko, miód z masłem!".

– Nie wiem tylko, czego brała piętro, jak jej trudno na schody wchodzić.

– Przyszła, zaprosiła. „Niech pani nie pogardzi, ja wiem, że pani nigdzie nie chodzi przez to ludzkie gadanie, ja wszystko rozumiem, ale o mnie, starą, nikt panią o kumoterstwo nie posądzi".

– Przecież kierowniczka nie chodzi.

– E, rzeczywiście mam chyba do tej Stasiak jakąś słabość. Zmarnowałam jeden wieczór, trudno, ale poszłam z Jasiem, to przynajmniej miałam pretekst, żeby wcześniej wyjść. Ciasteczka, herbatka, pani Stasiak żwawa, szczebiocze z Jasiem, wszystko jej jakoś szybko szło.

– Już się urządziła?

– Urządziła. Dostatnio, czyściutko i przytulnie, tylko bardzo zagracone, jak to u starych ludzi. Łóżko wielkie, przykryte bogato zdobioną kapą, serwetki, plusze, w kącie nowa amerykanka, może ktoś z rodziny przyjedzie czasem. „Ach, proszę pani kierowniczki – mówi – wszyscy mi zazdroszczą, wprost się nachwalić nie mogą. Nareszcie mogę od tej małpy odpocząć, nie boję się, że mnie kto w nocy udusi. Tak myślę, że może nawet syn do mnie kiedy wpadnie. Bo on jest nie najgorszy, tylko go te baby buntują". Myślicie, że wpadnie?

– Aha, wpadnie, już go widzę – huknęła Banasiowa z drugiego pomieszczenia, gdzie akurat myła podłogę; znów miała swoją teorię: – Ja tam pani nigdy nic nie mówiłam, bo mnie pani nie pytała, ale jak pani pyta, to mój obowiązek powiedzieć. Jak na spowiedzi powiem. Ta pani Stasiak – stanęła w progu – to wcale nie jest taka chora. Jak jej mąż umarł, została się na lodzie, bo ten synalek nie bardzo o nią dbał, więcej za babami latał. I ona wtedy z tych nerwów zachorowała na korzonki. Potem jej przeszło, ale to kuta baba. Udawała taką połamaną, aż jej rentę inwalidzką przyznali. Ale to nic nie pomogło, bo i tak się nie uspokoiła, tylko dalej ludziom życie truła. Tam, gdzie mieszka, wszyscy ją znają. Od świtu do nocy lata i szuka sprawiedliwości. Gdzie ona nie zajdzie, na kogo ze skargami nie poleci! Ten jej syn, to już chyba z piątą kobietą żyje, a wszystko sprawka mamusi.

– Co też pani Banasiowa takie rzeczy opowiada... – obruszyła się pani Celina i paznokciem zdrapała plamkę z metalowego koszyczka szklanki.

– A, bo pani kierowniczka tu siedzi, płacze z tymi swoimi klientami, a oni z pani... przepraszam bardzo pani kierowniczko, ale tak jest... oni z pani balona robią. Ta panina Stasiak to nie dość, że judziła, że buntowała, to jeszcze anonimy potrafiła pisać. Na synową do syna i na syna do synowej. Ja to wszystko wiem, bo mojego szwagra ojciec to jej męża nieboszczyka jakiś kuzyn. I kiedyś przy kielichu się wygadała. Bo i popić też zdrowo lubi. Więc syn rozszedł się z synową, potem przyprowadził jakąś inną, jeszcze ślubu nie zdążyli wziąć, już ich mamusia urządziła. I tak było ze cztery razy chyba, a za każdym razem takie tam cuda o nich wypisywała, że chociaż poznali, że to jej robota, to już patrzeć na siebie nie mogli. Może i jakie tam sekrety ich powydawała, dość, że jak ostatnim razem miał być już ślub, znowu ich pokłóciła. Tylko że chłop się zmądrzył: „O wiele mnie mama nie pozwala z kobietą żyć, to ja sobie z domu idę". „Ja ci, synku, nie pozwalam? To ona mnie mało nie zamordowała! Ja bym tobie i jej nieba przychyliła". Ale chłop powiedział, że ma dość. Wziął walizkę i dał nogę. Ani na tę młodą, powiedział, ani na matkę patrzeć nie może. No, ale że niby było dziecko, więc te alimenty i wszystko płaci. I mieszkanie powiedział, że jej zostawia. Niby tej młodej. Mówię pani, co tam był za krzyk, jakie zgorszenie, pół ulicy się zleciało. A on „Uszanowanie – powiedział – pozarzynajcie się tu obie, albo pourywajcie głowy, mnie tam nic do tego. Ja już się z mamusią dość namieszkałem, teraz ty skorzystaj z tego miodu". I wie pani, sąsiedzi wszystko zawsze wiedzą. Ale ileśmy się nazgadywali, ileśmy się starali od niej dowiedzieć, co ona takiego temu swemu chłopakowi o tych synowych swoich mówi, czy pisze, że mu każda, tak dokumentnie zbrzydnie. Mówię pani, na amen! Takie coś to by dobrze było wiedzieć, no nie, pani kierowniczko? Może się przydać!

Izabella przez dwa el

Chcecie to wierzcie, chcecie nie wierzcie,
Piękne dziewczyny żyły w tym mieście…
Piękne dziewczyny dzielne matrony
W porcie tańczyli… Zgaś papierosa. Na koncercie jesteś. No, już! Nie dmuchać mi tu w nos. Artystka jestem. Ludowa gawędziarka z Długiego Targu. Izabella przez dwa el. Kto mi tu rzuca pieniądze? Pozbierać to, to nie fontanna ani Morskie Oko!

Pod Ratuszem tłumek, śpiewa Izabella: sto dwadzieścia kilogramów żywej wagi, opięta ni to sarafanem, ni to fartuchem; włosy ściągnięte po dziewczyńskiemu w koński ogon, delikatne rysy drobnej twarzy, osadzonej na ciele wieloryba, wokół oczu fioletowe cienie, idealnie do nich dobrany fioletowy berecik. Starcze, opuchnięte stopy w podartych sandałach, na ziemi koszyk, obok potężny kostur. Izabella tańczy. Podryguje jak niedźwiedź i jak niedźwiedź przy pozornej niezręczności jest sprężysta i szybka jak kot. Gdańska Édith Piaf, polska Édith Piaf, więc gruba, miejsko-ludowa, kolorowa i patriotyczna.

– Powiedz dziewczyno, czemu mnie tak ranisz?
– A jaką cenę mogłeś mi dać
On złotem płaci, funtem, dolarem,
Więc choć cię kocham
To z nim pójdę spać…
Powiedz dziewczyno, jaka twoja cena…?

– A twoja cena jaka? – szarpie ją za ramię chłopak z bezczelną gębą; marynareczka fioletowa opięta, wąsiki, tatuaż, pet przyklejony do wargi – No, twoja cena jaka, amatorska dziewczyna jesteś.

Już nie śmiech, nie rechot. Gulgocący ryk kolesiów. Ale plama! Rany boskie, amatorska cizia...

Stoi wyprostowana, patrzy chłopakowi prosto w zapite oczka. Ryk opada, gaśnie, zapada cisza; nawet tatuowanym w nonajronkach robi się nieswojo.

– Jestem ludową gawędziarką. Znam Basię Czoskowską, gdańską Matkę Boską, znam Baniuszko Alę i Winiarską Halę, ulicę Kościuszki od lat zamieszkuję a Starówkę gdańską serdecznie miłuję. A ty mi tu takie plugastwa... do artystki... No won, szczeniaku, na odwykówę, bo cię pogonię!

Wieloryb błyskawicznie zamienia się w panterę, która jednym ruchem przeskakuje przestrzeń, dzielącą ją od gromady, i już wywija kosturem; znowu ułamek sekundy i atak przechodzi w taniec: podarte chodaki człapią, fioletowy berecik spada na ziemię. Chłopaki znów rzucają na ziemię monety, które Izabella odtrąca pogardliwym kopnięciem obrzmiałej stopy.

– Śpiewają wszyscy. Powtarzać za mną. Będzie ballada o później miłości jesiennej.

Było ich dwoje – serca mieli młode,
Choć jesień późna i plucha,
On miał pieniądze, a ona urodę,
I tak jej szeptał do ucha.
No powtarzać za mną, głuche jesteście?
Chodź do mnie miła – serca połączmy
I zamienimy obrączki.
A w naszą podróż, poślubną pojedziem...
...nie dmuchaj mi dymem, mówiłam już...
...a w naszą podróż poślubną pojedziem
Na te zielone Powązki.

No powtarzać za mną! *A w naszą ślubną podróż pojedziem na te zielone Powązki.* – No niby że stare gruchoty byli i tylko do grobu się nadawali. Ojej, co za publika, nic nie rozumie, wszystko trzeba wytłumaczyć.

Och mój najmilszy… powtarzać za mną!

Och mój najmilszy, gdzie ty się ciągniesz,
Cóż to za myśli są w tobie
Nie chcą miłości, nie chcę Powązek,
Nie będę kładła się w grobie – tak mówiła. A on namawia:
Nie chcę ja twojej krzywdy niewinnej,
Nie chcę sieroty mordować,
Chcę przy mamusi, w grobie rodzinnym,
Ciebie serdecznie miłować. – Tak mówi, że niby innego lokalu nie posiadał. Warszawiak, trudności mieszkaniowe, ale tu w Gdańsku w czterdziestym piątym roku nasi kamieniarze *budowali miasta, porty i ulice,*
stoją sobie piękne gdańskie kamienice
po ulicach chodzą gdańszczanie weseli
i słuchają pieśni pięknej Izabelli.

Izabelli przez dwa el. Co, może nie jestem piękna? Może i nie. Ale byłam. Nie wierzycie? No to won! Dla was nie śpiewam. Tylko dla inteligencji. Z miłości… No, z miłości. Do życia, do śpiewu, do morza, do muzyki, teatru… Z miłości do miłości… Słuchaj ty, mały gnoju! Ty myślisz, że ja się nie poznam, jak ty nieprzyzwoite rzeczy kumplom i mnie pokazujesz? Głupi to jesteś taki, że nawet splunąć nie warto! Co ty wiesz o miłości, ty pomiocie z meliny, wracaj na odwykówę, radzę ci… Ty wiesz, co to słońce? Ty wiesz jak dzwonią karillony w Ratuszu? Ty wiesz, co myślą rybacy, jak wychodzą na morze? Jak pracowali kamieniarze na Starówce? Jak statek spływa z pochylni? Ja, Izabella przez dwa el, gawędziarka z Długiego Targu, artystka ludowa, o tym wam mówię i śpiewam. Ale wy nic nie rozumiecie, nic a nic. Powtarzamy:

– W podróż poślubną pojedziesz karetą
Na te zielone Powązki…
Tam na rodzinnym grobie mamusi
Zmienimy sobie obrączki.

Po wernisażu

Te napięcia nastroju, ta dynamika... Nieważne, co on tu pokazuje, te wszystkie przepowiednie katastroficzne. To mnie, wiecie, nie interesuje, ale jak to jest zrobione! O, tu, patrz Antoni, jaki tu walor! Albo tu! O, spójrz, jakie to jest wysmakowane: ta żółć! I ten kontrast: o, tu żółć, a tu ten jarmarczny amarancik, to jest dysonans!

– Phi, oczywiście coś w tym jest – brodacz nazwany Antonim oglądał pod światło swój kieliszek, w którym też lśnił amarancik, i jakoś nie bardzo chciał się przejąć – ale przecież Matisse dawno stosował tę zbitkę. Taka, wiesz stary, jest dziewczyna: włosy żółte, a sweter różowy karmelek, nożem po oczach, mówię ci, nożem po oczach. Ile lat temu? No, ile?

– Kanapki jeszcze macie? – Afro, krepon, dżins i brązowa szminka, też jak nóż po oczach. – Nudno tu. Ale to przecież starocie.

– Gdzie mistrz? – Spocony olbrzym z łysą czaszką rozbił zbity tłum. – Mistrzu, jesteś wielki! – Wytworne damy i dziewczyny folk odskakiwały jak sprężynki: zbyt pełny kieliszek chwiał się niepokojąco w ręku olbrzyma, a czerwone wino plami. – Mistrzu, pozwól, że uścisnę ci dłoń. Swoją sztuką próbujesz ocalić naszą planetę... nie ocalisz, nie łudź się, ale próbujesz. Niech ci za to będzie chwała. Broń nas przed cywilizacją, przed zagładą, przed technizacją, przed czym tam jeszcze. No to twoje zdrowie!

– Pan pozwoli, że złożę gratulacje. Piękna wystawa, mądra wystawa, humanistyczna wystawa. Gdyby wszyscy ludzie dobrej woli... Tak, czy inaczej walczy pan w obronie środowiska. Oby pomogło!

– Gówno, czy też wytworniej, *merde* pomoże to, moi panowie, i tak fiuuut... wylecimy któregoś dnia z tymi wszystkimi drzewami, roślinami, liśćmi, wodą i powietrzem, i z tymi pieskami, kotkami, ptaszkami, rybami, któreś tu mistrzu napacykował.

– I z tobą, pijusie – mistrz już nieco ochłonął; wyszła już część ludzi, wszyscy przypadkowi przechodnie, profani i oficjele, zostali sami swoi. Nie trzeba już było się usztywniać, być mistrzem, dało się choć trochę pobyć sobą.

– Słuchaj – dotknął ramienia olbrzyma – nie żebym ci coś wmawiał, ale masz już dość. Siądź sobie tam w kątku i nie rozrabiaj, ja tu muszę jeszcze odrobinę się rozejrzeć. Aha, powiedz mi jeszcze, gdzie u licha widzisz u mnie te pieski, kotki i inne cholerne cielęta? Bo ja ślepy nie jestem, ale jakoś nie mogę zobaczyć.

– O tu! – paluch zatoczył łuk i pacnął w płótno – tu, w tych zawijasach, kreskach i kropkach widzę. Ty też, tylko nie chcesz się przyznać. Bo kotki niemodne, a kratki tak. Zresztą, co ci będę gadał. Sam wiesz.

Obrazy były bardzo kolorowe, bardzo duże i bardzo smutne. Autor, drobny i nieśmiały, zdawał się bez przerwy dziwić, że to o niego chodzi, że nie jest przypadkowym przechodniem, że to on nie wiadomo kiedy, nie wiadomo gdzie, nie wiadomo dlaczego zamalował te wszystkie prostokąty, które teraz po raz pierwszy widział w jednym miejscu. Patrzyły na niego ze ścian surowo: *widzisz, coś narobił, widzisz, jakie jesteśmy tragiczne. Naprawdę trzeba tak przerażać ludzi? Oni i tak nie zechcą tego słuchać, i tak nie zrozumieją, i tak nic ich nie powstrzyma, zniszczą wszystko, wytłuką, zatrują, zadepczą…*

– Proszę pana, proszę pana – podeszła do niego starsza siwa pani w toczku, śmiesznym i staroświeckim, może zresztą się nie znał, może to moda retro – czy pan też tak się boi, jak ja, że to wszystko, co pan tu maluje, te dziwne ni to rośliny, ni to zwierzęta, ta ziemia, woda i powietrze ulegnie zagładzie? Może nie rozumiem pana, ale tak to odebrałam. Jako pożegnanie.

– No, wie pani, wolałbym nie żegnać – chrząknął – wolałbym przestrzec, zapobiec.

– Słyszałam, co mówił panu ten potężny kolega. On jest bardzo pijany, ale on ma rację. Pan nic nie poradzi, pan może tylko wzbudzić w nas żal. I to wszystko. Może współczucie. – Pogładziła się po czubku nosa. – Wie pan na tym płótnie jest jeden fragment, o tu, ten niby ptak, niby motyl… może zresztą tylko mi się tak wydaje, może to forma abstrakcyjna… otóż ta forma niesłychanie mi coś przypomina. Pan był pewnie w Paryżu, w Londynie, może zna pan Jankla Adlera?

– Adler, Jankiel Adler, coś sobie przypominam… Taki międzywojenny francuski malarz?

– O jakim Janklu mówicie? – Jedna z afro żeglowała z butelką i kieliszkiem. – O koncercie z *Pana Tadeusza*? *Było cymbalistów wielu…*

– Widzi pan, jakie to smutne. Adler jest we wszystkich encyklopediach, słownikach, wszędzie jako polski malarz. Jeden z najbardziej znanych za granicą polskich malarzy. A u nas nawet ludzie z branży mówią: *coś słyszałem*. Adler, proszę pana, jest z Łodzi. Żyd z Łodzi, jak na przykład Tuwim. Ale poezja ma swoją legitymację narodową, a malarstwo jest międzynarodowe. Uciekał przed Hitlerem do Francji, z Francji do Holandii, z Holandii do Anglii. Na szczęście mu się udało. I wie pan, on maluje, to znaczy malował, takie właśnie przedziwne motyle z płatków i światła, jak u pana tu, na tym obrazie. Dziwna zbieżność. Tylko że on opłakiwał swój dawny świat. Żydowskie miasteczka. Wie pan nazywali go w Londynie polskim Chagallem: szabasowe świece, dworki wiejskie, stare młyny… Pan opłakuje, bo pan opłakuje, niech pan się przyjrzy, jakie to wszystko jest przeraźliwie tragiczne, nasz pejzaż, rośliny i zwierzęta. I spotkaliście się tu, w tym motylu.

– Pani go znała?

– Trochę. Pożyczył nam kiedyś, kiedy mieszkaliśmy w obrzydliwym *pokoju umeblowanym* swój obraz, właśnie z takim motylem. *Żebyście mieli*, powiedział, *choć jeden punkt w tym pokoju, który by was cieszył urodą.*

– Skromny nie był.

– Ano nie był. Ale znał swoją wartość. Poza tym – machnęła dłonią – żeby pan widział ten pokój! Na tym tle każda rzecz wniesiona z zewnątrz byłaby piękna.

– To było w Londynie?

– Nie, w Brukseli. Przypadkowo wdepnęłam na jego wystawę. Byłam oczarowana. Wie pan, nie byłam zgłodniała, akurat w muzeum byli starzy Holendrzy, właśnie skończył się van Gogh, zapowiadali Picassa. Było na co patrzeć. Ale poza Picassem nic współczesnego. A jeśli, to marnota, dziesiąta woda po Matissie, po Braque'u, wszystko powielone na jedną modłę. I nagle ten Adler. Zjawisko. A jak jeszcze doczytałam, że chodzi o Polaka! I wtedy zostałam staranowana – odstawiła kieliszek na blat stołu, żeby swobodniej gestykulować – dosłownie prawie pobita przez bardzo młodego, brodatego Belga, który zorientował się z rozmowy, że jestem Polką i urządził mi karczemną awanturę, nie mnie *osobiście*, tylko mnie, jako przedstawicielce Polski, że nikt z Polaków nie interesuje się tą wystawą, choć krytycy uznali ją za ewenement. Wrzeszczał na nasze poselstwo, na konsulat, na Bóg wie co jeszcze, więc mówię, że to właśnie ja reprezentuję to poselstwo. A on, nieprzebłagany: *A gdzie ambasador?* Potem, jak już się poznaliśmy, okazało się, że był uczniem Adlera, bo to właśnie byli studenci zorganizowali wystawę. Nie dał się zbyć byle czym, trzeba było ściągnąć ambasadora, *attaché*, urządzić uroczyste otwarcie i tak dalej, i tak dalej. Adler zresztą przyjechał dopiero po roku. I właśnie wtedy pożyczył nam ten obraz.

– A pani interesuje się malarstwem, czy raczej... jak powiedział mój znakomity kolega, o – rzucił okiem – już zasnął... pieskami, kotkami i cielętami? Bo ciągle nie wiem, czy pani się podobają moje obrazy, czy to, o czym mówią?

– Hm, pytanie jest, drogi panie, nieco obraźliwe. Może nie w istocie, ale w intencjach. Uważa pan – przekrzywiła śmiesznie głowę – że starsza dama nie widzi koloru, kształtu... formy. Że stać ją najwyżej na zrozumienie treści.

– Nie, no, ja nic takiego...

– Niech pan się nie martwi. Przyzwyczaiłam się. Uważacie, że świat wzruszeń, sztuki, filozofii zaczął się od was. Że przed wami nic nie było. Nie szkodzi. Ja się tym nie przejmuję, wiem swoje, wy wiecie swoje, a potem wy będziecie wiedzieć swoje, a dzisiejsze maluchy będą patrzeć na was z góry. To jest normalne. Ale tak, muszę przyznać, że niesłychanie przejmuje mnie to, co wyrabiamy ze zwierzętami i roślinami, z wodą, z powietrzem. Jestem katastrofistką. Czy pan wierzy w te wszystkie rewelacje, no na przykład te, które podaje prasa, o tym na przykład, że rośliny czują i myślą?

– Czy ja wiem... – zawiesił głos – chyba nie... może rzeczywiście jakieś promieniowanie, ale myślenie?

– Patrząc na pańskie obrazy, sądziłam, że może... a zwierzęta? Jak pan patrzy na krowę, to widzi pan kotlet, czy żywą istotę?

– Prawdę mówiąc, nie widziałem krowy chyba z dziesięć lat. A i kotlety dość rzadko – dodał – raczej sztukamięs.

Stali przez chwilę w milczeniu.

– A, wie pan, znów mi się przypomniał Adler. Właściwie nie Adler, tylko ten jego belgijski student. Z brodą. Mówiłam panu, że poznaliśmy się bliżej i zaprzyjaźniliśmy się z nim. I z jego żoną. Byli bardzo młodzi, bardzo piękni i bardzo „artystyczni". Mieszkali w pracowni nad jakimś garażem... Pamiętam, że pokój był bez sufitu, z cudownym belkowaniem. Mieli podłogi i ściany z surowego drewna. W Belgii! Gdzie w każdym domu pokoje były ućkane w setki pstrych dywaników, makatek i innych paskudztw. Ona chodziła w samodziałach, piło się dżin tam z lodem, słuchało Bacha, oglądało przepiękne reprodukcje. A potem gospodarze wyświetlali filmy z Filipin. Bo żona tego malarza była córką jakiegoś angielskiego dostojnika z Filipin właśnie. I niech pan słucha, niech pan słucha, to coś do pańskich obrazów. Jednego dnia, gdy była jeszcze malutka, na dole w salonie odbywało się wielkie przyjęcie. Dzieci już spały, na dworze szalała tropikalna burza. W pewnym momencie rodzice usłyszeli, że ktoś stłukł szybę w pokoju dzieci.

Pobiegli na górę i zobaczyli, że przez okno wpadło do pokoju maleńkie małpiątko, orangutan. Nikt nie mógł zrozumieć, jak się tam dostało. Dopiero rano pod wielkim drzewem, rosnącym koło okna, znaleźli nieżywą matkę małpki. Widocznie, ciężko ranna, ostatkiem sił wdrapała się na gałąź, stłukła szybę i wrzuciła dziecko do pokoju. Oddała je pod opiekę ludzi, jak do domu dziecka.

– I co, oddali do zoo?

– Skądże! Wychowali razem ze swoimi dziećmi. Było z nią mnóstwo kłopotu. To skakała na żyrandol, to chciała pani ambasadorowej wyrwać kolczyk z ucha. Ale na ogół była grzeczna i mądra. Uwielbiała dzieci, a dzieci ją. Nie rozstawała się z nimi nawet na chwilę. Wszystko było dobrze do czasu, aż podrosły i trzeba było je odesłać do szkoły do Londynu.

– Nie można było jej zabrać?

– Nie. Fachowcy powiedzieli, że nie zniesie klimatu. Dostanie gruźlicy.

– I co zrobili?

– No cóż, dzieci, płacząc wyjechały, ale po kilku tygodniach się przyzwyczaiły. Małpa, niestety, nie. Nie jadła, nie spała, płakała… i wreszcie stało się.

– Nie dało się jej uratować? Zdechła?

– Jak pan powiedział, *zdechła*? No, to nic pan nie zrozumiał. Ani z tego, co ja panu opowiadałam, ani z tego, co sam pan maluje. Nie, proszę pana, nie zdechła. Umarła. Z miłości i z tęsknoty.

Cztery opowiastki futurystyczne

1. Wendetta

Trzeba będzie dać ogłoszenie, pani Izabela postanowiła sprzedać swój ogródek. Od lat nie mogła porozumieć się z roślinami. Te najprostsze, kapusta, ogórki dały się jeszcze jakoś udobruchać, ale krzewy, kwiaty i delikatniejsze warzywa w ogóle nie reagowały na jej słowa. A jako osoba samotna – męża straciła już dawno, dzieci wyjechały na inną planetę – miała chyba prawo, żeby ktoś odezwał się do niej czasem jakimś serdecznym słowem. Tak, trzeba to będzie sprzedać.

Cała sprawa zaczęła się od tego nieszczęsnego krzaka agrestu. Ktoś zauważył, że na jego liściach pojawiły się białe plamy. Mączniak, fatalna sprawa. Pani Izabela była wtedy bardzo zajęta, nie chciało się jej szukać preparatu bakteriobójczego, pisać tych wszystkich podań, sprowadzać lekarza i tak dalej. Sąsiad poradził jej: „Z mączniakiem trudna walka, najlepiej krzak wyciąć i spalić, a ziemię przekopać głęboko". Może gdyby zrobiła to w nocy, kiedy rośliny śpią – ale ona, idiotka, w biały dzień, jawnie ścięła gałęzie i zabrała się do palenia. Boże, co się działo! Wrzask taki, że o mało nie ogłuchła; gałęzie zresztą też jęczały w płomieniach, płakały dosłownie, aż ścisnęło ją w gardle. No, ale już nie było odwrotu.

I od tej pory w ogrodzie zapanowała lodowata atmosfera. Nikt jej nie słucha. Kwiaty pokrzywione, kalafiory od razu strzelają w górę, owoce spadają i nie dojrzewają, kompletny bunt. A przede wszystkim głuche milczenie. Gada, prosi, przeprasza, tłumaczy, że więcej nie będzie – wszystko na próżno. Tylko chwasty między sobą: szur--szur-szur-szur. Ale przecież z chwastami nie będzie się zadawać.

Najgorsze, że i z sąsiadami coraz luźniejsze stosunki, bo nie może do nikogo pójść do ogrodu. Jej agresty tak wszystko na okolicę rozpaplały, że gdzie tylko się pokaże, śmiertelna obraza. Wyjechać stąd, czy co? Ale one wszędzie trafią. Pani Izabela wzdycha ciężko i zabiera się do pielenia.

Lala na działce, ok. 1995.

Od strony furtki biegnie sąsiadka. Jednak jakaś żywa dusza przyszła ją odwiedzić. Szkoda, że akurat dziś, bo jakoś paskudnie się od rana czuje, boleści ma jakieś, fatalne łamanie w kościach, pewnie na deszcz.

– Co to, pani Mario, przyszła pani starą Izabelę odwiedzić? Zapraszam, zapraszam, proszę tutaj, na werandę, tu trochę cienia, nie tak gorąco…

– Czy pani już wie pani Izabelo, co się dzieje?

– A co ma się dziać?

– Czy rośliny nic pani nie mówiły?

– Nic. Ale wie pani, one w ogóle nie bardzo ze mną…

– Tak, słyszałam, przykra historia… ale w takiej sytuacji – podniosła głos, zwracając się do całego ogrodu – moglibyście schować już te stare urazy do kieszeni, moje drogie. W końcu Izabela was pielęgnuje. No jak, same powiecie, czy ja muszę? – Urwała na moment. – No tak… Niestety. Milczą. Ale pamiętliwe!

– Ale o co chodzi, pani Mario?

– Pierwsza rzecz, to czy pani jadła dziś coś urwanego z ogrodu czy kupionego w sklepie, w każdym razie jakieś owoce, jarzyny, nie wiem, pomidory?

– Oczywiście, że jadłam.

– I jak się pani czuje?

– Prawdę mówiąc, fatalnie.

– Właśnie się tego obawiałam. Wszystko zatrute.

– Ale skądże znowu! Przecież od wyjścia ustawy o pestycydach nic nie sypię, a to ze dwadzieścia lat chyba, przecież pani wie, że każde deko musi zatwierdzić specjalna komisja. Właśnie dlatego ten nieszczęsny agrest…

– Pani Izabelo, mamy wojnę. Na Plutonie mieszkają jacyś dziwni ludzie: fioletowi z zielonymi włosami, poza tym do nas podobni. Czegoś tam od nas chcą, ale nie możemy się z nimi porozumieć, nie ma tłumaczy. To jest tajemnica wojskowa, nie wolno o tym mówić, żeby nie było paniki, ale mąż ma chody i stąd wiem… No i wczoraj ci fioletowi czymś nas posypali. Niby nic, a wszystko zatrute. Ja dziś idę do ogrodu, sięgam po pomidora, a ten: „Nie wolno, jestem zatruty". „Ojej – powiadam – a co wolno?". „Dziś nic – mówi mi pomidor – póki nie przejdzie. Proszę przez cztery dni nic nie zrywać, nic nie wykopywać. Jeść chleb, kaszę. Mleka też nie wolno, bo krowy chodzą po łąkach. Tylko z proszku". Ale że też pani nie uprzedziły… To już niaładnie. W końcu ta sprawa z agrestem powinna być przedawniona. No, lecę, bo mi się kasza przypali.

Pani Izabela nie miała siły nawet podziękować; w głowie jej huczało, nogi uginały się ze zmęczenia. Zatruta. A ona rano jadła sałatkę z pomidorów, maliny, zupę jarzynową… stąd ten ból. Ale dlaczego nogi tak jej sztywnieją?

– Naprawdę nie mogłyście mnie uprzedzić? – Głos wiązł jej w gardle.

– A pani uprzedziła mojego brata? – Krzak agrestu wyciągnął gałąź i ukłuł ją boleśnie w kolano.

– Uprzedziła pani? – zapytał drugi krzak z lewej strony. – Słyszała pani, jak krzyczał, skręcając się w ogniu? Żywcem! Nie czekała pani, aż odprowadzi soki na zimę! Nie sprowadziła pani lekarza! Takie głupstwo, parę gramów miedzianu, trochę zachodu i byłby zdrów, jak ja czy pani. Chociaż nie, pani już nie jest zdrowa. Teraz na panią kolej. Ci fioletowi się przeliczyli, myśleli, że nas zaskoczą. Ale my widzimy wszystko.

– I uprzedziliśmy ludzi – dodał ten po prawej – tylko tacy jak pani nic nie wiedzieli. Pani zna starego Antoniego? Pięć lat temu wytruł wszystkie pszczoły. Dziś pewnie się nałykał trucizny. A Ryszard ze starego młyna? Oboje zresztą, i on, i ona nie przepuścili żadnej roślince, która wyrosła nie w tym miejscu, w którym zaplanowali. Jeśliby wiatr przyniósł ziarenko najwspanialszego kwiatu między kapusty, czy koper, wyrwą bez wahania. Nikt z nimi nie utrzymuje stosunków od lat. Żadna przyzwoita roślina…

– ...może kartofle czasem się odezwą.

– Może, ale teraz też solidarnie milczały. Będzie pani miała sporo towarzystwa w szpitalu, pani Izabelo. Niedługo najpierw wyschnięcie, tak jak my, gdy nas pani wyrzuca na kompost, a potem będziecie sparaliżowani. Ale krótko.

– I tak jesteśmy miłosierni – westchnął agrest po lewej – Nikt was nie będzie palić żywcem. Dopiero po śmierci.

– Aha, jeszcze będzie miała pani jako sąsiadkę na sali panią pastorową. Ona też szalenie lubi porządek. Na oknie kwiaty z plastiku, w ogrodzie równo przystrzyżony trawnik i żywopłot. Jej sprawa. Ale czemu niszczy i pali każdą roślinkę, która zagnieździ się jej między płytami ścieżki? Nawet jakby ktoś chciał, nie mógłby jej ostrzec. Trawa przystrzyżona, żywopłot też. Ani jednej dorosłej gałązki.

– Tak, droga pani, dosyć długo znęcaliście się nad zwierzętami, nad nami, ale koniec. Zresztą sami wiecie do czego doprowadzili pani krewniacy. No ci, z Ziemi. Udusili się wreszcie, a i tak byliby umarli z głodu, bo wytłukli wszystko co żywe. A wy? Zlitowaliśmy się nad waszymi kobietami i dziećmi. Przyjęliśmy was z sercem, nauczyliśmy swojej mowy, nauczyliśmy, jak przyswajać chlorofil, daliśmy wam piękny zielony kolor skóry... nie liczyliśmy na wdzięczność, ale choć lojalności mogliśmy się spodziewać. A wy wciąż wprowadzacie wasze idiotyczne przyzwyczajenia z Ziemi.

– Strzyżone trawniki, żywopłoty... mało brakowało, a zatrulibyście wszystko sztucznymi nawozami, pestycydami. Całe szczęście, że nasz rząd w porę zaoponował.

– A taka pani Izabela w dowód wdzięczności za gościnę pali krzak żywego agrestu. Bo zapadł na chorobę! Czy własne chore dziecko też by pani uśmierciła, żeby nie mieć kłopotów? Aha, żeby pani nie myślała, że jesteśmy okrutni: wezwaliśmy pogotowie. O, właśnie nadlatuje od strony lasu.

11. Ucieczka

Kiedy kłopoty z Andrzejem doszły do takiego stanu, że dobrze wychowani ludzie udawali, że Maria nie miała syna, a źle wychowani natrętnie wypytywali o jego nowe wybryki, Maria zrozumiała, że trzeba nareszcie podjąć radykalną decyzję. Kiedyś, za czasów jej babki, a może prababki, skompromitowane dzieci wysyłało się do innego miasta, najdalej za granicę. Dziś były większe możliwości: należało się przenieść na inną planetę. Przenieść, bo rozstania się z synem Maria w ogóle sobie nie wyobrażała – pozostawiony samemu sobie, wykolei się do reszty.

Pozostawała sprawa niebagatelna: wybór miejsca. Planety, które nadawały się do zamieszkiwania przez ludzi, były albo już zatłoczone, albo cieszyły się złą sławą jako schronienie przestępców, albo klimat był w nich niezdrowy. Z Wenus przychodziły niepokojące wieści o jakichś nieznanych dotychczas chorobach, z Plutonu o nasileniu się raka, z dalszych zakątków Drogi Mlecznej o uczuleniach na białko, prowadzących do ostrych stanów chorobowych, a nawet do śmierci. Niektóre skały zawierały zbyt dużo niklu i potasu, inne pozbawione były zupełnie magnezu, co na jedno wychodziło: nowotwory.

Marii zależało poza tym, żeby planeta była prawie albo wręcz całkowicie niezamieszkała; z góry wyobrażała już sobie dobroczynny wpływ pionierskiej, twardej roboty na rozleniwionego, wykrętnego Andrzeja. Praca fizyczna i odcięcie od źródeł zła!

Zadecydował, jak zwykle w życiu – przypadek. Właśnie odkryto nową gwiazdkę z konstelacji Byka i krążącą wokół niej maleńką kopię naszej Ziemi. Miała taką samą atmosferę, ten sam, o ile zdążyli sprawdzić eksperci, skład gleby, te same warunki klimatyczne, podobny rytm dnia i nocy. Była jeszcze niezasiedlona. Czekała.

Trzeba się było decydować natychmiast, lub wcale. Już jutro zjawią się inni. Jeśli więc chcą znaleźć dobre miejsce na dom, pole i ogród – w drogę! Mąż i córki o dziwo nie stawiali oporu, wszyscy ochoczo zabrali się do pakowania i po godzinie siedzieli w kosmochodzie. Ciasno było i niewygodnie, bo oczywiście baby pozabierały mnóstwo niepotrzebnych, a w ich pojęciu niezbędnych rzeczy, zupełnie jakby nie dało się sukcesywnie dowozić tych wszystkich fatałaszków, garnków i tak dalej, względnie posłać astropocztą, kiedy już się ustali adres. Maria, swoim zwyczajem, w ostatniej chwili wyskoczyła z kosmochodu i wołając: „Zapomniałam najważniejszego", wróciła do domu.

– I cóż to było aż tak ważne, że trzeba opóźniać wyjazd? – denerwował się mąż, który, jak każdy kierowca, poczuł się nagle wodzem całej tej wyprawy, chociaż to przecież Maria wszystko zorganizowała.

– Rośliny – pokazała koszyczek, a w nim w specjalnych przegródkach nasiona, kłącza i cebulki – przecież natychmiast trzeba zabrać się do uprawy ziemi.

– Mama znowu ze swoim fiksum-dyrdum – chichotały dziewczynki – czy tam też cofniemy się do epoki kamienia łupanego?

– A ty sobie co wyobrażasz? Będą ci z ziemi codziennie przywozić świeże witaminki i kwiaty? Na samych pastylkach daleko nie zajedziemy.

*

Rzeczywistość przerosła marzenia. Cała planeta („Jak ją nazwiemy, mamo?", piszczały dziewczynki) pokryta była rodzajem miękkich porostów, ni to mchem, ni to drobną paprotką; wśród tej zieleni od czasu do czasu lśniły pachnące, różnokolorowe kwiaty, na horyzoncie zaś rysowało się coś w rodzaju małego lasku: kępa drzew, przypominających olbrzymie powiększenie naszego skrzypu. Powietrze było łagodne, w miarę wilgotne, lekki wietrzyk zaciągał z zachodu.

– Czy tu jest zachód, Marek?

– Skąd, przecież masz kompas… jest akurat odwrotnie, tu jest wschód.

Więc lekki wietrzyk zaciągał ze wschodu. Nigdzie nie było widać słońca, lecz czuło się jego łagodną obecność.

Złożenie stelażu prowizorycznego domku trwało ze dwie godziny. Nowy, solidny mieli zbudować nazajutrz, tymczasem potrzebowali przed nocą jakiegoś schronienia. Dziewczynki rozpakowały żelazne porcje, a Maria zabrała się natychmiast do zakładania ogrodu.

– Poczekaj, kobieto, przecież nie masz jeszcze żadnego planu. Jaka ty jesteś szalona!

– Spróbuję tylko wetknąć po jednym ziarnku, tutaj, na takim poletku doświadczalnym. Zobaczymy kiedy to wzejdzie.

Przed zaśnięciem przytuliła się do męża i wyszeptała zmęczona:

– No widzisz, już jesteśmy urządzeni. Myślę, że to na niego dobrze wpłynie.

– Nie wiem – odparł. – Myślisz, że można uciec od własnego charakteru? Zło siedzi w nas, nie w otoczeniu.

– Ale próbować chyba musimy. No, śpij.

*

Obudzili się w niejasnym poczuciu, że coś jest nie w porządku: posłania były zadarte z jednej strony, w kącie pokoju wyraźnie uniosła się podłoga, przerażony kot siedział na półce. Wyskoczyli z łóżek, dom wyczuwalnie się chwiał. Trzeba uciekać, czyżby trzęsienie ziemi?

Wysypawszy się przez drzwi, stanęli jak wryci: na wysokości dachu domku chwiała się szkarłatnożółta nasturcja. Kwiat wielkości dużej miednicy opierał się o dach, łodygi grubości ramienia oplatały okno, a korzeń podkopywał się pod fundament.

– To ta nasturcja chce nam wywalić dom!

Po chwili wszyscy krzyczeli, biegając dookoła budyneczku – oprócz obrażonego na wszystko Andrzeja, który całym sobą demonstrował obojętność. Tymczasem nasturcja ciągle rosła, z pąków rozwijały się nowe, olbrzymie kwiaty, a korzeń drążył ziemię coraz dalej; jeszcze chwila i cała konstrukcja domku zawali się, jak garstka patyków.

– Trzeba to wyrwać!

– Ale jak?

– Siekierą! Dajcie siekierę!

– Siekiery nie ma – rzucił z urazą ojciec – wolałyście brać te swoje łaszki, na siekierę nie było miejsca.

– No to łopaty, klucze francuskie! Dłuta!

Jakoś im się udało, odcięli nieszczęsny korzeń trochę nożami, trochę łopatą. Ale co dalej? Jak tu żyć?

– Po prostu ogród trzeba założyć dalej od domu – upierała się Maria.

Nagle usłyszeli jakiś huk. To z cebulki tulipana wystrzelił kiełek, po kilku minutach dorósł do trzymetrowej wysokości, wypuścił z boku kilka olbrzymich liści i na oczach obserwujących go w niemym osłupieniu ludzi, zaczął błyskawicznie grubieć na czubku, by po kwadransie rozwinąć się we wspaniały, pąsowy kielich. Nie zdążyli ochłonąć ze zdumienia, gdy niedaleko tulipana ziemia zaczęła drżeć i pokrywać się zielonym porostem, z którego, przepychając się mozolnie, wyrastały, jedna po drugiej, kosmate łodygi. Po godzinie zakwitła grupa złożona z kilkudziesięciu duszących się i tłamszących wzajemnie maków. Nie wyrosły tak dorodne, jak nasturcje, czy tulipan; osiągnęły wysokość około jednego metra, a kwiaty wyginały się na wszystkie strony. Były niezwykle piękne, delikatne, jakieś dwa, trzy razy większe niż na ziemi.

Maria stała nad nimi w milczeniu, ze zmarszczonym czołem.

– Już wiem, tu niechcący wysypałam ziarna maku zbyt gęsto. Dlatego nie urosły tak jak tamte. Więc to byłby sposób. Po prostu trzeba im możliwie pogarszać warunki. Odwrotnie niż na ziemi.

– Mamo, co to jest? – spytał milczący dotychczas Andrzej. – Czy to będzie miało makówki?

– Chyba tak. Na pewno. I to może wcześniej niż u nas, na Ziemi.

Kiedy Maria po chwili weszła do domku, by odnieść narzędzia, usłyszała, że Andrzej telefonuje. Wstrzymała oddech.

– Więc stary, mamy to wszystko, jak trza. Będę miał mak, makówy będą jak donice, kapujesz ile z tego można wyciągnąć? I słuchaj, kręć się tam koło naszego starego domu. Do nas będą wysyłać paczki. No, reszta klamotów, i różne ciuchy. Wsadź do kieszeni mojej kurtki kilka ziaren. Oj, nie pytaj po co, tylko wsadź. Tak, wystarczy. Parę ziarenek. Już ja wiem. A potem czekaj na wiadomość i na paczki. Będę ci przysyłał, na pewno, nie bój nic. Zapowiada się duży szmal, ciao.

III. Pieski świat

Pan pozwoli, kolego, że zaprotestuję przeciw pańskim metodom…

– Jakim metodom? Co pan opowiada?

– Rozumiem pańskie pobudki… Czystość rasy, i tak dalej… ale doszły nas słuchy, że Związek Homologiczny uprawia eksterminację osobników zdrowych jeszcze i sprawnych, w imię jakichś wyimaginowanych wzorców, niezatwierdzonych przez Zarząd Główny. Nasze Towarzystwo Przyjaciół Ludzi jest tym poważnie zaniepokojone i upoważniło mnie…

– Plotki, zwykłe plotki. Jakbym słyszał te ględzenia bernardynów, wodołazów i owczarków. Oni są ciągle obciążeni, atawistycznie obciążeni niezdrowym sentymentalizmem wobec ludzi i trzeba czy nie, stają w ich obronie.

– To nie są plotki, panie kolego, lecz fakty. Nasze towarzystwo stoi na straży humanitaryzmu…

– Humanitaryzm, powiada pan. Czyżby nie było panu wiadomo, że sam termin *humanitaryzm* jest niedopuszczalny, jako relikt epoki panowania rasy ludzkiej? *À propos*, panno Fifi, proszę ogłosić konkurs na nowy wyraz, odpowiadający dawnemu pojęciu „humanitaryzm". Mogą w nim wziąć również udział ludzie, ostatecznie musimy mieć z nich jakiś pożytek. Niech wysilą ten swój osławiony mózg.

– „Jakiś pożytek?". Kolega chyba zapomina o tysiącach przysług, które oddają nam ludzie, już choćby z tego powodu należą im się względy, nie mówiąc o ochronie środowiska…

– Już powiedziałem: wszelkie insynuacje o rzekomo niedozwolonych metodach to plotki. A teraz niech pan słucha. Stoję twardo na stanowisku hodowli osobników rasowych. Tylko hodując czystą rasę ludzi, mogę się spodziewać, jaki materiał hodowlany otrzymam. Bez żadnych niespodzianek. Czy kolega zastanawiał się, co będzie jeśli w mieszkaniu M-2 rodzina, powiedzmy ratlerków, wyhoduje sobie człowieka, licząc na maleńkiego bruneta rasy japonaidalnej, a wyrośnie olbrzymi blondyn skandynawski? Ile konfliktów, ile niepotrzebnych stresów?

– Nie tylko o to chodzi. Doniesiono mi, że stosuje pan przedwczesną eksterminację osobników jeszcze sprawnych, już o tym mówiłem. To jest główny zarzut Towarzystwa pod adresem Związku.

– No, cóż, sprawa delikatna. Bez niepotrzebnych sentymentów, panie kolego. Wie pan, że często hodowca ludzi dobiera sobie człowieka tylko przez snobizm. Nagrody na wystawach, wygrywanie konkursów i tak dalej. I nagle pięknie umięśniony, czarnowłosy młodzieniec zamienia się w bryłę tłuszczu, w dodatku łysą. Ostatecznie trudno się dziwić właścicielowi, że chce się takiego człowieka pozbyć.

– A dlaczego go nie trenował? Nie dbał o dietę, nie zapewnił mu odpowiedniego zajęcia?

– To wszystko słuszne uwagi. Ale fakty są faktami. Ciągle przyprowadzają do kliniki ludzi, którzy się przedwcześnie zestarzeli, zniedołężnieli…

– Ja znam inne przykłady. Pięknej przyjaźni do końca życia. Czasem jeden człowiek wychowuje kilkanaście pokoleń potomstwa gospodarza. Niestety, panie prezesie, nie uwłaczając pańskiej rasie, zauważyliśmy, że lepiej traktują człowieka psy duże. I sądzę, że należałoby te przykłady naśladować.

– Zakładam, że nie chciał mnie pan obrazić, ale to pan właśnie, jako owczarek, jest nieuleczalnie sentymentalny i ciągle nie rozumie wymogów dzisiejszej cywilizacji. Trzeba nareszcie zrezygnować ze związków uczuciowych pomiędzy psem a człowiekiem. Traktować człowieka tak, jak na to zasługuje. Wykorzystywać jego umiejętności, możliwość abstrakcyjnego myślenia, sprawność rąk, zdolności do architektury, wynalazczości, zdobnictwa, pasję naukową, rozbudowaną lingwistykę, a nawet, choć to sprzeczne z naszymi zasadami, metodykę prowadzenia wojen. Pamiętajmy jednak, że najwyższą sprawność umysłową osiąga człowiek między dwudziestym a pięćdziesiątym rokiem życia. Potem traci energię, pomysły twórcze, i tak dalej. Po co więc obciążać społeczeństwo utrzymywaniem takiego balastu? Przypominam: żadnych uczuć! To właśnie uczucia z naszej strony doprowadziły do tego, że w zamierzchłych epokach psy popadły w niewolę u ludzi. Były silniejsze, mogły się bronić, ale nie chciały, bo pokochały człowieka. Skutki znamy wszyscy z nauki historii. Którą zresztą u nas wykłada człowiek, więc o żadnej dyskryminacji chyba mowy nie ma? Mogę zresztą panu obiecać jedno. Do naszej komisji selekcyjnej wciągniemy waszego przedstawiciela, który będzie pilnował, żeby nie było nadużyć. Zgoda? Wy będziecie spokojni, a nam to też na łapę, bo ucichną plotki. Do widzenia, ukłony pańskiej małżonki.

*

Panno Fifi, proszę do mnie. Pani ściągnie tu zaraz jakiegoś człowieka z powielaczem i roześle wezwania do wszystkich owczarków z naszego okręgu. Już ja się nimi zajmę, już mnie popamiętają, humanitaryzmu im się zachciewa. Tfu! Czy ten konkurs na nowy wyraz zamiast „humanitaryzm" już pani rozesłała? Wspaniale. Pani jest jednak niezastąpiona. Jeszcze troszeczkę i obejdziemy całkiem bez ludzi. Co pani na to, panno Fifi?

IV. Grzech pierworodny

Od rana w Instytucie nie mówiło się o niczym innym, tylko o drzewku, które wyhodowała Eleonora.

Eleonora w ogóle była inna niż wszyscy, nic więc dziwnego, że jej właśnie przydarzyła się taka historia. Sam fakt wyhodowania drzewka nie byłby czymś nadzwyczajnym, biochemikom udawało się to od czasu do czasu – ale egzemplarz Eleonory wyrósł nie w próbówce, tylko z prawdziwego nasionka, znalezionego w jakimś pudełeczku po prababce, na której cześć otrzymała to swoje przedziwne, staroświeckie imię, i po której odziedziczyła różne, nie zawsze korzystne, cechy charakteru.

Kiedy zorientowała się, że drobinka, zasuszona na dnie pudełka z pierścionkami, jest zaplątanym przez nieuwagę nasionkiem, natychmiast wpadła na dziki pomysł, żeby coś z tym nasionkiem zrobić.

Najtrudniej było zdobyć ziemię. Eleonora była jednak – po prababce uparta i korzystając z konferencji naukowej, którą Instytut urządzał w Biosferze Agrarnej, przemyciła trochę gleby w kasecie swojego pak-paku. Bała się trochę, czy substancja nie ulegnie rozkładowi w trakcie kontroli sanitarnej, ale okazało się, że promienie zuola, niszczące bakterie chorobotwórcze, nie zabijają równocześnie mikroelementów, potrzebnych do rozwoju typu bio. Kilka kolejnych wyjazdów pozwoliło Eleonorze skompletować potrzebną ilość gleby i rozpocząć doświadczenie z nasionkiem. Wszystko trzymała w najgłębszej tajemnicy – przyznała się dopiero, gdy drzewko osiągnęło wzrost dwudziestu centymetrów. Duże, wycinane, skórzaste liście przypominały rośliny, które jakieś pięćset lat temu zdobiły miejskie domy, tak zwane filodendrony. Ale nie był to filodendron. Na podstawie badań porównawczych Eleonora uznała, że udało się jej wyhodować figowca, roślinę również popularną w okresie elektryczno-wojennym.

– Teraz już nikt mnie nie przekona, że imiona nie mają wpływu na charakter! – wykrzyknęła babka Eleonory, Anna 2, kiedy Eleonora pokazała jej zielone drzewko. – Jakbym widziała mamę. Wiecznie grzebała w ziemi i hodowała jakieś badyle. Ty w gruncie rzeczy jesteś taka sama: wieśniaczka. I cała ta wasza nowa cywilizacja nie potrafiła cię przerobić. Jak mama dostała działkę…

No, tak, teraz Eleonora musiała wysłuchać nowej porcji opowiadań o prababce, jej działce, kwiatach, kotach, psach i innych dziwnych rzeczach, w które, prawdę mówiąc, nigdy do końca nie wierzyła, choć babka Anna 2 znana była z prawdomówności. Prawdomówność prawdomównością, ale wiek kazał się obawiać zmian sklerotycznych – na pewno mnóstwo rzeczy przekręcała, ma już, bądź co bądź, trzysta pięćdziesiąt lat, mogło jej się coś poplątać.

Babka wprawiała Eleonorę w ciągłą rozterkę – to opowiadała o niebywale wprost trudnych warunkach, w jakich żyły – istna epoka kamienia łupanego! – to o niesłychanych luksusach.

Te ubrania, te buty! Trzeba było kupować materiał, krajać, zszywać, a po pewnym czasie czyścić, prać; niewygodne formy z twardej skóry lub prymitywnego tworzywa obcierały nogi. Prababka Eleonora piętnaście minut traciła na dojście do pojazdu, który się spóźniał, a kiedy wreszcie się zjawił, to stało w nim już kilkadziesiąt osób, po czym jechał, jechał i jechał, a czas płynął, płynął i płynął bezużytecznie. Co dzień trzeba było schodzić na plac, który nazywano podwórzem, gdzie stał mały domek, służący do przechowywania brudnych czarnych brył, zwanych koksem, potem nakładać ten koks i węgiel do blaszanych pojemników, nosić schodami na górę. W jednym pokoju, w którym przygotowywało się posiłki, było specjalne urządzenie, do którego wrzucało się bryły i za pomocą zapałek rozniecało ogień, a tym ogniem ogrzewano mieszkanie. Jak za czasów Prometeusza. Babka Eleonora i jej mąż pracowali sześć razy w tygodniu po siedem godzin dziennie. A tak bezproduktywnie, że pracownik, który miał kwalifikacje na uczonego, pisarza lub architekta, odbierał i wykonywał telefony, przeprowadzał żmudne obliczenia i tracił czas na tysiące innych rzeczy, w których mogła go zastąpić najgłupsza maszyna. W domu prababki nie było najprostszych urządzeń: wymieniacza zużytego powietrza, automatycznego przesuwacza mebli, sprzątacza, elektrycznie sterowanego kucharza, nie było pneumatycznej pościeli, ani wizjerów, umożliwiających rozmowy ze znajomymi z innych miast.

A jednocześnie babka każe wierzyć Eleonorze, że przy takiej nędzy – bo stopy życiowej ludzi wtedy żyjących nie można nazwać inaczej niż nędzą właśnie – rozporządzali oni niewiarygodnym wprost luksusem w innych dziedzinach życia. Anna 2 twierdzi z uporem, że prababka miała do swej dyspozycji cztery ary prawdziwej ziemi, i mogła z nią robić co chciała, byleby nie zarosła chwastami. Dzieciom dawano w nieograniczonych ilościach mleko krowie, owoce i jarzyny, a dorośli wprost obżerali się mięsem, uzyskiwanym z zabijanych bydląt domowych. Biedne, jak twierdzi Anna 2, rodziny zajmowały mieszkanie kilkudziesięciometrowe. Wszyscy pracujący mogli wyjeżdżać na urlop do miejscowości, w których wolno im było swobodnie spacerować po górach, łąkach i lasach, lub kąpać się w wodzie morskiej na świeżym powietrzu. W gałęziach drzew wiły gniazda ptaki, a Anna 2 zaklina się, że widziała na wolności żywą sarnę. Prawdę mówiąc, w tę sarnę nikt nie wierzy, ale Anna 2 upiera się przy niej stanowczo, tak jak upiera się przy wspomnieniach o rzekach i jeziorach, w których pływały ryby, woda była tak czysta, że można ją było pić, a nad wodą fruwały w słońcu ważki i motyle.

Eleonora motyle, i owszem, widziała: w muzeum Instytutu były piękne gabloty z różnymi ich gatunkami, była też salka z wypchanym ptactwem, oranżeria z miniaturowymi modelami wszystkich roślin środkowoeuropejskich, wykonanych z elasto-plastironu w naturalnych kolorach oraz plener z rzeczką, wodospadem, lasem mieszanym, górami, jeziorem i kawałkiem brzegu morskiego, znakomicie imitującym naturę. Większe zakłady mają też odpowiednio większe plenery, które ostatnio zaopatruje się w zdalnie sterowane okazy fauny.

Pracownicy dzieleni są przez nieomylne mózgi elektronowe na grupy według zdolności i przydatności – i nikomu nie przyjdzie do głowy, żeby zatrudniać faceta z potencjałem wynalazczym przy zbieraniu informacji telefonicznych, nikt również nie zaproponuje przeciętniakowi o wskaźniku mózgu a-3 stanowiska naczelnego koordynatora produkcji. Ludzie są automatycznie budzeni, automatycznie oblepiani codziennie świeżymi stopochodami w dowolnym kolorze i fasonie, odświeżeni odkażającym strumieniem pachnących promieni, ubrani w pak-paki zaprojektowane według najświeższej mody. Nakarmieni wiązką innych promieni z grupy 14c, przenoszeni są bezszelestnie na miejsce pracy, gdzie przez cztery godziny mają do dyspozycji wszystkie zdobycze techniki. Po gongu znów przenoszą się do swych domów, do bibliotek, do plenerów miejskich, teatrów, wizjokamer lub biur podróży, organizujących wycieczki zagraniczne.

I oto w tak świetnie zorganizowany świat wtargnęła Eleonora ze swoim drzewkiem.

Z początku podejrzewano zręczną mistyfikację. Gdy jednak mózg wypluł notatkę dokładnie precyzującą rodzaj rośliny – rzeczywiście był to figowiec – było zbyt późno, aby ukryć prawdę. Eleonora nie bardzo sobie zdawała sprawę z wagi swego przestępstwa. Zawsze była buntownicza i uparta. Szef też nieliche dziwadło, miał do niej wyjątkową słabość i tylko temu zawdzięczała trwanie na swoim stanowisku. Teraz jednak...

– Może weźmiemy to na siebie – zastanawiał się szef – zwekslujemy to na instytut, potraktujemy jako doświadczenie naukowe. Tylko że nie było przecież zezwolenia... Albo powiemy, że to przypadek... Jak jednak wytłumaczyć obecność gleby w naczyniu, w którym drzewko wyrosło? Skąd wzięła się ogromna przecież ilość tak deficytowego, tak dokładnie reglamentowanego produktu. Prawie dwa kilogramy! Czy pani sobie zdaje sprawę, co to jest dwa kilogramy gleby? Jak się z tego wyliczyć? Nie ma innej rady – westchnął – weźmiemy to na siebie.

Główny szef miał jednak inne zdanie. A więc już mu doniesiono. Wezwał ją do gabinetu.

– Co pani chciała przez to swoje drzewko osiągnąć? No proszę, niech pani mówi, słucham pilnie...

– Chciałam... Chciałam coś prawdziwego...

– Aha, więc uważa pani, że to wszystko, czym żyjemy, nie jest prawdziwe? Bo akurat przyśniły się pani wzruszenia sprzed pięciuset lat? Czy pani zdaje sobie sprawę z zamieszania, które pani może wywołać?

– Nie rozumiem, dlaczego małe drzewko miałoby...

– Nie wchodzę w szczegóły formalne, nie chcę przeprowadzać śledztwa w sprawie defraudacji gleby. Ani skąd pani zdobyła te nasiona...

– Znalazłam przypadkiem wśród rodzinnych rupieci.

– ...mniejsza z tym. Chodzi o rzecz większą, o świadome zamierzenie wywołania niepokoju w społeczeństwie. Niech pani posłucha. Zwalczyliśmy głód. Nie mamy slumsów. Nie słyszeliśmy od dawna o wojnach. Jeśli pani tak tęskni do tamtych lat, to może pani babka podzieli się z panią wspomnieniami, które musiała słyszeć od swoich rodziców: o bombardowaniach, obozach. A przecież w obozach rosła prawdziwa trawa i prawdziwe drzewa, pielęgnowali je więźniowie, których bezkarnie torturowano i zabijano. Przedłużyliśmy wiek ludzki do pięciuset lat, opracowujemy metody, by przedłużyć nie życie, lecz młodość. Każdy ma własne miejsce w społeczeństwie ściśle, sprawiedliwie określone według parametrów inteligencji i zdolności przez mózgi elektronowe, nieskalane zawiścią ani korupcją. Mamy prawo sądzić, że społeczeństwo jest szczęśliwe. Musi być szczęśliwe. Nawet jeśli nie zna kąpieli w morzu, spacerów w parkach, wakacji w górach i sportów na świeżym powietrzu. Czy nasi przodkowie czuli się sfrustrowani faktem, że muszą przyciskać guziczek kontaktu, żeby zapalić elektryczność? Nie przeszkadzało to im, bo nie wiedzieli, że kiedyś wystarczy pomyśleć, że ma być ciemno, średnio, jasno, czy bardzo jasno, a światło ureguluje się samo. Człowiek tęskni tylko do tego, co przeczuwa, lub zna choćby ze słyszenia. Pojęcia nieznane nie bolą. A pani przynosisz tym sytym, zadowolonym ludziom prawdziwe drzewko pachnące świeżą zielenią… Ono musi natychmiast zniknąć. Pani zaprzeczy kategorycznie wszelkim na ten temat pogłoskom, a my uznamy sprawę za niebyłą.

– Nie mogę zaprzeczyć. Ludzie je widzieli. Dotykali liści. Wąchali ziemię. To drzewko jest. I nic na to nie poradzimy. Żadne zakazy nie zmienią faktu jego istnienia. To jest dwudziestocentymetrowe drzewko wiadomości dobrego i złego. I zawsze będziemy sięgać po jego owoc.

Czerwień na przekątnej

Gruszki Bena Nicholsona, widzieliście *Gruszki* Nicholsona? Przenikanie form... przezroczystość i bryłowatość jednocześnie... te czernie i gama zimnych żółci... precyzja i liryczny spokój...

– Mistrz przerzucił się na Anglików... – Rudy przymrużył oczy, wpatrywał się w Cézanne'a z uwagą, graniczącą z impertynencją.

– Albo *Sierpień*... Taką czystość rysunku osiągnęli tylko malarze z groty Lascaux i Japończycy... to już jest chyba doskonałość... Gdybym mógł zrobić taki jeden obraz! Jeden!

I znów jak pierwszego wieczoru, jak zawsze, sytuacja ukształtowała się podobnie: Cézanne mówił, wszyscy słuchali, Rudy na początku jeszcze się bronił, ale później i on kapitulował. Bo Cézanne miał rację – może zresztą nie miał, ale do tego dochodzili później, kiedy zajęli się już swoją pracą, swoimi płótnami, gdy po swojemu rozstrzygali własne problemy.

Markowi podobało się wszystko: i Rudy, który usiłował się zbuntować, i wszyscy ci niechlujni brodacze w welwetowych ubraniach i tamten, o którym nawet nie wiedział, jak się naprawdę nazywa: odmienny od nich, nigdy nie powalany farbą, *chemicznie czysty*, normalny, a górujący nad nimi – jak ktoś, kto już *wie* wśród tych, którzy dopiero *szukają*. „Cézannem" ochrzcili go dość dawno, kiedy chorował na impresjonistów; powiedział wtedy: „Gdybym był Cézannem, malowałbym lepiej, bo ja wiem – a on jeszcze nie wiedział". I tak już zostało.

W sumie Marek teraz się cieszył, że nie zdał. Pół etatu wystarczało mu na skromne życie, a miał czas. Początkowo chciał się wkręcić na wolnego słuchacza i zaliczyć, co się da, ale wybrał to, co zdawało mu się ważniejsze: atmosferę.

„Bracie, to przecież lipa! Robić ci się nie chce, ot co...". „Mielenie jęzorami nikogo jeszcze nie nauczyło mądrości... Rób coś konkretnego!". Ale on chciał być perypatetykiem. Zresztą siedzącym, bo przecież się siedziało. I piło. Jak było na wódkę, to wódkę, jak na piwo, to piwo.

Malaria zawsze znalazła trochę czasu; pusto było w sesji, pół godziny, godzinę przed egzaminem: kuli. Rudy przychodził nieodmiennie i nieodmiennie starał się przeciwstawić jakąś swoją rację lub choćby zaakcentować niezależność, ale nigdy nie wytrwał na stanowisku. Cézanne był bezinteresowny, nie zależało mu na uznaniu. Czy jednak zależało? Może uwaga tych młodych była mu potrzebna jak powietrze, ale powietrza się nie zauważa. Nowa twarz w wianuszku wielbicieli wyraźnie dodała mu energii.

– Tokuje na twój benefis – mruknął Rudy. – Patrzajcie państwo, jaka *kuczcia*.

– Czy zauważyliście, jak Breugel organizuje pejzaż? O tu, u Mantegni rosną drzeweczka z pojedynczymi listkami, na gałązkach wiszą jabłka i pomarańcze, dekoracyjne zwietrzałe skałki pną się ku górze, podległe prawom perspektywy, gobelinu lub dziecięcej fantazji, maleńkie domeczki buduje się wzwyż nie w dal. Ludzie, psy i konie są podporządkowane hierarchii społecznej i ładowi dekoracji. A stary Breugel – podniósł głos – ma gdzieś ład społeczny. I dekoracyjność. Horyzont odsuwa w dal, a nie w górę, nie dlatego że więcej wie o perspektywie. Dlatego że patrzy na człowieka jak na mrówkę. Z goryczą. Wie o nim zbyt dużo. Wie, że Ikar chciał wzlecieć do słońca. I wie, że gdy mu się nie udało, nikogo to nie obeszło. Z lazuru morza – wykonywał nad reprodukcją długie, posuwiste gesty – wystają skałki, oświetlone przez to samo słońce, które przed chwilą popełniło zbrodnię. Statek rozwija żagle, pastuch patrzy w górę... zdawało mu się, że widział przed chwilą jakiegoś polnego ptaka, rolnik spokojnie orze pole. Nic się nie stało.

To tylko utonął Ikar. Breugel też nie rozpacza. Sumiennie buduje pejzaż po przekątnej: prawy górny trójkąt to przestrzeń morza, lewy dolny to brunatna zieleń pola. I nie zapomina o punkcie centralnym na przekątnej: o czerwonej koszuli oracza. Na reprodukcjach nie wszędzie znajdziecie te czerwienie – wzgardliwie potrząsnął trzymaną w garści kartką – ale na jego obrazach są prawie zawsze. Idzie *gorąca linia* przez chustki kobiece, męskie rękawice, czapeczki ślizgających się dzieci w pejzażu zimowym. Ten sam pejzaż malowali obaj synowie starego mistrza: Brueghel młodszy, obdzierając wioskę ze śniegu, bieli i czerni, Brueghel Aksamitny, nurzając ją w listopadową brutalną pluchę – opuścił reprodukcję, włożył ją do teczki; zawiązał tasiemki i ciągnął, lekceważącym tonem: – Gdybyście mogli te warianty porównać, to już byście nigdy nie pletli, że forma jest nieważna. Forma buduje. Forma buduje treść i myśl. I sens tylko w tym, że trzeba to umieć…

*

No więc tak, tak opowiadał o innych. A jak sam malował? Chodziły o tym legendy – bo nikomu nic nie pokazywał, nikogo do siebie nie zapraszał, nawet najbardziej zaprzyjaźnionych. Byli i tacy, którzy w ogóle wątpili czy Cézanne jeszcze coś robi, bo przecież gdzieś by wystawiał, jak nie tu, to w Warszawie, jak nie w Warszawie, to za granicą. Coś trzeba robić, a nie tylko opowiadać, zadowalając się odcinaniem kuponów od dawnych lat. Ci, którzy widzieli jego prace – wyjechali. Została tylko tradycja ustna, przekazywał ją jeden drugiemu, aż w końcu zdawało im się, że znają te jego portrety, te martwe natury, abstrakcje…

Kiedyś zapytał Marka, czy lubi muzykę. Marek się zmieszał:

– No, jak każdy, właściwie to się nie znam. Piosenki…

– Piosenki… ja się pytam o *muzykę*. Znasz taki cykl muzyczny Raoula Dufy'ego? Tam jest oczywiście dużo tandety, ilustracyjności dość nawet prymitywnej, ale jest kilka takich obrazów, gdzie nie ma nic, tylko skrzypce: ich głos, namalowany kolorem, dzwoni w uszach: słyszysz ten głos. Jest doskonały, jak doskonała jest linia instrumentu. A Mozart u Dufy'ego jest niebieski. Nie wiem, dlaczego… Znałem kiedyś kobietę, którą trzeba było malować w niebieskim, nie było wyboru. Była niebieska. Ale Mozart? Mozart jest chyba biały ze złotem.

A więc ci, co widzieli, opowiadali tym młodszym o tych martwych naturach, o perłowej czaszce wołu na tle jakichś spiętrzonych fioletów i zieleni.

O portrecie dziewczyny, której żółte włosy krzyczały, kłócąc się z różową landrynką bluzy. A krzyk był tak donośny, że nikt nie mógł przejść koło tego obojętnie.

O czarnej głowie byka i o niepowtarzalnym błękicie rogu i szyi zwierzęcia, o siedzącej kobiecie, której ciało było syntezą wszystkich kobiet, które znałeś i do których tęskniłeś. Dopiero po chwili można było zrozumieć, że to właściwie tylko kompozycja z kół i trójkątów.

*

Którejś środy, w czasie ferii Rudy zaprosił Cézanne'a do budy. W pracowni było pustawo, część rozjechała się do domów. Rudy kończył martwą.

W kącie asystent ustawił na tablicy szczątki starej kraty, kawałek siatki, białe pudełko, jakieś metalowe pręty, a wśród tego żelastwa sterczała samotnie wetknięta w zieloną butelkę czerwona róża.

– Nie idzie mi – przyznał się Rudy. Był uczciwy. Mógł się spierać, ale dziś wiedział, że to nie było to. Wszystko tonęło w sosach, krata w walorach była miękka, obiecywała niepotrzebne głębie; pudełko zamieniło się w kostkę roztopionego masła, pręty – w walce. A róża… o róży w ogóle nie było co gadać.

– Wyrzuć to. Patrz: to wszystko, co tu stoi, to linia i grafika. Czarne i białe. I precyzyjne. Suche. Geometryczne. Ostatecznie może być collage. Widziałeś martwe Grisa? Jest tam taka gitara, pudełko i rozłożony zeszyt. Kartki tego zeszytu szeleszczą. U ciebie też musi tu wszystko trzeszczeć i szeleścić. Żadnych okrągłości, żadnego waloru, a na tym róża: miękka, żywa, kolorowa, czerwona. Z innego świata. – Odwrócił się, przez moment przesuwał wzrokiem po wyślizganych klepkach parkietu. – To jak taki pejzaż na przedwiośniu: jedziesz pociągiem, a wzdłuż torów rzędy gołych bezlistnych drzewek, każda gałązka wyrysowana piórkiem, wydrapana igłą. Szaro, czarno, biało. I nagle jeden puszysty krzak obsypany żółtym puchem. Z innej materii.

*

I to wtedy Rudy postanowił zmusić go do pokazania, co sam robi; bo gadać *ja bym to zrobił lepiej* każdy potrafi. Więc musi im pokazać, a jak nie, to nie będą go więcej słuchać.

Dom był oddalony od centrum, gdzieś w opłotkach, ledwo znaleźli. Badyle, trochę rdzy na ogrodzeniu. Otworzyła im kobieta, nieco staromodna – i nagle okazało się, że nie bardzo wiedzą, co powiedzieć: *Czy mąż? Czy pan...?*, nikt nie pamiętał jego nazwiska; w końcu Rudy się odważył:

– Czy Cézanne jest w domu?

– Cézanne? – Uśmiechnęła się. – Tak, mówił mi, że tak go nazywacie. Zaraz poproszę, wejdźcie, wejdźcie.

W domu, w szlafroku, w rozdeptanych pantoflach Cézanne był jakiś bezbronny. Zresztą wyraźnie zakłopotany i zdziwiony niespodziewaną wizytą. Zwłaszcza kiedy Rudy wyjaśnił, o co chodzi.

– Przecież ja nie maluję. Nigdy nie malowałem.

– My, widzi pan, nie orientujemy się... pan jest grafikiem?

– Nie, to nieporozumienie. Nie maluję, nie uprawiam grafiki, nie rysuję, nie rzeźbię, nie lepię. Wymieniłem chyba wszystko.

– To co pan robi?

Zipnął, włożył ręce do kieszeni szlafroka i wyjął je znowu; w końcu wzruszył ramionami, jakby przepraszająco.

– Patrzę. Całe życie patrzę. Na gotowe obrazy, na śnieg, na drzewa, na to, czego wy szukacie. No i tworzę sobie różne teorie. Takie hobby. Kiedyś przyjaciel malarz zaprosił mnie do swojej paczki i tak już zostałem. Oni odjeżdżali, a ja ciągle jestem. Wy się zmieniacie, a ja się tylko starzeję. No i uczę się. Ciągle się uczę.

– Pan… Pan… – Rudy przygryzł wargę. – Pan nas oszukiwał. Opowiadał pan o swoich obrazach, sukcesach, a tu…

– Myli się pan, młody człowieku, nigdy nie mówiłem o swoich pracach. Zawsze o pomysłach, o tym jak widzę. Nigdy o tym, że coś zrobiłem. Tylko jakbym to zrobił, gdybym malował. Przecież dlatego nazwaliście mnie Cézannem. – Przysiadł ciężko na poręczy fotela. – Bardzo mi przykro, jeśli was rozczarowałem. Nie przyszło mi do głowy, że nie wiecie. Zdawało mi się, że chętnie rozmawialiście ze mną, że…

– Wie pan, co mnie obchodzi, że panu jest przykro? Zmarnował nam pan kupę czasu. Kosmiczną kupę czasu. Moglibyśmy się w tym czasie uczyć od kogoś mądrego, albo, bo ja wiem, chodzić na spacer, do kina, kochać się, już lepiej było oglądać „Kobrę" w telewizji, niż wysłuchiwać bzdur faceta, który udaje, że wszystko wie, a pędzla w ręku nie trzymał.

To było ich prywatne starcie; Marek i dwaj pozostali studenci milczeli, milczała też żona, która w pewnej chwili po prostu wyszła do drugiego pokoju, z którego co jakiś czas dobiegały tylko stłumione odgłosy krzątania. Cézanne też zamilkł i przez moment wydawało się, że nie odpowie na tyradę Rudego, ale jednak zebrał się w sobie i odpowiedział. Powoli, starannie dobierając słowa.

– Ja już nie chcę mówić o tym, że mnie we własnym domu obrażacie. Chcę zrozumieć jedno: czy coś się zmieniło? Czy te rozmowy ze mną były śmiertelną nudą, czy też dawały wam jakąś przyjemność? Taką, jak mnie, rozmowa z wami?

– A co nas obchodzą pana prywatne sądy? Myśmy w pana wierzyli, bo pan był ktoś. Pan był sławny. Za takiego się pan w każdym razie podawał.

– Nigdy się nie podawałem. To kłamstwo. Samiście sobie stworzyli tę legendę, bo z braku samodzielnych sądów chcieliście mieć autorytet. Idola. Coś, czy kogoś, w kogo się wierzy. Nie *komu*, bo wierzyć można zawsze drugiej osobie, tylko *w kogo*. Przykro mi. Nie porozumiemy się już chyba. Mówimy odrębnymi językami.

Wracali wściekli na Cézanne'a i na siebie, skacowani jak po wielkim przepiciu. Szli szybko, każdy z nich jak najprędzej chciał być sam. Markowi chciało się płakać; nie podzielał zaciekłości Rudego, ale czuł się, jakby go okradziono. Wielki malarz. Najwybitniejszy malarz w całym mieście.

Wzdłuż toru kolejowego, o kilka metrów od nasypu, ciągnął się rząd nagich drzewek, bezlistne gałązki precyzyjnie rysowały się na tającym śniegu jak w japońskim drzeworycie, a jedno z nich – skąd o tej porze roku? – świeciło żółtym puchem. Bazie? Forsycje? A, nie, z tego jednego, jedynego drzewa nie opadł śnieg, żółty w świetle latarni.

– Rzeczywiście wyrywa się z całości – Rudy powiedział głośno to, co pomyśleli wszyscy naraz. „Z innego świata, z innej materii".

– Jak wyglądała ta kobieta?

– Która?

– No ta, co Cézanne mówił, że była niebieska, że trzeba ją było malować na niebiesko...

– Witkacy też zrobił takie portrety. Fajne były, widziałem.

Wiatr dął od pola, robiło się coraz ciemniej i zimniej. Na horyzoncie widać było jakieś chałupki. Zupełnie jak na wsi.

– Niebo jak u Chagalla. Tylko patrzeć jak narzeczone będą fruwać w powietrzu.

– Wolałbym koguta. Zrobiłbym sobie rosół.

– Cézanne mówił, że trzeba zobaczyć Rosję, żeby zrozumieć Chagalla.

– „Cézanne mówił"! „Cézanne mówił"! Moglibyście się zamknąć, do cholery?

Mogli, oczywiście, że mogli. Ale coraz bardziej czuli się okradzeni. Tylko przez kogo, przez Cézanne'a, czy przez to, że go od siebie odsunęli?

Ale on nie dawał się odsunąć. I zostało z niego właśnie to, co nie istniało: została jego słynna kobieta z żółtymi włosami w landrynkowej różowej bluzie.

„Taki dysonans – myślał Rudy – można by zastosować w mojej martwej naturze. Jest za mdła. Ostatecznie to nie plagiat, skoro nie istnieje… Przecież wyraźnie ją widzę, tę czaszkę o odcieniach perły i beżu, i te fiolety, czyste jaskrawe fiolety i zielenie".

– Jak Cézanne mówił o Benie Nicholsonie? Że jest czysty jak malarze z jaskini i klasyczny jak Strawiński…

– …i że czerwona koszula oracza u Bruegela jest umieszczona na przekątnej.

Na zachodzie błękitniała resztka zimowego słońca jak niebieska plama na rogu byka.

Opowieści przy kawie

W tym jednak coś jest, nawet uczeni to przyznają – pani Maryla zapaliła nowego papierosa i wypuściła foremne kółeczko dymu – Niektórzy ludzie potrafią narzucić innym swoją wolę; hipnotyzują ich jak wąż ptaka. Zmuszają do mówienia tajemnic, namawiają do określonych czynów, a biedna ofiara... – kolejne kółeczko – daje się wciągnąć jak po sznurku...

– Moja znajoma – ożywiła się prezesowa – wmówi ci cokolwiek, nawet nie zauważysz, że jesteś zrobiona w absolutnego balona. Poza tym potrafi działać na przedmioty martwe. Na przykład na telefon. Wystarczy, że ma nastrój, chwilę wolnego czasu, z którym nie wie co zrobić, a sobie tylko znanym sposobem wywołuje lawinę omyłek telefonicznych, które jej służą do znęcania się nad rozmówcami:

– *Halo, czy to pani Kotowa?* – pyta nieznany głos żeński.

– *Niestety, proszę pani* – odpowiada jej grobowym tonem – *pani Kotowej już nie ma. I nie będzie.* Cisza.

– *A czy mogę wiedzieć dlaczego?*

– *Bo panią Kotową zjadł pies.*

– *Coś podobnego! Okropny wypadek! Kiedy się...?* – i dopiero po chwili: – *Co za kretyńskie żarty... no wie pani... ja sobie wypraszam...!*, i tak dalej, i tak dalej. Po chwili telefon znów:

– *Czy to Spółdzielnia „Świetlana Przyszłość"?*

– *Słucham, z kim mam połączyć?*

– *Proszę z główną księgową.*

– *Niestety, proszę pana, główna księgowa przed godziną została zaaresztowana za nadużycia...*

– Ach, to okropne, co ja mam zrobić?

– Nie wiem, proszę pana, radziłabym się pakować i uciekać...

– Mówi pani?

– ...jeżeli oczywiście zdąży to pan zrobić natychmiast, bo oni już do pana pojechali.

– Chwileczkę, a z kim ja właściwie mówię? Halo, halo...

– Mam podobną znajomą! – podjęła po prezesowej pani Maryla. – Znakomicie się ubiera, zawsze u bardzo drogiej i ekskluzywnej krawcowej. Kiedyś czekała u niej w saloniku i krawcowa przysłała do pokoju swoje latorośle. Wyraźnie pilnowały, żeby czegoś nie podwędziła. Starszy brat na chwilę wyszedł, a moja znajoma zaczyna słodziutko:

– Ile masz lat? Ach, pięć! Brat cię tłucze? – Milczenie. – *A załóżmy się.* – Dalsze milczenie. – *Założę się, że brat potrafi wszystko, a ty nic.*

– A właśnie, że wszystko potrafię.

– A właśnie, że nie.

– Pani jest głupia.

– Tak? To może potrafisz wleźć na ten żyrandol?

– Ale on też nie...

– No dobrze, ale nawet tej firanki nie potrafisz pociąć nożyczkami. Ha, widzisz, że nie...

– Właśnie, że potrafię...

– A nieprawda, bo boisz się brata, że cię stłucze. Dobrze, powiedz mamusi, że już nie mam czasu i przyjdę jutro. Do widzenia!

Po kilku dniach w czasie przymiarki:

– O ma pani nowe zasłony, bardzo gustowne. Czy to len?

– To oczywiście paskudne, ale jest w tym coś boskiego – zauważyła inżynierowa. – Zmienianie ludzkiego losu, choćby w tak drobnej kwestii, jak długość istnienia firanki w czyimś mieszkaniu, musi jednak dawać cholerną satysfakcję...

Pierwszy miesiąc na emeryturze

...i przede wszystkim życzymy ci pełnego wypoczynku. Żebyś robiła tylko to, na co masz ochotę, żebyś miała ciszę i spokój...

Jeszcze jeden kieliszek koniaku, jeszcze jeden toast i Marta, objuczona prezentami, kwiatami, laurkami, wyściskana i wycałowana, pożegnała swój pokój, swoje biurko. Kolegów nie, bo: „Ale przychodź!", „Nie zapominaj nas!", „Zaglądaj".

Trudno, trzeba to rozstanie znieść po męsku. To znaczy po babsku. Bo wiadomo, że chłopy to mięczaki, a baba wszystko zniesie, nawet emeryturę.

Więc plan na przyszłość: najpierw odpocznie. Nareszcie cisza i spokój, będą spacery w dzień pogodny i kopanie w ogródku. Kopanie to nie praca, kopanie to najlepszy relaks i walka ze stresem. A jak deszcz, to czekają książki, „Polityka" nieczytana chyba od miesiąca. Nie mówiąc o bałaganie w chałupie, nieposegregowanych ciuchach w szafach. Pójdzie się wreszcie do kina, do teatru, wyśpi się rano.

Rano czekała pierwsza niespodzianka. Z bojlera ciurczało się coś rudego, wanna była cała w piegi, na dnie panoszyła się wielka plama z rdzy. Pan majster zaordynował:

– Bierz, Franuś ten patyczek i wbij tu w tę dziurę. A jak będziemy mieli tlen, to się zaspawa.

– Kiedy?

– A skąd ja mogę wiedzieć, szefowa? Dowiezą, to będzie jutro. Nie dowiezą, to może za tydzień.

– Przecież ten patyczek nie utrzyma.

– A co ja mogę? Czy ja mogę coś dostać? Śrubunku nie ma, kolanek nie ma, tlenu nie ma. Szefowa, a kiedy my tu stawiali tę cegiełkę?

– Od centralnego?

– No, od etażówki. Bo coś mi się widzi, że ona już też zgnita. Na górze już pękło. Niech pani uważa, bo zaleje sąsiadów.

Następne dwa dni Marta biegała od wanny do piecyka i od piecyka do wanny, i ciągle sprawdzała. Aż się dosprawdzała: popiół i żużel był mokry.

– Panie Franiu, już cegiełka przecieka.

– A co, nie mówił majster? Mówił. No, widzi szefowa, że mówił – ucieszył się Franuś. – Majster się zna!

– No to kiedy przyjedziecie?

– Nie da rady, szefowa, teraz nikt takich cegiełek nie robi. Nie dostanie się.

– To co ja mam robić?

– A bo ja wiem? Ja nie rządzę. Przyjdzie majster, to powie.

– Panie majster, mnie tu cieknie.

– Gdzie cieknie?

– No tu, sam pan mówił, że cegiełka do niczego.

– Ja nie widzę, żeby ciekło. A zresztą skąd pani wezmę nową cegiełkę. Nikt nie robi. Nie opłaci się.

– Jak to nie opłaci się?

– Paaani, nikt nie chce dzisiaj robić. Cegiełek nie ma, blachy nie ma, rur nie ma.

– No to co będzie?

– Ja nic nie poradzę. Może pani poszuka innego hydraulika? Zresztą nie mamy zduna.

– Jak to nie macie?

– Paaani, nikt nie chce robić. Kafli nie ma, drutu zduńskiego nie ma. Kto by się paprał? Mnie się nie opłaci. Zresztą, ja tu nie widzę, żeby ciekło.

– Przecież sam pan mówił…

– Ja mówiłem? Franuś, zatkaj tę rurkę awaryjną… ja puszczę wodę, jak pocieknie, to znaczy, że cieknie. O rany, bak pękł. No, co pani stoi? Daj szefowa jakieś wiadro, trzeba łapać wodę.

Lala w fotelu, ok. 1995.

W kuchni zrobiło się ładnie, bo kolorowo: ściany w brązowe zacieki, na podłodze jezioro, zmieszane z błotem przyniesionym na butach panów fachowców; brunatna zupa ze zbiorniczka w cukrze, w zsiadłym mleku, w talerzach, w garnkach.

– To co, Franuś, rozbierzemy kuchenkę? Zobaczymy tę cegiełkę? Ale musi pani znaleźć zduna i blacharza… A nie mówiłem? – ucieszył się teraz majster. – Cała zgnita! Nie ma co spawać. Franuś spuszczaj wodę. A gdzie tu zaworek?

– Tu, za kuchenką gazową – jęknęła Marta.

– Szefowa, gotuj pani herbatę, bo musimy odciąć gaz i kuchenkę przesunąć. A napiłbym się.

– Może kawy?

– Może być i kawa. Tylko prędko, bo szkoda czasu. Węża pani nie ma?

– Jakiego węża?

– Do spuszczania wody. I jakieś wiadereczko.

Marta niejedno w życiu przeszła, miała więc i węża, i wiadereczko.

– Szefowa. Ma pani placcęgi?

– Mam.

– A młotek?

– Mam.

– Franuś, skocz no po tlen.

– A już jest?

– Szefowo jak trzeba, to wszystko jest. Szkoda, że zimno, bo jakby było lato, to by pani nie marzła, a teraz to pani pomarznie.

– Mąż zagrzeje… – zarechotał Franuś.

– Nie zagrzeje – odcięła się – bo wyjechał.

– O, to gorsza sprawa. Cegiełki nie ma. Nikt nie robi, bo się nie opłaci. Co my tu zrobimy… coś by trzeba…

– Majster, a może by podskoczyć do Kartuz?

– Do Cześka Zawoi?

– No.

– Czesiek nie będzie chciał. Nie opłaci mu się. Zresztą nie ma transportu.

– Majster, przecież jest samochód. Może podskoczyć?

– Trzeba by się popytać w administracji. Może się coś da wykombinować. Tylko że nie opłaci się…

– Proszę pana, to ja jakoś dopłacę. Odwdzięczę się. Przecież nie mogę być bez ogrzewania.

– Ja nic nie wiem. Może się da, może nie. Ale szefowa poszuka zduna.

W sąsiedniej administracji zgiełk, krzyk, za biurkiem ciężko przerażony chudzina odpiera ataki rozwścieczonych petentów:

– Od roku czekam, leje mi się na głowę!

– Panie, piec dymi, nie mogę palić!

– Ścianę mi zalewa!

– Drzwi mi wylatują, kiedy przyjdzie stolarz? Przychodzę tu już dziesiąty raz!

– Gdzie jest kierownik?!

– Proszę pana – chudzina na te słowa kurczy się, jakby oczekiwał kolejnego ciosu – ja chciałam się tylko spytać o adres zduna. Ja jestem z innej administracji.

Chudzina patrzy na Martę prawie z uwielbieniem: „z innej administracji" znaczy, że nic nie będzie od niego chciała.

– Niech pani idzie do Mściwoja, pracuje w tym lokalu, tam się pani umówi.

Boże, jakie życie jest piękne! Marta zaledwie trzy razy chodziła do Mściwoja, a już sprawę obgadała.

– Jak już hydraulicy wszystko przygotują, przyjdzie pani po mnie.

– Ale pan będzie musiał po godzinach? Wieczorem?

– Jakoś się zrobi. Jak się chce, to zawsze się czas wykroi.

Tymczasem w domu niespodzianka: byli pan majster i pan Franuś, i zapowiedzieli się na siódmą rano. Trzeba przygotować obiad na dwa dni, jakąś przekąskę, coś do przekąski, węża, wiadereczko, placcęgi, młotek. Front robót.

Na dworze słońce i pogoda. Róże czekają na obsypanie, trzeba skopać grządki w ostrą skibę, wyplewić irysy, pójść do lasu po gałązki na zimowe bukiety. Jak to mówili w dniu pożegnania? Nareszcie będzie mogła robić to, na co ma ochotę. Czyli sprzątać po robotach murarskich.

Punktualnie o szóstej rano Marta, ziewając i prychając („Nareszcie się wyśpisz!"), wkracza do kuchni, żeby przygotować śniadanie. W drzwiach wdeptuje w kałużę, lodówka już wczoraj skarżyła się na skoki napięcia, prychając jak dychawiczna szkapa. Tortellini w zamrażalniku toną w śniegowej brei; masło, śmietana, sery zalane wodą. Mięso... mięsa nie ma, więc o jeden kłopot mniej. Wszelkie próby wskrzeszenia nie dają rezultatu, poszuka się kolejnego fachowca.

Panowie zjawiają się w komplecie: pan majster, pan Franuś, i pan zdun: drobny elegancik, uczesany w pięknie skonstruowaną mandolinę. Pan majster opowiada, z jakim trudem znaleźli zduna gdzieś na końcu województwa.

Mandolinka uśmiecha się i zabiera do oskrobywania starych kafli. Jest i kociołek, czyli cegiełka, czyli wkładka do etażówki. Też zdobyta nadludzkim ponoć wysiłkiem. Jest wreszcie tlen, którego przecież nie ma. Długi wdzięczności na koncie Marty przybierają astronomiczne rozmiary. Przerażony pies plącze się w zwojach kabla.

– Panie majster, ale bojler znowu kapie.

– Nie, to nic, to tylko chwilowo tak się poci, to się zassie.

Jest herbata, kawka po kaszubsku; wszyscy spieszą się ze śniadaniem, bo trzeba odciąć kuchenkę.

Po godzinie cegiełka, czyli wkładka, czyli kociołek stoi zamontowany. Mandolinka zabiera się do roboty. Kafle stare, przepalone, pękają, glina jest za chuda. Tej tłustej, zduńskiej, nie można od dawna dostać.

– A co to za druty?

– To specjalne, do pieca.

– A gdzie się to kupuje?

– Nigdzie. To trzeba załatwić, po znajomości.

Po paru godzinach pan majster i pan Franuś znikają definitywnie, zabierając butle z tlenem i wężowisko kabli. Zostaje tylko zdun. Mandolinka okazuje się spokojnym, miłym kompanem. Docenia smak mocnej herbaty, opowiada o domu, o dzieciach, o synu cukierniku. Robota przeciąga się do późnego wieczora. Marta odczuwa coraz większe wyrzuty sumienia. Gdzie on będzie się tłukł po nocy na ten koniec województwa?

– Nie, ja tu blisko mieszkam, u kumpla, do domu jeżdżę na sobotę i niedzielę.

– A w razie czego gdzie pana szukać?

– No przecież ja pracuję u pana majstra i pana Frania.

Marta czuje, jak konto wdzięczności gwałtownie się kurczy, teraz tylko posprzątać, wykąpać się i nareszcie cisza, nareszcie spokój. Tylko kapanie w łazience nie daje jej zasnąć. Ale to nic, to się podobno zassie.

Ślad

Spotykałam ich często. Szli przytuleni. Ubrani bardzo biednie – dziś nie widuje się już takich starych ubrań, sto razy przerabianych, łatanych, nicowanych. On w lecie i w zimie nosił starannie wyczyszczone, bardzo zniszczone buty narciarskie i śmieszne, półdługie pumpy, ona – niemodne paletko, wcięte i mocno rozkloszowane, z wyrudziałym kołnierzykiem. Człapała rozdeptanymi pantoflami, wzmocnionymi tasiemką, w zimie okrywała głowę przedziwnym kapturkiem *à la* Armia Zbawienia, w lecie odkrywała fryzurę, kunsztownie ułożoną z poszarzałych mysich ogonków.

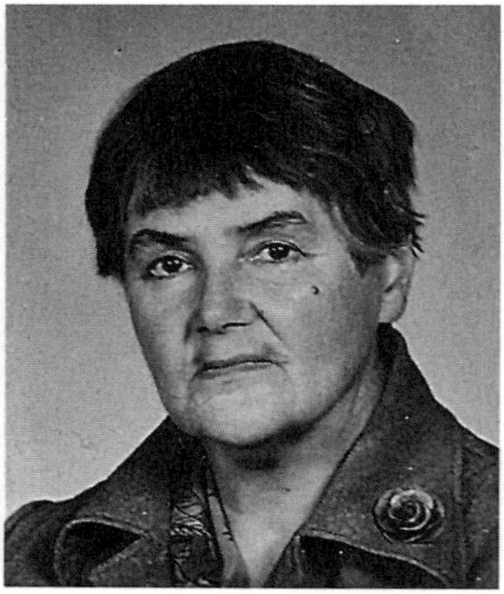

Zygmunt i Helena Karpińscy, lata 80.

Byli już starzy – ich czuła miłość zdobyła przywileje nieznane młodym: mieli dużo czasu dla siebie. Nie pracowali już, nie uczyli się, nigdzie się nie spieszyli.

Sprawiedliwie obciążeni siatkami, codziennie o tej samej porze przedreptywali te same ulice, narzucając sobie rytm podobny rytmowi ludzi pracujących. W ładne popołudnia spotykałam ich znowu – zawsze w tym samym miejscu na piasku, niedaleko brzegu morza.

Zjawiali się tam w porze, gdy słońce łagodniało, a o niedawnym upale przypominało tylko brzęczenie os. Rozkładali niewielki kocyk. On przebierał się w śmiesznie skrojone spodenki i wystawiał rachityczną pierś na resztki ciepła, ona długo grzebała się ze swą toaletą. Nie była już zręczna, dużo czasu zajmowało jej zasznurowanie przedziwnego stroiku kąpielowego, pamiętającego czasy sprzed pierwszej wojny światowej, a może i wtedy już niemodnego. Gdy uporała się już z archaicznym wdziankiem, siadała koło męża i starannie otrzepywała go z niewidocznych ziarenek piasku. O tej porze ucichły już tranzystory, gwar ludzi i krzyki dzieci. Słychać było tylko szum fal, nawoływania mew i monotonną rozmowę starych ludzi.

Nie mieli znajomych. Sąsiedzi ich nie lubili, bo inni. Żyli tylko dla siebie.

– Baptyści – szeptano ze zgorszeniem.

Nigdy nie widziałam ich osobno, tworzyli wspólny, niedający się rozłączyć organizm, harmonijnie zespolony. Któregoś dnia kobieta pojawiła się z ręką w gipsie. Mężczyzna prowadził ją ze zdwojoną troskliwością, w drugiej ręce dźwigając zakupy, przedtem dzielone na oboje.

Minęło lato, jesień i zima. Gips na ręku nie znikał. Niezmiennie o tej samej porze wracali z zakupów: mężczyzna z siatką, kobieta z ręką na temblaku, czule pochyleni ku sobie.

Potem przez jakiś czas nie widziałam ich w ogóle, a po kilku tygodniach po raz pierwszy pojawił się sam. Poinformowali mnie ci, którzy zawsze wiedzą wszystko: z ręką było coś nie tak, trzeba ją było amputować, kobieta umarła.

Nigdy nie widziałam nic smutniejszego, niż ten milczący mężczyzna, wędrujący po naszej ulicy z siatką pełną biednych zakupów, w coraz to bardziej wyłatanej marynarce, w coraz to luźniejszych butach narciarskich. W piękne popołudnia przychodzi dalej w to samo miejsce na plaży, rozpościera koc, przebiera się w swoje śmieszne spodenki i milcząc patrzy na morze. Od dawna boję się, że kiedyś miejsce na plaży będzie puste – nie da się żyć z amputowanym sercem – ale stary wciąż się pojawia. Przychodzi. Zawsze gdy odejdzie, zdaje mi się, że na piasku zostaje podwójny ślad – mężczyzny i kobiety, otrzepującej z jego pleców drobne ziarnka piasku.

Spis rzeczy

Jacek Dehnel pragnie podziękować Radiu Gdańsk, w szczególności panu Andrzejowi Truszkowskiemu z taśmoteki, za udostępnienie archiwalnych nagrań audycji Heleny Karpińskiej.

Redakcja, wybór i słowo wstępne: Jacek Dehnel
Korekta: Agnieszka Nowak, Zuzanna Żółtowska

Projekt okładki i stron tytułowych: Tomasz Majewski

Wszystkie materiały ze zbiorów rodzinnych autora
oprócz ilustracji na str. 15, 33, 47, 131 i 176 (zbiory Michała Sulkiewicza).

Skład i łamanie: Typo – Marek Ugorowski

Druk i oprawa: Edica
Książkę wydrukowano na papierze Creamy 70 g/m^2, vol. 2.0
dostarczonym przez **ZiNG**

Grupa Wydawnicza Foksal Sp. z o.o.
00-391 Warszawa, al. 3 Maja 12
tel. 22 828 98 08, 22 894 60 54
biuro@gwfoksal.pl
gwfoksal.pl

ISBN 978-83-280-3728-1